Elisabeth Schinagl · Francobaldi

Allitera Verlag

ELISABETH SCHINAGL, geboren 1961 in München, studierte in Eichstätt und Regensburg Latein und Germanistik. Sie war wissenschaftliche Mitarbeiterin am Lehrstuhl für Mittellateinische Philologie an der Katholischen Universität Eichstätt. Nach ihrer Promotion war sie zunächst als Gymnasiallehrerin und anschließend als Referentin im Bayerischen Landtag tätig. Seit 2018 ist sie freie Autorin. In ihren Romanen und Erzählungen befasst sie sich vorwiegend mit historischen Themen. Sie lebt in Eichstätt und München. Im Allitera Verlag erschien 2022 die Romanbiografie »Der Bierkönig von München«.

ELISABETH SCHINAGL

Francobaldi

Das Geheimnis der Illuminaten

Historischer Bayernkrimi

Allitera Verlag

Allitera Verlag
Ein Verlag der Buch&media GmbH, München
© 2023 Buch&media GmbH, München
Lektorat: Dietlind Pedarnig
Layout, Satz und Umschlaggestaltung: Mona Königbauer
Gesetzt aus der Adobe Garamond und Parchment
Umschlagvorderseite: © Dancake, shutterstock.com
Grafik Titelseite: © emilegraphics, thenounproject.com
Printed in Europe · ISBN 978-3-96233-365-2

Allitera Verlag
Merianstraße 24 · 80637 München
Fon 089 13 92 90 46 · Fax 089 13 92 90 65

Weitere Publikationen aus unserem Programm finden Sie auf www.allitera.de
Kontakt und Bestellungen unter info@allitera.de

Inhalt

Allons enfants de la Patrie,
Le jour de gloire est arrivé!
Contre nous de la tyrannie,
L'étendard sanglant est levé.

(La Marseillaise)

Nebel

D er Blick aus dem Fenster zeigte kein Gegenüber, obwohl ich in einer der eng bebauten Gassen unweit des Marktplatzes untergekommen bin. Selbst bei Sonnenschein verbreiteten sie einen gewissen Trübsinn, wenn man mit der Hand vom eigenen Fenster fast zu dem des Nachbarn greifen kann. Jetzt aber schien es, als gäbe es außerhalb meiner öden Kammer überhaupt nichts mehr. Es herrschte Nebel, Nebel und noch mal Nebel. Undurchdringliches Grau, dass man die Hand vor den Augen nicht sehen kann – und das schon seit vierzehn Tagen. Nie hätte ich gedacht, dass der Sitz eines Fürstbischofs so klein sein könnte. Als ich den Auftrag annahm, hatte ich mir die Stadt von der Größe ungefähr so wie Salzburg vorgestellt, den bekannten Schnürlregen hätte ich dabei gerne in Kauf genommen. Mag dieser den Ruf Salzburgs prägen, mein jetziger Wohnort könnte ohne Weiteres Berühmtheit als »Stadt des Nebels« erlangen. Man könnte meinen, hier eine Form des Weltuntergangs zu erleben. Für einen ersten November mochte die Witterung ja angehen, die Stimmung passte zum Gedenken an die Verstorbenen, doch schien der Nebel hier ein Dauerzustand zu sein.

Es war Sonntag. Die Glocke hatte die vierte Stunde nach Mittag geschlagen und es begann schon zu dämmern. Ich stand in meiner Stube vor meinem wackligen Schreibpult und begann meinen Tagebucheintrag heute ausnehmend früh. Aber bei Tageslicht – sofern man das so nennen konnte – fiel er mir leichter. Er würde auch diesmal eher philosophisch werden, denn es war – wie immer – nichts passiert in dieser verschlafenen Residenzstadt, in die es mich verschlagen hatte. Aber Eichstätt, mochte es sich auch Hochstift nennen, war nicht Salzburg und es bot nicht dessen Annehmlichkeiten, das hatte ich inzwischen begriffen. Zwar war ich erst gute drei Wochen hier, aber in dieser Zeit hatte ich mir bereits unzählige Male die Frage gestellt, ob mein Entschluss, diese Stelle anzunehmen und Wien zu verlassen, richtig war.

Einen Tag später als geplant, am 7. Oktober, kam ich hier an. Ich hatte meine Heimatstadt an einem goldenen Herbsttag verlassen, die Sonne schien, es war

angenehm mild, noch keine Spur von kaltem Herbst. Je weiter wir aber donau-
aufwärts kamen, desto schlechter wurde das Wetter und schließlich begann es
wie aus Kübeln zu schütten. Irgendwo hinter Regensburg war der Weg dann
fast unpassierbar geworden. Am Wagen war ein Rad gebrochen, wir standen
Stunden in Kälte und Nässe und verloren so schließlich einen ganzen Tag.

An der Poststation in Eichstätt empfing mich ein pickliger junger Kerl.
Der Herr Hofkanzleirat lasse sich entschuldigen, er sei heute verhindert, man
habe mich ja eigentlich bereits gestern erwartet. Ich machte mir nichts weiter aus dem kümmerlichen Empfang, war nur froh, die Strapazen der Reise
hinter mir zu haben. Endlich würde ich wieder eine bequemere Unterkunft
genießen können als ich sie während der letzten Tage gehabt hatte. So dachte
ich. Dann aber führte mich der Bursche in diese karge Kammer, die nur
wenig mehr enthielt als eine einfache Bettstatt, einen schmucklosen Kasten
und ein wackliges Schreibpult. Man habe auf die Schnelle leider nichts Besseres finden können, sodass ich für die nächste Zeit hiermit vorliebnehmen
müsse. Er verabschiedete sich mit den Worten, ich solle mich morgen erst einmal von der Reise erholen und mich in meiner neuen Heimat eingewöhnen
(er sagte tatsächlich *Heimat*!), man werde mich tags darauf an meine künftige
Wirkungsstätte führen.

Erwartungsfroh hatte ich mich am vereinbarten Tag unter der Führung
des wortkargen jungen Burschen in die fürstbischöfliche Kanzlei begeben.
Der stellvertretende Kanzleivorsteher begrüßte mich kurz und stellte mich
den anwesenden Herren als den künftigen Leiter der Normalschule vor. Mit
einem knappen Nicken signalisierten sie, mein Eintreffen wahrgenommen zu
haben. Man führte mich ganz ans Ende des langen Korridors in ein abseits
gelegenes dusteres und nur spärlich ausgestattetes Zimmer – eher eine Kammer – und überließ mich dort ohne weitere Anweisungen meinem Schicksal. Zu meinem Entsetzen musste ich feststellen, dass sich der Blick aus dem
Fenster meiner neuen Wirkungsstätte kaum anders gestaltete als der aus meiner Wohnstube. Im Gegensatz zu allen anderen Räumen bot es weder einen
Ausblick auf die gegenüberliegende fürstbischöfliche Residenz noch auf die
hinter dem Kanzleigebäude fließende Altmühl. Wieder starrte ich auf eine

trostlose Mauer, die ich fast mit der Hand hätte greifen können. Ganz offensichtlich interessierte sich auch niemand dafür, was ich tat, ja, ob ich überhaupt etwas tat. Ich weiß nicht genau, was ich erwartet hatte – das jedenfalls nicht. Vor meinem inneren Auge hatte ich mich manchmal in einem lichtdurchfluteten Raum im Gebäude der Normalschule gesehen. Ich hatte mir vorgestellt, wie ich die erforderliche Bibliothek aufbauen würde. Ich hatte mir Gedanken darüber gemacht, wie ich geeignete Männer requirieren könnte. Auf die Idee allerdings, dass man mich in einem abgelegenen Winkel der Kanzlei unterbringen könnte, war ich keinen Augenblick gekommen. Ehrlicherweise muss ich sagen, dass man mir immerhin ein Willkommensgeschenk auf mein Schreibpult gelegt hatte: Ein schmales Bändchen, das die Reiseerinnerungen eines Jesuitenpaters namens Papebroch an seinen Aufenthalt in der Stadt beinhaltete. Auch eine Karte war beigelegt.

Im Namen seiner Exzellenz des Fürstbischofs Johann Anton von Zehmen darf ich
Euch herzlich in unserer wunderschönen Stadt willkommen heißen.
Dompropst Graf Cobenzl

Eine nette Geste immerhin. Für Graf Cobenzl hatte ich auf Bitten seines älteren Bruders Philipp, den ich flüchtig kannte, Notenblätter im Gepäck. Diese ließ ich ihm am darauffolgenden Tag zusammen mit einem Dank für das Willkommensgeschenk zukommen.

Man gab mir auch am zweiten und am dritten Tag keinerlei Anweisungen, was ich zu tun hätte, ja man hielt es nicht einmal für erforderlich, mich wenigstens mit den bereits vorhandenen Einrichtungen der hiesigen Schule vertraut zu machen. Der Herr Kanzleivorsteher fühlte sich in dieser Angelegenheit offensichtlich nicht zuständig. Ich hatte Felbigers *Allgemeine Schulordnung für die deutschen Haupt-, Normal- und Trivialschulen* aus Wien mitgebracht und da ich nicht wusste, wie ich sonst den ganzen Tag zubringen sollte, begann ich daraus eine Zusammenfassung zu erstellen. Als ich nach der ersten Woche damit fertig war, legte ich außerdem die Fortschritte, die man in Österreich seit der Einführung der Schulordnung gemacht hatte, schriftlich nieder. Die Papiere stapelten sich inzwischen auf meinem Pult, ohne dass sich auch nur eine Seele dafür interessiert hätte.

So schlich ich seit meiner Ankunft morgens in meine trostlose Kammer in der Kanzlei, um abends den Weg zurück in meine trostlose Kammer im Haus der Witwe Templer zu nehmen. Meine einzigen Abwechslungen waren die Sonntagsmessen und die kurzen Spaziergänge durch die Stadt unter Anleitung von Papebrochs Schilderungen. Den Nebel erwähnte der gute Pater darin allerdings nicht. Seine Exzellenz, meinen Auftraggeber, hatte ich in all der Zeit überhaupt noch nicht zu Gesicht bekommen. Ja, ich hatte noch nicht einmal meine offizielle Bestallungsurkunde erhalten. Als ich den Kanzleivorsteher darauf ansprach, vertröstete er mich auf unbestimmte Zeit. ›Man sei im Moment sehr beschäftigt.‹ Tatsächlich meinte ich seit einer Woche, eine gewisse Unruhe in der Kanzlei zu bemerken, die schließlich nach vier Tagen ihren Höhepunkt erreichte. Immer wieder sah ich einzelne Beamte die Köpfe zusammenstecken, man tuschelte, auf manchen Gesichtern zeigte sich höhnisches Grinsen, andere dagegen wirkten entsetzt, vielen schien die Neuigkeit aber auch egal zu sein. Ich wusste nicht, worum es in der Sache ging, man hielt es aber nicht für nötig, mich zu informieren. Aber das wunderte mich nicht einmal, denn man redete auch sonst kaum mit mir. An manchen Tagen hatte ich schon geglaubt, man habe meine Anwesenheit hier überhaupt ganz vergessen. Dennoch fürchtete ich für einen kurzen Moment, ich selbst könnte die Ursache für das Getuschel sein. Bei genauerer Betrachtung jedoch war es höchst unwahrscheinlich, dass meiner Person so viel Aufmerksamkeit gezollt wurde. Es musste etwas Bedeutenderes sein.

Wieder blicke ich aus dem Fenster meiner Wohnstube und sehe … Nebel, der sich mit der einsetzenden Dunkelheit mischt. Die Wände sind feucht, das Brennholz ist knapp und teuer, in meiner Kammer ist es klamm. Die Witwe Templer ist eine zwar noch recht junge, aber bereits von Bitterkeit zerfressene Frau, die mir eben schon das bescheidene Abendessen wortkarg wie immer kredenzt hat. Nun bin ich wieder allein, keine Menschenseele ist um mich. Mein Tagebuch ersetzt mir seit meiner Ankunft hier einen Gesprächspartner aus Fleisch und Blut. Und wenn ich in Wien gehofft hatte, der Einsamkeit nach Claras Tod mit einem Neubeginn irgendwo entfliehen zu können, so muss ich mir allmählich eingestehen, dass ich scheinbar vom Regen in die Traufe oder sollte ich passender sagen – in den Nebel – gekommen bin. Eine trübselige Situation und mein einziger, wenngleich schwacher Trost ist, heute wenigstens meine Stube nicht mehr verlassen zu müssen.

Der Auftrag

Es sollte anders kommen: Meinen Tagebucheintrag hatte ich längst beendet, draußen war es inzwischen vollständig dunkel geworden. Die Hallerin im Geläut des nahen Doms hatte eben die sechste Stunde geschlagen, nun war es wieder totenstill und die Reglosigkeit rings um mich passte zu meinen apokalyptischen Fantasien, in denen ich mich verloren hatte. Ohne dass ich auch nur im Geringsten damit gerechnet hätte, klopfte es plötzlich an der Tür. Als Fremder, der hier niemanden kannte, erwartete ich auch niemandes Besuch. Wer konnte das sein? Noch ganz in meinen finsteren Gedanken über den Weltuntergang eilte ich zur Tür und rief neugierig und gleichzeitig unsicher: »Wer da?«

Ich hörte die Stimme eines Jungen antworten, doch verstand ich nicht, was er sagte, meinte lediglich die Worte *Brief* und *Bischof* herauszuhören. Nun doch vor allem neugierig, öffnete ich die Tür. Tatsächlich stand ein Junge, fast noch ein Kind, vor mir. Sein Äußeres war verlaust und dreckig, geradezu widerlich. Die Kleider zerrissen, Schmutz und Löcher aufs Vortrefflichste aneinandergereiht, der ganze Kerl nur Haut und Knochen. Er blickte mich aus aufgerissenen Augen ängstlich an als erwarte er, dass ich mich jeden Moment rasend auf ihn stürzen könnte. Dabei wiederholte er sein Gestammel, von dem ich immer noch nicht mehr verstand als *Brief* und *Bischof*. Ein Brief vom Fürstbischof? Überbracht von diesem Boten? Nie und nimmer …

Aber tatsächlich hielt er mir ein Stück Papier entgegen. Völlig verdutzt griff ich danach. Das mit dem Bischof konnte nur ein Scherz sein – allerdings kein guter. Wer diesen Burschen wohl geschickt haben mochte? Freiwillig hatte er den Weg zu meiner Kammer sicher nicht unternommen. Ich wollte die Tür schon wieder schließen, doch da gab er in eindringlichem Tonfall wieder irgendetwas von sich und blickte mich dabei noch ängstlicher an. Allmählich meinte ich aus seinem Gestammel die Worte *lesen* und *warten* herauszuhören. Ich vermutete schließlich, er habe Order zu warten, bis ich die Botschaft gelesen hätte. Also ließ ich die Tür offenstehen und befahl dem vor Schmutz starrenden Kerl zu bleiben, wo er war. Läuse in meiner Kammer konnte ich wahrhaftig nicht auch noch gebrauchen. Ich begab mich ans Pult, um den Briefbogen im Schein einer Kerze genauer zu inspizieren. Darauf stand aber nichts als mein Name: *Enrico Francobaldi.*

Das Papier war von feinster Qualität, wie es sich sicher nicht viele an diesem Ort leisten konnten. Aber es gab keinerlei Hinweis auf den Absender, kein Wort, kein Siegel, nichts außer den schmutzigen Fingerspuren des Überbringers. Neugierig geworden, erbrach ich das ungesiegelte Wachs und entfaltete den Inhalt:

Fürstbischof Johann Anton von Zehmen
an seinen Leiter der künftigen Normalschule, Enrico Francobaldi

Bitte Euch des Abends sofort nach Einbruch der Dunkelheit zu dringender Unterredung in mein Palais. Die Sache duldet keinen Aufschub und ist delikat. Erscheint in gewöhnlichen Straßenkleidern! Überbringer dieses Briefes wird Euch diskreten Weg weisen. Es soll niemandem davon Nachricht gegeben werden!

Die Botschaft war klar und doch konnte ich nicht wirklich etwas damit anfangen. Der verlauste Junge, das fehlende Siegel – und was in aller Welt sollte seine Exzellenz der Bischof zu so einem ungewöhnlichen Zeitpunkt von mir wollen? Ich bin von Haus aus schon ein misstrauischer Mensch, hier aber waren Zweifel mehr als angebracht, ob das Schreiben tatsächlich echt sein konnte. Normalerweise trugen die Schriftstücke des Bischofs sein Siegel. Andererseits ließ die Schrift nicht darauf schließen, dass ein Scharlatan am Werk war, der Schreiber führte die Feder sicher, er beherrschte sein Handwerk ohne Frage. So sehr ich es auch versuchte, aus dem Burschen war nicht mehr herauszubekommen. Er hatte vorgebracht, was man ihm aufgetragen hatte. Nun stand er nur stumm vor meiner Tür und wartete ergeben, während ich noch immer unsicher, was die Sache bedeuten mochte, weiter reglos in meiner Kammer stand. Nach einigem Zaudern und mit einem höchst unguten Gefühl griff ich schließlich widerwillig nach meinem Mantel. Wenn die Order tatsächlich vom

Fürstbischof kam, galt es ihr zu entsprechen, wie ungewöhnlich sie auch immer sein mochte. Aber in welcher Angelegenheit sollte er nach mir verlangen? Oder war es eine Falle, die ich nicht durchschaute? Aber wer in aller Welt sollte mir hier Böses wollen? Erlaubte sich jemand einen schlechten Scherz mit mir? Hatte ich mir unwissentlich jemanden zum Feind gemacht? Wieder kam mir das Getuschel in der Kanzlei vor wenigen Tagen in den Sinn.

Mich schauderte. Und ich wusste nicht einmal, ob das von meiner Unsicherheit herrührte oder von der kalten, nebligen Nacht. Schweigend lief der Bursche vor mir her. Er sah sich nicht einmal um, ob ich ihm auch wirklich folgte. Ohne Unterlass versuchte ich die möglichen Zusammenhänge zu analysieren. Für gewöhnlich waren logische Überlegungen meine große Stärke. Aber hier brachten sie mich nicht weiter, meine Gedanken drehten sich nur im Kreis. Im Grunde sprach alles dagegen, mit diesem abgerissenen Kerl mitzugehen. Und andererseits deutete nichts darauf hin, dass es sich um eine Hinterlist handeln könnte. Wieso einfache Straßenkleider? Was hätte man mir stehlen können? Mein nacktes Leben? Wem nutzte das? Nein, ich wurde nicht schlauer. Der Fürstbischof rief mich – wozu? Die Botschaft schien, wie ich es auch drehte und wendete, keinen Sinn zu geben. Der Aufbau der Normalschule war nichts, was man in einer Nacht- und Nebelaktion – im wahrsten Sinne des Wortes – bereden musste. Hatte ich etwas falsch gemacht? Erwartete mich meine unverzügliche Entlassung? Hatte Johann Anton einen anderen gefunden, der die neue Schule aufbauen sollte? Schließlich war ich noch nicht einmal offiziell ernannt und nichts deutete bislang darauf hin, dass man meines Dienstes wirklich bedurfte. So sehr ich es versuchte, ich fand keine Antworten.

Ich war inzwischen zwar lange genug hier, um mich in den Gassen einigermaßen orientieren zu können, aber einen diskreten Weg in die fürstbischöfliche Residenz kannte ich nicht. Wozu auch? Bisher war es für mich noch nicht einmal nötig gewesen, mich offiziell dorthin zu begeben, geschweige denn inoffiziell. Schon nach wenigen Metern verließen wir die mir bekannten Pfade. Pausenlos schwirrten mir Fragen wirr durch den Kopf, während ich hinter meinem ungewöhnlichen Führer durch den Nebel über die mit Pferdemist bedeckten, menschenleeren Gassen eilte und dabei erbärmlich fror. Wieder bogen wir um eine dunkle Ecke. Die Häuser waren kaum erleuchtet, eine Lampe hatten wir nicht. Als ich eine aus meiner Kammer mitnehmen wollte, hatte der Bursche nur stumm, aber entschieden den Kopf geschüttelt. Immerhin schien er sich auszukennen und seinen Weg auch in der Dunkelheit mühelos zu finden. Endlich gelangten wir zu einer schmalen Pforte. Sie führte in ein Nebengebäude des Doms, dessen gewaltige Umrisse ich nun erkannte. Nachdem wir lange, schmale und finstere Gänge durchquert und mehrere Treppen hinab und wieder hinaufgestiegen waren, standen wir plötzlich vor einer weiteren Tür, unter der sich ein schwacher Lichtstreifen zeigte. Ich hatte kaum begriffen, dass wir die fürstbischöfliche Residenz erreicht haben mussten, da traten wir schon in einen Flur, der hell erleuchtet war. In meiner Verblüffung und geblendet von der plötzlichen Helligkeit nahm ich kaum etwas von der überschwänglichen Pracht wahr, die uns hier umgab. Wir befanden uns am unteren Ende eines prunkvollen Treppenaufgangs. Niemand hatte mir aufgelauert, niemand mich verhaftet. Das Palais aber schien ebenso menschenleer wie die nächtlichen Gassen draußen. Nichts war zu hören außer unseren Schritten, die auf den breiten Stufen hallten. Endlich trafen wir vor einer hohen, zweiflügligen Tür auf einen Bediensteten, der schon auf uns gewartet zu haben schien. Der Bursche wurde zurückgeschickt, ich dagegen ohne weitere Umstände vorgelassen. Ja, mehr noch, ich wurde in das prunkvolle fürstbischöfliche Schreibkabinett geradezu hineingedrängt. Zu meiner großen Verwunderung empfing mich seine Exzellenz Fürstbischof Johann Anton von Zehmen höchstpersönlich, doch ohne die übliche Etikette. Er winkte mich einfach an seinen Sekretär, während der anwesende Kanzleidiener unverzüglich hinaus befohlen wurde. Nun war ich mit seiner Durchlaucht allein. Ich hatte den Fürstbischof zwar vorher noch nie leibhaftig zu Gesicht bekommen und kannte ihn nur von Gemälden, doch konnte ich mich des Eindrucks nicht erwehren, er wirke ungewöhnlich angespannt. Sein Gesicht schien auf unnatürliche Weise bleich.

»Nun, mein lieber Francobaldi, danke, dass Ihr meiner Einladung unverzüglich gefolgt seid, mag sie auch äußerst ungewöhnlich erscheinen. Bitte setzt Euch, ich lasse sofort gewürzten Wein servieren, der wird uns bei dem feuchten Wetter wohltun. Nun seid Ihr ja schon einige Zeit in unserer Stadt, doch hatten wir noch keine Gelegenheit zum Diskurs. Ich höre, Ihr seid fleißig befasst mit der Gründung unserer Normalschule, wie es Euch aufgetragen wurde. Werde mir demnächst genau Rapport erstatten lassen, liegt mir die Sache doch sehr am Herzen. Das gemeine Volk ist erschreckend unwissend und kann oft kaum lesen oder schreiben. Freilich, wie sollten sie's lernen, wenn die Schulmeister selbst wenig zu ihrem Amte zu gebrauchen sind. Es mangelt an tüchtigen Leuten. Für den Moment habe ich Euch deshalb jedoch nicht herbestellen lassen …«

Hier zögerte seine Exzellenz etwas, unruhig rutschte er in seinem tiefen Sessel hin und her und befühlte den Siegelring an seiner rechten Hand.

»Wie gesagt, deshalb habe ich Euch nicht herbestellen lassen … Nun, Ihr wurdet mir, wie Ihr wohl wisst, von unserem hoch geschätzten Dompropst Graf Cobenzl empfohlen. Wir brauchen hier Männer, die sich schon ein bisschen in der Welt umgesehen haben, und Ihr bringt auch Erfahrung hinsichtlich der Normalschule mit, die Ihr aus Wien kennt. Das ist gut. Wir könnten Euch inskünftig wohl auch gern als Archivarius anstellen. Ihr seid wohl auch ein Freund der Musica, wie man hört. Cobenzl erzählt, Ihr hättet Noten für Kammermusik des berühmten Wolfgang Amadeus Mozart aus Wien mitgebracht. Hoffe gar sehr, dass mir einmal einiges davon zu Gehör gebracht wird. Freilich bin ich, meinem Stand entsprechend, vor allem ein Freund der geistlichen Musik und schätze, ehrlich gesagt, die alten Meister höher. Dieser Mozart ist mir zu modern. Lieber ein Konzert von Marcello oder Telemann. Ich bin auch ein Freund Vivaldis und Christoph Willibald Gluck schätze ich ebenfalls. Ihr müsst wissen, er wurde nicht weit von hier – in Berching – geboren. Auch der begnadete Simon Mayr stammt aus unserem Hochstift. Ich freue mich außerdem sagen zu können, dass wir sehr virtuose Musiker in unserer Hofkapelle haben. Mag sie auch nicht allzu groß sein, so bringt sie doch alle Stücke meisterhaft zu Gehör.«

Bei all diesen Worten schien der Fürstbischof nicht recht bei der Sache zu sein und für eine derart belanglose Unterhaltung hatte er mich wohl kaum spätabends und auf so ungewöhnliche Weise zu sich bestellt. Etwas schien ihm auf der Seele zu lasten.

»Freilich, Eichstätt ist nicht Wien«, fuhr er zögerlich fort, »es gibt nicht allzu viel Zerstreuung hier und so, glücklicherweise, auch weniger Gefahr der Sittenverderbnis. Und doch, das Böse lauert, Gott sei's geklagt, überall. Es streckt seine Fallstricke nach uns Unglücklichen aus, es will uns in den Schlund der Hölle ziehen …«

Nun schien seine Exzellenz endlich auf der richtigen Spur. Doch verstummte er sofort wieder, denn ein Bediensteter trug nun den dampfenden, gewürzten Wein und ein wenig Gebäck auf. Schweigen machte sich breit, nachdem der Diener das Kabinett wieder verlassen hatte. Ich wusste nicht, ob oder was ich sagen sollte oder ob die Höflichkeit vielmehr gebot zu schweigen. Ich wagte auch nicht, von dem köstlich duftenden Wein zu trinken, wie gerne ich es auch getan hätte. Mein Gegenüber aber war viel zu sehr in seine eigenen Gedanken vertieft oder besser gesagt darin verloren, als dass er meine Unsicherheit wahrgenommen hätte. Nichts war zu hören außer dem leisen Knistern im Ofen, der den Raum angenehm temperierte. Dennoch war mir nicht wohl in meiner Haut und mich fröstelte immer noch. Endlich tauchte seine Exzellenz aus seiner Versunkenheit wieder auf und nahm schließlich einen Schluck aus dem kredenzten Becher, sodass auch ich mich endlich zu trinken getraute. Wohlig warm rann der Wein meine Kehle hinunter und wärmte mich von innen. Dennoch blieb ich weiterhin angespannt. Ich konnte mir einfach keinen Reim auf diese ganze Situation machen.

»Ja«, nahm Johann Anton nach einer gefühlten Ewigkeit den Gesprächsfaden wieder auf, »Eichstätt ist nicht Wien, man möchte meinen, es ließe sich hier leichter regieren. Allein, wir leben in finsteren, gefährlichen Zeiten …«

Wieder verstummte er, nahm einen weiteren Schluck Wein, als ob er Anlauf nehmen wollte. »Schwierige, gefährliche Zeiten, lieber Francobaldi, und deshalb hab ich Euch zu dieser ungewöhnlichen Stunde und durch einen höchst ungewöhnlichen Boten hierher beordert. Es ist eine dringende Causa, bei der ich Eurer Hilfe bedarf.«

Mit diesen Worten zog er einen Brief hervor und gab ihn mir: »Diese Zeilen erreichten uns vor wenigen Stunden, lest selbst! Zuvor muss ich mich aber Eurer absoluten Diskretion und Verschwiegenheit versichern.«

Ich nickte wortlos und neugierig geworden faltete ich das Blatt auseinander:

An Euer Hochwohlgeboren, Eure fürstbischöfliche Exzellenz

Unterzeichnender bittet untertänigst um Verzeihung, Euch inkommodieren zu müssen, allein ein gar schreckliches Vorkommnis, so noch nie dagewesen, zwingt mich dazu. Euer Diener weiß sich keinen anderen Rat als sich in dieser Not hilfesuchend an Euer allergnädigsten Durchlaucht zu wenden, so von Gottes Gnaden unser Herrschaft, Schutz und Schirm ist.

Heute Morgen früh um fünf, als unser Mesner sich zur alten Kirche St. Martin aufgemacht hat, um sie für die Allerheiligenmesse herzurichten, findet er im Karner einen Toten hingestreckt im eigenen Blut und hinterrucks erstochen. Der Unglückliche war sicherlich ein feiner städtischer Herr, wie wir hier noch nie einen gesehen haben, alldieweil er einen blauen Rock von Samt trug, und auch feine Lederschuh, jedoch mit gar schlechten Sohlen. Der Rock war schon abgewetzt. Der Tote mag an die fünfzig Jahr alt gewesen sein. Welch Konfession er ist, ob lutherisch oder von gut katholischem Glauben, ist mir nicht bekannt. Besagter hatte nichts weiter bei sich als einen Zettel in seiner linken Rocktasche, darauf stand der Name des Scipio Aemilianus. Er trug außerdem einen Ring, worauf eine Eule dargestellt ist.

Eurer Exzellenz untertänigster Diener kann sich keinen Reim drauf machen, was der große römische Name bedeuten möchte, und auch nicht, wer den Unglücklichen zu Tod gebracht. In der Gemeinde herrscht große Unruhe und Verstörung. Konnt die Sache doch nicht geheim bleiben, da am heutigen heiligen Feiertag alle auf den Kirchhof strömten, um die lieben Toten zu ehren. Ich habe den Unglücklichen durch die Büttel vom Beinhaus ins darüber liegende Leichenhaus bringen und dort aufbahren lassen. Dieweil der Stadtvogt schon seit sechs Wochen mit schwerem Bluthusten zu Bette liegt und Ersatz noch nicht eingetroffen ist, ruht die Angelegenheit gar schwer auf meinen Schultern. Erhoffe und erbitte nun untertänigst Euren Rat und Hilfe in dieser schrecklichen Causa, insbesondere auch Anweisung, ob der Tote auf dem Kirchhof zu bestatten sei. Die Angelegenheit kann leider nicht bis zur geplanten Ankunft Eurer Exzellenz im Jagdschloss allhier heut in drei Wochen warten.

Eurer Exzellenz untertänigster Diener Jakob Messer, Stadtpfarrer zu Greding, geschrieben den 1. November 1787

Schweigend ließ ich schließlich das Blatt sinken und sah seine Exzellenz fragend an. »Wie gesagt, Francobaldi, eine heikle Sache, die der Diskretion, gleichzeitig aber auch einer gehörigen Portion Scharfsinns bedarf. Ich habe nach Erhalt des Briefes das unmittelbar Nötigste veranlasst, wie Ihr dieser Abschrift entnehmen könnt.«

Damit reichte er mir ein weiteres, weitaus feineres Blatt Papier als es der Brief des braven Stadtpfarrers gewesen war.

Wir von Gottes Gnaden Johann Anton Bischof, des Heil. Röm. Reichs Fürst zu Eichstätt an unseren Untertanen und Bruder in Christo, den Stadtpfarrer zu Greding Jakob Messer

Mit großer Bestürzung haben Wir seinen Brief empfangen. Wahrlich, wir leben in schwierigen Zeiten, alldieweil das Böse niemals ruht und uns hinfälligen Geschöpfen mit seinen Fallstricken nachstellt ohn Unterlass.
Die Sache bedarf der gründlichsten Untersuchung, so Ihr nicht ohne fremde Hilfe durchführen könnt. Wir weisen zuvor an, den unglücklich zu Tode gebrachten in der Leichenhalle aufgebahrt zu lassen, so offenbar schon geschehen. Er soll noch nicht ins Totenhemd gekleidet werden, vielmehr in seinen weltlichen Kleidern verbleiben. Die Leichenhalle ist des Tags und des Nachts von Bütteln zu bewachen und hat niemand Zutritt, darf auch kein weiterer Corpus drin aufgebahrt werden, solang nicht die Leich durch unseren Gesandten untersucht. Werden solches unverzüglich veranlassen und dürft auf dessen Ankunft für morgen spekulieren. Ebendieser wird Euch auch Instruktiones betreffs der notwendigen Bestattung übermitteln. Zuvörderst schließt den Unbekannten in Eure Gebete mit ein, dass er seiner Sünden bloß werde und Gnade und Vergebung finde, vermocht der Unglückliche doch nicht mehr durch Beichten seiner Sünden Absolution zu erlangen und hat auch kein Viaticum empfangen, so seinem Weg zu Gott dienlich sein möcht. Betet also fünf Paternoster und zehn Ave-Maria. Lasst für Eure Pfarrkinder zu einer sonderlichen Bußmesse läuten und spendet der Euch anvertrauten Herde Trost in dieser schrecklichen Zeit. Nehmt den Toten auch besonders in die Rosenkranzgebete dieses Monats auf.

Der Gottesacker aber soll des Nachts verschlossen werden, sowie die Patrouille die nächsten zehn Nächte verstärkt.

Gott der Allmächtige sei unser aller Seelen gnädig!

Gegeben zu Eichstätt, den 1. November 1787 des Nachmittags.

Nachdem ich den Brief gelesen hatte, fuhr der Bischof fort: »Ihr seid ja noch nicht allzu lange hier und ich weiß nicht, ob Ihr das genannte Städtchen schon kennt.« Als ich verneinte, erklärte er: »Greding ist schön gelegen – an der Schwarzach –etwa fünfundzwanzig Meilen von hier. Es gehört, wie Ihr Euch denken könnt, zum Hochstift Eichstätt, grenzt aber an lutherisches Gebiet. Wie Ihr dem Brief des Stadtpfarrers entnehmen könnt, hat einer unserer verehrten Vorgänger im Amte, Fürstbischof Johann Graf Schenk von Castell, dort vor nunmehr fast hundert Jahren ein Jagdschloss errichten lassen. Wir waren dort in jungen Jahren sehr häufig mit dem verehrten Fürstbischof Raymund Anton Graf von Strasoldo, der der Jagd sehr zugetan war. Ja, es gab wahrhaftig viele großartige Jagden dort. Sogar der Fürstbischof von Mainz war einmal Gast bei einer solchen. Ich selbst bin während meines Amtes nicht mehr gar so oft hingefahren, doch besuche ich das Schloss immer noch einmal im Jahr, um dort für mehrere Tage eine Jagd abzuhalten und dies ist für Ende dieses Monats auch so vorgesehen. Der Stadtpfarrer dortselbst ist ein braver Mann und die ihm anvertrauten Pfarrkinder sind ehrbare Leute. In all den Jahren, soweit ich denken kann, ist dort noch nie etwas Derartiges vorgefallen. Der Stadtvogt zu Greding, den der Vorfall zuvörderst anginge, hat sich zwar zeit seines Amtes als tüchtig erwiesen, allerdings war er nie mit einem heimtückischen Mord konfrontiert. Jetzt aber liegt er sterbenskrank darnieder und kann sich der Sache nicht mehr annehmen. Nun denn, Ihr wurdet mir als gewitzter Kopf empfohlen, in dieser Causa könnt Ihr Euch beweisen. Wer weiß, Ihr seid ja auch schon etwas in der Welt herumgekommen, vielleicht kennt Ihr den Toten sogar, seid ihm schon einmal irgendwo begegnet. Wie dem auch sei, wir erteilen Euch den Auftrag, Licht in diese dunkle Angelegenheit zu bringen. Dabei ist, wie gesagt, mit besonderer Diskretion vorzugehen, da vollkommen unklar ist, was hinter der ganzen Sache steckt. Im günstigsten Fall war es ein gemeiner Raubmord, da der Tote ja offensichtlich nichts mehr bei sich trug. Allein auch in diesem Fall bleibt unklar, wer der Tote ist und was ihn des Nachts auf den Kirchhof geführt haben mag. Von wo kam er? Und vor allem: Wer ist der verruchte Mörder? Möcht' ihn doch der irdischen Gerechtigkeit überantworten.«

Bei diesen Worten bemerkte seine fürstbischöfliche Exzellenz, dass ich ganz offensichtlich einen Einwand vorbringen wollte, doch noch bevor ich zu sprechen beginnen konnte, fuhr er weiter fort: »Die Sache hat Vorrang vor allem anderen. Ihr müsst den Aufbau der Normalschule notgedrungen vorerst zurückstellen. Es soll Euer Schaden nicht sein. Wir wünschen, dass Ihr noch vor Morgengrauen nach Greding aufbrecht. Der Stadtpfarrer wird Euch schon erwarten. Verschafft Euch mit eigenen Augen ein Bild von der Angelegenheit. Zu Eurer Unterstützung geben wir Euch einen jungen Secretarius aus unserer Kanzleistube mit, der sich auch gut aufs Porträtieren versteht. Der soll Euch zur Hand gehen und vor allem auch ein Bild des Verblichenen anfertigen. Ich werde meinen Reitstall anweisen, Euch morgen schon in aller Frühe nach Greding zu bringen. Hoffen wir, dass sich die Causa schnell erhellen lässt und dass nicht noch weiteres Unheil draus erwachse. Über den Progress Eurer Erkenntnisse sollt Ihr uns laufend persönlich informieren. Gott mit Euch.«

Mit diesen Worten entließ mich seine Exzellenz, ohne dass ich noch Gelegenheit gehabt hätte, darauf zu antworten. Auf sein Zeichen hin erschien ein Bediensteter und führte mich auf demselben Weg, den ich kurze Zeit zuvor mit meinem zwielichtigen Führer so bangend gegangen war, zu einer unscheinbaren Pforte. Nachdem er sich davon überzeugt hatte, dass auf der Straße niemand zu sehen war, wurde ich wieder in die neblige und kalte Dunkelheit entlassen.

Die Reise

So machte ich mich am Folgetag auf, die Reise nach Greding anzutreten. Nachdem der Nachtwächter die vierte Stunde ausgerufen hatte, erhob ich mich aus einem unruhigen Schlaf. Trotzdem kam ich nur mit Mühe zu mir und war drauf und dran, diesen Tag innerlich zu verfluchen. Es war noch stockfinster, der Ofen hatte keine Glut mehr und es war dementsprechend kalt in meiner Kammer. Wie würde es wohl erst im Winter werden? Einmal mehr bedauerte ich meinen Entschluss, nach Eichstätt gekommen zu sein, während ich meine Kleider zusammensuchte und in klamme Stoffe schlüpfte. Angesichts der mehrstündigen Fahrt, die mir bevorstand, schien es mir notwendig, alles zusammen zu raffen, was Aussicht auf ein bisschen Wärme bot. Die Witwe Templer war zu dieser Zeit noch nicht auf, also verließ ich das Haus ohne morgendliche Stärkung. In der Dunkelheit machte ich mich zur Dominikanerkirche St. Peter auf, wo ich den Secretarius treffen sollte. Man sah die Hand vor Augen nicht und meine Laterne leuchtete mir gerade auf die nächsten Meter. Als ich nach wenigen Minuten ankam, war dort: niemand. Weil ich nicht einmal wusste, wie der mir zugewiesene Secretarius hieß, geschweige denn, wo er wohnte, blieb mir nichts anderes übrig als zu warten. So stand ich zitternd vor Kälte und innerlich vor mich hin schimpfend in der menschenleeren, finsteren Straße. Ich weiß nicht, wie lange ich so ausharrte, jedenfalls war ich schon drauf und dran, wieder unverrichteter Dinge in meine Kammer zurückzukehren, als ich das Geräusch eiliger Schritte vernahm. Keuchend und in sichtlicher Unordnung näherte sich mir ein Kerl von etwa fünfzehn Jahren. Er war nicht sehr groß und schien eigentlich nur aus Haut und Knochen zu bestehen, soweit ich das bei der immer noch herrschenden Dunkelheit, im schwachen Schein meiner Lampe, beurteilen konnte.

»Monsieur Francobaldi? Verzeiht, Monsieur, ich bin untröstlich, aber ich habe verschlafen«, erklärte er, als ich mit grimmiger Miene nickte. »Ihr werdet sicherlich einen schlechten Eindruck von mir haben, aber ich versichere Euch, ich werde ein zuverlässiger Helfer sein. Bitte untertänigst um Verzeihung, zürnt nicht.«

Der junge Mann machte trotz dieses Fauxpas einen sympathischen und aufgeweckten Eindruck auf mich, sodass ich mich wieder etwas beruhigte.

»Nun gut, genug der Entschuldigungen, lass uns endlich zur Reitschule gehen, bevor wir noch mehr Zeit verlieren. Man erwartet uns dort sicherlich schon. Wie heißt du eigentlich?«

»Mit Verlaub Monsieur, Adam – Adam Hofstaetter. Verzeiht, dass ich in all der Aufregung vergaß, meinen Namen zu nennen.«

»Adam also. Ich nehme an, du bist unterrichtet, worum es geht?«

Es stellte sich allerdings heraus, dass dem ganz und gar nicht so war. Der Junge hatte lediglich gestern spätabends noch durch einen Lakaien die Anweisung erhalten, sich vor Tagesanbruch mit einem gewissen Monsieur Francobaldi am genannten Ort zu treffen, einen ordentlichen Vorrat an Papier und Schreibutensilien sowie Zeichenstifte mitzubringen und den Herrn bei was auch immer zu unterstützen. Und es kam noch schlimmer.

»Verzeiht Monsieur, aber was machen wir in der Reitschule?«

Diese Frage brachte mich vollends aus der Fassung.

»Wie, du weißt nicht einmal, wo wir hinfahren? Und ich hatte gehofft, du könntest mich während der Fahrt ein bisschen über die Gegebenheiten vor Ort aufklären!«

»Wir fahren fort?«

Adam war offenkundig ebenso fassungslos wie ich, wenn auch aus einem völlig anderem Grund. Wie sich herausstellte, war er zeit seines jungen Lebens noch nicht wirklich über die Stadtgrenzen Eichstätts hinausgekommen. Die einzige Ausnahme bildete das unweit der Stadt gelegene Ochsenfeld, da aus diesem Dorf seine Mutter stammte. Greding aber war für ihn so fremd und so fern wie der Mond. So kamen wir schließlich an der fürstbischöflichen Reitschule an. Zwei Stallknechte waren bereits bei ihrer Arbeit und versorgten die Pferde. Das stimmte mich hoffnungsfroh. Doch hatte ich mich zu früh gefreut, wie sich sofort zeigen sollte. Keiner der beiden wusste nämlich Bescheid über unser Ansinnen, eine Kutsche aus dem Reitstall seiner Exzellenz zu requirieren. Man sparte noch nicht einmal mit hässlichen Beschimpfungen. Ich sah mich also genötigt, den Burschen mit deutlichen Worten zu verstehen zu geben, dass ich kein dahergelaufener Taugenichts war, sondern auf Befehl des Fürstbischofs handelte. Nach einem kurzen Disput bequemte sich einer der beiden, den Stallmeister zu holen. Es verging mindestens eine Viertelstunde, bis dieser verschlafen und missgelaunt vor uns erschien. Auch er wusste von nichts, wünschte uns zum Teufel und bedeutete uns, sofort zu verschwinden, da er sonst die Obrigkeit bemühen werde. Ich ermunterte ihn, dieses zu tun. So konnten wir vielleicht auf diesem Wege endlich die notwendige Equipage erhalten. Der Stallmeister tuschelte mit einem seiner Burschen, woraufhin dieser schließlich verschwand. Der andere erhielt wohl Order, ein Auge auf uns zu werfen, jedenfalls stromerte er fortwährend um uns herum, aber ganz offenkundig nicht, weil er tatsächlich etwas zu tun gehabt hätte. Kurz darauf tauchte der Stallmeister in Begleitung zweier Büttel auf, denen nichts Besseres einfiel, als Adam und mich ohne weiteres Federlesen mitzunehmen. Offenkundig bedurfte es dazu weder einer Frage noch einer Erklärung, man brachte uns kurzerhand zur Wachstube nächst dem Haupteingang zum fürstbischöflichen Palais. Erst dort gedachte man, mich bezüglich unseres Ansinnens zu befragen. Ich war unsicher geworden. Wäre nicht der junge Secretarius an meiner Seite gewesen, hätte ich allmählich geglaubt, den Auftrag nur geträumt zu haben, so absurd erschien mir die Situation inzwischen. Wie um Himmels willen konnte es sein, dass in dieser angeblich äußerst dringlichen Angelegenheit niemand im Reitstall instruiert war?

Ich versuchte, den einfältigen Wachleuten klarzumachen, auf wessen Geheiß ich den Hofstall aufgesucht hatte, ohne dabei mein Geheimnis preis zu geben. Die beiden berieten miteinander, bis schließlich einer verschwand, um Erkundigungen einzuholen. Das dauerte wieder eine Ewigkeit, wie mir schien, und ich glaubte nicht mehr daran, dass der Tag einen guten Verlauf nehmen würde. In der Wachstube herrschte unangenehmes Schweigen. Adam und ich hockten, als ob wir Verbrecher wären, auf einer Bank am hinteren Ende des kleinen, unbeheizten Raums. Die Turmuhr des nahen Doms schlug bereits die sechste Stunde, als plötzlich Bewegung in die Sache kam. Der Wachmann kehrte mit ein paar Hofbediensteten zurück. Sie kamen aber nicht in die Wachstube, sondern bedeuteten dem zweiten Mann hinauszukommen. Nach einigen hektischen und unverständlichen Worten betrat einer der Höflinge die Amtsstube.

»Monsieur, wir bedauern die peinliche Situation aufs äußerste. Hier liegt ein unglückliches Missverständnis vor. Die nichtsnutzigen Besteller des fürst-bischöflichen Hofstalles haben offenkundig die Order seiner Exzellenz verschlampt.« Man werde sie angemessen schelten – und so weiter und so weiter. Jedenfalls kamen wir so schließlich in den Genuss, mit einem einfachen, aber geschlossenen Doppelspänner samt Kutscher abgeholt zu werden, um endlich die Reise nach Greding anzutreten. So nobel war ich noch nie gefahren. Der Kutscher erklärte uns, dass es besser sei, den Weg durchs Tal zu nehmen. Dieser sei zwar länger, man müsse dafür aber nicht die steilen Jurahänge hinauf. Außerdem sei der Weg sicherer, was vagabundierendes Volk angehe, das sich seit einiger Zeit wieder in der Gegend herumtreibe. Ich bedeutete ihm, dass es mir egal sei, welchen Weg er nehme, Hauptsache wir kämen nun schleunigst nach Greding. Inzwischen begann es schon leicht zu tagen. Es waren mindestens schon eineinhalb Stunden verstrichen, ohne dass wir unserem Ziel auch nur einen Zoll nähergekommen waren und die Fahrt würde noch einige weitere Stunden in Anspruch nehmen. Dafür durfte man jetzt getrost davon ausgehen, dass in Eichstätt nun jeder, der Ohren hatte um zu hören, wusste, dass irgendetwas Ungewöhnliches vorgefallen war. Die Geheimniskrämerei, die seine Exzellenz gestern an den Tag gelegt hatte, schien mir jedenfalls für die Katz gewesen zu sein und ich überlegte, welche halbwegs glaubhafte Geschichte ich auftischen konnte, um den sicherlich aufkommenden Gerüchten entgegenzuwirken. So verließen wir Eichstätt in unserem noblen Wagen in Richtung Osten durch das Jesuitentor. Das sonst sicherlich reizvolle Tal lag in dichtem Nebel, daran konnte auch die aufkommende Helligkeit nichts ändern. Mir stand aber im Moment ohnehin nicht der Sinn danach, schöne Landschaften zu bewundern. Meine Aufmerksamkeit war auf die schwierige Aufgabe gerichtet, die vor uns lag. Erst in diesem Moment kam mir das Ungewöhnliche des Auftrags in seinem ganzen Umfang zu Bewusstsein. Seine Exzellenz hatte zwar erwähnt, dass der Gredinger Stadtvogt krank darnieder lag, doch musste es im Fürstbistum eigentlich auch noch andere Beamte geben, die für die Aufgabe weit eher in Frage kamen als ich. Es musste doch einen Polizeihauptmann geben, in dessen Zuständigkeit die heikle Angelegenheit fiel. Genau betrachtet war ich sogar die am wenigsten geeignete Person, weil ich als Fremder weder gesellschaftliche Zusammenhänge noch überhaupt Leute hier kannte. Ich würde wie ein Blinder sein, der ohne Hilfe einen ihm unbekannten Weg voller Tücken und Unwägbarkeiten bewältigen sollte.

Um nach der missglückten ersten Begegnung wenigstens ein genaueres Bild meines jungen Helfers zu erhalten, forderte ich ihn auf, von sich zu berichten.

»Nun denn, Monsieur, meine Geschichte ist schnell erzählt. Mein Vater war Wachszieher und Bossierer und starb, Gott sei's geklagt, als ich zehn Jahre alt war. Kurz vor seinem Tod hatte er noch einen ehemaligen Gesellen, der inzwischen ein tüchtiger Meister ist, mit ins Geschäft genommen und die beiden bildeten eine Compagnie. Die letzten Jahre war nämlich der Gebrauch an Kerzen und auch an Wachsfiguren in der Stadt stark angestiegen, sodass meine Eltern bei allem Fleiß die Aufträge nicht mehr allein bewältigen konnten. Vor der Auflösung des Ordens belieferte mein Vater auch die Jesuiter mit Kerzen und Bildstöckeln. Er fertigte auch eine prächtige Krippe aus Wachs für sie an. Früh hat er mich schon für einfache Verrichtungen mit herangezogen und es zeigte sich, dass ich ein Geschick für Verzierungen aller Art hatte. Er nahm meinen älteren Bruder und mich bisweilen auch mit auf seine Geschäftsgänge. So lernte ich bei den ehemaligen Jesuiten Pater Ignaz Pickl kennen. Dieser hielt mich für so gewitzt, dass er meinem Vater empfahl, mich nicht auf die einfache Stadtschule, sondern in die damalige Jesuitenschule, die heutige bischöfliche Schule, zu schicken, die auch nach dem Verbot des Ordens weiter bestand. Mein Vater war gut im Geschäft und beschloss, das Schulgeld zu zahlen, um mir eine bessere Bildung zu ermöglichen. Damals war ich sieben Jahre alt. Wie gesagt, starb mein Vater aber, als ich zehn war. Er bekam ein hitziges Fieber und war sechs Wochen bettlägerig. Der Physicus und alle Arzneien konnten ihm nicht helfen. So stand meine arme Mutter schließlich mit ihren vier Kindern allein in der Welt. Doch selbst in dieser Not bewies der Allmächtige seine Gnade und ließ uns in unserem Elend nicht verkommen. Meine älteste Schwester war damals sechzehn und nachdem das Trauerjahr vorüber war, heiratete sie den Geschäftspartner meines Vaters. Dieser, mein Schwager, nahm meinen Bruder zu sich in die Lehre auf, sodass er später einmal seinen Teil des Geschäftes übernehmen kann. Für die Mutter und meine jüngere Schwester gab es im Geschäft auch noch genug zu tun, sodass wir unser bescheidenes Auskommen hatten. Doch war zunächst ungewiss, wie es nach dem Tod des Vaters mit mir weitergehen sollte. Pater Ignaz gelang es, meinen Onkel und Paten, Laurenz Hofstaetter, zu überreden, dass er mir das Schulgeld für zwei weitere Jahre zum Darlehen gab. So hätte ich eigentlich meine Schulpflicht erfüllt gehabt, jedoch noch nicht allzu viel gelernt. Mein Bruder war inzwischen als Geselle freigesprochen, die Mutter konnte eine Kammer in unserem Haus vermieten und so gab jeder einen Teil, mir zwei weitere Jahre Schule zu gewähren, auch wenn's der Pate nur höchst ungern sah. Ich selbst konnte auch ein Teil beisteuern, indem ich die jüngeren Schüler bei Bedarf unterwies. Und weil ich eine schöne Handschrift und auch ein gutes Gedächtnis habe, empfahl mich Pater Ignaz an den bischöflichen Kanzleirat Herrn von Starkmann. So wurde ich schließlich in der Kanzlei unseres allergnädigsten Herrn Fürstbischof aufgenommen.«

»Nun, dann wirst du heute sicher Gelegenheit finden, dein Geschick unter Beweis zu stellen.«

Adam war ein pfiffiger Bursche, das war mir bereits aufgefallen. Vermutlich hatte er längst begriffen, dass die Fahrt einen besonderen Grund haben musste.

»Verzeiht Monsieur, aber was ist eigentlich der Anlass für unsere Reise?«

Natürlich: Der Junge hatte ja noch gar keine Ahnung, worum es eigentlich ging. Das hätte mir auch schon früher klar werden können. Nun lag es also an mir, ihn über die heikle Mission aufzuklären. Wie würde er es aufnehmen, wenn er erfuhr, dass die erste Reise seines Lebens wahrlich keine Lustreise darstellte, sondern mit der Klärung eines Mordes in Verbindung stand?

»In Greding wurde gestern ein unbekannter Toter aufgefunden, jemand, dessen Tod nicht auf natürliche Weise eingetreten ist. Er wurde erstochen. Wir fahren hin, um den Mord zu untersuchen. Und, was du wissen musst, wir reisen im Auftrag des Bischofs. Die Sache ist streng geheim, soweit das nach dem Aufruhr heute Morgen noch möglich ist.«

Zu meiner Erleichterung zeigte sich Adam weniger schockiert als ich befürchtet hatte. Er schien den unangenehmen Auftrag eher als Rätsel zu betrachten, das es zu lösen galt, ohne die Tragweite zu begreifen. Mein junger Begleiter schien, im Gegensatz zu mir selbst, dabei auch uneingeschränktes Vertrauen in meine Fähigkeiten zu haben.

»Wir wissen also nicht, wer der Tote ist?«

»Nein, keiner kennt ihn. Deshalb musst du ihn zeichnen. Dieses Konterfei werden wir dann den Leuten zeigen. Unter Umständen auch außerhalb Gredings. Vielleicht finden wir ja jemanden, der ihn kennt, und erfahren so seine Identität.«

»Und was ist mit dem Mörder? Wie finden wir den?«

»Das, Adam, ist eine gute Frage, auf die ich aber im Moment auch noch keine Antwort weiß. Zunächst geht es darum, den Toten und den Schauplatz des Verbrechens zu inspizieren. Eventuell ergibt sich dabei ein Hinweis auf den Mörder.«

Adam war mit dieser Aussage zufrieden, mir selbst aber konnte ich nicht so leicht etwas vormachen. Ich war wie ein ahnungsloser Blinder, der auf einen glücklichen Zufall hoffen musste. Ehe ich mich aber versah, brachte mich Adams Eifer dazu, mit ihm gemeinsam über den näheren Tathergang nachzudenken.

»Ihr sagt, die Leiche sei frühmorgens im Karner auf dem Kirchhof gefunden worden. Aber welcher Fremde treibt sich nachts oder noch vor Morgengrauen dort herum? Warum treibt sich ein Fremder nachts auf dem Gottesacker herum?«, wiederholte Adam versonnen. »Zufall wird es wohl nicht gewesen sein. Kein Mensch macht das ohne Absichten.«

»Möglich, dass er jemanden treffen wollte«, erwiderte ich.

»Dann hat ihn also dieser erstochen!«, folgerte Adam. »Aber warum?«

»Es kann sein, dass es die Person war, mit der er verabredet war. Aber es kann auch ebenso gut ein anderer gewesen sein.«

»Es wird doch niemand rein zufällig mit einem Dolch in der Hand auf dem Friedhof gewesen sein.«

»Das ist in der Tat unwahrscheinlich.«

»Also muss doch der Mörder bewusst auf ihn gewartet haben!«

Wir schaukelten und holperten einige Stunden lang gen Greding, zuerst der Altmühl entlang, später dann Richtung Norden, der Schwarzach, einem kleineren Fluss folgend. Allmählich hatte ich den Eindruck, dass es sonniger wurde, und zwar nicht, weil der Tag voranschritt, sondern weil wir uns von Eichstätt, dem »Nebelort«, entfernten. Schließlich sahen wir, kurz nachdem wir den Marktflecken Kinding passiert hatten, in der Ferne eine alte Kirche, die sich inmitten des Ortes auf einer kleinen Anhöhe erhob. Greding war ein kleines Städtchen, umgeben von einer alten Mauer mit drei Toren. Es war bereits gegen elf Uhr, als wir ankamen. Wir betraten die Stadt durch das Fürstentor und steuerten direkt auf das fürstbischöfliche Jagdschloss zu. Ganz im Unterschied zum nebelverhangenen Eichstätt schien hier tatsächlich die Sonne, der Tag hatte nichts mehr von Novembergrau. Neben dem Schloss gab es noch einige stattliche Häuser, die sich rund um einen großen Marktplatz gruppierten. Reges Treiben war aber nicht zu erkennen. Unerwartet hielt unser Kutscher an. Als ich mich aus dem Fenster beugte, reckte er mir sein eingefrorenes, grimmiges Gesicht entgegen und fragte barsch »Wohin?«

Ja, wohin? Darüber hatte ich mir noch keine rechten Gedanken gemacht. Im Grunde aber gab es nur eine mögliche Anlaufstelle: Der Pfarrer, auf dessen dringendes Gesuch wir ja hierher beordert waren. Da unser Gefährt für Gredinger Verhältnisse doch etwas außergewöhnlich war, waren auch schon genügend Leute zusammengelaufen, die der Kutscher nach dem Weg fragen konnte. Es gab, wie ich gleich erfahren sollte, zwei Kirchen: Eine davon war dem heiligen St. Jakob geweiht, ein stattliches und beinahe noch neues Bauwerk, durchaus im modernen Stil errichtet und noch kaum fünfzig Jahre alt. In ihrer Nähe, etwas höher gelegen als das Jagdschloss, fanden wir entsprechend der Wegbeschreibungen der hilfsbereiten Bevölkerung auch das Pfarrhaus. Man hatte unsere Ankunft dort offenkundig bereits erwartet. Jedenfalls eilte uns ein wohlbeleibter älterer Herr, seiner Kleidung nach unverkennbar der Pfarrer, entgegen. Jakob Messer begrüßte uns ehrerbietig und sichtlich erleichtert. Ich fühlte mich fast, als ob ich der Fürstbischof persönlich wäre. Dem Kutscher wurde der Weg zu einer Einstellmöglichkeit gewiesen, während mein Adlatus und ich das Pfarrhaus betraten. Es war ebenso wie die Stadtkirche ein im modernen Stil erbautes, repräsentatives Gebäude, das von einem schönen Garten umgeben war. Jakob Messer zeigte sich sehr fürsorglich. Er meinte, die weite und lange Reise sei sicher sehr beschwerlich gewesen und erfordere demzufolge eine kleine Stärkung. Innen war das Pfarrhaus weit weniger prachtvoll als man auf Grund des äußeren Eindrucks hätte vermuten können. Doch mit Blick auf die Größe des Ortes und die Zahl der Pfarrkinder immer noch beachtlich luxuriös. Obwohl unsere Verspätung aufgrund der morgendlichen Geschehnisse beträchtlich war, ließ ich mich gerne dazu überreden, eine ›Kleinigkeit‹, wie der Herr Pfarrer meinte, zu mir zu nehmen. Jakob Messer hatte recht, die Fahrt war lang gewesen und ich hatte noch keinen Bissen gegessen. Adam mochte es nicht anders gehen. Kaum dass wir uns in dem Raum mit einem einfachen Tisch und zwei Bänken niedergelassen hatten, tischte die Haushälterin auf: Bratwürste, Kraut, dunkles Brot und ebensolches Bier, alles im Übermaß. Ganz so, als wären wir nicht vier Stunden, sondern mindestens vier Tage auf Reisen gewesen. Wir begannen mit Heißhunger zu speisen. Gleichzeitig entspann sich ein kurzweiliges Gespräch. Jakob Messer lobte die Gredinger Bratwürste als die besten, die es auf der Welt gebe, wozu zu sagen wäre, dass seine Welt vielleicht nicht allzu groß, sein Urteil bezüglich der Bratwürste aber absolut zutreffend war. Im Übrigen schmeckte es ihm selbst bei weitem am besten. Jedenfalls vertilgte er eine weit größere Portion als Adam und ich zusammen, obwohl man davon ausgehen durfte, dass er bereits ausgiebig gefrühstückt und keine mehrstündige Reise hinter sich hatte. Während des Essens erhielten wir noch eine ganze Menge interessanter Informationen über die Stadt Greding, ihre Geschichte und ihre Bewohner. Es war die bei weitem angenehmste Situation des ganzen Tages. Beinahe hätten wir vergessen, zu welchem Zweck wir eigentlich hier waren. Doch schließlich brachte uns auch die unschuldige Plauderei wieder zurück zum unglückseligen Anlass unseres Zusammentreffens. Nachdem wir nun ausgiebig gespeist hatten und der Herr Pfarrer gerade eine Pause einlegte, was seine Ausführungen über Stadt, Kirche und alles sonstige Wissenswerte aus dem kleinen Ort anbelangte, ergriff ich das Wort, um auf unseren Auftrag zurückzukommen.

»Wenn Hochwürden gestatten, so würde ich nun gerne auf den eigentlichen

Grund unseres Hierseins kommen. Ist es wohl möglich, den Schauplatz des Geschehens zu besichtigen und einen Blick auf die sterblichen Überreste des Unglücklichen zu werfen?«

Fragen über Fragen

ein Ansinnen löste bei Hochwürden eine Reaktion aus, die darauf hindeutete, dass er der höflich formulierten Aufforderung nur äußerst ungern nachkam. Etwas verlegen rutsche er auf der uns gegenüber liegenden Bank hin und her und begann nach einem kurzen Moment mit Ausführungen, nach denen ich gar nicht gefragt hatte.

»Möge uns Gott, der Allmächtige, gnädig sein! Es ist ein gar zu schreckliches Ereignis, das sich in der Nacht vor der gestrigen zugetragen hat. Wir alle sind schier fassungslos. Seit Menschengedenken hat sich hier noch nie etwas Derartiges ereignet. Freilich gibt es auch bei uns den einen oder anderen Vorfall, das will ich gar nicht leugnen: Vor zwei Jahren wurde ein Bauer auf seinem Hof rücklings mit einem Stein erschlagen. Seine Witwe ist zusammen mit ihren fünf Kindern weggezogen, wohin ist uns nicht bekannt.«

Da diese Geschichte keinerlei Zusammenhang mit unserer Angelegenheit erkennen ließ, unterbrach ich ihn: »Können wir nicht doch, solange wir noch Tageslicht haben, den Weg zum Kirchhof antreten?« Gleichwohl bemerkte ich, wie unangenehm ihm mein Drängen war. Nun begann er die Schilderung, die ich bereits aus dem Schreiben an den Fürstbischof kannte. Ich wollte ihn eigentlich erneut unterbrechen, ließ ihn aber doch gewähren, obwohl der Tag verstrich und ich immer mehr das Gefühl hatte, wir würden in unserer Aufgabe keinen Schritt vorankommen. So lauschten wir also seinen Erklärungen, die er mit vielerlei unnützen Bemerkungen ausschmückte, ohne zunächst auch nur eine einzige weitere Information zu erhalten. Erst im fortgeschrittenen Stadium seiner Ausführungen kamen wir zu einem Punkt, der mir interessant schien. Offenkundig gab es sehr wohl Erklärungsversuche bezüglich der mysteriösen Gegenstände, die man bei dem Toten gefunden hatte, außerdem auch einiges Gerede über den mutmaßlichen Mörder. Zwar war das, was der Pfarrer erzählte, nur das Geschwätz der einfachen Leute, aber es schien mir nicht uninteressant, weil ich mir davon Ansatzpunkte für weitere Untersuchungen erhoffte.

»… und ich muss den ehrenwerten Herren noch berichten, dass es nach Meinung einiger sogar wahrscheinlich ist, dass es sich bei dem Toten um einen Boten des Bayerischen Kurfürsten handelt, was uns in allergrößte Sorge versetzt, weil doch dieser unabsehbare Repressalien gegen unsere Stadt oder gar gegen das Fürstbistum Eichstätt, dem wir angehören, verhängen könnte. Auf alle Fälle kann man festhalten, dass nur ein Monarch es sich leisten kann, einen so vornehm gekleideten Boten einzusetzen. Außerdem besteht kein Zweifel daran, dass auch der Zettel mit dem lateinischen Namen sehr wahrscheinlich, wenn nicht sogar sicher, auf eine Verbindung mit dem bayerischen Herrscherhaus hindeutet. Und auch der Ring mit der Eule, sagt einer unser Bürger, der schon viel gereist ist und schon in Regensburg, Nürnberg und in München war, verbindet den Toten ganz ohne jeden Zweifel mit einem kurfürstlichen Sonderbotschafter.«

Wieder ein anderer glaubte wohl, dass die Kleidung des Mannes ganz eindeutig auf eine französische Herkunft hindeute. Zwar meinte der Pfarrer, es gäbe auch Bürger in dieser Stadt, die anderer Meinung seien, aber diese seien weit weniger glaubwürdig. Der Herr Apotheker spreche gar von einer geheimen Bruderschaft. Freilich gebe man auf dessen Ansichten nicht allzu viel. Der Mann sei vor einigen Jahren aus Hilpoltstein zugezogen und habe manch grillenhafte Idee. Er sei ein Sonderling, seine Frau habe wohl ihr Kreuz mit ihm … Auch für den Mörder fanden sich, wie er weitererzählte, nach Meinung der Bevölkerung eine ganze Reihe möglicher Kandidaten. Einer der Verdächtigen war ein nichtsnutziger Tagelöhner, den alle nur unter dem Namen *Waldler* kannten und der in einer armseligen Hütte mehr als eine halbe Stunde von der Stadt wohnte. Ihm traute man alles zu, weil er doch schon mehrere Male dadurch aufgefallen war, dass immer nach seinem Erscheinen wertvolle Gegenstände wie Heiligenbilder, Kruzifixe und das ein oder andere Schmuckstück aus den Bauern- und Bürgerhäusern verschwunden waren. Doch hatte man ihm bislang noch nichts nachweisen können. Gleichwohl käme da auch noch ein altes Weib in Frage, das man noch vor wenigen Jahren mit Sicherheit als Hexe entlarvt und dem Feuer übergeben hätte. Andererseits hegten viele an ihrer Täterschaft schon allein deshalb Zweifel, weil das alte Weib wohl kaum die Kraft gehabt hätte, den tödlichen Stoß auszuführen. Aber da man munkelte, sie treibe sich bisweilen noch vor Morgengrauen auf dem Kirchhof herum, sei nicht auszuschließen, dass sie auch gestern dort zugegen war.

»Zudem hört man, dass der Fremde, den hier keiner je zuvor gesehen hat, eine größere Summe Geldes bei sich hatte. Die Kellnerin aus der Post will gesehen haben, dass er mindestens an die zwanzig Gulden mit sich führte. Ein beträchtliches Vermögen, wenn man bedenkt, dass ein einfacher Bürger mit dieser Summe leicht ein oder gar zwei Jahre leben kann.«

So zählte er dann noch mindestens ein halbes Dutzend Bewohner des Ortes und der näheren Umgebung auf, denen man aufgrund ihres gemeinhin bekannten Verhaltens einen Raubmord zugetraut hätte – und doch auch wieder nicht, zu ungeheuerlich war diese Anschuldigung. All das schien mir das typische Gerede, wie es wohl überall in den Gaststuben geführt wird. Mit jedem Krug Bier nimmt gemeinhin auch die Zahl an Erklärungen zu. Schließlich erwähnte Jakob Messer etwas, was mir dann doch nicht ohne Bedeutung zu sein schien: In der Poststation habe vor zwei Tagen ein Unbekannter Quartier genommen und dieser sei gestern schon am sehr frühen Morgen und ohne Frühstück mit einer Extrapost abgereist. Natürlich wusste er nicht, wie dieser Unbekannte hieß, noch in welcher Angelegenheit – wenn nicht eben in der finsteren Absicht, einen Mord zu begehen – er sich hier aufgehalten habe oder in welche Richtung er aufgebrochen sei.

»Mit Verlaub, noch eine Frage«, begann ich, als unser Gastgeber mit seinen Ausführungen zu Ende schien oder er zumindest eine Pause einlegte, um den letzten Schluck aus seinem Bierkrug zu nehmen. Es war wohl, wie mir Adam zuflüsterte, die dritte Halbe. »Haben den hochwürdigen Herrn Pfarrer die Anweisungen unseres Fürstbischofs erreicht?«

»Aber ganz gewiss! Es war gestern am späten Nachmittag, als ein Bote seiner Exzellenz bei uns erschien. Er überreichte mir einen versiegelten Brief, den ich unverzüglich erbrach. Ich bin allen Anweisungen aufs Genaueste nachgekommen, mein Herr. Wir haben den Toten im Leichenhaus so wie er war, mit den Kleidern, die er trug, aufgebahrt, was ganz ungewöhnlich ist und zu allerlei Geschwätz im Ort geführt hat. Immerhin war dieses Vorgehen nicht geheim zu halten. Zudem habe ich mich bemüht, eine zuverlässige Wache aufzustellen, weil ja niemand das Leichenhaus betreten soll. Das war keine leichte Aufgabe, denn die einen genießen nicht mein vollstes Vertrauen in einer so wichtigen Angelegenheit, andere haben sich mit Verweis auf die Gefahr, die ihnen an Leib und Leben drohe, wenn sie in einer so mysteriösen Sache Dienst tun, heraus gewunden. Außerdem trug zur Erschwernis bei, dass man in der Stadt auch gehört hatte, der Tote sei seiner Reichtümer nicht beraubt und trage diese infolgedessen noch bei sich. Dies, meinten die Wächter, berge zusätzliche Gefahren für sie. Es mochte mir kaum gelingen, sie vom Gegenteil zu überzeugen, obwohl ich mit eigenen Augen gesehen habe, dass der Tote mit Ausnahme seines Rings keinerlei Besitztümer bei sich trug. Im Übrigen habe ich Eure Ankunft sehnsüchtigst erwartet, weil ich hoffe, dass Ihr endlich Licht in die verworrene Angelegenheit bringt.«

Inzwischen hatte die Turmuhr dreimal zur vollen Stunde geschlagen und der würdige Herr Stadtpfarrer hatte seine Ausführungen immer noch nicht beendet. Ich wagte nicht, ihn noch irgendetwas zu fragen, weil ich fürchtete, er käme sonst vor Einbruch der Dunkelheit überhaupt nicht mehr zum Ende. Stattdessen bestand ich nun mit Vehemenz darauf, dass wir uns endlich aufmachten, um den Ort des Geschehens in Augenschein zu nehmen.

»Bitte zeigt uns nun den bewussten Kirchhof!«

»Ja gerne, mein Herr. Dürfte ich gerade eben noch meinen Umhang umlegen, es scheint, dass es zu regnen anfängt.«

Damit verschwand er in Richtung Hausgang, rief seiner Haushälterin etwas zu, was wir nicht verstanden, und kam erst nach geraumer Zeit, aber immerhin gehbereit, wieder zurück. Irgendwie beschlich mich zunehmend das Gefühl, der brave Stadtpfarrer habe es darauf angelegt, die Investigationen zu behindern so gut es ihm eben möglich war. Seine Worte waren freundlich und zuvorkommend, aber sobald ich auf den Grund meiner Anwesenheit hier zu sprechen kam, schien er mir seine Unterstützung zu entziehen. Es blieb im Dunkeln, warum er sich so verhielt. Ich war mir nicht sicher, ob die Ursache ganz einfach in seiner Unsicherheit oder Überforderung lag oder ob er doch ein dunkles Geheimnis zu verbergen hatte.

So machten wir uns endlich auf den Weg in Richtung Karner. Die Martinskirche lag ein gutes Stück bergauf und die Strecke machte dem schon etwas betagten und beleibten Pfarrer sichtlich zu schaffen. Mag sein, dass es einfach daran lag, dass der junge Adam Hofstaetter und ich ein ihm ungewohntes Schritttempo vorgaben. Jedenfalls konnte er während des kurzen Marsches nichts reden. Das gab mir Gelegenheit, einen genaueren Blick auf Greding zu werfen. Das Wetter hatte sich während der letzten Stunden verändert. Wir waren bei Sonnenschein hier angekommen, jetzt war der Himmel bedeckt und es sah tatsächlich nach Regen aus. Außer einigen stattlichen Häusern, die alle um den Marktplatz oder sagen wir besser um das Jagdschloss des Fürstbischofs gruppiert waren, oder eben irgendwie zur Kirche gehörten, gab es eine Reihe von bescheidenen Häuschen, die nicht auf allzu viel Reichtum schließen ließen. Nach einigen Minuten Fußmarsch erreichten wir die Mauer des Kirchhofs, durchschritten ein einfaches eisernes Tor und standen auf einer ebenen Fläche, nur ein kurzes Stück vom Eingang der Kirche entfernt. Anders als die Hauptkirche stammte diese hier noch aus dem Mittelalter. Sie war umgeben von einer Menge Gräber, die durchweg einfach gehalten, aber gepflegt schienen. Ich warf ein paar flüchtige Blicke auf die Holzkreuze, die mir am nächsten standen, aber natürlich sagten mir die Namen der Verblichenen nichts. Zu unserer Linken befand sich ein ebenfalls mittelalterliches Gebäude, dessen Tür halb offenstand. Der Pfarrer verwies schwer schnaufend mit einer kurzen Handbewegung darauf. Es war das Leichenhaus mit dem darunter liegenden Beinhaus, dem Karner, in oder bei dem der Tote gefunden worden war.

»Wo genau hat man den Unglücklichen gefunden?«, fragte ich und war darauf gefasst, mir wieder umständliche Ausführungen anhören zu müssen, ohne einer wirklichen Antwort näher zu kommen. Zu meiner Verwunderung – vielleicht lag es an seiner Erschöpfung nach dem anstrengenden Weg – begab sich Jakob Messer, aber ohne ein weiteres Wort zu verlieren, in das Beinhaus, stieg die ausgetretenen Steinstufen hinunter und zeigte auf eine Stelle im Vorraum, die noch durch Blutspuren des Ermordeten deutlich als Tatort erkennbar war. Adam, der wohl zum ersten Male in einem derartigen Gebäude war, zuckte unvermittelt zurück und man sah, wie er erbleichte. Es musste in der Tat ein schrecklicher Anblick für den jungen Mann sein. Hinter einem eisernen Gitter waren die Gebeine von Hunderten, wenn nicht gar Tausenden von Toten aufgeschichtet. Fein säuberlich sortiert, auf der einen Seite die Knochen der Gliedmaßen, auf der anderen die Schädel, jeweils aufeinandergestapelt. Wie Mehlsäcke bei einem Müller waren die sterblichen Überreste jeglicher Identität beraubt. Ein Spruch auf einer hölzernen Tafel gemahnte die Besucher:

Was Ihr jetzt seid, das waren wir.
Was wir jetzt sind, das werdet Ihr.

Ich wies Adam an, die gesamte Örtlichkeit zu zeichnen. Erkennbar froh, sich von dem unheimlichen Anblick ablenken zu können, machte er sich eifrig ans Werk. Da ich von Medizin nicht mehr verstand als ein einfacher Bauer, mangels Erfahrung mit dem Vieh vielleicht sogar um einiges weniger und doch wissen wollte, ob der Leichnam irgendeine Besonderheit aufweise, die für die weiteren Investigationen von Nutzen sein könnte, fragte ich Pfarrer Messer: »Gibt es einen Physicus an diesem Ort, der uns behilflich sein kann, den Leichnam zu untersuchen?«

»Ja, den gibt es, aber er steht nicht in besonders gutem Ruf. Manche sagen, selbst das Vieh wäre zu schade, als dass man ihn seine Künste daran erproben ließe.«

»Besser der als keiner«, erwiderte ich.

»Wenn Ihr unbedingt darauf besteht, gnädiger Herr, dann werde ich nach ihm schicken lassen. Aber im Augenblick, wie Ihr selbst seht, ist niemand zugegen, dem ich die Sache auftragen könnte.«

Auch hier schien ihm sehr daran gelegen, das Vorankommen so gut es eben ging zu verzögern. Allmählich wurde ich ungeduldig.

»Soweit ich sehen kann, gibt es in der Tat nur wenig verfügbare Boten an diesem unglücklichen Ort. Mein Adlatus ist mit wichtigeren Dingen als Botengängen befasst und wüsste auch gar nicht, wohin er sich wenden sollte. Der Tote selbst ist dazu leider nicht mehr in der Lage. Also wird, wenn es nicht unter seinem Stand ist, vielleicht Hochwürden selbst sich anschicken wollen, mir in dieser Sache behilflich zu sein. Andernfalls«, so fügte ich noch hinzu,

»wenn es noch weitere Komplikationen gibt, so müsste ich eben beim Fürstbischof um Unterstützung anfragen. Dieser hat sicher ausreichend Bedienstete, die er für einige Tage hierher entsenden könnte.«

Diese Drohung zeigte umgehend Wirkung. Die freundliche, in der Sache aber wenig hilfreiche Art des Herrn Stadtpfarrer wechselte schlagartig in eine zuvorkommende Hilfsbereitschaft und er machte sich höchstpersönlich auf den Weg, den ortsansässigen Physicus herbeizuholen. Im Weggehen murmelte er noch ein paar unverständliche Worte, die offen ließen, ob er mich mitsamt meines Adlatus zur Hölle wünschte.

»Der Herr Stadtphysicus möge sich sputen!«, rief ich ihm noch nach. »Der Tote hat es zwar nicht mehr eilig, aber seine Exzellenz will den Casus schnellstmöglich geklärt wissen.«

Diese Worte beschleunigten die Schritte des Pfarrers noch ein wenig, was ihm angesichts seiner Körperfülle schwerfiel. Ich nahm auch an, dass sich die Eile hinter der Kirchhofmauer wieder legen würde. Endlich hatten Adam und ich ein paar Augenblicke Zeit, die Szenerie auf uns wirken zu lassen. Ich versuchte mir vorzustellen, wie es wohl möglich gewesen war, dem armen Menschen von hinten ein Messer in den Rücken zu rammen, sodass er genau hier zu liegen gekommen war.

»Aus welchem Motiv heraus mag der Täter zugestochen haben?«, begann ich laut zu denken. »War es ein gemeiner Raubmord? Rache? Wenn ja, wofür? Und warum hat sich das Opfer nicht umgedreht? Es ist kaum vorstellbar, dass man bei absoluter Stille, im wahrsten Sinne des Wortes *Totenstille*, eines Angreifers nicht gewahr wird, selbst wenn dieser von hinten kommt.«

»Er hat sich vielleicht die Gebeine angesehen und war in deren Anblick so vertieft, dass er gar nichts mehr um sich herum wahrgenommen hat.«

»Unsinn!«, entgegnete ich schärfer als beabsichtigt, »es muss ja dunkel gewesen sein, als es passierte. Wer sollte sich denn zu nachtschlafender Zeit dieses alte Beinhaus ansehen?«

Adam schien von meiner harten Entgegnung auf seinen Einwurf etwas getroffen. Nach einigen Augenblicken aber zeigte sein Gesicht wieder einen versöhnlichen Ausdruck.

»Vielleicht war da ja noch eine andere Person, auf die er zuging, und er wurde deshalb nicht gewahr, dass von hinten jemand an ihn herantrat.«

»Das ist eine gute Idee, mein lieber Adam. Wir sollten sie bei unseren Überlegungen auf alle Fälle im Auge behalten.«

Die Skizze machte, wie ich zu meiner Genugtuung feststellte, gute Fortschritte. Adam hatte tatsächlich ein beachtliches zeichnerisches Talent. Ich wies ihn noch an, die einzelnen Stellen zu markieren, damit auch jemand, der die Lokalitäten nicht mit eigenen Augen inspizieren konnte, ein Bild vom Schauplatz erhalten würde. Während Adam weiter mit seiner Zeichnung beschäftigt war, stieg ich die Stufen zum Kirchhof empor, um vielleicht dort noch einen Hinweis auf das Geschehen zu bekommen. Auf der einen Seite fiel der Hang gleich hinter der Friedhofsmauer steil ab. Man hatte einen wunderbaren Blick über das Tal, das nun aber im leichten Regen vorwiegend grau erschien. Im weiteren Verlauf meines Weges, die Kirche vor der Apsis umrundend, erreichte ich ein kleines eisernes Tor, das den Zugang von Norden her ermöglichte. Schließlich entdeckte ich noch eine hölzerne Tür, die als Durchgang durch die Stadtmauer diente. Ich probierte sie aus und stellte fest, dass sie nicht verschlossen war. Sie führte direkt aus der Stadt hinaus und war wohl für Ortskundige umgekehrt eine gute Möglichkeit auch des Nachts unbemerkt in die Stadt zu gelangen. Ich hatte meinen Rundgang fast beendet, als der Pfarrer in Begleitung eines unscheinbaren Herrn mittleren Alters keuchend den stadtseitigen Eingang zum Kirchhof passierte. Sein Begleiter war, wie es schien, der erwartete Physicus – zumindest führte er eine feine Tasche mit sich, die darauf schließen ließ. Die beiden kamen auf mich zu und der Herr Pfarrer stellte uns einander vor.

»Wie gewünscht bringe ich Euch unseren Herrn Stadtphysicus. Sein Name ist Eustachius Bernberger, Doktor der Medizin, versteht sich.«

Zwischen den einzelnen Worten musste er immer wieder Luft holen, sodass sich selbst der einfache Satz einigermaßen in die Länge zog.

»Und hier haben wir«, er zeigte auf Adam, der gerade aus dem Karner herausgetreten war, und mich, »die von unserem hochwohlgeborenen Herrn Fürstbischof entsandten Investigatoren, die Ihr mit Eurem anerkannten Fachwissen bei der Beschauung des Leichnams unterstützen sollt.«

Der Herr Doktor machte eher den Eindruck, als ob er nicht Teil dieser Gesellschaft sei und wirkte abwesend. Er grüßte nicht, nickte nur kurz mit dem Kopf, sodass ich schließlich das Gespräch beginnen musste.

»Ich würde den Leichnam gerne zusammen mit dem verehrten Herrn Physicus in Augenschein nehmen, um festzustellen, wie er genau zu Tode gekommen ist. Da ich der Kenntnisse der modernen Medizin nicht mächtig bin, muss ich auf Eure Hilfe bauen.« Meine Worte entlockten ihm immerhin ein kurzes »Zu Diensten.«

»Habt Ihr denn den Leichnam bereits in Augenschein genommen?«, wollte ich wissen.

»Ja, der Unglückliche ist von hinten erstochen worden.«

»Und, habt Ihr sonst etwas Ungewöhnliches an ihm festgestellt?«

»Nein. Da gab es keinen Zweifel an der Todesursache.«

»Wollen wir uns die Mühe machen, den Leichnam noch einmal zu beschauen?«

»Wenn Monsieur darauf bestehen, gerne.«

Das Leichenhaus lag genau über dem Beinhaus. Die Türe war, wie anscheinend alles an diesem Ort, nicht abgeschlossen. Von der Wache, die der Bischof angeordnet hatte, war weit und breit keine Spur. Ein jeder hätte sich unbemerkt Zutritt verschaffen können. Doch schien in der Tat das Interesse an dem Toten nicht mehr allzu groß zu sein. So wie der Fürstbischof es angeordnet und der Pfarrer berichtet hatte, fanden wir den Leichnam nicht im Totenhemd, sondern noch in seiner Kleidung vor. Es war der Jahreszeit entsprechend schon sehr kühl, sodass keine Gefahr bestand, dass der Körper der Verwesung preisgegeben wurde. Man konnte ihn ohne weiteres einige Tage aufgebahrt lassen. Inmitten des kleinen Raums lag der Tote auf einem Gestell aus Brettern voll bekleidet auf dem Rücken. Äußerlich machte er, so wie er da lag, nicht den Eindruck als sei er eines unnatürlichen Todes gestorben. Die Augen waren geschlossen, die Gesichtsfarbe, wie sollte es anders sein, ein wenig fahl. Der Gesichtsausdruck zeigte keine Spur von Todesangst.

»Wie viele Tote habt Ihr gewöhnlich während eines Jahres?«, fragte ich den Pfarrer.

»Es werden nicht mehr als dreißig bis vierzig sein in einem Jahr.«

»Und werden diese alle von dem Herren Physicus begutachtet?«

»Nun, werter Herr,« begann dieser mir zu erklären, »bei der Mehrzahl bedarf es meiner Künste nicht mehr, da es ohnehin keinen Nutzen mehr hätte und die meisten, auch die wohlhabenderen Bürger, sparsam mit ihren Gulden und Kreuzern umgehen.«

»So wollt Ihr mir sagen, dass es gemeinhin gar nicht untersucht wird, warum oder woran einer gestorben ist?«

»Sehr wohl, was würde es denn nützen, wenn man Genaueres darüber wüsste?«

»Nichts, absolut nichts!«, warf der Herr Pfarrer ein. »Wir alle verlassen dies irdische Jammertal in der Hoffnung auf unsere wahre, himmlische Heimat.«

»Das mag wohl sein«, entgegnete ich, »trotzdem wollen wir in diesem Fall von der Regel abweichen und den Toten genauer untersuchen. Schließlich ist er auch auf ungewöhnliche Weise von uns gegangen. Freilich fürchte ich, dass der Herr Physicus unter den genannten Umständen mit den Künsten der Leichenschau nur wenig vertraut sein wird.«

»Wohl aber wird er aufgrund seiner fundierten Ausbildung jederzeit in der Lage sein, dem Herrn alle Fragen zu den Umständen des Todes ohne Zweifel umfassend zu beantworten«, meinte der Pfarrer, der keine halbe Stunde zuvor noch behauptet hatte, jeder Bauer könne mit den Belangen des kranken Viehs wohl besser umgehen als der Herr Physicus mit den Krankheiten der Menschen.

»Gibt es denn irgendeine Besonderheit an diesem Toten, etwas, das Euch aufgefallen ist?«

»Er wurde erstochen«, bekam ich lakonisch zur Antwort. »Und da es sich mit einem Messer im Rücken nicht gut lebt, war er dann eben tot.«

»Könnt Ihr mir sagen, womit er erstochen wurde?«

»Wird wohl ein Messer gewesen sein.«

»Wäre auch eine andere Waffe denkbar? Ein Dolch oder ein Bajonett?«

»Mag sein, aber wie soll man das feststellen?«

»Vielleicht indem man die Wunde ein wenig näher untersucht! Wenn Ihr das vielleicht einmal tun wollt?«

»Er liegt doch auf dem Rücken und man sieht die Wunde nicht. Außerdem wage ich zu bemerken, dass es wohl kaum einen Unterschied macht, mit welcher Waffe er ermordet wurde.«

Eustachius Bernberger war mir wirklich eine große Hilfe!

»Wir wollen den Toten nun doch etwas genauer inspizieren!«, wies ich an. Keiner zeigte Anstalten, irgendetwas zu tun. Mein Ansinnen kam den beiden offensichtlich völlig unsinnig vor – vielleicht war es das auch. Ich hatte keine Ahnung. Trotzdem bedeutete ich Adam, mir zur Hand zu gehen.

»Wir wollen den Toten umdrehen«, sagte ich und befahl ihm, ein an der Wand stehendes zweites Gestell zum Aufbahren der Toten heranzurücken. Er tat es und ich wünschte mir, es gäbe noch ein paar mehr Menschen seines Schlags und seiner Intelligenz, denen man nicht jeden Handgriff en detail erläutern musste. Als das Gestell schließlich richtig positioniert war, kommandierte ich ›umdrehen!‹, und bedeutete dem Physicus, meinem Adlatus zur Hand zu gehen, was dieser, wenn auch erkennbar widerwillig, tat. Endlich, als der Tote auf dem Bauch lag, sah man einen großen Blutfleck um ein längliches Loch in seinem Frack. Der Hieb hatte ihn nur knapp unter der Schulter in der rechten Seite getroffen. Es war ein einziger Stich gewesen, mit dem er niedergestreckt worden war. Das Loch im Frack war schmal und etwa zwei Daumen breit, was auf ein großes Messer schließen ließ. Mehr war nicht zu erkennen.

»Hat man die Tatwaffe gefunden?«, wollte ich von Pfarrer Messer wissen. Dieser war ganz unbeteiligt danebengestanden und erschrak förmlich ob der Tatsache, dass er noch einmal befragt wurde.

»Nein, nein, mir ist nichts davon bekannt«, entgegnete er nach einer Minute des Schweigens, die er wohl gebraucht hatte, um seine Gedanken wieder auf das vor ihm liegende Problem zu richten.

»Was hat man denn sonst noch bei dem Toten oder in der Nähe des Leichnams gefunden?«

»Nichts …, ja, das heißt doch, ja, wie ich seiner Exzellenz geschrieben habe, war da noch ein Zettel mit einer Notiz oder besser gesagt einem römischen Namen darauf in seinem Frack, … und ein Ring.«

»Wo sind diese Gegenstände jetzt?«

»Ich habe sie im Pfarrhaus verwahrt.«

»Wer hat die Taschen des Toten durchsucht?«

»Das entzieht sich meinem Wissen, Herr. Ich nehme aber an, dass es der Mesner war, da er den Toten ja auch gefunden hat.«

»Woher wisst Ihr denn, dass es die Sachen des Toten waren?«

»Unser Mesner hat sie mir gegeben und gesagt, dies wären die Sachen, die man bei dem Toten gefunden habe.«

»Gut, also machen wir hier weiter. Wollt Ihr den Toten ausziehen, damit wir sehen können, ob er noch weitere Verletzungen aufweist?«

Auch dies schien dem Physicus wenig nützlich zu sein, jedenfalls deutete sein verständnisloser Gesichtsausdruck darauf hin. Plötzlich zog Adam ein Messer aus der Tasche und begann, die Kleidung aufzuschlitzen. Nach einer Weile war es gelungen, den Leichnam zu entkleiden. Ich nahm die Kleidungsstücke entgegen und inspizierte sie auf eventuell noch unentdeckte Hinweise. Aber es war nichts, wirklich gar nichts mehr darin zu finden. Entweder hatte der Unbekannte tatsächlich nichts bei sich gehabt oder ein anderer musste es sich inzwischen angeeignet haben. War es unter Umständen doch einfach ein gemeiner Raubmord?

»Könnt Ihr mir sagen«, wandte ich mich an den Arzt, »ob der Tote irgendwelche Besonderheiten aufweist?«

»Welche Besonderheiten?«

›Welche Besonderheiten?!‹ Bernberger trieb mich mit seiner Einfalt zum Wahnsinn. Zähneknirschend erläuterte ich ihm, was ich wollte.

»Deutet etwas darauf hin, dass der Tote an einer Krankheit litt? Gibt es Spuren eines Kampfes, etwa Blutergüsse, Knochenbrüche oder ähnliches?«

»Nein.«

»Wie alt mag der Tote gewesen sein?«, wollte ich noch wissen, aber auch diese Frage hätte ich mir sparen können.

»Zwischen vierzig und fünfzig, so schätze ich.«

Das stimmte mit meiner eigenen Einschätzung überein, brachte mich aber auch nicht weiter. Wir beendeten die Leichenschau. Die Erkenntnisse waren nicht gerade üppig. Es war einigermaßen klar, dass die Mordwaffe ein Messer war, aber das hatte ich auch vorher schon gewusst. Neue Hinweise zur Klärung des Falls hatte ich keine gewonnen. So bedankte ich mich bei dem Herrn Physicus für seine wertvolle Mithilfe und verabschiedete ihn. Seine Frage nach einem Honorar beantwortete ich mit der Empfehlung, im fürstbischöflichen Jagdschloss nachzufragen. Insgeheim hoffte ich, man möge ihm dort einen gehörigen Tritt in den Allerwertesten geben.

Nun war es an Adam, das Antlitz des Toten zu zeichnen. Während er dies tat, begleitete ich den Pfarrer zurück auf den Kirchhof. Dort verabschiedete ich mich von ihm, was er mit sichtlicher Erleichterung aufnahm. Ich veranlasste noch, dem Leichnam nun das Totenhemd anzuziehen und ihn an einem Platz an der Friedhofsmauer unweit des Leichenhauses beerdigen zu lassen. Inzwischen war es fast Abend geworden und wir wollten noch eine ganze Reihe weiterer Personen befragen. So beschloss ich, die Nacht in Greding zu verbringen. Als Beauftragte des Bischofs wurden wir in einer Kammer seines Jagdschlosses untergebracht und dort auch verköstigt. Adam und ich waren nach diesem Tag ausgesprochen müde und fielen, kaum dass wir zu Abend gegessen hatten, ins Bett.

Am nächsten Vormittag ließ ich die Gredinger Bürger durch den Ausrufer auf dem Marktplatz versammeln. Da ich schon die Erfahrung gemacht hatte, dass man meinen Wiener Zungenschlag in der Gegend nur mit Mühe verstand, forderte ich Adam auf, die wichtige Angelegenheit zu verkünden.

»Monsieur Francobaldi und ich sind im Auftrag seiner Exzellenz des Fürstbischofs hier, um den Mord, der vor wenigen Tagen hier geschehen ist, zu untersuchen. Seine Exzellenz hat befohlen, eine Zeichnung des Toten anzufertigen. Wir werden euch diese nun zeigen und erbitten Auskunft, falls jemand den Toten schon einmal gesehen hat.«

Nach diesen Worten, die Adam erstaunlich sicher gesprochen hatte, gingen wir beide mit dem angefertigten Konterfei durch die Menge. Irgendjemand musste den Toten doch zu seinen Lebzeiten gesehen haben! So gelangten wir schließlich an die Wirtin der Poststation.

»Ja, den kenne ich – vielmehr ich habe ihn bei uns gesehen, weiß aber seinen Namen nicht.«

Ich bat sie, sich zur Verfügung zu halten, bis wir auch noch den Rest der Anwesenden befragt hatten. Es stellte sich jedoch heraus, dass es außer der Auskunft der Wirtin keine weiteren Hinweise mehr gab. Nachdem wir die Leute also wieder zu ihren Geschäften entlassen hatten, wandten wir uns besagter Wirtin zu und gingen mit ihr in die wenige Schritte entfernte Posthalterei.

»Bitte erzählt alles ganz genau«, forderte ich sie auf, »für uns könnte alles wichtig sein, auch wenn es Euch nicht so scheint. Der junge Herr Secretarius wird Eure Ausführungen zu unserer Verwendung aufschreiben.«

»Ja, da gibt es nicht viel zu erzählen. Der Herr kam am späten Nachmittag des 29. Oktober mit der Postkutsche hier an und nahm Quartier, welches er im Voraus bezahlte. Er sagte, er habe geschäftlich hier zu tun und wolle wohl sechs Nächte bleiben. Für diese Frist zahlte er auch. Er aß hier zu Abend und nahm auch die folgenden Tage alle Mahlzeiten bei uns ein. Ich habe mich freilich gewundert, was solch ein feiner Herr bei uns für Geschäfte haben möchte. Vor allem auch deshalb, weil der Herr immer in seinem Zimmer blieb, nicht ausging und nur zu den Mahlzeiten herunterkam. Als er gestern nicht mehr erschienen ist, habe ich ihn aber ganz vergessen. Bei all der Aufregung um den unbekannten Toten und all den Gerüchten, die deswegen in der Stadt umgingen, habe ich nicht mehr weiter über sein Ausbleiben nachgedacht.«

Ich war fassungslos. Diese Person schien mir wirklich nicht sehr gewitzt, wenn sie in solch einer Situation nicht darauf kam, dass der Tote ihr Hausgast gewesen sein könnte. Hätte sie sich an die zuständige Stelle (wenngleich ich zugeben musste, dass ich auch nicht gewusst hätte, welche das denn sein könnte) gewandt, so hätte uns das einige Zeit ersparen können. Notgedrungen unterdrückte ich aber meinen Ärger und versuchte stattdessen, noch mehr zu erfahren.

»Könnt Ihr Euch noch erinnern, wann genau Ihr ihn zum letzten Mal gesehen habt?«

Nach Auskunft der Wirtin war das am letzten Tag des Oktobers, abends gegen acht Uhr. Wie auch die Tage zuvor hatte er allein gespeist und war auch ohne Begleitung aus der Wirtsstube gegangen. Diese Aussage bestätigte im Wesentlichen eigentlich nur, was wir ohnehin schon wussten. Der Fremde war also nach acht

Uhr noch einmal zum Gottesacker aufgebrochen. Aber was wollte er dort? Ein gewöhnlicher Spaziergang dürfte es kaum gewesen sein. Das Wetter war an diesem Abend eher unwirtlich. Das erhärtete die Vermutung, dass er den Ort bewusst aufgesucht hatte – zu welchem Zweck auch immer. Auch das Gerücht, ein weiterer Unbekannter sei am frühen Morgen des ersten Novembers aus der Stadt abgereist, wurde von der Wirtin bestätigt. Ja, der Fremde habe morgens gegen halb fünf mit einer Extrapost Greding mit einem ihr unbekannten Ziel verlassen. Zu diesem Zeitpunkt hatte sich die Nachricht von dem Mord noch nicht verbreitet, sodass er ungehindert das Stadttor passieren konnte. Dieser zweite Fremde sei nur eine Nacht hier gewesen, sie hatte auch keinerlei Verbindung zwischen den beiden Gästen bemerkt.

Der einzige Hoffnungsschimmer schien mir nun darin zu bestehen, dass die Habseligkeiten des Toten noch unangetastet auf seinem Zimmer waren, da man ihn ja noch als Hausgast wähnte. Ich forderte die Wirtin also auf, uns besagtes Zimmer zu zeigen. Unser Fremder reiste augenscheinlich nur mit leichtem Gepäck. Auf seinem Zimmer fanden sich außer einer großen Reisetasche mit seiner Leibwäsche und zwei Hemden keine persönlichen Gegenstände, die über ihn hätten Auskunft geben können. Ein Buch mit dem Titel *Émile ou de l'éducation* eines gewissen Jean-Jacques Rousseau führte er mit sich. Ich glaubte, den Namen des Autors schon irgendwo einmal gehört zu haben, doch konnte ich mich nicht erinnern, bei welcher Gelegenheit. Meine Kenntnisse des Französischen reichten auch nicht aus, um auf die Schnelle irgendwelche Erkenntnisse zu gewinnen. War der Unbekannte vielleicht Professor gewesen? Professor der Philosophie möglicherweise. Neben dem Buch fanden sich mehrere Blätter beschriebenen Papiers, worauf der Fremde, wie mir auf den ersten Blick schien, wohl eine Übersetzung des französischen Textes versucht hatte. Es schien darin um Erziehung zu gehen. Ich wollte mich dessen später noch genauer versichern und wies Adam an, alles in der Reisetasche zu verstauen, damit wir es mit nach Eichstätt nehmen konnten. Wir wollten gerade aufbrechen, als sich die Wirtin noch auf etwas besann. Ganz offensichtlich war es ihr selbst unangenehm, dass sie nicht schon früher auf die Idee gekommen war, der Tote könne ihr Hausgast gewesen sein. Unsicher wandte sie sich an mich:

»Verzeiht, Herr, ich weiß nicht, ob es etwas bedeutet, aber Ihr selbst habt ja gesagt, ich solle alles sagen, mag es mir auch noch so unbedeutend erscheinen. Nun, ich weiß nicht, woher der Fremde kam, aber er hatte einen Zungenschlag wie Ihr selbst.«

Das war nun wirklich eine interessante Neuigkeit! Der Tote kam also aus Wien? Ein weiter Weg, um in dieser kleinen Stadt schließlich als Mordopfer zu enden. Das warf einmal mehr die Frage auf, was ihn hierhergeführt haben mochte. Andererseits machte es einen Mord aus persönlichen Gründen eher unwahrscheinlich. Der Fremde hatte wohl kaum persönliche Beziehungen zu irgendeinem der hiesigen Bürger. Das wiederum deutete darauf hin, dass auch der Mörder kein Einheimischer war. Oder war es doch eine zufällige Begegnung auf dem Kirchhof gewesen? Das erschien mir allerdings unwahrscheinlich.

So machten wir uns schließlich mit den wenigen Habseligkeiten des toten Wieners und mit Fragen über Fragen und nur wenigen Antworten wieder auf den Weg nach Eichstätt. Ich war erschöpft und dämmerte vor mich hin. Am liebsten hätte ich geschlafen, doch die Kälte im Wagen hielt mich davon ab. Adam schien in Gedanken versunken. Als wir so einige Meilen schweigend zurückgelegt hatten, schien er sich ein Herz zu fassen und stellte eine Frage, die ihn wohl schon geraume Zeit beschäftigt hatte.

»Verzeiht meine Neugierde, Monsieur Francobaldi, aber die Wirtin sagt, der Tote hatte Euren Zungenschlag. Woher kommt Ihr denn?«

Ich war wie vom Donner gerührt! Wie konnte der Bursche das nicht wissen? Aber beim Licht meines Verstandes betrachtet: Woher hätte er es denn wissen sollen? Und so erklärte ich ihm: »Nun, mein Junge, ich komme aus der schönen Stadt Wien. Der prächtigsten Stadt der ganzen Welt, wenn man vielleicht von Paris einmal absieht.«

»Wien.« Adams Augen leuchteten. »Ach bitte, erzählt doch!«

Und so schwärmte ich ihm von Schloss Schönbrunn samt seinen famosen Parkanlagen vor. Ich erzählte vom Stephansdom, unserem geliebten Steffel, der so viel imposanter war als der Dom zu Eichstätt. Ich schilderte ihm, wie die breiten Prachtstraßen aussehen, erzählte von den Theatern und vor allem von der

Oper. Ich berichtete in schwärmerischem Ton von den zahlreichen Kutschen, die dort fuhren, und den Damen in ihren prächtigen Gewändern samt ihren vornehmen Begleitern. Ich erzählte von den feinen Geschäften und von den Leckereien, die die Mandorlettikrämer feilboten, während mein junger Secretarius mit offenem Mund lauschte. Wir waren kurz vor Kinding, wo der Weg die Schwarzach entlang führte, und ließen vor unserem geistigen Auge die Stadt Wien mit all ihren Verlockungen erstrahlen, als plötzlich ein Pistolenschuss unmittelbar hinter uns die vormittägliche Stille zerriss. Die Pferde scheuten und versuchten mit aller Gewalt, sich vom Ursprung des erschreckenden Geräusches zu entfernen. Panisch galoppierten sie von der Straße auf die danebenliegende Wiese und auf den Fluss zu. Kutsche, Kutscher und Insassen rissen sie mit ihren ungeheuren Kräften wie willenlosen Ballast mit sich. Ohnmächtig wurden wir wild hin und her geschleudert. Scheinbar endlos schleiften uns die Tiere buchstäblich über Stock und Stein. Es gab kein Mittel dagegen und kein Halten, bis schließlich im unwegsamen Gelände ein Hinterrad brach. Das verlangsamte die Tiere zwar etwas, brachte sie aber immer noch nicht zum Stehen. Im Gegenteil: Wir wurden jetzt sogar noch mehr durchgerüttelt. Durch den heftigen Regen der vergangenen Nacht war der Boden sehr aufgeweicht. Das erschwerte ihr Vorankommen zusätzlich und so gelang es dem Kutscher schließlich, nachdem sich die Tiere verausgabt hatten, sie doch zum Stehen zu bringen. Adam und ich waren kreidebleich, als wir mit wackligen Knien schließlich aus dem Gefährt stiegen. Wir waren nur noch wenige Schritte vom Fluss entfernt. Die Schwarzach ist zwar nicht sonderlich tief, allerdings hätte das eiskalte Wasser uns bei diesen Temperaturen doch erheblichen Schaden zufügt. Die Kutsche war gerade noch rechtzeitig zum Stehen gekommen. Vor allem aber wären wohl unsere mitgeführten Zeichnungen und Notizen verdorben gewesen. So dankten wir unserem Schutzengel, dass es beim Schreck geblieben war.

Rapport an seine Exzellenz

Der unglückliche Zwischenfall hatte unsere Rückkehr um einige Stunden verzögert. Der Kutscher hatte erst nach Greding zurücklaufen und den dortigen Wagner zum Auswechseln des Rades holen müssen. Als wir endlich in Eichstätt angekommen waren, begann es bereits wieder zu dämmern und es war bitterkalt. Der Kutscher steuerte direkt auf den Hofstall zu und entließ uns dort. Das Ereignis schien ihn nicht sonderlich beeindruckt zu haben. Wir machten uns auf den Weg in Richtung Stadt, Adam mit seinen Utensilien unter dem Arm, ich mit der Reisetasche des Toten, in der ich die Asservate sorgsam verwahrt hatte. Adam begleitete mich in meine Stube. Die Witwe Templer begegnete uns wohl nicht rein zufällig im Hausgang. Sie grüßte kaum und erkennbar unfreundlich und war, wie es schien, vor allen Dingen neugierig. Heute bemühte auch ich mich nicht, ihr freundlich zu begegnen, sondern verschwand mit meinem Adlatus in meiner Kammer, die zu meiner allergrößten Verwunderung sogar ein wenig geheizt war. Hatte sie gewusst, dass ich heute zurückkommen würde? Adam übergab mir kurzerhand seine Skizzen vom Tatort und von der Leiche und zu meiner Überraschung auch eine Gesamtübersicht von Greding. Diese hatte ich ihm nicht angeschafft und mir war auch völlig schleierhaft, wie er sie in der Kürze der Zeit hatte anfertigen können. Der Lageplan enthielt alle wesentlichen Informationen: die beiden Kirchen, den Karner samt Leichenhaus, das Pfarrhaus, die Stadtmauer mit einigen Türmen, das fürstbischöfliche Schloss, den Marktplatz und die Posthalterei. Adam war wirklich ein Genie.

»Wann hast du das gezeichnet?«, wollte ich von ihm wissen.

»Ich war morgens schon früher wach als Ihr, Monsieur Francobaldi. Da wollte ich die Zeit nutzen.«

Er verblüffte mich immer wieder aufs Neue. Er hatte wirklich eine sehr gute Auffassungsgabe. Was wohl eines schönen Tages noch aus ihm werden würde? Wenn man seine Bildung noch ein wenig verbessern würde, könnte er es sicher weit bringen.

Nachdem ich ihn weggeschickt hatte, überlegte ich mir, was nun weiter zu tun wäre. Selbstverständlich musste ich dem Bischof Bericht erstatten. Allerdings fürchtete ich, dass er mehr Ergebnisse von mir erwarten würde als das Wenige, was Adam und ich zusammengetragen hatten. Ich fühlte mich unwohl. Wieder einmal und wie so oft. Obwohl ich nun schon einige Lebenserfahrung hatte, konnte ich eine Eigenschaft doch nicht ablegen, so gern ich das auch getan hätte: Stets stellte ich die allerhöchsten Anforderungen an mich. Nie war ich mit mir und dem Erreichten zufrieden. Selbst dann nicht, wenn es angesichts der Umstände das Bestmögliche war. So ging es mir auch jetzt. Und wie sollte ich es überhaupt anstellen, zum Fürstbischof zu gelangen? Sollte ich kurzerhand zur Residenz marschieren und dem Wachpersonal am Eingang melden, ich wünsche seine Exzellenz zu sprechen? Oder sollte ich einen der Laufburschen abpassen, ihm ein paar Kreuzer in die Hand drücken und bestellen lassen, dass ich seiner Durchlaucht wichtige Nachrichten zu überbringen hätte? Ich überlegte noch, als ich unvermutet von dem Problem erlöst wurde. Wieder klopfte es nämlich an meiner Tür. Es war der Bursche, der mich zwei Tage zuvor aufgesucht und auf sonderlichen Wegen in die Residenz geleitet hatte. Diesmal stammelte er die Worte *Bischof* und *mitkommen*. Aber heute begriff ich sofort und schloss mich ihm ohne Misstrauen an. Der Weg, den wir einschlugen, war ein anderer als einige Tage zuvor, aber auch dieses Mal war es einer, von dem wahrscheinlich nicht viele wussten. Der Knabe aber schien tatsächlich jeden Winkel, jedes Schlupfloch in dieser Stadt zu kennen. Da ich mittlerweile wusste, dass es bei seiner Botentätigkeit mit rechten Dingen zuging, stellte ich ihm eine Frage, die mich seit der ersten Minute unserer Begegnung beschäftigte.

»Sag, wie kommt es, dass du als Bote für seine Exzellenz unterwegs bist?«

Die Frage schien ihn zu überraschen und es kostete ihn aus Scheu sichtlich Überwindung zu antworten. Gepresst und kaum verständlich stieß er hervor: »Wohne im Armenhaus. Exzellenz gibt Brot, wenn ich Botengang tue, manchmal auch ein' Kreuzer.«

So war das also, das war des Rätsels Lösung. Der Fürstbischof hatte offenbar auch eine soziale Ader.

Ich erstattete Johann Anton Rapport über das Spärliche, was ich zusammen mit Adam herausgefunden hatte. Er schien nicht sonderlich beeindruckt, bis ich ihm schließlich den Zettel mit der Aufschrift *Scipio Aemilianus* und den Siegelring mit der Eule überreichte. Das Buch erwähnte ich nicht und lieferte es auch nicht ab. Warum, wusste ich selbst nicht recht. Irgendwie hegte ich die Hoffnung, es könne mich vielleicht noch auf eine Fährte bringen. Er musterte die Gegenstände aufmerksam, überlegte eine Weile und fragte schließlich: »Habt Ihr eine Ahnung, was es mit diesen sonderbaren Dingen auf sich haben mag?«

»Nein, Exzellenz. Und leider habe ich auch unter den befragten Personen niemanden gefunden, der mir darüber hätte Auskunft geben können. Doch hätte mich das, ehrlich gesagt, auch eher erstaunt. Wer sollte in einem Landstädtchen wie Greding etwas mit *Scipio Aemilianus*, einem römischen Feldherrn, anfangen können? Auch ich selbst kann, wie ich schon sagte, leider beim besten Willen keine logische Verbindung zum Ermordeten herstellen. Es könnte sich dabei eventuell um einen Decknamen handeln. Aber bislang fehlt mir jeglicher Hinweis, wer der Tote war, und es bleibt ebenso rätselhaft, warum er diesen Namen notiert hatte und bei sich trug. Außerdem glaube ich, dass auch die Eule durchaus eine symbolische Bedeutung haben könnte. Aber auch die erschließt sich mir augenblicklich noch nicht. Vielleicht handelt es sich um ein Familienwappen.«

»Ja, Francobaldi, rätselhaft das Ganze, sehr rätselhaft«, entgegnete er mit einem tiefen Seufzen. »Wir können Euch leider auch nicht helfen. Ihr werdet weiter ermitteln müssen. Berichtet unverzüglich, wenn Ihr zu neuen Erkenntnissen gelangt seid.«

Wortlos gab er mir die Skizzen zurück, die ich ihm gezeigt hatte, den Ring und den Zettel behielt er jedoch für sich. Eine vorsichtige Geste, die ich in Richtung dieser Gegenstände machte, blieb ihm nicht unbemerkt, aber seine Exzellenz machte keine Anstalten ihr zu entsprechen.

»Dank für Eure Bemühungen, Francobaldi«, sagte er, wie um von meinem Begehren nach den Gegenständen abzulenken und entließ mich. Die erwartete Kritik ob der mageren Untersuchungsergebnisse war zwar ausgeblieben, aber ich hatte nach wie vor nicht den leisesten Schimmer, wie ich seinem Wunsch nach Aufklärung des Falls nachkommen sollte.

Aus der Chronik des Jakob Messer, Stadtpfarrer zu Greding

ach langer Bauzeit ist im Juli glücklich unser neues Schulhaus fertig gestellt worden. Es ist ein prächtiges Gebäude, alldieweil wir aber noch keinen neuen Lehrer haben, liegt das Schulwesen unverändert arg darnieder. Wir hatten gehofft, im Frühjahr beginnen zu können, doch zog sich erst der Bau hin und dann hat sich der Herr Candidatus, welcher als Schulmeister bestimmt gewesen, anderweitig umgesehen. Ist zwar dem Vernehmen nach ein neuer gefunden, allerdings ist selbiger bislang nicht eingetroffen und nun heißt es gar, er würde die Stelle wahrscheinlich doch nicht antreten. So müssten wir wieder auf einen anderen warten und derweil müsste weiterhin der Mesner einspringen. Ist ihm aber nicht sonderlich genehm.

Haben in diesem Jahr eine reiche Ernte glücklich und ohne besondere Vorkommnisse eingebracht, wofür freilich alle dankbar sind. Allein die Freude ist getrübt, weil im Ort immer noch starke Aufregung ob des schrecklichen Mordes herrscht.

Am Tage des Heiligen Martin wurde in seiner Kirche endlich der neue Hochaltar eingeweiht, war aber die Feierlichkeit völlig überschattet von den traurigen Ereignissen wenige Tage zuvor. Und auch die Jagd, so unser Herr Fürstbischof hier für den 20. November angesetzt hatte, ist sehr bescheidentlich ausgefallen. Die vornehmen Herren waren nur einen Tag da. Dann ist die Gesellschaft weitergezogen auf seiner Exzellenz Schloss in Hirschberg. Dort sollen sie, wie man hört, die nächsten Tage eine gar große Hatz abgehalten haben.

Vorige Woche, den 23. Dezember, ist nach langer Krankheit unser verehrter Herr Stadtvogt verschieden. War ein braver Mann, der seinen Dienst hier zwanzig Jahre treulich versah. Die Aufregungen der letzten Zeit haben seine angegriffene Gesundheit vollends zerstört. Hat ihm das Herz abgedrückt, dass er krank auf dem Lager liegen musste und nichts in dieser schrecklichen Sache unternehmen konnte.

Seine Exzellenz, unser gnädiger Herr Fürstbischof, hat einen gewissen Francobaldi geschickt, den Mord zu untersuchen. Er hat zwar peinliche Fragen gestellt, sogar unseren Physicus bemüht, doch ist es ihm bislang nicht gelungen, den Täter dingfest zu machen, noch nicht einmal herauszufinden, wer der unglückliche Tote gewesen sein möcht. So liegt's allein in Gottes Hand. Mag der Verbrecher auch der irdischen Gerechtigkeit entkommen, der Zorn Gottes kommt doch über ihn, ihn zu richten.

Ich meine freilich, je weiter die Zeit voranschreitet, ohne dass man Näheres weiß, desto unheimlicher wird der Unbekannte den Leuten hier. Vierzehn Tage nach dem Mord ist schon der Lehner im Namen der Sebasti Bruderschaft mit dem Ansinnen zu mir gekommen, man möge den Novemberrosenkranz für die verbleibenden zwei Wochen nach St. Jakob verlegen. Ich hab's abgelehnt. Ist doch der Novemberrosenkranz seit alters her in der Martinskirche.

Als dann just am ersten Dezember der armen Fuchsbäuerin ihr Kindlein am Keuchhusten verstarb, wollt sie's auf keinen Fall leiden, das Würmlein im Leichenhaus aufzubahren. Es sei der erste Tote nach dem Ermordeten darin und das werde sie nicht zulassen und wenn's ihr eigenes Leben kosten solle. Ich musst der Frau schließlich nachgeben. Sie hätt mir sonst noch die ganze Gemeinde rebellisch gemacht, alldieweilen der Armen innert zwei Jahren vier Kinder verstorben sind. Gott sei ihrer aller Seelen gnädig! Was nun aber das Grab des Unbekannten angeht, so scheuen sich die Leute, daran vorbeizugehen und wenn sie's müssen, bekreuzigen sie sich. Die Mütter fassen ihre Kinder bei der Hand und schicken ein Stoßgebet zum heiligen Cyriacus, die Anfeindungen böser Geister abzuwehren, oder murmeln ein Ave-Maria. Auch gibt es schon böses Geschwätz, der Tote sei womöglich mit dem Teufel im Bunde gewesen. Immerhin habe er ein geheimnisvolles Buch bei sich geführt, darin er all die Tage, eingeschlossen in seiner Kammer, gelesen habe. Ich habe zwar von der Kanzel eindringlich gepredigt *Du sollst kein falsches Zeugnis ablegen wider deinen Nächsten,* doch ich fürchte, es ist nur noch eine Frage der Zeit, bis die jungen Burschen zum Beweis ihres Mutes nachts das Grab aufsuchen werden.

Auch habe ich den Eindruck, man begegnet Fremden seither misstrauischer, so als könnten sie noch mehr Unheil über unsere Stadt bringen.

So schließ ich denn die Chronica am letzten Tag im Jahr des Herrn 1787.

Post Scriptum in eigener Sache: Der Herr Secretarius, welcher zu Beginn des

Oktobers bei der Witwe Fumy Quartier genommen, ist nun auch wieder fort. Er musst im Dezember seinen neuen Dienst als Hauslehrer antreten und reiste schon Mitte November ab. Seine neue Herrschaft hat ihn sogar mit einer eigenen Kutsche abgeholt. Die Sache war so eilig, dass er sich nicht einmal mehr von mir verabschieden konnt. Hat der armen Witwe aber noch für den gesamten Monat Mietzins bezahlt. Das wird ihr über den Winter helfen. Mir ist sein Fortgehen leid, hat er mich doch trefflich unterstützt, indem er das Kirchbuch fortschrieb. Meine Augen und auch meine Finger wollen doch nicht mehr so recht und bereitet mir das Schreiben zunehmend Mühe. Doch will ich, solang ich es vermag, treulich die Chronica unserer kleinen Stadt verfassen. Was den Herrn Secretarius betrifft, so hab ich mich gern mit ihm unterhalten. Er wusst viel zu berichten von unserer gemeinsamen Alma Mater zu Ingolstadt, wo ich vor nunmehr fast dreißig Jahren studiert. Er hat ebendort ein Semester Theologiam studiert, ist dann aber zur Juristerei übergewechselt. War kurzweilig mit ihm zu plaudern und wusst auch viel zu erzählen von seinen Lehrern. Insbesondere von einem Professor Weishaupt, bei welchem er Philosophie und Kirchenrecht gehört hat. Der Herr Secretarius hat auch sehr schön die Orgel gespielt, ich hörte ihm gerne an Sonntagnachmittagen zu.

Möchte noch einmal gern die Orgel im Münster zu Ingolstadt hören, würde auch gern noch einmal unsere prächtige Universitätskirche Maria de Victoria sehen. Allein die Sorge um die mir anvertrauten Pfarrkinder lässt eine solche Reise nicht zu. So versehe ich weiter getreulich meinen Dienst, solange es Gott, dem Allmächtigen gefällt. Allein durch die Erzählungen des Herrn Secretarius ist mir alles wieder recht frisch ins Gedächtnis getreten.

Die Einladung

efrorener Nebel hatte aus den Bäumen und Sträuchern bizarre Landschaften geformt. Das Christfest war mit einer sehr schönen, feierlichen Mette im Dom und einem ebensolchen Hochamt begangen worden. Ich stellte zu meiner Freude fest, dass der Herr Fürstbischof sich aufs Predigen verstand. Adam hatte ich zu Weihnachten eine Kleinigkeit als Dankeschön für seine zuverlässigen Dienste geschenkt und er hatte sich mit einem schönen Wachsbild revanchiert. Zum Jahreswechsel hatte Johann Anton seine Untertanen mit einem Lustfeuerwerk erfreut. Sonst aber war in den letzten Wochen nichts Nennenswertes passiert und ich in meinen Ermittlungen noch nicht wesentlich weitergekommen. In der Vermutung, es könne sich bei dem Toten um einen Professor handeln, hatte ich sein Konterfei am örtlichen Lyzeum herumgezeigt, aber dort kannte ihn niemand. Man verwies mich nach Ingolstadt, möglicherweise wisse dort an den höheren Schulen oder der Universität jemand irgendetwas. Ich hatte mir wegen des schlechten Wetters die Fahrt dorthin nicht zugemutet, sondern lediglich brieflich nachgefragt. Den Schreiben hatte ich jeweils ein Konterfei des Toten beigelegt. Adam hatte davon noch mehrere angefertigt. Die Antworten waren aber durchweg negativ. Auch meinen Bruder in Wien hatte ich brieflich gebeten, an den entsprechenden Schulen und der Universität Erkundigungen einzuziehen, ob dort jemand den Philosophen, wie ich ihn mittlerweile bei mir nannte, kenne. Zu diesem Zweck hatte ich ihm ebenfalls ein Konterfei mitgeschickt. Doch auch von dort war die Antwort, die nach einigen Wochen eintraf, negativ.

Bei meiner Suche nach dem unbekannten Fremden, der aus Greding aufgebrochen war, war ich ebenfalls keinen Schritt weiter. Ich hatte zwar herausgefunden, dass ein Mann mit besagter Extrapost noch vor Morgengrauen nach Nürnberg aufgebrochen war, doch dort verlor sich seine Spur. Genaugenommen verlor sie sich schon in Hilpoltstein, denn bis zur dortigen Poststation hatte ihn der Kutscher gefahren. Angeblich wirkte er bei seiner Abreise überaus verstört, aber was besagte das schon. Für den Moment war ich mit meinem Latein am

Ende und konnte nur noch auf einen glücklichen Zufall hoffen, der mich auf irgendeine Spur brächte. Adam hatte mich bei meinen Unternehmungen begleitet, arbeitete aber ansonsten in der bischöflichen Kanzlei weiter. Ich hätte ihn, wenn es die Sache erforderte, allerdings jederzeit für meine Dienste beanspruchen dürfen. Allein die Sache erforderte es nicht.

Da erreichte mich am Morgen des dritten Januars ein kurzer Brief des Dompropstes Ludwig Graf Cobenzl. Dieser lud mich für den Dreikönigsabend zu einer musikalischen Soirée in sein Stadthaus. Bislang hatte ich das repräsentative Gebäude unweit des Domplatzes nur von außen gesehen. Schon oft hatte ich mich gefragt, wie das weitläufige Palais wohl innen gestaltet wäre. Ich nahm an, dass der Graf sich mit dieser freundlichen Geste für die Noten bedanken wollte, die ich ihm auf Bitten seines Bruders Philipp von Wien hierher mitgebracht hatte, war aber dennoch überrascht, dass mir als Bürgerlichen eine solch unerwartete Ehre zuteilwurde. Froh, der Enge meiner klammen Kammer wenigstens für einen Abend entrinnen zu können, nahm ich die Einladung dankbar an.

»Ah, mein lieber Francobaldi, schön, Euch persönlich kennenzulernen«, begrüßte mich Graf Cobenzl am bewussten Abend. Ich schätzte ihn etwas jünger als mich. In seiner offenen und umgänglichen Art war er mir auf Anhieb sympathisch.

»Wir haben große Freude an den Noten für Mozarts neueste Kammerkonzerte, die Ihr uns mitgebracht habt. Eines, das Streichquintett, eine Serenade in G-Dur, werden wir unseren Gästen gleich heute Abend zu Gehör bringen. Die erste Geige spielt dabei übrigens mein Freund, der Herr Domkapitular Clemens August Graf Hatzfeld, seinerseits ein persönlicher Freund unseres hochverehrten Wolfgang Amadeus Mozart. Die zweite Violine hat dankenswerterweise Martin Sausenhover übernommen, der, wie Ihr hören werdet, bereits große Erfahrung mit musikalischen Darbietungen hat. Die beiden spielen auch oft im Duett und sind im wahrsten Sinne des Wortes bestens aufeinander eingespielt. An der Viola sitzt ein vielversprechender junger Jurist, Ägidius Netter, der erst seit Kurzem in unserer schönen Stadt ist und der es wohl noch weit über die Grenzen Eichstätts hinaus bringen wird. Wir hoffen freilich, dass es damit noch etwas Zeit hat und wir uns noch lange an seiner Musikalität und seinem Witz erfreuen können. Das Cello spielt ganz vortrefflich Josef Schmidtpeter, seit letztem Jahr Professor am hiesigen Lyzeum. Er hat übrigens in Wien Theologie und Naturrecht studiert, bevor er zu uns gekommen ist, um hier die Hofedelknaben zu erziehen. Er wird sich bestimmt freuen, einmal wieder den Wiener Zungenschlag zu hören und Neuigkeiten aus dieser schönen Stadt zu erfahren.«

»Mit dem Stück, das Ihr für den heutigen Abend gewählt habt, dürften die Herren eine sehr gute Wahl getroffen haben. Der Kopist hatte Mozarts Werk erst wenige Tage vor meiner Abreise aus Wien erhalten und war mit der Anfertigung der Notenblätter glücklicherweise gerade noch rechtzeitig fertig geworden, sodass ich sie hierher mitnehmen konnte. Gehört habe ich das Werk noch gar nicht. Meines Wissens wurde es in Wien überhaupt noch nicht aufgeführt. Gut möglich also, dass wir hier in Eichstätt die Weltpremiere erleben.«

Die Musiker bedankten sich noch einmal ausdrücklich für diese Kostbarkeit und stellten für den Abend einen echten musikalischen Leckerbissen in Aussicht.

»Ihr dürft ihnen glauben«, beteuerte Cobenzl, als er mich von dem Quintett wegführte, um mich den übrigen Gästen vorzustellen, »die Fünf verstehen etwas von Musik. Ihre Virtuosität könnt Ihr schon an der Kürze der Zeit erkennen, die sie zum Proben zur Verfügung hatten. Ägidius Netter, der die Viola spielt, war den ganzen Oktober und auch noch den halben November außerhalb Eichstätts unterwegs und dann befand sich der arme Sausenhover, der zweite Violinist, eigentlich den ganzen November unpässlich, ohne dass man recht wusste, was ihm eigentlich fehlte. So blieb ernsthaft nur der Dezember, um das Stück einzustudieren.«

Daraufhin stellte er mich weiteren Gästen vor, deren Namen ich mir aber längst nicht alle merken konnte. Doch fiel mir auf, dass in dieser Gesellschaft Adel und Bürger gemischt waren. So war ich also aufgrund meines Standes beileibe keine Ausnahmeerscheinung, wie ich befürchtet hatte. Allenfalls mein Status als Neuankömmling hob mich von den übrigen Gästen ab, die sich offenkundig alle sehr gut kannten. Ich lernte den Herrn Stadtsyndikus Josef Gerstner kennen, den Stadtphysicus Balthasar Bachmayr und den Herrn Advokat Franz Georg Lang, der, wie ich erfuhr, seit etlichen Jahren im Städtchen Berching, das zum Hochstift gehörte, als Stadt- und Gerichtsschreiber tätig war. Anlässlich der festlichen Soirée war er von dort extra angereist. Auch ein Freiherr Roth von Schreckenstein, der sich vor einigen Jahren aus fürstbischöflichem Dienst auf die Güter seiner Familie zurückgezogen hatte, war gekommen.

»Darf ich Euch noch mit einem ganz besonderen Ehrengast bekannt machen, werter Francobaldi«, ergriff Cobenzl wieder das Wort, als wir schon fast am Ende des Saals angekommen waren und dort noch auf eine weitere Gruppe von Gästen stießen. »Mein lieber Freund Hyazinth Arnold ist aus dem fernen Brünn in Mähren angereist, wo er seit einigen Jahren als Erzieher des jungen Grafen Kolowrat-Liebsteinsky wirkt. Wir kennen uns noch aus seiner Zeit in Eichstätt, wo er sich als Kanonikus verdient gemacht hat. Leider muss er morgen schon wieder abreisen. Aber vielleicht findet Ihr ja heute noch Gelegenheit zum Gedankenaustausch. Schließlich seid ihr ja beide mit dem Thema Erziehung befasst.«

Mein Gastgeber musste in der Tat sehr beliebt sein, wenn so viele seiner Gäste selbst in dieser unwirtlichen Jahreszeit so weite Reisen auf sich nahmen. Mit den adligen Herrschaften traute ich mich nicht recht ins Gespräch, obwohl sie ebenso umgänglich schienen wie die übrigen. Natürlich waren zahlreiche Anwesende aus dem Umkreis des Fürstbischofs, neben unserem Gastgeber, Graf Cobenzl selbst, beehrten die Domherren Graf Starhemberg und natürlich Clemens Graf Hatzfeld, der Musicus und Freund Mozarts, die Veranstaltung mit ihrer Anwesenheit.

Dieses Miteinander von Adligen und Bürgerlichen verblüffte mich. Aus Wien kannte ich so etwas nicht und bis zu diesem Abend war mir ein derart unkonventionelles Zusammentreffen auch undenkbar erschienen. Obwohl ich nicht wagte, ihn auf diesen für mich erstaunlichen Umstand anzusprechen, schien Graf Cobenzl meine Verwunderung zu bemerken.

»Lieber Francobaldi, es mag Euch erstaunen, uns hier in so bunt gemischter

Gesellschaft zu finden«, schmunzelte er. »In dieser Hinsicht, mag es auch protestantisch sein, nehmen wir uns das Herzogtum Weimar zum Vorbild. Die Residenzstadt der verehrten Anna Amalia ist nicht größer als unsere Stadt, doch scheinen die Herzogin und ihr Sohn vieles zu tun, um ihre Residenz zu einem geistigen Zentrum zu entwickeln. Damit will ich freilich nicht behaupten, dass wir hier Geistesgrößen wie Wieland, Herder oder gar Goethe hätten. Aber man weiß sich doch zu behelfen. In einem Journal habe ich übrigens gelesen, wie Goethe in die Hofgesellschaft eingeführt wurde: Als die Herzogin mit ihrem Stallmeister von Stein beim Kartenspiel saß, wurde dieser angeblich unvermutet weggerufen und man bat den Herrn Geheimrat Goethe, der wie zufällig in einer Angelegenheit anwesend war, seinen Platz einzunehmen.«

Dieser herzogliche Coup, die Standesgrenzen zu umgehen, imponierte Cobenzl offensichtlich ganz ungemein.

Nachdem wir der beachtlich gut vorgetragenen Serenade gelauscht hatten und anschließend keiner so recht ein Gespräch beginnen wollte, forderte mich Cobenzl schließlich auf:

»Lieber, geschätzter Monsieur Francobaldi, Ihr seid ja noch nicht allzu lange in der Stadt. Erzählt uns doch bitte von Euch, damit wir Euch besser kennenlernen. Bislang wissen wir nur Euren guten Geschmack in der Musik zu schätzen.«

»Da gibt es freilich nicht sonderlich viel zu berichten, Messieurs, doch will ich Euch das Wenige nicht vorenthalten. Es ist mir eine Ehre in Ihrer illustren Gesellschaft weilen zu dürfen. Geboren wurde ich im Jahre 1740 in einem kleinen Dorf unweit von Triest. Von daher rührt auch mein italienisch klingender Name. Allerdings habe ich an meinen Geburtsort so gut wie keine Erinnerung. Als ich noch keine drei Jahre alt war, zogen meine Eltern nämlich nach Wien. Mein Vater beherrschte das Handwerk des Guillochierens und er fand eine Anstellung bei einem bekannten Uhrmachermeister, der für den kaiserlichen Hof arbeitete. Als fein gearbeitete Uhren immer mehr Absatz fanden, vergrößerte der Meister sein Geschäft und nahm schließlich meinen Vater sogar als Compagnon auf. Ich bin der Älteste von ursprünglich vier Kindern. Die eine meiner Schwestern ist schon wenige Monate nach der Geburt gestorben, die zweite ist auf tragische Weise im Alter von acht Jahren verunglückt. Nun sind nur noch mein Bruder Giacomo und ich am Leben. Giacomo hat das Handwerk unseres Vaters erlernt. Ich dagegen durfte eine höhere Schule besuchen und später bei den Jesuiten studieren. Dort lernte ich Latein, Griechisch und auch ein wenig Französisch. Ich fand zunächst eine Anstellung als Hofmeister, dann bin ich verschiedenen Herrschaften als Sekretär, Archivar oder auch als Verwalter zur Hand gegangen. Schließlich bekam ich, nachdem Erzherzogin Maria Theresia anno '74 die allgemeine Schulordnung erlassen hatte, eine herausragende Aufgabe im Bildungswesen. Vor allem war ich mit dem Aufbau der Normalschulen befasst, in denen die Lehrer für die zwischenzeitlich zahlreich gewordenen Haupt- und Trivialschulen ausgebildet werden.

Allerdings verlor ich, als im Herbst des vorvergangenen Jahres meine geliebte Frau nach monatelanger Krankheit verstarb, ganz und gar die Lust an dieser Tätigkeit in meinem einst so sehr geliebten Wien. Dabei war es weniger die Tätigkeit als vielmehr der Ort, den ich kaum mehr ertragen konnte. Meine Ehe ist leider kinderlos geblieben, sodass mich jetzt außer meinem Bruder eigentlich nichts mehr mit Wien verbindet. Ich entschloss mich also, noch einmal außerhalb meiner Heimatstadt mein Glück zu versuchen und einen Neuanfang zu wagen. Und so kam ich dann im Oktober auf Empfehlung des Philipp Graf Cobenzl, des älteren Bruders unseres verehrten Herrn Dompropstes und heutigen Gastgebers, nach Eichstätt, wo ich nun auch mit der Errichtung einer Normalschule nach dem Vorbild von Johann Ignaz Felbiger befasst bin.«

Den ungewöhnlichen Auftrag seiner Exzellenz erwähnte ich bei dieser Gelegenheit vorsichtshalber nicht.

»Dann habt Ihr also alle Brücken in Eure alte Heimat abgebrochen?«, fragte mich einer der Anwesenden interessiert.

»Mit Verlaub, so würde ich es nicht bezeichnen. Ich habe vorerst meine Wohnung samt Mobiliar vermietet. Mein Bruder kümmert sich diesbezüglich um die finanziellen Angelegenheiten und ich stehe mit ihm in Briefkontakt. Aber wie ich schon sagte, ich suche einen Neuanfang – womöglich in Ihrer schönen Stadt.«

Der Abend war weit fortgeschritten, als ich meine Lebensgeschichte beendet hatte, und die Anwesenden schickten sich zum Aufbruch an. Da wandte sich Cobenzl noch einmal an mich.

»Wollt Ihr nicht die kommende Woche an unserem Lesezirkel teilnehmen? Ich habe Euch ja bereits erklärt, dass wir versuchen uns das Leben in unserer kleinen Stadt so anregend als möglich zu gestalten. Deshalb treffen wir uns oft in geselliger Runde, um der Musik zu lauschen oder auch um über Fragen der Philosophie zu disputieren oder uns über die neueste Literatur zu unterhalten. Nächste Woche wollen wir aus Rousseaus *Confessions* lesen und darüber diskutieren.«

Rousseau! Da war er wieder, der Autor, dessen Werk ich im Besitz des Toten gefunden hatte. Vielleicht also konnte mir Cobenzls Lesezirkel in der vertrackten Angelegenheit weiterhelfen. In dieser Hoffnung sagte ich meine Teilnahme für den kommenden Mittwochabend zu.

Das verbotene Buch

Der Lesekreis traf sich im Haus des Stadtsyndikus Gerstner, einem geselligen Mann, wie sich herausstellen sollte. Die meisten der Anwesenden kannte ich bereits von der Soirée her: Graf Starhemberg war da, der Advokat Lang, Freiherr Roth von Schreckenstein, der Herr Stadtphysicus sowie der junge Jurist Ägidius Netter. Insbesondere Graf Cobenzl, der mich ja eingeladen hatte, nahm mich gewissermaßen unter seine Fittiche und stellte mich dem Kaplan Ernst und Engelbert Sausenhover vor.

Man empfing mich herzlich. Ja, ich konnte mir gut vorstellen, hier Gesellschaft und Anregung zu finden, auch wenn ich im Moment den lebhaften Gesprächen, die sich vornehmlich um Eichstätter Angelegenheiten drehten, mangels Orts- und Personenkenntnissen noch nicht so gut folgen konnte. Man fragte mich, wo ich untergekommen sei. Ich war im Begriff zu antworten, als Cobenzl für mich das Wort ergriff: »Fürs Erste lebt er noch bei der Witwe Templer. Doch das wird sich sicher bald ändern.«

»Freut mich zu hören, lieber Cobenzl, freut mich zu hören«, entgegnete Advokat Lang. Den Sinn dieser Aussage begriff ich nicht, aber es ergab sich keine Gelegenheit mehr, danach zu fragen, denn nun sollte die Lektüre beginnen.

Um ehrlich zu sein, war ich, während man Auszüge aus den *Confessions* las, nicht recht bei der Sache. Zu sehr beschäftigte mich die Frage, wie ich mein persönliches Anliegen vorbringen sollte. Das besagte Buch trug ich in einer Tasche bei mir, ich wusste aber nicht, wie die Rede darauf lenken, da ich den eigentlichen Ablauf eines solchen Abends nicht kannte. Zudem war ich wie stets unsicher, hatte mich doch mein Auftraggeber ausdrücklich angewiesen, in der Angelegenheit diskret vorzugehen. Wie aber stellte man in diesem Zusammenhang diskret Fragen? Der passende Moment schien mir gekommen, als Madame Gerstner nach etwa einer Stunde mit einer kleinen Stärkung erschien. Wir erhoben uns von unseren Plätzen und es entspannen sich zwanglose Unterhaltungen. Cobenzl gesellte sich zu mir, um sich zu erkundigen, wie mir der Abend gefalle.

»Danke der Nachfrage, verehrter Graf, es ist außerordentlich interessant. Ich bin freilich in den Fragen der modernen Philosophie nicht sehr versiert, freue mich aber immer über Gelegenheiten wie diese, mein Wissen zu erweitern. Darf ich mir vielleicht in diesem Zusammenhang erlauben, auf ein anderes Werk des Monsieur Rousseau zu sprechen zu kommen, das in diesem Kreise unter Umständen auch von Interesse sein könnte? Ich selbst bin des Französischen leider nicht so mächtig und ich habe das Buch nur in der Originalversion.«

»Oh, très interessant, mein lieber Francobaldi! Ihr habt ein Originalwerk Rousseaus? Könnt Ihr es wohl bei Gelegenheit einmal mitbringen? Ihr müsst wissen, ich bin ein Freund bibliophiler Ausgaben.«

Inzwischen waren auch die Umstehenden durch Cobenzls begeisterten Ausruf auf unsere Unterhaltung aufmerksam geworden und ich spürte, wie mir wegen der auf mich gerichteten Blicke die Röte ins Gesicht schoss. Jetzt oder nie. Die Gelegenheit war günstig.

»Ich habe das Buch hier und zeige es Euch mit dem allergrößten Vergnügen.«

Endlich schien sich, zumindest was das ominöse französische Werk anbetraf, eine Erklärung zu finden und mit Gottes Hilfe brachte mich vielleicht diese Spur weiter. So überreichte ich Cobenzl Rousseaus *Émile*.

Die Reaktion war allerdings eine vollkommen andere, als ich erwartet hatte. Der bekennende Bücherfreund Cobenzl zuckte, als er den Titel des Werks sah, zusammen, als halte er ein brennendes Holzscheit in der Hand.

»Woher habt Ihr das?«, fragte er mich mit schreckgeweiteten Augen und in ungebührlich scharfem Tonfall. Ich war verwirrt. Was sollte ich von dem Fall preisgeben und wieso reagierte mein Gegenüber so unerwartet? Welchen Fauxpas hatte ich begangen?

»Woher habt Ihr das?«, wiederholte Cobenzl seine Frage.

»Nun ja, wie soll ich sagen – das Buch gehört mir nicht im eigentlichen Sinn. Es stammt aus dem Besitz eines Toten, der unter merkwürdigen Umständen ums Leben gekommen ist. Bislang hat niemand etwas über seine Identität herausgefunden und so hegte ich die Hoffnung, als Ihr den Namen Rousseau erwähntet, ich könnte vielleicht auf diesem Weg Licht in die Angelegenheit bringen.«

»Ich fürchte, wir können Euch in dieser Sache nicht weiterhelfen«, entgegnete Cobenzl merklich reserviert. »Nur so viel: *Émile* wurde kurz nach seinem Erscheinen verboten, die bereits gedruckten Exemplare öffentlich verbrannt. Der Autor musste aus Furcht vor Kerkerhaft aus Frankreich in die Schweiz fliehen. Der Besitz dieses Buches ist meines Wissens ebenso wie seine Verbreitung bei Strafe verboten.«

Das erklärte einiges. Zuvorderst das Phänomen, warum ich in dem Buch weder den Namen eines Verlags noch einen Erscheinungsort oder eine Jahreszahl gefunden hatte. Sehr wahrscheinlich war es nach dem Verbot heimlich gedruckt worden und man sollte seinen Entstehungsort nicht zurückverfolgen können. Die Herren sahen mich mit entsetzten Mienen wie einen Verbrecher an. Nach Cobenzls Erklärung herrschte ein Schweigen, das man nur als eisig bezeichnen konnte. Obwohl es in Gerstners Salon angenehm warm war, sehnte ich mich plötzlich nach meiner klammen Kammer.

»Alors«, löste Cobenzl schließlich die schier unerträgliche Spannung auf, »ich denke, es ist spät geworden und ich sollte aufbrechen.«

Dankbar schlossen sich auch die übrigen Gäste diesem Vorschlag an. Es schien, als wäre ich unsichtbar, überhaupt nicht existent. Keiner sprach mehr auch nur ein Wort mit mir und an eine weitere Einladung zum Lesekreis war unter diesen Umständen überhaupt nicht zu denken. Wie ein Aussätziger, der unbescholtene Bürger in bösester Absicht mit seinen ekelerregenden, eitrigen Geschwüren hatte anstecken wollen, schlich ich zurück in meine Behausung. Nie würde ich hier Fuß fassen, ganz zu schweigen davon, den Fall zu lösen!

Am nächsten Morgen fühlte ich mich immer noch wie zernichtet. Die Witwe Templer servierte mir unfreundlich und schweigsam wie immer mein Morgenmahl, das ich mehr oder weniger mechanisch zu mir nahm. Sei es, dass der Kaffee diesmal stärker war als sonst üblich, sei es aus anderen, mir unbekannten Gründen, die ganze Sache schien so ausweglos, ich so sehr in einem unentwirrbaren Dickicht oder einem Nebel verloren, dass sich mitten in meiner Resignation unerwartet, und für mich selbst überraschend, ein neues Gefühl regte.

Wenn ohnehin schon alles verloren war, konnte ich mich dem Rätsel genauso gut statt wie bisher mit eifrigem Ernst, mit spielerischem Gleichmut nähern. Bevor ich das Buch beim Fürstbischof abgeben und um meine Demission in dem Fall ersuchen würde, wollte ich mir das verdammte Machwerk, das mich mit einem Schlag ins gesellschaftliche Abseits geschleudert hatte, wenigstens noch einmal genauer ansehen. Sicher, meine Kenntnisse des Französischen reichten bei weitem nicht aus, um es zu lesen, dessen war ich mir bewusst. Doch hatte ich schon beim ersten Durchblättern in Greding bemerkt, dass der tote Besitzer einzelne Passagen unterstrichen hatte. Diese wollte ich mit den Notizen, die ich bei dem Buch gefunden hatte und für Übersetzungen hielt, vergleichen. Vielleicht konnte ich so wenigstens eine Idee davon bekommen, was in aller Welt so Brisantes darin enthalten war.

Laissez faire en tout la nature. Diesen Satz fand ich unterstrichen, konnte aber in den Notizen keine Übersetzung finden. Übersetzte ich ihn richtig, wenn ich den Satz so verstand: *Lassen Sie in allem die Natur walten?* Bei anderen Passagen aber war ich erfolgreicher, für sie fand ich Entsprechungen. *Alles ist gut, wie es aus den Händen des Schöpfers kommt, alles entartet unter den Händen des Menschen,* las ich da. Und weiter: *Die Menschen sind nicht dazu geschaffen, wie in einem Ameisenhaufen zu leben, sondern als Einzelwesen auf dem Boden, den sie zu bearbeiten haben. Je mehr sie sich zusammenrotten, umso entarteter werden sie. Die Krankheiten des Körpers ebenso wie die Laster der Seele sind das unvermeidliche Ergebnis des übergroßen Zusammengedrängtseins … Die Stadt ist der Schlund, der das Menschengeschlecht verschlingt. Nach einigen Generationen geht die Rasse zugrunde oder entartet. Sie muss sich erneuern, und immer ist es das Land, das dazu beiträgt. So schickt eure Kinder also dorthin, wo sie sich sozusagen selbst erneuern und wo sie inmitten der Felder die Kräfte gewinnen, die man in der ungesunden Luft einer übervölkerten Stadt verliert.*

Hatte Rousseau mit seiner Behauptung recht? Ich dachte an all die kulturellen Errungenschaften, die sich in der Stadt manifestierten. Sicher gab es daneben auch Sittenverderbnis und Entartung – aber war das einfache Landleben die Antwort auf diese Probleme? War das Leben der ungebildeten Bauern, die sich in ihrer Lebensweise kaum vom Vieh unterschieden, allenfalls notdürftig lesen und schreiben konnten, wenn überhaupt, die kein Buch ihr Eigen nannten, die Lösung?

Wir werden sozusagen zweimal geboren: einmal, um zu existieren, das zweite Mal, um zu leben; einmal für die Gattung und einmal für das Geschlecht. Was bedeutet das? Der Sinn dieser Aussage erschloss sich mir nicht. Trotzdem ging ich die Aufzeichnungen weiter durch. Immer wieder kam Rousseau auf die Natur zu sprechen, der es zu folgen galt. Seiner Ansicht nach waren die ersten Regungen eines Kindes immer richtig. Es gab demnach keine ursprüngliche Verdorbenheit. Kinder hätten kein Bewusstsein von Recht und Unrecht und auch keine Moralbegriffe. Gerade deshalb aber sollte ein Schüler auch nicht gezüchtigt werden! *Gebt zunächst dem Ansatz seines Charakters völlige Freiheit, sich zu enthüllen, zwingt ihn in keiner Weise ...,* war da zu lesen. Das war nun wirklich ein starkes Stück! Ich versuchte mir eine Schule vorzustellen, die nach diesen Grundsätzen arbeitet. Wie sollten die Kinder denn einen Begriff von Gut und Böse, richtig und falsch bekommen, wenn man sie diesbezüglich nicht anwies? Nein, ich wunderte mich nicht, dass das Buch verboten war! Dennoch faszinierten mich diese Gedankengänge im Sinne eines erzieherischen Experiments. Rousseau musste fest an etwas ursprünglich Gutes in jedem Menschen glauben. *Wirf einen Blick auf alle Völker der Welt, gehe die ganze Menschheitsgeschichte durch. Bei so vielen unmenschlichen und seltsamen Gotteskulturen, bei dieser verschwenderischen Vielfalt der Sitten und Charaktere wirst du überall die gleichen Ideen über Gerechtigkeit und Ehrenhaftigkeit finden, überall die gleichen Begriffe von Gut und Böse.* Dieses angeborene Prinzip der Gerechtigkeit und der Tugend nannte Rousseau »Gewissen«, eine unsterbliche und himmlische innere Stimme. Gerade dieses war es, was den Menschen Gott ähnlich machte, seiner Natur Vollkommenheit verlieh und ihn über die Tiere erhob.

Dieser Gedanke gefiel mir. Doch ganz vermochte er mich nicht zu überzeugen. Wo war beispielsweise das Gewissen des Mörders, fragte ich mich. Und wo blieb in diesem Text, der sich doch mit der Erziehung junger Menschen befasste, überhaupt die religiöse Erziehung? Bisher hatte ich in den Aufzeichnungen darüber noch nichts gefunden. Das Gewissen als angeborene Führerin des Menschen war ja schön und gut, dennoch blieb doch wohl unbestritten, dass dieses durch die Erziehung ausgebildet werden musste. Der Autor hatte meine Einwände offensichtlich vorausgeahnt, wie mir in einer weiteren Passage schien: *Ich sehe schon voraus, wie viele Leser erstaunt sein werden, dass ich meinen Zögling durch die erste Jugend begleite, ohne ihm von Religion zu sprechen ...* Das Auswendiglernen des Katechismus war für diesen Philosophen nicht mehr als widerliche Dummheit. *... wenn ich aus einem Kind einen Idioten machen wollte, so würde ich es verpflichten, zu erklären, was es beim Aufsagen seines Katechismus sagt ... Gewiss ist kein Augenblick zu verlieren, um das ewige Heil zu erlangen. Wenn es aber genügt, gewisse Worte zu wiederholen, um es zu erlangen, sehe ich nicht ein, was uns hindern kann, den Himmel ebenso mit Staren und Elstern wie mit Kindern zu bevölkern.*

Mir blieb die Spucke weg! Was sollte ich dazu noch sagen? Ich dachte an den geplanten Aufbau der Normalschule. Was, wenn die angehenden Lehrer nach diesen Maximen handelten? Es wäre einfach undenkbar! Und plötzlich wurde mir klar, dass Rousseaus Gedanken tatsächlich auch eine eminent politische Dimension hatten. Wie sehr würde sich eine Generation, die nach Rousseaus Anleitung erzogen war, von ihren Vorvätern unterscheiden? Es war überhaupt nicht auszudenken!

Weiter hinten im Buch fand ich schließlich ein Kapitel von etwa fünfzig Seiten Umfang, das der Tote besonders markiert hatte, doch war er offensichtlich vor seinem plötzlichen Ableben nicht mehr dazu gekommen, dieses zu übersetzen. Überschrieben war es mit *Profession de foi d'un vicaire savoyard*. In der Hoffnung, wenigstens eine ungefähre Ahnung über die Bedeutung oder den Inhalt dieses offenbar wichtigen Kapitels zu bekommen, grübelte ich gerade darüber, wie diese Überschrift wohl zu übersetzen sei, als ich in meinen Reflexionen durch ein Klopfen an der Tür unterbrochen wurde. Bei diesem ungewöhnlichen Geräusch schrak ich zusammen. Mit Ausnahme des vom Bischof geschickten Findelkinds, mit dessen Botschaft dieses ganze Schlamassel begonnen hatte, und meiner Hauswirtin, deren Klopfen ich aber kannte, hatte mich in meiner Kammer noch keine Menschenseele besucht. Unsicher rief ich dem Unbekannten vor meiner Tür zu, er möge sich kurz gedulden. In der

Zwischenzeit versuchte ich fieberhaft das Buch, dessen Brisanz ich mittlerweile erkannt hatte, vor den möglicherweise neugierigen oder feindseligen Augen des Fremden zu verbergen und selbst einen möglichst harmlosen Eindruck zu vermitteln. Als ich endlich die Tür öffnete, stand Adam Hofstaetter vor mir. Wie freute ich mich, sein offenes Gesicht zu sehen!

»Meine Mutter lässt höflich fragen, ob Ihr uns am Sonntag die Ehre Eures Besuchs zu einem Nachmittagskaffee geben wollt, Monsieur Francobaldi.«

Und ob ich wollte! Nur zu gerne nahm ich die Einladung an. Seit ich mich wie ekelhaftes Gewürm aus dem Lesekreis geschlichen hatte, hatte ich mit Ausnahme meiner mürrischen Hauswirtin niemanden mehr gesehen und mit niemandem ein Wort gewechselt.

Zum Kaffee im Bienenhaus

ch überlegte lange, was ich als Präsent überreichen könnte. Um dergleichen hatte ich mich früher nie gekümmert, wie mir jetzt auffiel. Meine Frau Clara hatte das übernommen und sie bewies bei der Auswahl stets eine glückliche Hand. Mit sicherem Gespür traf sie den Geschmack Desjenigen, dem das Geschenk galt. Das war jetzt, wie so vieles in meinem Leben, anders und ich schlug mich mit der Frage herum, was ich der Mutter meines Gehilfen, einer mir unbekannten Witwe, und seinen Geschwistern überreichen könnte. Die Zahl der Geschäfte hier war längst nicht so groß, wie ich das aus Wien kannte, was die ohnehin schon schwierige Angelegenheit auch nicht leichter machte. Einen Zuckerbäcker freilich gab es und ich wollte mich schon dahin wenden, als ich in einem Geschäft unweit des Marktplatzes etwas ganz Besonderes fand.

»Ihr habt Glück, mein Herr. Diese vier habe ich noch. Der verehrte Graf Hatzfeld hatte anlässlich seiner gestrigen Abendeinladung welche bestellt – natürlich lange im Voraus – und ich war mutig genug, einige mehr zu ordern. Ich weiß nicht, ob Ihr sie schon kennt. Die Schale ist ziemlich dick, man muss sie mit einem Messer entfernen, kann sie allerdings noch sehr gut zur Verfeinerung von Gebäck oder für Getränke verwenden. Die Frucht selbst ist wunderbar saftig und obwohl die Blüten süß duften, wie mir der Gärtner seiner Exzellenz einmal erzählt hat, schmeckt sie angenehm säuerlich. Die Früchte kennt der Gärtner freilich nicht. Die Bäumchen, die er im Gewächshaus hegt, blühen zwar, Früchte haben sie aber noch nie getragen. Dazu mangelt es ihnen in unserer Gegend doch zu sehr an Sonne und Wärme. Stellt Euch vor, die Natur hat diese eigenartigen Früchte, die man Orangen nennt, sogar schon in lauter feine Spalten portioniert.«

Mit dieser Erklärung packte mir der freundliche Händler die vier Früchte in ein feines Körbchen. Sie waren in ihrer intensiven Farbe ein wunderbarer Anblick und verströmten ein überaus angenehmes Aroma. Meine Gastgeber würden staunen. Dergleichen hatten sie wahrscheinlich noch nie gesehen, geschweige denn gekostet. Mit diesem Präsent würde ich Eindruck machen.

Die Hofstaetters bewohnten ein relativ kleines, aber schönes Haus, dessen Fassade durch die als Blumengirlanden unter den Fenstern gestalteten Stuckaturen heiter und freundlich wirkte. Auf mein Klopfen hin öffnete mir Adam die Tür. Drinnen umfing mich ein angenehmer Duft nach Bienenwachs und Honig, der augenblicklich beruhigend auf mein Gemüt wirkte und mir ein Gefühl der Heimeligkeit schenkte. Die Familie war schon in der guten Stube versammelt. Seit Adam erzählt hatte, seine Mutter sei verwitwet, hatte ich sie mir, wann immer er sie im Gespräch erwähnte, als verhärmte, vom Schicksal gebeugte Person vorgestellt. Ich nehme an, in unbewusster Analogie zu meiner Hauswirtin. Wie wurde ich nun überrascht, als mich stattdessen eine kleine, rundliche und ganz offensichtlich temperamentvolle Dame mittleren Alters mit freundlichen braunen Augen begrüßte.

»Werter Herr Francobaldi, Adam hat so oft bewundernd von Euch gesprochen, dass ich mich freue, endlich Eure Bekanntschaft machen zu dürfen.«

»Nun, Madame Hofstaetter, das Vergnügen ist ganz auf meiner Seite. Ihr Sohn war mir die letzten Wochen eine große Hilfe. Er ist trotz seiner jungen Jahre bereits ein sehr kluger Kopf.«

Adams Mutter lächelte erfreut. Der Stolz auf ihren Sohn war ihr im Gesicht abzulesen. Sie stellte mir die übrigen Familienmitglieder vor: Maria, die älteste Tochter, verheiratete Brandt sowie deren Gemahl Anton, Johann, Adams älteren Bruder und Babette, die Jüngste, ein lebhaftes Mädchen von etwa dreizehn Jahren, die im Aussehen unverkennbar ihrer Mutter glich und anscheinend auch deren Temperament geerbt hatte. In diesem Haus umfing mich heitere Behaglichkeit und das angenehme Gefühl, das sich schon beim Eintreten eingestellt hatte, verstärkte sich noch. Wenngleich die Stube nur mit einfachen Möbeln ausgestattet war, so war sie doch liebevoll gestaltet. Madame Hofstaetter besaß offensichtlich eine Vorliebe für Handarbeiten. Auf dem Kanapee lagen zahlreiche bestickte Kissen und auch das Tischtuch war mit hübschen Stickereien geschmückt. Ich fühlte mich vom ersten Moment an wie daheim. Wie lange hatte ich dieses Gefühl nicht mehr gekannt! Es war, als träte ich aus eisiger Kälte endlich in ein wohlig temperiertes Zimmer. Plötzlich wurde mir bewusst, dass ich etwas vermisst hatte. Das verursachte mir einen schmerzhaften Stich, doch gab es keine Gelegenheit, diesem lange nachzuhängen. Stattdessen überreichte ich Madame Hofstaetter mein Präsent. Wie ich erwartet hatte, war das Staunen groß.

»Herr Francobaldi, da bringt Ihr ja die große Welt in unsere kleine Stube! Gehört habe ich von diesen Früchten schon, aber freilich noch nie eine gekostet. Nun, ich danke Euch vielmals.«

Ich hatte ein bisschen befürchtet, die Familie würde Genaueres über unseren Auftrag und die Vorfälle in Greding wissen wollen, doch wie sich schnell herausstellte, war dem nicht so. Man plauderte, scherzte und lachte. Ich war dabei in erster Linie Zuhörer, aber das störte mich nicht.

»Wie gefällt es Euch in Eichstätt, Herr Francobaldi? Habt Ihr Euch schon eingelebt?«, wandte sich Adams Mutter an mich.

»Um mit Goethes Werther zu sprechen: *Ich habe allerlei Bekanntschaft gemacht, Gesellschaft habe ich noch keine gefunden*«, gab ich zur Antwort. Madame Hofstaetter blickte einen Moment verwirrt, dann lächelte sie.

»Ah, ein Literat. Ich glaube von dem Buch schon einmal gehört zu haben, habe es allerdings nicht gelesen.«

»Ihr interessiert Euch für Literatur, Madame?«

»Interessieren vielleicht ja. Allerdings muss ich gestehen, dass ich äußerst selten dazu komme, ein Buch zur Hand zu nehmen. Dazu gibt es im Haushalt und im Geschäft zu viel zu tun. In der ersten Zeit unserer Ehe hat mir mein lieber verstorbener Mann oft vorgelesen. Ihr müsst wissen, er war ein Bücherfreund, was für einen ehrbaren Handwerker wohl ungewöhnlich sein mag. Wenn es ihm möglich war, an Bücher oder Journale zu kommen, besorgte er sie. Sein eigener Wissensdurst hat ihn auch veranlasst, Adam in die höhere Schule zu geben, als sich die Gelegenheit dazu bot. Ja, ich muss sagen, auch ich verdanke ihm in dieser Hinsicht sehr viel. Bevor ich ihn kennenlernte, konnte ich kaum lesen«, erzählte sie errötend. »Das war freilich am wenigsten meine eigene Schuld. Ich stamme aus Ochsenfeld, einem kleinen Dorf unweit von hier und eine Schule gab es dort nicht. Nur der Mesner hat uns Kinder notdürftig unterrichtet. Wirklich beigebracht hat mir das Lesen erst mein lieber Mann. Seit seinem Tod hatte ich freilich kaum mehr eine Möglichkeit an Bücher zu kommen.«

Sie sagte das ohne Bitterkeit. Die Witwe Hofstaetter war, wie ich fand, eine bemerkenswerte Person.

»Oh, an der Gelegenheit, an Bücher zu kommen, soll es nicht mangeln. Ich habe aus Wien zwar kaum etwas von meinen Besitztümern mitgebracht, aber auf einige Bücher wollte ich doch nicht verzichten. Ich kann Euch gerne eines leihen, wenn Ihr wollt. Adam kann jederzeit zu mir kommen und eines für Euch aussuchen.«

Madame Hofstaetter lächelte wieder und in ihre Augen kam ein warmer Glanz.

»Vielen Dank, Herr Francobaldi, Ihr seid sehr freundlich. Wenn es Euch nichts ausmacht, werde ich gerne einmal auf dieses Angebot zurückkommen. Adam könnte mir vorlesen, so wie sein Vater früher.«

Der Besuch

us der Einladung zum Nachmittagskaffee war unter angeregten Gesprächen – über dies und das – auch noch ein geselliger Abend geworden. Zur Feier des Tages hatte Madame Hofstaetter auch gleich die Orangen serviert. Sie schmeckten wirklich köstlich. Ihr Duft hing noch lange im Raum und mischte sich aufs Angenehmste mit dem von Honig und Bienenwachs. Ich fühlte mich dort so wohl, dass ich dem Haus heimlich sogar einen Namen gab: Das Bienenhaus. Dieses Mal kehrte ich beschwingt in meine Kammer zurück. Noch während ich in einen ruhigen Schlaf hinüberglitt, überlegte ich, welches Buch ich Adam am besten für seine Mutter empfehlen sollte. Am nächsten Morgen galt es, sich wieder der Pflicht zu widmen, auch wenn ich nicht recht wusste, wie. Vielleicht, so überlegte ich, sollte ich zunächst alle Erkenntnisse, so spärlich sie auch sein mochten, notieren. Also zog ich noch einmal den Text des *Émile* samt Übersetzung hervor, außerdem Adams Aufzeichnungen der Zeugenaussagen. Ich legte mir Papier und Feder zurecht. Was wusste ich?

Ich notierte:

Untersuchungsergebnisse den Mord an einem Unbekannten betreffend, so geschehen in Greding, in der Nacht vom 31. Oktober auf 1. November 1787

Ad 1:
Zur Zeit des Mordes hielt sich ein weiterer Fremder in Greding auf (der Mörder?), der in aller Frühe, noch bevor der Mord allgemein bekannt wurde, mit einer Extrapost aufbrach. Sein Ziel war höchstwahrscheinlich Nürnberg, doch lässt sich die Spur eindeutig und zweifelsfrei nur bis zur Poststation in Hilpoltstein nachverfolgen.

Ad 2:
Der Tote führte ein Werk bei sich, das sich auf revolutionäre Weise mit dem Thema ›Erziehung‹ befasst und verboten ist (Rousseau, Émile).

Ad 3:
Der Tote war nirgendwo in der Umgebung als Lehrer oder Professor tätig.

Ad 4:
Der Fremde kam eventuell aus Wien (Aussage der Gastwirtin). Wenn er nicht, aus welchen Gründen auch immer, hier in der Gegend ansässig war, muss er spätestens sechs bis sieben Tage vor seinem Tod aus der Stadt aufgebrochen sein, da er noch zwei Tage lebend in Greding zubrachte. Also müsste er spätestens um den 23. Oktober aus Wien abgereist sein.

Ad 5:
Er schien sich nicht auf einer längeren Reise zu befinden, denn dazu war sein Gepäck zu gering. Es deutet vielmehr darauf hin, dass er nach seinem geplanten Aufenthalt in Greding wieder dorthin zurückkehren wollte, von wo er aufgebrochen war (Wien?).

Ad 6:
Das leichte Gepäck unterstreicht noch einmal die Bedeutung des Buchs. Es war der einzige persönliche Gegenstand, den der Tote bei sich führte. Dabei ist allerdings davon auszugehen, dass sein Portefeuille, welches er mit Sicherheit auch besaß, vom Mörder entwendet wurde. Ob darin noch weitere persönliche Gegenstände, wie etwa Briefe waren, lässt sich nicht mehr feststellen (Handelt es sich doch um einen gemeinen Raubmord?).

Ad 7:
Zum Zeitpunkt seines Todes arbeitete der Unbekannte gerade an einer ausschnittweisen Übersetzung aus dem Buch Émile. Ein umfangreiches und offensichtlich wichtiges Kapitel war dabei noch gar nicht in Angriff genommen.

Ad 8:
Die Übersetzung aus einem französischen Werk setzt bei dem Fremden eine
gute Kenntnis der französischen Sprache voraus. Da es sich aber um ein ver-
botenes Buch handelt, brauchte er darüber hinaus auch noch andere Kennt-
nisse und Verbindungen, um überhaupt an das Buch zu gelangen (welche?).

Ja, welche anderweitigen Kenntnisse und Verbindungen brauchte der Tote, um überhaupt an dieses Buch zu kommen? Es mochte zwar in Wien möglich sein, ein Buch in französischer Sprache zu erwerben, aber ein verbotenes Buch konnte man nicht einfach in einer gut sortierten Buchhandlung erstehen! Wie war der Tote also in den Besitz eines so brisanten Buchs gekommen? Ich grübelte gerade über diesem Detail, dessen Bedeutung mir bislang noch gar nicht aufgegangen war, da klopfte es wieder an meiner Tür. Das wurde allmählich zur Gewohnheit, schien mir. Wie bereits einige Tage zuvor verbarg ich eilends alle Unterlagen und bat den unbekannten Besucher um etwas Geduld, bevor ich ihm öffnete. Diesmal traute ich meinen Augen nicht: Vor mir stand Graf Cobenzl mit einer Flasche Wein in der Hand.

»Lieber Francobaldi, entschuldigt die Störung, dürfte ich wohl eintreten?«

Vollkommen verwirrt entsprach ich seiner Bitte, stand aber, nachdem ich die Tür hinter ihm geschlossen hatte, steif wie ein Stock herum und wusste beim besten Willen nicht, was tun, sodass der Graf auch jetzt wieder die Initiative ergriff. Wieder bewunderte ich insgeheim seine Fähigkeit, auch in peinlichen Situationen, die mich stumm wie einen Fisch werden ließen und zu einer unglücklichen Figur abstempelten, Herr der Lage zu sein. Es war inzwischen später Nachmittag und in meinem Zimmer begann es bereits wieder dämmrig zu werden. Angesichts der ungewohnten Situation tröstete mich das ausnahmsweise etwas – konnte man so doch die Schäbigkeit des Mobiliars weniger gut erkennen.

»Lieber Francobaldi, entschuldigt den Überfall. Ich hoffe, ich habe Euch nicht bei wichtigen Geschäften gestört. Aber ich dachte, ich sollte Euch einmal aufsuchen. Vielleicht könnten wir es uns bei dieser Bouteille Wein gemütlich machen, wenn es Eure Zeit erlaubt und die Wirtin so freundlich ist, uns zwei

Gläser zur Verfügung zu stellen. Ihr werdet sehen, es ist ein köstlicher Tropfen. Ich beziehe ihn von den Gütern der Familie Schenk von Castell. Das ist etwas anderes als der Sauerampfer, der hier in der Gegend wächst.«

Immer noch wortlos besorgte ich von der Witwe Templer die Gläser, um die Cobenzl mich gebeten hatte. Ich fürchtete freilich, dass die angeschlagenen Humpen meiner Hauswirtin weder dem guten Tropfen gerecht wurden noch für meinen Gast standesgemäß waren. Aber der Not geschuldet mussten wir eben damit vorliebnehmen. Der Dompropst kam höchstpersönlich mir nichts dir nichts bei mir vorbei, um eine Flasche Wein mit mir zu leeren? Ich verstand die Welt nicht mehr! Hier schienen völlig andere Gesetze zu herrschen, als ich sie aus Wien und von anderswo kannte. Das verstärkte meine Unsicherheit zunehmend.

»Prosit, mein Freund, wohl bekomm's!«, begann der Graf von Neuem. »Ich hoffe, ich darf Euch noch Freund nennen nach der etwas unglücklich verlaufenen Zusammenkunft neulich.«

Ich konnte nur verhalten nicken, ein vernünftiges Wort brachte ich beim besten Willen immer noch nicht heraus.

»Seht Ihr, lieber Francobaldi, genau deswegen bin ich hier. Ich möchte mich gewissermaßen für den missglückten Abend entschuldigen. Ihr müsst verstehen, wir alle waren von der Situation etwas überfordert. Unser verehrter Fürstbischof ist ein gnädiger Herrscher, unter seinem Krummstab ist gut zu leben. Allein das kleine Bistum ist von mächtigen Nachbarn umgeben, auf die es gewisse politische Rücksichten zu nehmen gilt.«

Verständnislos starrte ich ihn an. Politische Rücksichten? Was hatte das mit mir zu tun, einem Zugereisten, einem Unbekannten?

»Lasst mich erklären«, fuhr Cobenzl in mein Schweigen hinein fort, »Kurfürst Karl Theodor von Bayern ist, so könnte man vielleicht sagen, nicht unbedingt ein Freund der Aufklärung, wenn Ihr so wollt. Oder vielleicht sollte man besser sagen, er fürchtet gewisse Bewegungen. Darauf gilt es Rücksicht zu nehmen für unseren verehrten Fürstbischof Johann Anton von Zehmen.«

»Verehrter Graf Cobenzl, ich verstehe nicht ganz«, war das Einzige, was ich hervorbringen konnte.

»Natürlich, natürlich, das erstaunt mich nicht. Es ist eine höchst komplizierte Situation, die unter Umständen viel Fingerspitzengefühl und Diskretion erfordert.«

Cobenzl sprach damit ein Wort aus, das ich schon in einem anderen Zusammenhang gehört hatte: Diskretion. Auch Johann Anton hatte, als er mir den Auftrag erteilte, betont, die Sache bedürfe der Diskretion.

»Ihr erwähntet an dem bewussten Abend, der Tote, aus dessen Besitz Ihr das besagte Buch hättet, sei unter bislang ungeklärten Umständen ums Leben gekommen. Ein Freund, dessen Meinung ich sehr hochschätze, überzeugte mich, es könne wichtig sein, in dieser Angelegenheit Näheres zu erfahren. Ich will ehrlich sein. Ich weiß, Ihr habt den Auftrag, die Sache zu untersuchen, von höchster Stelle erhalten. Und ich möchte Euch warnen: Ihr könntet bereits, ohne es zu ahnen, in Gefahr sein. Und zwar nicht nur, weil Ihr ein verbotenes Buch aufbewahrt. Allerdings möchte ich Euch in diesem Zusammenhang sehr ans Herz legen, Euch dessen so schnell wie irgend möglich zu entledigen. Ich betone noch einmal: Mein Freund und ich sind zu der Überzeugung gelangt, dass Ihr allein durch die Untersuchung des Falles in Gefahr sein könntet. Ich sage: *könntet,* denn ich weiß es natürlich nicht sicher. Und glaubt mir: Nichts wäre mir lieber, als wenn ich mich in dieser Angelegenheit irrte. Ich will Euch wahrhaftig nicht unnötig in Unruhe versetzen. Allein eines weiß ich aus Erfahrung: Nicht immer ist es von allen Seiten erwünscht, wenn Licht in eine dunkle Angelegenheit gebracht wird. Seid versichert, ich bin gerne bereit, Euch zu helfen, wann immer Ihr dessen bedürft. Schickt einfach den jungen Adam mit einer entsprechenden Botschaft zu mir. Das ist diskreter, als wenn Ihr mich selbst aufsucht. Ich kenne ihn, Ihr könnt ihm vertrauen.«

Mit diesen Worten verabschiedete sich Cobenzl und ließ mich ratloser denn je zurück. Von welchem Freund hatte er gesprochen? Gab es diesen Freund tatsächlich oder war er nur eine Erfindung des Dompropstes? Wenn es ihn tatsächlich gab, musste Cobenzl mit ihm über mich gesprochen haben. Oder war der ominöse Freund an dem bewussten Abend ebenfalls bei Gerstner gewesen? Und wie in aller Welt kamen die beiden darauf, ich könnte in Gefahr sein? Je länger ich darüber nachdachte, desto mehr Fragen taten sich mir auf. Woher wusste der Graf überhaupt von meinem Auftrag? War er nur gekommen, um seinerseits etwas in Erfahrung zu bringen? Und falls ja, was in aller Welt interessierte ihn so an diesem Fall? Erklärungen oder Antworten fand ich auf all diese Fragen keine. Während ich noch über all das nachgrübelte, tauchte plötzlich eine Situation vor meinem inneren Auge auf. Cobenzls Warnung warf unvermittelt ein ganz neues Licht auf einen Vorfall, den ich bisher nur als Missgeschick gesehen hatte. Konnte der Pistolenschuss, der auf der Rückreise von Greding die Pferde scheuen ließ, etwas anderes als bloßer Zufall gewesen sein?

Seine Exzellenz bedankt sich

ieder einmal verbrachte ich eine unruhige Nacht. Albträume quälten mich. Ich sah Adam und mich in einer Kutsche, die auf einen Abgrund zuraste. Nichts und niemand konnte sie aufhalten, bis sie schließlich in die Tiefe stürzte und ich schweißgebadet aufwachte. Was sollte ich tun? Seine Exzellenz um meine Demission von diesem Mordfall bitten? Damit befürchtete ich aber auch, meinen eigentlichen Auftrag, den Aufbau der Normalschule, zu verlieren. Und hatte Johann Anton mir nicht sogar in Aussicht gestellt, mich fürderhin als Archivarius zu beschäftigen? Meine Wohnung in Wien hatte ich vorerst auf zwei Jahre vermietet, ein weiteres Angebot auf eine Anstellung hatte ich nicht. Wovon und wo also leben, wenn ich nun den Dienst quittierte? Sollte ich bereits so kurze Zeit, nachdem ich in der Hoffnung auf einen Neuanfang von Wien aufgebrochen war, unverrichteter Dinge wieder dorthin zurückkehren? Die Gedanken drehten sich wie Mühlsteine in meinem Kopf. Im Morgengrauen fasste ich schließlich den Entschluss, zumindest das unselige Buch und die dazugehörigen Notizen sofort beim Bischof gemeinsam mit einem Rapport über die bisherigen Ergebnisse abzugeben. Vielleicht würde er ja von sich aus erkennen, dass ich nicht der geeignete Mann für die Sache war, wenn er die mehr als mageren Ergebnisse sah. Mit dieser überaus schwachen Hoffnung fand ich wenigstens noch für zwei Stunden meinen dringend benötigten Schlaf, bevor mir meine Wirtin den dünnen Morgenkaffee brachte. Entschlossen packte ich das verbotene Buch und die Papiere des Toten zusammen. Da kam mir die Idee, noch eine Abschrift der Übersetzungen anzufertigen, bevor ich sie endgültig aus der Hand gab. Ich verzichtete dabei auf jeden Hinweis auf Autor oder Werk, sodass ich unter Umständen behaupten konnte, ich hätte die Notizen ohne Kenntnis ihres Ursprungs angefertigt. Dann legte ich für den Bischof alle bisherigen Untersuchungsergebnisse schriftlich dar. Johann Anton hatte mich zwar aufgefordert, ihm persönlich Bericht zu erstatten, aber jetzt wollte ich die Sache einfach nur noch vom Tisch haben, ohne seiner Exzellenz persönlich Rede und Antwort stehen zu müssen. Also schrieb ich die dürftigen Untersuchungsergebnisse, die ich gestern vor Cobenzls Besuch zusammengefasst hatte, noch einmal auf, legte die Niederschriften der Zeugenaussagen sowie ein kurzes Anschreiben dazu, verschnürte alles sorgfältig zu einem Bündel, das ich mit der Aufschrift *An seine Exzellenz Fürstbischof Johann Anton von Zehmen – persönlich* versah, und gab es in der bischöflichen Kanzlei ab.

Frei! Ich fühlte mich von einer Zentnerlast entbunden. Und wie durch einen seltsamen Zufall schien sich nicht nur in meinem Inneren ein Nebel zu lichten, nein, zum ersten Mal seit Wochen war auch die Stadt in Sonnenlicht getaucht. Es war ein herrlicher Wintertag, die Luft rein wie schon lange nicht mehr. Am liebsten hätte ich in diesem Moment Madame Hofstaetter meine Aufwartung gemacht, aber das ging an einem gewöhnlichen Werktag ohne triftigen Grund nicht. So entschloss ich mich zu einem Spaziergang den Fluss entlang in Richtung des Augustiner-Chorherrenstifts Rebdorf. Von der Spitalbrücke bot sich mir ein herrlicher Anblick auf die Klosteranlage von St. Walburg. Zu ihren Füßen floss gemächlich die Altmühl. Bei diesem Anblick kam mir ohne besondere Veranlassung ein Kupferstich Canalettos in den Sinn, den ich einmal in Wien gesehen hatte und der den Blick von der Rialto Brücke auf Venedig zeigte. Ob ich diese Stadt, auf Pfählen gebaut, wohl in meinem Leben noch würde mit eigenen Augen sehen können? In naher Zukunft sicher nicht, da hielt mich mein Schicksal in Eichstätt fest. Den Windungen der Altmühl folgend wanderte ich flussaufwärts. Auf der schroffen Anhöhe zu meiner Rechten lag nach kurzem Weg ein kleines Dorf. Einige Zeit später stand ich zu Füßen der mächtigen Willibaldsburg, die sich bewehrt von zwei Türmen mit Zwiebelhauben auf der linken Anhöhe über das Tal erhob. Bevor die neue Residenz gebaut worden war, war sie Sitz der Bischöfe gewesen, wie ich aus dem Reisetagebuch des Daniel Papebroch wusste, das mir Johann Anton als Begrüßungsgeschenk hatte überreichen lassen.

Hier an der Altmühl war es ruhig, ich hatte das geschäftige Treiben in den engen Gassen hinter mir gelassen. Unwillkürlich musste ich an Rousseaus Aussage über die Auswirkungen der Stadt auf das menschliche Gemüt denken. Hatte er mit seiner Lobpreisung des einfachen Landlebens recht? Mein Weg führte mich an einer verschneiten Streuobstwiese entlang, begleitet nur von einigen Krähen. Ich war weit weg von allen eventuellen politischen Ränkespielen und Intrigen. Ich war frei, frei, frei!

So erreichte ich schließlich das Stift der Augustiner-Chorherren zu Rebdorf und war beeindruckt, welch imposante Anlage hingebettet ins Tal sich hier meinem Blick bot. An die Kirche mit ihren zwei hohen Türmen schloss sich ein weitläufiger dreiflügeliger Arkadenhof an. Der langgestreckte Osttrakt orientierte sich zum Fluss hin. Das Kloster hatte zwar eine lange Tradition, war aber erst vor wenigen Jahren im modernen Stil erneuert worden. Die ganze Umgebung, die Großzügigkeit der Anlage, die Weite, die schöne Flusslandschaft, all das wirkte besänftigend auf mein Gemüt und ich nahm mir vor, von nun an öfter derartige Wanderungen zu unternehmen. Solchermaßen gestärkt trat ich den Heimweg an. Als ich allerdings kurze Zeit später in meiner Kammer mein kärgliches Nachtmahl eingenommen hatte, überfielen mich wieder nagende Zweifel. Nachdem ich alle Unterlagen in der bischöflichen Kanzlei abgegeben hatte, konnte ich nun nichts anderes tun als zu warten. Warten auf eine Antwort. Warten auf einen weiteren Auftrag, warten auf einen Tadel oder meine Demissionierung … Ich wusste es nicht. Ich wusste weder, worauf, noch, wie lange ich warten sollte.

Zu meiner größten Verwunderung kam aber bereits tags darauf ein Bote mit einem kurzen Einladungsschreiben des Fürstbischofs. Darin forderte man mich auf, mich am selbigen Nachmittag um zwei Uhr in der Residenz einzufinden. Worum es bei diesem Treffen gehen sollte, war dem Schreiben nicht zu entnehmen. So begab ich mich also, wie mir befohlen war, pünktlich und mit klopfendem Herzen zum bischöflichen Palais, wo ich von einem Bediensteten erwartet wurde. Dieses Mal ging es auf herkömmlichen Wegen zum Schreibkabinett und ich hatte endlich Gelegenheit das prunkvolle Treppenhaus bei Tageslicht kurz zu betrachten. Neben dem kunstvoll gestalteten schmiedeeisernen Treppengeländer und den vier auf Sockeln stehenden Putten, die offensichtlich die vier Elemente darstellten, fiel mir vor allem das imposante Deckengemälde ins Auge. Es stellte den Sturz des Phaeton dar. Einen kurzen

Augenblick fühlte ich mich selbst an die unglückliche Figur aus der griechischen Mythologie erinnert. Dabei schien mir, als hätte ich aufgrund meiner Ungeschicklichkeit, ähnlich wie der Sohn des Sonnengottes, die Kontrolle über meine Bahn verloren und wäre jeden Augenblick in Gefahr zu stürzen.

Nachdem der Diener geklopft hatte und wir auf die Erlaubnis einzutreten warteten, fragte ich mich zum wiederholten Male, was mich hinter dieser Tür erwarten würde. Die Antwort ließ nicht lange auf sich warten: Johann Anton empfing mich ganz offensichtlich gut gelaunt. Von der nervösen Anspannung, die während unseres ersten Treffens geherrscht hatte, war keine Spur mehr. Vor mir saß ein wahrer Souverän.

»Lieber Francobaldi, lasst mich sagen, Ihr habt ausgezeichnete Arbeit geleistet. Aufgrund Eurer Untersuchung steht nun eindeutig fest, dass der Tote tatsächlich ein Fremder war, also keiner meiner Untertanen. Ebenso konntet Ihr überzeugend nachweisen, dass es sich bei dem zweiten Unbekannten, der in offensichtlicher Eile aus Greding nach Nürnberg aufgebrochen ist, um den Mörder handelt, dass aber eben jener Mörder sich nun durch seine Flucht ebenfalls nicht mehr auf unserem Territorium befindet.«

An dieser Stelle hätte ich gerne widersprochen, traute mich aber nicht. Der zweite Fremde schien mir zwar ebenfalls verdächtig und man hätte ihn sicherlich vernehmen müssen, doch die Feststellung, es handle sich bei ihm zweifelsfrei um den Mörder, mochte ich so nicht teilen. Johann Anton fuhr währenddessen in seiner Rede fort:

»Ich denke, damit ist der Fall zumindest fürs Erste abgeschlossen. Will heißen, solange sich keine neuen Fakten auftun. So werden wir die Sache wohl dem Himmlischen Richter überlassen müssen. Ich freue mich, dass Ihr Eure Arbeitskraft nun endlich Eurer ursprünglichen Aufgabe, um derentwillen Ihr in unsere schöne Stadt gekommen seid, widmen könnt. Der Aufbau einer Normalschule ist eine wichtige Sache und liegt uns wirklich sehr am Herzen. Da das Unternehmen durch die Untersuchung ins Hintertreffen geraten und sehr viel wertvolle Zeit verstrichen ist, werden wir Euch zur Unterstützung und damit die Sache jetzt umso schneller gedeihe, einen Kollega an die Seite stellen: Martin Sausenhover. Die Familie Sausenhover genießt hohes Ansehen. Schon der Vater war Kastner am fürstbischöflichen Hof. Engelbert Sausenhover, der Bruder, steht als Fourier in unseren Diensten. Er gibt seit nunmehr fünf Jahren unseren Hof- und Staatskalender heraus. Ein weiterer Bruder ist Pfarrer. Ihr seht, alles hochgeachtete, anständige Leute, sehr tüchtig. Freilich gibt es immer Neider und böse Zungen …«

Diesen letzten Satz verstand ich nicht. Johann Anton schien auch noch eine Erklärung hinzufügen zu wollen, besann sich dann aber doch anders.

»Martin war bislang Professor für Geschichte am hiesigen Lyzeum, wurde dort aber bereits freigestellt, da er eine andere, wichtige Aufgabe übernehmen sollte. Doch stehen dem nunmehr leider gesundheitliche Gründe entgegen. Ich hoffe sehr, dass Ihr mit seiner orts- und fachkundigen Unterstützung zügig vorankommt. Vor allem auf den Dörfern, Gott sei's geklagt, gilt Schulbildung gar nichts. Hier sind uns die lutherischen Gebiete weit voraus, wie wir leider zugestehen müssen. Sie gilt es einzuholen. Dazu aber braucht es wiederum tüchtige Lehrer, die die Kinder zum Lernen anhalten. Eine wichtige Aufgabe liegt vor Euch. Lasst mich aber zunächst noch einmal unseren aufrichtig empfundenen Dank aussprechen. Als sichtbares Zeichen dafür haben wir uns entschlossen, Euch ein außerordentliches Salaire zukommen zu lassen.«

Damit entließ mich seine Exzellenz, nachdem er mich zuvor noch aufgefordert hatte, ihm über den Fortschritt der Normalschule jeden Monat schriftlich Bericht zu erstatten. Außerdem wurde meinem neuen Kollegen und mir ein Arbeitsraum in der weitläufigen Anlage des Lyzeums zugewiesen, dessen Bibliothek sollte uns ebenfalls zur Verfügung stehen. Beim Verlassen der Residenz blickte ich noch einmal, und diesmal lächelnd, hinauf zum Deckengemälde. Dem unglücklichen Phaeton waren die Zügel entglitten, ich aber hielt die meinen wieder fest in Händen.

»Was für eine Woche!«, rekapitulierte ich auf meinem kurzen Heimweg. Letzten Mittwoch der Eklat im Lesezirkel, am Tag darauf Adams Einladung, Sonntag Kaffee bei der netten Familie Hofstaetter, den nächsten Tag Cobenzls überraschender Besuch und seine Andeutungen über irgendwelche dunklen Machenschaften und nun, zwei Tage später, war ich den Fall los und durfte mich endlich meiner eigentlichen Aufgabe widmen. Wie freute ich mich darauf! Lehrer gewinnen, ein Bildungsprogramm entwerfen und das alles sogar noch mit kompetenter Unterstützung! Und wie freute ich mich, als ich zu Hause die Höhe des außerordentlichen Salairs feststellte. Während meiner Untersuchungstätigkeit hatte mir von Zehmen mein reguläres Gehalt weiterbezahlt. Nun bekam ich fast die Hälfte meines Jahresgehalts noch obendrauf. So froh ich war, die Sache vom Tisch zu haben, seine Exzellenz war es offensichtlich nicht weniger.

Der Brief

artin Sausenhover hatte ich bereits bei der Soirée flüchtig kennen gelernt, wo er im Quintett die zweite Geige gespielt hatte. An dem bewussten Abend im Lesekreis war er allerdings nicht anwesend gewesen und ich war nach den peinlichen Geschehnissen dort froh darüber. Ich hoffte, es sei ihm davon auch nichts zu Ohren gekommen. Aus seinem Verhalten mir gegenüber konnte ich jedenfalls nichts Derartiges schließen, obwohl ich mich erinnerte, dass mir sein Bruder Engelbert dort vorgestellt worden war. Entweder hatten die beiden wenig oder keinen Kontakt oder Martin Sausenhover war erfreulich diskret. Er hatte ein freundliches Gesicht und zeigte sich vom ersten Moment an als aufgeschlossener, sehr umgänglicher und feinsinniger Mensch, der sehr für seine Familie lebte. Er erzählte mir viel von seiner Frau, mit der er eine harmonische Ehe führte, und den drei Kindern. Obwohl diese noch recht jung waren, nämlich neun, sieben und drei, war ihm ihre Erziehung wichtig. Einen großen Teil des Sonntags verbrachte er damit, die beiden Älteren zu unterrichten. Oft musste ich bei seinen Worten voll Wehmut an meine eigene, wenn auch kinderlose, so doch glückliche Ehe denken, an eine Zeit, die unwiederbringlich vorbei war. Die Verbesserung des Schulsystems lag Sausenhover offensichtlich sehr am Herzen und er war mit Eifer, ja Hingabe bei der Sache. Trotzdem hatte ich immer wieder das Gefühl, es belaste ihn etwas, als nage etwas an seiner Seele. Immer wieder gab es Momente, da schien es mir, als ob eine dunkle Wolke sein Gemüt verschatte, ohne dass es auch nur den leisesten Hinweis auf einen möglichen Grund dafür gab. Sowohl Cobenzl, als auch seine Exzellenz hatten gesundheitliche Probleme angedeutet. War Sausenhover immer noch krank? Ich wusste es nicht. Ich getraute mich auch nicht, ihn zu fragen. Auf alle Fälle kamen wir gut voran. Wir wollten zunächst die Stadtschulen in Eichstätt, Berching, Beilngries und auch Greding inspizieren. Im Frühjahr, wenn die Wege wieder leichter passierbar waren, wollten wir mit den Dorfschulen beginnen. Wir überlegten, wie ein geeignetes Schulhaus aussehen sollte, wir erstellten Pläne, worin die Kinder zu unterrichten seien und welche Fähigkeiten die Lehrer selbst dazu haben mussten.

Inzwischen waren zwei Wochen voller Arbeit vergangen, da erreichte mich ein Brief meines Bruders. Er und seine Frau waren wohlauf. Er hatte so, wie wir es vor meiner Abreise aus Wien vereinbart hatten, den vierteljährlichen Mietzins für meine Wohnung kassiert und fragte nur noch einmal nach, ob er damit wie besprochen verfahren solle.

... Da Du mich in deinem letzten Schreiben gebeten hast, das Konterfei eines unbekannten Toten an den hiesigen Lehranstalten herumzuzeigen, fällt mir gerade ein, dass es nun in Wien tatsächlich einen Vermissten geben soll. Man erzählt sich, ein gewisser Franz Pezzl sei verschwunden. Sein Bruder Johann Pezzl ist Bibliothekar beim Fürsten Kaunitz und mit diesem wohl oft auf diplomatischen Reisen unterwegs. Kaunitz und Pezzl kamen erst vor drei Wochen von einem längeren Aufenthalt am französischen Hof zurück und erst danach bemerkte Pezzl, dass sein Bruder verschwunden war ...

Kaunitz. Bibliothekar. Frankreich. Diplomatische Reisen. Plötzlich fügte sich für mich ein Bild zusammen. Den Rest des Briefs nahm ich gar nicht mehr wahr. Sofort setzte ich mich hin und schrieb meinem Bruder, er möge das Konterfei des Toten Johann Pezzl zeigen, falls er es denn noch habe. Andernfalls würde ich es ihm noch einmal zuschicken. Ich bat ihn, Johann Pezzl meine Adresse zu geben, damit er sich bei Bedarf mit mir in Verbindung setzen könne. War es möglich? Würde sich nun die Identität des Toten klären lassen? In frühestens zehn Tagen würde ich es wissen. So lange galt es, sich in Geduld zu üben.

***

Unsere erste Inspektionsreise führte Sausenhover und mich nach Beilngries, ein kleines Landstädtchen etwa fünfundzwanzig Meilen Altmühl abwärts. Ich hatte darauf gedrungen, Adam als Sekretär mitzunehmen, um die Ergebnisse der Inspektion schriftlich festzuhalten. Kurz vor der Stadt konnte man schon von Weitem auf einer Anhöhe die mächtige Anlage von Schloss Hirschberg sehen. Nachdem das dortige Grafengeschlecht ausgestorben war, waren die umfangreichen Ländereien an das Fürstbistum Eichstätt gefallen, wie uns der ortskundige Sausenhover erklärte. Weil Winter war, kamen mehr Kinder zum Unterricht als in den Sommermonaten. Im Moment drängten sich fünfzig von ihnen in der engen und schlecht geheizten Schulstube. Der Schulmeister, ein Mann nahe der Sechzig, ließ sie zu unserer Begrüßung ein geistliches Lied singen und anschließend das Vaterunser aufsagen. Dann wurden die älteren Schüler über die Zehn Gebote befragt. Zehn von ihnen mussten der Reihe nach je eines aufsagen, was sie mechanisch taten. Ich hatte nicht den Eindruck, dass sie den Sinn wirklich begriffen. Unwillkürlich kamen mir dabei wieder Rousseaus Worte ins Gedächtnis: *Hätte ich die Dummheit in ihrer ganzen Widerlichkeit zu malen, würde ich einen Pedanten malen, der den Kindern den Katechismus beibringt; wenn ich aus einem Kind einen Idioten machen wollte, so würde ich es verpflichten, zu erklären, was es beim Aufsagen seines Katechismus sagt ... Gewiss ist kein Augenblick zu verlieren, um das ewige Heil zu erlangen. Wenn es aber genügt, gewisse Worte zu wiederholen, um es zu erlangen, sehe ich nicht ein, was uns hindern kann, den Himmel ebenso mit Staren und Elstern wie mit Kindern zu bevölkern.* So sehr ich mich dagegen sträubte, ich musste zugeben, dass diese Aussage nicht ganz unberechtigt war.

Das Lesen war mühsam. Der Schulmeister war dabei nicht weniger aufgeregt als die ihm anvertrauten Schüler und als Sausenhover ihn gar noch aufforderte, den älteren Schülern einen kurzen Text zu diktieren, steigerte sich diese Nervosität noch merklich. An Rechnen war gar nicht zu denken. Darin hatte er nach eigenen Auskünften seine Schüler noch nie unterrichtet. Nach Schulschluss wollten wir noch Protokolle und andere Unterlagen einsehen, aber außer dem Einstellungsprotokoll und einem Verzeichnis der unterrichteten Kinder gab es keine weiteren schriftlichen Aufzeichnungen. Dafür konnten wir dem Protokoll einiges über die Fähigkeiten und Vorbildung des braven Schulmeisters entnehmen: Willibald Mahl war Weber und einer von drei Kandidaten, die für die

Stelle zur Auswahl gestanden hatten. Der zweite war ein Kesselflicker namens Schütt, der dritte ein Invalide, ein ehemaliger Unteroffizier, der ein Bein verloren hatte. Bei der Bewerbung ließ man die Kandidaten erstens ein paar geistliche Lieder vorsingen, dann einen kurzen Abschnitt aus der Bibel lesen und einen weiteren buchstabieren, außerdem diktierte man ihnen einen Text von drei Zeilen Umfang. Willibald Mahl zeigte sich bei den Melodien nicht sehr sicher, hatte beim Lesen zehn Fehler und im Diktat fünf. Des Rechnens war er überhaupt nicht kundig. Man hatte sich schließlich für ihn entschieden, da er als das kleinste Übel galt. Beim Kesselflicker, der fachlich nicht besser war, hatte man moralische Bedenken. Der Soldat erwies sich zwar im Rechnen als etwas kundig, aber er schien dem Einstellungsgremium doch zu raubeinig, als dass man ihn auf kleine Kinder loslassen wollte. Wie sich bei unserer Befragung des Schulmeisters herausstellte, hatte der gute Mann keinen festen Plan, was und in welchem Umfang er seine Schüler lehren sollte. Den Großteil der Unterrichtszeit widmete er dem Hersagen des Katechismus und dem Singen geistlicher Lieder. Da ihm Lesen und Schreiben selbst Mühe bereiteten, mutete er es auch seinen Schülern nicht überaus häufig zu. An Rechnen war in dieser Situation natürlich gar nicht zu denken.

Was war zu tun? Fürs Erste verpflichteten wir den Schulmeister, ein Buch anzulegen, in das er neben den Namen der Schüler, die den Unterricht besuchten, auch noch jeden Tag den behandelten Stoff verzeichnen sollte. In Zukunft sollte er außerdem seine Schützlinge täglich mindestens eine Stunde im Lesen und Schreiben unterrichten. Die Fortschritte wollten wir bei einer weiteren Inspektion in einem halben Jahr überprüfen. Willibald Mahl war von diesen Neuerungen sichtlich wenig angetan, aber es blieb ihm nichts übrig, als sich zähneknirschend zu fügen. Ich empfahl ihm dringend, sich nach Schulschluss selbst im Lesen und Schreiben weiterzubilden. Und da ihm dazu ganz offensichtlich jedes Mittel fehlte, kündigte ich ihm an, ihm aus fürstbischöflichem Bestand oder dem des Lyzeums leihweise ein geeignetes Werk zukommen zu lassen. Das hob seine Stimmung nicht gerade, eher im Gegenteil.

Der Schulbesuch war unerquicklich gewesen, Beilngries lag öd im fahlen Winterlicht und erinnerte mich darüber hinaus an das benachbarte Greding; alles

Umstände, die meine Stimmung herabdrückten. Auch Adam war in Gedanken versunken. Sausenhover brütete vor sich hin; wieder hatte ich den Eindruck, als laste etwas auf seiner Seele. So machten wir uns schweigend auf den Heimweg.

»Ein hartes Stück Arbeit liegt vor uns«, begann Sausenhover schließlich. »In den Juradörfern erwartet uns sicher nichts Besseres, im Gegenteil, dort gibt es häufig nicht einmal irgendwelche geeigneten Räumlichkeiten. Der steinige Boden gibt nicht viel her, die Äcker sind klein, die Menschen arm. Da wird jede Hand gebraucht, um überhaupt das Notwendigste zu erwirtschaften. Die Bauern halten Lesen und Schreibenlernen für pure Zeitverschwendung. Mit Papier und Tinte können sie ihre Böden nicht verbessern. In den warmen Monaten lassen sie die Kinder gar nicht in die Schule, da müssen sie in der Landwirtschaft helfen. Sie begreifen nicht, dass sich die Zeiten wandeln – wie auch? Ihr Elend bleibt gleich, was nützen ihnen da fortschrittliche Ideen, die sich irgendwer in seiner Studierstube ausdenkt? *Der erwachsene Bauer ist, im Durchschnitt genommen, immer starrköpfig, eigensinnig missmutig, allen Neuerungen feind und inkorrigibel.* Ich weiß nicht, wo ich das einmal gehört oder gelesen habe, aber ich kann dem nur aus tiefstem Herzen beipflichten. Und doch, ob wir wollen oder nicht«, fuhr er fort, »die Macht des Geistes wird nicht aufzuhalten sein, daran glaube ich aus tiefstem Herzen. Und ich erinnere mich, dass der Mann, den ich eben zitierte, auch der festen Überzeugung war, mit guten Landschulen könne man in zwei Generationen eine ganze Nation verbessern. Ja, daran glaube ich! Diese Überzeugung teile ich mit ihm!«

Ich war erstaunt, mit welchem Enthusiasmus, welcher Vehemenz Sausenhover das plötzlich hervorstieß.

***

Giacomos Brief erreichte mich in denkbar kürzester Frist. Es war eigentlich mehr eine eilig hingeworfene Notiz als ein wirklicher Brief. Er teilte mir darin nur mit, dass sich mein Verdacht bestätigt habe. Bei dem Toten handelte es sich tatsächlich um Franz Pezzl, den Bruder von Johann Pezzl, seines Zeichens Bibliothekar und Sekretär des Fürsten Kaunitz. Pezzl ließ mir ausrichten, er wolle mich persönlich aufsuchen, sobald er von Kaunitz die Erlaubnis dazu habe. Mein Bruder sollte mich bitten, mich dafür in den nächsten Tagen zur Verfügung zu halten.

Eine Woche später kam Pezzl am Spätnachmittag in Eichstätt an. Er quartierte sich im Gasthof *Zur Traube* ein, dem besten Haus am Platze. Er bat mich, sogleich zu ihm zu kommen und ich entsprach seiner Bitte. Offiziell war ich zwar von dem Fall entbunden und dieser zu den Akten gelegt. Als Mensch und vor meinem Gewissen fühlte ich mich aber dazu verpflichtet, Pezzl Rede und Antwort zu stehen und über die Geschehnisse, soweit ich sie kannte, aufzuklären.

»Danke, dass Ihr gekommen seid«, begrüßte Pezzl mich. Vor mir stand ein etwa dreißigjähriger Mann, elegant nach der neuesten Mode gekleidet, ohne affektiert zu wirken, gewandt, gebildet und weit gereist, das merkte man sofort. Nicht nur den Jahren nach wirkte er auf mich wie der Vertreter einer neuen Generation, ohne dass ich genau hätte benennen können, worin dieses Neue lag. Vielleicht in seinem Blick, seiner Haltung, die ein anderes Selbstbewusstsein widerzuspiegeln schien. In dem einfachen Zimmer, in dieser kleinen Stadt wirkte er jedenfalls wie ein Fremdkörper aus einer anderen Welt.

»Danke auch schon jetzt, dass ich durch Eure Initiative Gewissheit erlangt habe, wenn auch eine sehr traurige. Ihr werdet Euch sicher wundern, warum das Verschwinden meines Bruders erst so lange nach seinem Tod in Wien bekannt wurde. Ich möchte Euch diesen Sachverhalt zunächst erklären, bevor ich Euch bitte, mir die näheren Umstände seines Todes zu erläutern. Wie Ihr sicher schon bemerkt habt, liegt ein großer Altersunterschied zwischen uns, genau genommen siebzehn Jahre. Die Verbindung zwischen uns war deshalb fast naturgemäß nicht sehr eng. Die Gründe liegen aber auch in den sehr unterschiedlichen Lebensweisen von uns beiden. Nach dem Tod seiner Frau lebte Franz sehr zurückgezogen, müsst Ihr wissen. Er war vor langen Jahren ihr Hauslehrer gewesen und Anna das einzige Kind ihrer nicht unvermögenden Eltern. Sie war von frühester Jugend an von sehr schwacher Gesundheit, doch feinsinnig und die beiden verband eine tiefe Zuneigung. Wohl aufgrund von Annas schwachem Gesundheitszustand blieb die Ehe allerdings kinderlos und als seine Frau vor nunmehr fünf Jahren starb, erbte Franz als ihr Gatte ihr Vermögen. Er widmete sich fortan fast nur noch seinen Studien als Privatgelehrter, sehr gesellig waren die beiden ja schon vorher nicht gewesen. Wie gesagt, er lebte sehr zurückgezogen. Einer Tätigkeit, bei der man ihn hätte vermissen können, ging er nicht nach. Seiner Haushälterin hatte er kurz vor seiner Abreise aus Wien – und damit auch kurz vor seinem Tod – mitgeteilt, dass er für einige Zeit verreisen wolle. Das war ungewöhnlich. Sie hatte darunter einen Zeitraum von etwa zwei oder drei Wochen verstanden und sich erst nach Ablauf dieser Frist gewundert, dass ihr Herr immer noch nicht zurückgekommen war. Andererseits war sie sich nicht sicher, ihn bezüglich der Reisedauer richtig verstanden zu haben. Anfang Dezember wurde sie zwar endgültig unruhig, da Franz nur so wenig Gepäck mitgenommen hatte, dass es ihr unmöglich schien, so lange damit auszukommen. Sie wusste aber nicht, an wen sie sich in ihrer Sorge hätte wenden sollen. Normalerweise hätte sie mich aufgesucht. Das heißt, sie suchte mein Haus auch tatsächlich auf, traf mich aber nicht an. Wie Ihr vielleicht schon wisst, bin ich als Bibliothekar und Sekretär bei Minister Kaunitz tätig und in dieser Eigenschaft sehr viel mit ihm auf diplomatischen Reisen unterwegs. In der fraglichen Zeit nun waren wir für etliche Wochen in Paris. Nach dem Tod unserer verehrten Kaiserin Maria Theresia hat sich die Beziehung zwischen ihrer Tochter Maria Antonia, oder Marie Antoinette, wie sie von ihrem französischen Volk genannt wird, und ihren Untertanen dramatisch verschlechtert. Nach der unglückseligen Halsbandaffäre musste Kaunitz versuchen, die Stimmung wieder zu beruhigen. Marie Antoinette handelt, das muss ich leider sagen, im Gegensatz zu ihrer kaiserlichen Mutter politisch nicht immer klug. Ich möchte meine Hand nicht dafür ins Feuer legen, dass es nicht noch zu massiveren Unruhen kommt. Aber ich schweife in die Politik ab, verzeiht. Mein Bruder und ich pflegten während meiner Abwesenheit nicht zu korrespondieren. So fiel mir nichts weiter auf. Erst als ich ihn nach meiner Rückkehr vor drei Wochen besuchen wollte und mir seine Haushälterin die Lage erklärt hatte, meldete ich ihn als vermisst. Ich habe auch auf eigene Faust Erkundigungen anstellen lassen, die allerdings im Sande verliefen. Da kam schließlich Ihr werter Herr Bruder zu mir.«

Es war spät geworden. Pezzl wirkte nach diesen Worten und wohl auch nach der langen Reise erschöpft.

»Bitte haltet mich nicht für einen Unmenschen, aber ich glaube nicht, dass ich Euch heute Abend wirklich folgen könnte, wenn Ihr mir die genauen Umstände seines Todes erläutert. Das ist im Moment alles etwas zu viel für mich. Wenn es Euch nichts ausmacht, würde ich das weitere Gespräch deshalb gerne auf morgen verschieben. Ich wäre Euch sehr dankbar, wenn Ihr mir dann sein Grab und auch den Schauplatz des Verbrechens zeigen könntet. Wenn ich Euren Bruder richtig verstanden habe, ist es nicht direkt in Eichstätt passiert.«

So verabredeten wir uns für den nächsten Morgen, einem Sonntag. Wir würden mit einer Mietdroschke nach Greding reisen und während der Fahrt wäre genug Zeit, Pezzl die mehr als mageren Ergebnisse zu präsentieren. Als ich mich auf den Heimweg machte, waren die Straßen wie immer um diese Zeit menschenleer und ich fühlte mich wieder einmal verloren in dieser Stadt. Aus den Häusern sah man vereinzelt Lichtschein, so auch bei den Hofstaetters. Wie gerne wäre ich dort in der behaglichen Stube gewesen, umgeben von freundlichen Menschen, weit weg von all den Wirrnissen. Stattdessen hatte mich der Mordfall wieder eingeholt. Aus dem unbekannten Toten war ein Mensch mit einem Namen, einer Vergangenheit, einem Bruder geworden. Das machte die Sache für mich nicht leichter. Offiziell ging mich das Ganze gar nichts mehr an, im Gegenteil: Ich war geradezu fürstlich entlohnt worden, in erster Linie dafür, die Sache auch wirklich zu den Akten zu legen, wie mir schien. Und doch fühlte ich mich verpflichtet.

Gewissen! Gewissen! Göttlicher Instinkt, unsterbliche und himmlische Stimme, sicherer Führer eines unwissenden und beschränkten, aber vernünftigen und freien Wesens; unbestechlicher Richter über das Gute und das Böse; du, der du den Menschen Gott ähnlich machst, du gibst seiner Natur die Vollkommenheit und seinen Handlungen die Moralität. Ohne dich fühle ich nichts in mir, das mich über die Tiere erhöbe, als das traurige Vorrecht, durch ein ungeordnetes Erkenntnisvermögen und eine grundsatzlose Vernunft von einem Irrtum in den anderen zu fallen, ging es mir durch den Sinn. Verfluchter Rousseau, der mich ebenfalls nicht losließ!

Am Grab des toten Bruders

m nächsten Vormittag machten wir uns wie vereinbart auf den Weg. Ich erzählte Pezzl, was ich wusste, wies ihn aber gleichzeitig darauf hin, dass seine Exzellenz Johann Anton die örtlichen Behörden in diesem Fall für nicht mehr zuständig hielt und die Causa zu den Akten gelegt war. Daran würde der Umstand, dass aus einem unbekannten Wiener Untertanen nun ein namentlich bekannter geworden war, kaum etwas ändern. Dieser, in meinen Augen schwerwiegende Umstand, schien mein Gegenüber aber überhaupt nicht zu irritieren. Dafür wurde er umso aufmerksamer, als ich ihn auf den Vorfall mit dem Pistolenschuss hinwies. Wir passierten die bewusste Stelle gerade und mir drängte sich zum wiederholten Male die quälende Frage auf, ob das tatsächlich ein bloßer Zufall gewesen war, wie ich ursprünglich geglaubt hatte.

»Monsieur Francobaldi, wir befinden uns in einer relativ abgelegenen ländlichen Gegend. Da stellt sich doch von vornherein die Frage, wer überhaupt eine Pistole besitzt, mit der er schießen könnte. Die Bauern und Handwerker hier herum doch sicher nicht. Ein Duell vielleicht? Das scheint mir angesichts der Tageszeit, angesichts des Mangels an Personen, die ihrem Stande nach dafür in Frage kämen, angesichts der dafür wenig geeigneten Örtlichkeit und schließlich angesichts der Tatsache, dass es sich nur um einen Schuss gehandelt hat, ebenfalls ausgeschlossen. Eine Jagdgesellschaft? Nein, auch da passt ein Pistolenschuss nicht. Wer also könnte zu welchem Zweck geschossen haben, wenn nicht zu dem, die Pferde scheuen zu lassen und Euch so im wahrsten Sinne des Wortes einen Warnschuss zu verpassen?«

Pezzl war ein scharfsinniger Kopf. Ich musste zugeben, dass ich exakt diese Überlegungen auch schon für mich angestellt hatte. Aber weil sie so bedrohlich waren, hatte ich wider alle Vernunft tief im Innersten gehofft, es könne noch eine andere, harmlose Erklärung für den Vorfall geben.

Es war später Vormittag, als wir in Greding eintrafen und die meisten Bewohner besuchten gerade die heilige Messe. Pezzl wollte ein bisschen herumlaufen und sich mit den Örtlichkeiten vertraut machen, bevor wir den Friedhof aufsuchten.

»Die Kernfrage lautet doch: Was wollte mein Bruder hier in diesem gottverlassenen Nest? Wie ich Euch bereits sagte, lebte er sehr zurückgezogen, was auch bedeutete, dass er so gut wie nie verreiste. Anhand der Aussage seiner Haushälterin können wir festhalten, dass er am 23. Oktober von Wien abgereist ist. Das heißt, er fuhr auf direktem Weg hierher. Aber wozu? Eine Lust- und Vergnügungsreise dürfte ihn kaum dazu veranlasst haben.«

Ich bekräftigte diese Überlegungen, für die auch das leichte Gepäck sprach, das Franz Pezzl mit sich geführt hatte.

»Eine Frage beschäftigt mich schon lange«, setzte ich das Gespräch fort, »könnt Ihr Euch erklären, wie Euer Bruder an das Buch gekommen ist? Man sagte mir, es sei verboten.«

»Ah, das ist schnell erklärt. Hierin liegt nichts Geheimnisvolles. Ich selbst habe es ihm vor einigen Jahren von einer Reise aus Frankreich mitgebracht. Die Leidenschaft für Bücher war das, was uns beide am meisten verband.«

»Aber …«, versuchte ich meinen Einwand vorzubringen.

»Ich kann mir schon denken, was Ihr sagen wollt: dass es sich um ein verbotenes Buch handelt. Ja und nein. Das Buch mag in Frankreich verboten sein, in Wien aber steht es nicht auf dem Index, was meinetwegen bloß daran liegt, dass es nach dem Verbot in Frankreich keinen Weg ins Habsburgerreich gefunden hat. Sei dem wie dem sei, in Wien ist das Buch jedenfalls nicht ausdrücklich verboten. Außerdem«, hier machte Pezzl eine Pause, um die Bedeutung der folgenden Worte zu unterstreichen, »außerdem ist es meine grundfeste Überzeugung, dass sich Gedanken nicht durch das Verbrennen oder Verbieten von Büchern aufhalten lassen. Ihre Wirkung zu verzögern, ja, das ist wohl möglich, aber aus der Welt schaffen lassen sie sich so nicht mehr. Lasst mich ganz offen bekennen, Monsieur: Ich bin ein Verfechter der Gedankenfreiheit. Es ist das Licht seines Verstandes, das den Menschen vom Tier unterscheidet. Diesen Verstand zu gebrauchen, ist Menschenrecht und Menschenpflicht zugleich. Aber wenn auch die Frage, woher mein Bruder das Buch hatte, leicht zu beantworten ist, so scheint mir in diesem Zusammenhang ein anderer

Aspekt von Interesse zu sein: Warum führte er ausgerechnet dieses Buch mit sich? Und vor allem: Warum fertigte er daraus auszugsweise Übersetzungen an? Habt Ihr ein Wörterbuch in seinem Besitz gefunden?«

Ich verneinte.

»Das verwundert mich nicht. Im Gegenteil, ich habe diese Antwort erwartet. Mein Bruder beherrschte die französische Sprache perfekt. Er brauchte zum Verständnis kein Wörterbuch.«

Ich begriff nicht ganz. »Was wollt Ihr damit sagen, Monsieur Pezzl?«

»Dass er die Übersetzung sicher nicht für sich angefertigt hat. Franz hat für sich selbst keine Übersetzung benötigt. Er verstand den Text ohnehin. Also liegt die Vermutung nahe, dass der übersetzte Text für jemand anderen bestimmt war. Ich kann mir allerdings nicht vorstellen, dass es in diesem Landstädtchen einen Privatgelehrten gibt, der als möglicher Abnehmer in Frage käme.«

»Was uns wieder zu dem geheimnisvollen Fremden führt, der nach dem Mord angeblich nach Nürnberg abgereist ist.«

»Das wäre möglich«, bestätigte Pezzl meine Überlegungen. »Vielleicht ist es zu einem Streit gekommen, weil die Übersetzung noch nicht fertig war, vielleicht über einen dafür vereinbarten Preis. Was auch immer. Das Buch, respektive die Übersetzung daraus, scheint mir auf alle Fälle eine wichtige Rolle zu spielen. Es bleibt natürlich die Frage, weshalb sich die beiden ausgerechnet in diesem Städtchen und noch dazu des Nachts auf dem Kirchhof getroffen haben.«

Wir hatten inzwischen das Städtchen innerhalb der mittelalterlichen Mauer umrundet, auf Pezzls Wunsch den Friedhof dabei aber ausgelassen. So war es Mittag geworden und wir begaben uns in den Gasthof. Pezzl wollte am frühen Nachmittag noch Stadtpfarrer Messer aufsuchen. Ich nahm an, um Seelenmessen für seinen verstorbenen Bruder zu bestellen. Während des Essens vermieden wir an diesem öffentlichen Ort jede Anspielung auf das Thema. Eine Frage jedoch beschäftigte mich insgeheim die ganze Zeit: Welche Bedeutung mochten der Ring mit der Eule und der Zettel mit der Notiz *Scipio Aemilianus* haben, den man bei Franz Pezzl gefunden hatte? Auf dem Weg zum Pfarrhaus stellte ich Johann diese Frage.

»Ich weiß es nicht, habe aber auch schon darüber nachgedacht. Meine Theorie wäre, dass es sich dabei um so etwas wie Erkennungszeichen handelt. Das allerdings würde wiederum bedeuten, dass mein Bruder sich mit einem ihm Unbekannten traf.«

»Was die Vermutung nahelegt, dass das Treffen durch einen Dritten arrangiert wurde«, fiel ich ihm ins Wort. »Könnte es sich dann um so etwas wie eine geheime Verbindung handeln?«

Diesen Gedanken konnten wir beide nicht von der Hand weisen, zumal dann nicht, wenn man den ungewöhnlichen Treffpunkt mitberücksichtigte und die Tatsache, dass das Ganze irgendwie mit der Übergabe der Übersetzung zusammenhing. Wir vertieften diesen wichtigen Aspekt jedoch für den Moment nicht weiter, denn nun waren wir an unserem Ziel angekommen. Die Pfarrköchin öffnete uns, man sah ihr ihre Verblüffung angesichts des unerwarteten und vor allem ungewöhnlichen Besuchs deutlich an. Sie bat uns zu warten, Hochwürden habe sich zurückgezogen. Wenige Minuten später erschien Jakob Messer, noch nicht recht von seinem Mittagsschläfchen erwacht. Seine Haushälterin hatte ihn sicherlich schon vorgewarnt: Trotzdem war er von dem eleganten Pezzl erkennbar beeindruckt, um nicht zu sagen eingeschüchtert. Ich machte die beiden offiziell miteinander bekannt und nachdem uns der Pfarrer aufgefordert hatte, doch bitte Platz zu nehmen, kam mein Begleiter ohne große Umschweife zur Sache.

»Ich möchte, dass mein Bruder ein angemessenes Grab bekommt. Ich habe dazu Skizzen mitgebracht, wie ich mir das Arrangement vorstelle.«

Pezzl zog bei diesen Worten ein Stück Papier hervor und zeigte dem braven Stadtpfarrer einen Entwurf, wie man ihn hier bestimmt noch nicht gesehen hatte und der auch mich in Staunen versetzte: Anstelle des üblichen Kreuzes war ein Obelisk aus Stein vorgesehen. Auch bezüglich der Grabinschrift hatte Pezzl sehr konkrete Vorstellungen. Sie sollte als eigene Platte in den Boden eingelassen werden und folgendermaßen lauten:

Hier ruht Franz Pezzl
25.1.1739 – 31.10.1787
gemeuchelt von Mörderhand,
Fiat iustitia!

Nirgendwo ein Zeichen christlichen Glaubens, schoss es mir durch den Kopf. Als Symbol ewigen Lebens sollte das Grab außerdem mit immergrünem Efeu und einem Lebensbaum bepflanzt werden. Hier wagte Stadtpfarrer Messer einzuwenden, dass er von solch einem Baum zwar schon gehört, aber noch nie einen gesehen habe und dass es wohl kaum möglich sei, dergleichen hier in der Gegend zu besorgen.

»Das lasst meine Sorge sein«, antwortete Pezzl ungerührt.

Ich konnte dem guten Pfarrer förmlich vom Gesicht ablesen, was in ihm vorging. In all sein Staunen über den ungewöhnlichen Mann, der es offensichtlich gewohnt war, den Ton anzugeben und auch mit hochgestellten Herrschaften zu verkehren, mischte sich beim braven Jakob Messer insbesondere Erleichterung darüber, dass man beschlossen hatte, für den Toten wenigstens ein schlichtes Holzkreuz mit einem Gedenkspruch aufzustellen. Nicht auszudenken der Ärger, wenn man den Bruder des Monsieur Pezzl unwissentlich wie einen Armenhäusler verscharrt hätte! So ernst die Sache auch war, bei diesem Gedanken musste ich doch innerlich schmunzeln. Pfarrer Messer wollte nun seinen guten Willen und seine seelsorgerische Sorgfalt dem Toten gegenüber unter Beweis stellen und erkundigte sich, ob und vor allem wie viele Seelenmessen man für den lieben Verstorbenen lesen lassen sollte. Die Antwort kam prompt: Keine. Gleichzeitig aber händigte Pezzl dem Stadtpfarrer einen so ansehnlichen Betrag für die Pflege und Speisung der Armen aus, dass dieser seinen Protest notgedrungen hinunterwürgen musste und nur noch ein schlichtes ›Vergelt's Gott‹ hervorbrachte. Damit verabschiedeten wir uns und ich glaube nicht, dass Messer deswegen unglücklich war.

Blieb noch der schwerste Gang: der auf den Friedhof. Wir legten den kurzen Weg schweigend zurück. Es war ein Tag, wie sie im Februar oft sind. Der Winter war vorbei und auch wieder nicht, vereinzelt lagen noch kümmerliche Schneereste auf den Gräbern, der Boden war stellenweise matschig, vom frischen Grün des Frühjahrs weit und breit noch nichts zu erkennen. Alles schien trüb und farblos. Es wehte ein eisiger Wind und die Sonntagsruhe ließ den Kirchhof noch unbelebter wirken. Auch wenn sich die beiden im Leben nicht besonders nahegestanden haben mochten, spürte ich nun doch Johann Pezzls Betroffenheit. Wir waren allein auf dem Gottesacker. Pezzl bat mich, ihm zuerst den Schauplatz des Verbrechens zu zeigen. So stiegen wir ohne weitere Worte die vier halbrunden steinernen Stufen ins Beinhaus hinab. Pezzl betrachtete stumm die Szenerie. Auf dem Boden sah man immer noch die Flecken, die das Blut hinterlassen hatte. Hinter dem Gitter waren die Gebeine der Toten gestapelt und die Schädelknochen mit ihren leeren Augenhöhlen. *Media in vita in morte sumus,* ging es mir durch den Kopf. An diesem Ort war man wirklich mitten im Leben vom Tod umgeben. Nach wenigen Minuten wandte sich Pezzl immer noch wortlos um und wir stiegen wieder empor. Wie schon bei meinem ersten Besuch an diesem Ort kam es mir vor, als stiege ich buchstäblich aus dem Reich der Toten in die Welt der Lebenden. Sogar der Friedhof erschien mir angesichts des Karners als tröstlichere Umgebung. Nun bat mich Pezzl, ihm das Grab zu zeigen. Es lag nur wenige Schritte vom Beinhaus entfernt. Der Weg führte links an der Martinskirche vorbei und auf die Friedhofsmauer zu. Dort waren die Überreste eines früheren Stadtturms, dessen dem Friedhof zugewandte Seite herausgebrochen war, sodass er gleichsam eine Nische bildete, nicht sehr breit, eben gerade ausreichend für ein Grab. Die Stelle war zwar recht schattig, wirkte aber durch den Efeu, der die Überreste des Turms überrankte, irgendwie tröstlich und vermittelte so etwas wie Geborgenheit. Hier hatte ich Franz Pezzl zur letzten Ruhe betten lassen.

Johann bat mich, ihn hier ein paar Augenblicke allein zu lassen und ich zog mich ins Innere der Kirche zurück, deren Stille mich wohltuend umfing. Im Gegensatz zur Grabesruhe draußen, war die Stille hier drinnen gleichsam beseelt, wie mir schien. Ich setzte mich in eine der Kirchenbänke und ließ die alten, verblassten Fresken auf mich wirken. Kurze Zeit später tauchte Pezzl wieder bei mir auf. Er sah müde aus, seine Schritte waren schwer. Er tat mir leid. Wir gingen gemeinsam noch einmal zum Grab, mein Begleiter schien mit seinen Gedanken in weiter Ferne. Erinnerte er sich an gemeinsame Erlebnisse mit dem Ermordeten? Eine geraume Weile standen wir so, dann fasste er mich unvermittelt am Arm, sah mich eindringlich an und sagte in einem Ton, der keinen Einwand duldete: »Findet seinen Mörder!«

Noch ein Brief

indet seinen Mörder!« Pezzls Worte gingen mir auch nach seiner Abreise nicht aus dem Sinn. Er hatte mir jegliche finanzielle Unterstützung zugesagt. Aber damit war das Problem nicht im Ansatz gelöst. Zwar fühlte ich mich gewissermaßen moralisch verpflichtet, doch war ich offiziell von der Aufgabe entbunden. Es gab den *Fall* nicht mehr, er verstaubte irgendwo in der fürstbischöflichen Kanzlei zwischen Aktendeckeln. Fast noch schwerer aber wog die Tatsache, dass ich beim besten Willen gar nicht gewusst hätte, wo ich zu suchen anfangen sollte, um weitere Hinweise zu erlangen. Ich kannte jetzt die Identität des Toten, doch seinem Mörder war ich in keiner Weise auf der Spur. Trotzdem ging mir die Aufforderung nicht aus dem Kopf. Sie war da, Tag und Nacht, saß fest in meinem Kopf, wisperte, flüsterte, mahnte, quälte mich. Ich versuchte, so gut es ging, mich durch Arbeit abzulenken. Sausenhover und ich überlegten, wie es uns gelingen könnte, die Winkelschulmeister in Eichstätt selbst, aber auch in den Landstädtchen der Umgebung für unsere Sache zu gewinnen. Natürlich hätte man diese Schulen durch ein fürstbischöfliches Dekret umgehend aufheben können. Aber damit war zumindest kurzfristig niemandem gedient, solange wir selbst keine geeigneten Leute hatten, die Kinder überhaupt oder gar besser zu unterrichten. Auch bei den Besuchen dieser Schulen nahmen wir Adam mit, um die Gespräche zu notieren. Ich hatte den Jungen zunehmend lieber um mich. Er erwies sich in allen Dingen als geschickt und zeigte Interesse für die Sache.

Trotz meiner Arbeit gab es aber immer noch viele einsame Abende allein in meiner Kammer, an denen mich die Worte ›Findet seinen Mörder!‹ verfolgten. So war ich froh, für einen Abend eine Einladung zu einer Partie Whist im Palais des Grafen Cobenzl zu erhalten. Das Spiel war seit einigen Jahren in Mode. Ich selbst hatte es noch nicht gespielt, doch beruhigte mich Cobenzls Schreiben in dieser Hinsicht. Falls mir Whist nicht bekannt sein sollte, wolle man es mich gerne lehren, ich könne vorerst auch nur zusehen, ganz nach Belieben.

Der Graf bat mich für halb sechs Uhr zu sich. Ich fand das zwar ungewöhnlich früh, wollte aber natürlich nicht unpünktlich sein. Offensichtlich war ich dann doch der erste Gast, was mir ein bisschen Unbehagen bereitete. Wie sich jedoch schnell herausstellte, war genau das Cobenzls Absicht gewesen.

»Schön, dass Ihr meiner Einladung gefolgt seid, Francobaldi. Bevor die übrigen Gäste eintreffen, würde ich gerne mit Euch unter vier Augen sprechen. Natürlich nur, falls Euch das recht ist.«

Es war mir recht – was sollte ich auch anderes sagen.

»Es handelt sich um ein etwas heikleres Thema.«

Allmählich fragte ich mich, ob es in dieser Stadt überhaupt noch irgendein heikles Thema gebe, das nicht in irgendeiner Weise mit mir im Zusammenhang stand.

»Ich weiß natürlich nicht, wie es Euch in Eurer derzeitigen Behausung gefällt. Und falls ich Euch mit meinen Bemerkungen zu nahetreten sollte, bitte ich von vornherein um Entschuldigung.«

Ich konnte mir beim besten Willen nichts vorstellen, womit Cobenzl mir bezüglich meiner trostlosen Kammer zu nahetreten könnte. Als ich mich entschlossen hatte, die Stelle hier anzunehmen, hatte ich in der fürstbischöflichen Kanzlei brieflich gebeten, mir zumindest für den Anfang eine Wohnung zu besorgen, da ich niemanden kannte, der das für mich hätte tun können. So war ich in das Haus der Witwe Templer gekommen. Nicht dass ich mich bei der mürrischen Person besonders wohl gefühlt hätte – wahrhaftig nicht. Ich hatte aber bisher einfach noch nicht die Muße gehabt, mich anderweitig umzusehen, auch wenn ich schon öfter darüber nachgedacht hatte.

»Ich gebe normalerweise nichts auf das Gerede der Leute, müsst Ihr wissen, halte mich selbst unbedingt von Klatsch fern. Doch in diesem Fall scheint mir der Sachverhalt ein anderer und da Ihr als Zugereister nichts davon wissen könnt, erachte ich es für notwendig, Euch wenigstens auf die Situation aufmerksam zu machen. Wie Ihr Euch nachher entscheidet, liegt freilich bei Euch und ich werde diesen Entschluss in jedem Fall respektieren.«

Nach dieser langen Vorrede war ich nun wirklich neugierig, was es mit meiner Unterkunft Geheimnisvolles oder Skandalöses auf sich haben könnte.

»Ihr müsst wissen, die Witwe Templer genießt in unserer Stadt, vorsichtig formuliert, nicht den besten Ruf. In ihrem Fall muss man wohl hinzufügen: verdientermaßen. Sie kam als Dienstmagd aus einem der Juradörfer zum alten Templer, einem Schustermeister und eingefleischten Junggesellen. Die Familie Templer ist in Eichstätt alteingesessen, waren alles fleißige Leute und hochgeachtete Bürger. Auch der alte Junggeselle war in seiner kauzigen Art bei den Leuten doch wohl gelitten. Kurze Zeit nachdem sie den Dienst angetreten hatte, heiratete der Alte sie. Der Altersunterschied zwischen den beiden betrug gut vierzig Jahre und so erregte die Heirat natürlich Aufsehen. Ein bisschen war es wie in Pergolesis Oper *La serva padrona* und der frischgebackenen Frau Templer stieg diese Verbesserung ihres Standes sehr zu Kopf. Sie soll sich den übrigen Bürgersfrauen gegenüber vom ersten Tag an stolz und übermütig präsentiert haben. Das hat ihr keine Freundschaften eingebracht, wie Ihr Euch denken könnt. Den Haushalt, den sie bis vor kurzem noch selbst versehen hatte, musste nun eine Dienstmagd führen. Und die hatte unter ihrer Herrin wahrlich nichts zu lachen. Der Templerin war bald nichts mehr gut genug: Bei Bäckern, Metzgern und Krämern war ihre schnippische Art gefürchtet. Der Alte ist immer fleißig gewesen, ein Jahr vor seiner Heirat aber schloss er sein Geschäft. Er hatte all die Jahre gespart und wollte es sich jetzt noch ein wenig gut gehen lassen. Kaum aber war er ein halbes Jahr verheiratet, da saß er wieder in der Schusterwerkstatt. Sein Freund Josef Meier zog ihn deswegen auf und spottete, seine junge Frau könne ihn wohl nicht bei sich in der Stube gebrauchen – da traten dem Alten wahrhaftig Tränen in die Augen und Meier wusste, dass er mit seinen Worten die Wahrheit getroffen hatte. Aber nicht genug damit, dass ihn sein Weib wieder ins Joch zwang. Nun nahm man plötzlich einen jungen Herrn zur Untermiete auf! Der Alte hatte zeit seines Lebens noch keinen Fremden in seinem Haus haben wollen. Nie hatte er ein Zimmer vermietet und hatte es auch sicherlich nicht nötig. Als dann der alte Templer nach kurzer Ehezeit verstarb, ohne dass er erkennbar krank gewesen wäre, deuteten böse Zungen an, es könne da wohl nachgeholfen worden sein. Davon weiß ich freilich nichts und will dieses Gerücht keinesfalls nähren. Die Beerdigungsfeierlichkeit fiel jedenfalls sehr bescheiden aus. Das Trauergewand der jungen Witwe allerdings umso prächtiger. Der junge Zimmerherr blieb auch nach dem Tod des Alten im Haus. Keine zwei Monate aber nachdem der Schuster verstorben war, kündigte der junge Mann seine Stellung als Schreiber in der Kanzlei. Er behauptete, geerbt zu haben und er habe es nicht mehr nötig, seine Zeit in zugigen Schreibstuben zuzubringen. Stattdessen nutzte er die Tage nun zu Kutschfahrten nach Ingolstadt, um sich dort feine Kleider anmessen zu lassen. Die örtlichen Schneider waren dazu nicht gut genug. So spazierte er dann in der Stadt umher und führte seine neue Taschenuhr aus, nahm auch gern manches Glas Wein im Gasthaus zu sich. Auch die Witwe änderte nach dem Tod ihres Mannes ihre Gewohnheiten. So ließ sie nun häufig Braten zubereiten, speiste auch gerne Kuchen und Weißbrot.«

Bei diesen Worten musste ich an das saure Kartoffelgemüse und die dünne Brotsuppe denken, die die gute Witwe mir seit ich hier war, wohl dreimal die Woche servierte. Offenbar hatte sie ihre Gewohnheiten erneut geändert.

»Bei all dem lag es nahe zu vermuten, die Witwe habe sich sehr schnell getröstet. Eines Tages aber war der junge Zimmerherr plötzlich fort. Und nun geriet die Templerin vollends in den Ruf einer Ehebrecherin und Erbschleicherin. Denn nach der Abreise des Zimmerherrn zeigte sie plötzlich die Trauer, die sie eigentlich beim Tod ihres Mannes hätte empfinden müssen. Das liegt nun freilich schon einige Jahre zurück, man hat es ihr aber nicht vergessen. Der Ruf einer Ehebrecherin und Erbschleicherin ist ihr geblieben. Ich maße mir hier kein Urteil an, doch würde ich Euch empfehlen, ein anderes Quartier zu suchen, wenn es Euch nichts ausmacht. Ich wäre Euch dabei, falls Ihr das wünscht, auch sehr gerne behilflich.«

Das also war das Geheimnis meiner Zimmerwirtin! Oft schon hatte ich mich gefragt, welcher Kummer sie wohl so hatte werden lassen, wie sie war, stets schwankte ich zwischen Mitleid und Antipathie. Nein, ich hatte wahrhaftig keine Bedenken, von dort auszuziehen, ganz im Gegenteil! Cobenzls Angebot nahm ich nur zu gerne an. Dann könnte ich auch endlich meinerseits Gäste empfangen, schoss es mir durch den Sinn. Ich könnte mich endlich bei der reizenden Familie Hofstaetter für die Einladung revanchieren.

Inzwischen trafen nun auch die übrigen Gäste ein. Außer mir waren noch sieben weitere Personen eingeladen, darunter auch Sausenhover. Man konnte also an zwei Tischen spielen. Es war vorgesehen, dass ich zunächst zusehen und dann im Wechsel mit einem anderen Herrn die eine oder andere Partie spielen sollte. Nun stellte sich allerdings heraus, dass unglücklicherweise zwei der erwarteten Gäste verhindert waren: Der Stadtsyndikus Gerstner, in dessen Haus sich der Lesezirkel meist traf, und der junge Jurist Ägidius Netter. Was tun? Wir waren für zwei Partien zu wenige, für eine aber zu viele. Nach kurzer Diskussion entschloss man sich, das Problem dadurch zu lösen, dass man abwechselnd spielte. Mir als Neuling war das nicht ungelegen, konnte ich doch so zunächst zusehen und mir das eine oder andere erklären lassen und daneben auch mit den Herren plaudern, die gerade nicht spielten. Es lag mir sehr daran, nach dem missglückten Abend in Gerstners Haus endlich ein wenig in Kontakt zu kommen. Bisher war mein gesellschaftlicher Umgang noch sehr eingeschränkt. So ging ich von der Whistpartie an den Nebentisch, an dem sich gerade Heinrichmeyer und Graf Starhemberg angeregt unterhielten. Über Heinrichmeyer hatte ich schon gehört, dass er sich sehr um die Verbesserung des Hüttenwerks in Obereichstätt verdient gemacht hatte. Er war ganz offensichtlich sehr an technischen Neuerungen interessiert.

»Solch eine verbesserte Dampfmaschine, wie sie jetzt bei den Briten in mancherlei Bereichen zur Anwendung kommt, würde natürlich auch bei uns den Fortschritt voranbringen, verehrter Graf. Allein verbraucht solch eine Maschine leider einfach zu viel Energie, als dass wir sie hier in unserer rohstoffarmen Gegend sinnvoll einsetzen könnten. In Manchester ist das anders. Dort errichtet man neuerdings ganze Fabrikanlagen. Die Menschen weben an den neuen Webstühlen unvergleichlich mehr und auch feinere Stoffe als das auf den traditionellen Webstühlen möglich ist. Ich persönlich glaube, dass die Entwicklung auf diesem Gebiet noch längst nicht abgeschlossen ist. Wir werden wahrscheinlich in den nächsten Jahren noch von mancherlei Fortschritt in dieser Richtung erfahren. Und ich weiß nicht, ob Ihr schon von den Experimenten der Brüder Montgolfier in Paris gehört habt. Ich habe gelesen, dass es ihnen gelungen ist, einen Ballon zu konstruieren, mit dem Menschen tatsächlich fünfundzwanzig Minuten geflogen sind. Unvorstellbar! Der Mensch erhebt sich wie ein Vogel in die Lüfte! Ich bin überzeugt, die Welt verändert sich, verehrter Graf, auch wenn wir hier so gut wie nichts davon spüren.«

»Das mag sein, lieber Heinrichmeyer. Doch sehe ich auf diesem Weg noch eine ganze Menge Hemmnisse. Nicht zuletzt braucht es, um Fortschritt zu erzielen, eine Vielzahl an klugen Köpfen. Und Ihr werdet mir nicht abstreiten, dass wir daran gegenwärtig noch einen großen Mangel haben. Wir müssen leider einsehen, dass wir hier im Süden Deutschlands der allgemeinen Entwicklung hinterherhinken. Aber um diesen Mangel zu beheben ist ja unser verehrter Freund Monsieur Francobaldi extra aus Wien hierhergekommen.«

Bei diesen Worten wandte sich mir der Graf lächelnd zu.

»Unabhängig von der Konfession sehe ich persönlich in dieser Angelegenheit in einem gewissen Pfarrer Oberlin ein Vorbild. Dieser Mann ist, wie ich in einem Journal gelesen habe, seit gut zwanzig Jahren Pastor in der evangelischen Gemeinde Waldersbach im Steintal, einem der vormals unterentwickeltesten Täler der Vogesen. Doch ist es diesem Geistlichen durch sein unermüdliches Wirken gelungen, dem Ort ein völlig neues Gesicht zu geben. Stellt Euch vor, bei Oberlins Ankunft im Steintal lebten in den fünf Dörfern seiner Gemeinde achtzig bis hundert Familien in ärmlichsten Zuständen. Doch seitdem wachsen Wohlstand und Bevölkerungszahl. Oberlin verbesserte den Obstbau, die Wiesenanlagen und die Landwirtschaft, legte Brücken und Straßen an, die er mit den einheimischen Bauern selbst baute und gründete, unterstützt von einem Freund aus Basel, dessen Namen ich allerdings vergessen habe, sogar Industriebetriebe. Auf seine Initiative hin entstanden auch Kleinkinderschulen. Vor nunmehr zwei oder drei Jahren hat Oberlin sogar eine Leih- und Kreditanstalt gegründet. Solche Männer bräuchten wir auch bei uns. Bildung und Erziehung des einfachen Volkes, das ist in meinen Augen der Schlüssel zum Wohlstand für viele. Ich kann Euch gerne einmal den Artikel zu lesen geben, falls er Euch interessiert. Vielleicht können wir uns darüber auch einmal in unserem Lesekreis unterhalten, zumal der Pfarrer wohl auch eine Zeit lang einen Dichter bei sich aufgenommen hat. Auch Ihr seid uns natürlich in unserem wöchentlichen Kreis immer herzlich willkommen, Monsieur Francobaldi. Aber ich sehe, wir werden jetzt wieder als Spieler für die neue Partie gebraucht.«

Ich begab mich mit den beiden wieder an den Whisttisch und schaute dem für mich nach wie vor schwer verständlichen Spiel zu. Graf Starhemberg hatte mich doch tatsächlich elegant und als ob nichts geschehen wäre, wieder in den Lesekreis eingeladen! Ich nahm mir vor, diese zweite Chance auch zu nutzen.

Als der Abend schon weit fortgeschritten war und die letzte Partie Whist ausgerufen wurde, ergab es sich, dass Sausenhover und Cobenzl pausierten. Ich gesellte mich zu ihnen und fast zwangsläufig kamen wir wieder auf das Thema Schule zu sprechen, an dem auch Cobenzl sehr interessiert war. Sausenhover fing gerade an, eine Episode von einem unserer Schulbesuche zu erzählen.

»Habe ich Euch schon von unseren Erlebnissen in Dollnstein berichtet?« Cobenzl verneinte.

»Wir waren also auf Schulvisitation dort. Adam stand am Schreibpult, um Aufzeichnungen anzufertigen. Francobaldi und ich hatten uns diesmal hinter die Schüler in die Schulstube gesetzt, sodass wir den Lehrer, genau wie seine Zöglinge, von vorne sahen. Nun war der arme Mann über den ungewohnten Besuch aber so aufgeregt und wollte seine Sache besonders gut machen, dass er fortwährend heftig gestikulierte und sich in der sehr kleinen Stube unruhig hin und her bewegte. Er kam dabei gefährlich nahe an das Schreibpult, auf dem Adams Tintenfass stand. Und schwups stößt er das Ding plötzlich mit einer wilden Bewegung an! Adam, in der Sorge, es könne vollständig umkippen und sich über seine Aufzeichnungen ergießen, greift danach. Aber er ist in seiner Bewegung ebenfalls zu heftig, sodass er es zwar zu fassen kriegt, aber dabei so schwungvoll empor schleudert, dass die Tinte in hohem Bogen herausschießt und sich prompt über den ahnungslosen Schulmeister ergießt. Da steht der arme Tropf nun, über und über mit schwarzer Tinte eingefärbt. Und Ihr könnt Euch vorstellen, als die Kinder nun ihren Lehrer so wie einen begossenen Pudel dastehen sehen, gibt es natürlich kein Halten mehr. Sie brechen in hemmungsloses Lachen aus. Um ehrlich zu sein, wir mussten sehr an uns halten, um nicht auch einzustimmen. Der Lehrer sah gar zu komisch aus. Er aber, in ohnmächtiger Wut, greift sich ein ganz schmales, abgerissenes Bürschlein. Der arme Kerl hatte sich nicht einmal besonders durch Spott und Lachen hervorgetan, eher im Gegenteil. Er greift sich also das Kind und prügelt so darauf ein, dass Francobaldi und ich schließlich dazwischen gehen mussten.«

Ich hatte die Episode noch sehr gut vor Augen. Wir hatten die Kinder nach diesem Vorfall alle nach Hause geschickt, an die Fortsetzung eines geregelten Unterrichts war ja ohnehin nicht mehr zu denken. Sausenhover war bleich vor Zorn. Er sprach kein Wort, blickte den Schulmeister nur mit verächtlich kaltem Blick an und führte das wimmernde Kind vor die Tür. Die beiden standen immer noch dort, als ich die Schulstube kurz darauf verließ. Sausenhover fragte den Kleinen gerade, wo er wohnte, und es stellte sich schließlich heraus, dass es ein Stück Wegs in unsere Richtung war. Also nahmen wir das verängstigte Bündel Mensch in unserer Kutsche mit. Man konnte dem Armen deutlich ansehen, dass er zwar Prügel gewohnt war, nicht aber eine freundliche Behandlung. Die Fahrt in einer Kutsche verängstigte ihn wohl noch mehr, als dass sie ihn erfreute. Als wir sein Zuhause erreicht hatten, wurde uns klar, warum der Lehrer von allen Kindern ausgerechnet an diesem seine Wut ausgelassen hatte: Sebastian gehörte zweifelsohne zu den Ärmsten des Marktes. Sein Zuhause war kaum mehr als eine dürftige Hütte. Seine Eltern würden es nicht wagen, gegen die heftige Misshandlung ihres Sohnes zu protestieren.

Sausenhover fuhr mit unseren Erlebnissen bei den diversen Schulbesuchen fort und erzählte nun von Berching. Nach den vorangegangenen Erfahrungen waren wir dort sehr positiv überrascht worden. Da sich die Gelegenheit bot, besuchten wir in dem Städtchen auch Franz Georg Lang, seit einigen Jahren dort Stadt- und Gerichtsschreiber. Ich hatte ihn bei Cobenzls Soirée kennengelernt, zu der er angereist war, um wieder einmal alte Bekannte zu treffen. Sausenhover war ihm schon seit vielen Jahren freundschaftlich verbunden.

»Wir hatten mit unserem Freund übrigens ein nettes Erlebnis, lieber Cobenzl. Lang lächelte, als wir ihm von unserem erfreulichen Schulbesuch erzählten. ›Freut mich zu hören. Ich kann den Herren auch erklären, wie es zu diesem erfreulichen Befund kommt. Als ich vor nunmehr sechs Jahren meinen Dienst hier antrat, war es mit dem Schulwesen nämlich wahrhaftig nicht sonderlich gut bestellt. Das ging mich zwar im Grunde nichts an – und doch auch wieder schon, weil ich hoffte, im Ort einen tüchtigen Gehilfen für mich rekrutieren zu können. Da musste ich leider feststellen, dass es mit dem Lesen und Schreiben hier bei den meisten nicht weit her war. Kein Wunder, beherrschte es doch der verehrte Schulmeister selbst nicht so recht. Aber solche Fälle kennt Ihr ja selbst zur Genüge, das muss ich nicht weiter ausführen. Nun, kurz und gut, ich beschloss, das Übel gewissermaßen an der Wurzel zu packen und rekrutierte einfach den guten Schulmeister selbst stundenweise zu meinem Gehilfen. Das Einkommen konnte er gut gebrauchen, wie Ihr euch denken könnt. Da ließ ich ihn denn Texte kopieren und mir auch laut vorlesen, so lange, bis er in diesen Künsten zunehmend Sicherheit gewann.‹ Ihr seht, lieber Cobenzl, unser Freund ist pfiffig, wie er es immer war, und weiß sich auch in schwierigen Zeiten zu helfen«, schloss Sausenhover seine Erzählung.

Ich verstand nicht, was er mit dem letzten Satz gemeint hatte, doch ergab sich keine Gelegenheit, um eine Erklärung zu bitten. Denn nun waren die übrigen Gäste mit ihrer Partie zu Ende gekommen und gesellten sich zu uns. Sie waren aber dabei noch ganz in ihre unterschiedlichen Strategien vertieft, erörterten, ob dieses oder jenes Blatt von Vorteil gewesen wäre. Wie es oft so geht in derartigen Situationen: Irgendwie gelang es uns nicht, ein Thema zu finden, das die ganze Gesellschaft angesprochen hätte, zu sehr waren beide Gruppen noch in ihrem jeweiligen Disput gefesselt. Als sich Graf von Starhemberg schließlich verabschiedete, schlossen sich ihm auch Graf Hatzfeld, Heinrichmeyer und der Maler Willibald Wunderer an. Sausenhover und ich zögerten, wir wollten unsere angeregte Unterhaltung noch ein wenig fortsetzen. Aber nach der Verabschiedung der Whistspieler fanden auch wir nicht mehr in unser vorheriges Thema.

»Apropos Besuch«, nahm Cobenzl scheinbar den Gesprächsfaden wieder auf. »Ihr hattet ebenfalls Besuch, lieber Francobaldi?«

Natürlich. In so einer kleinen Stadt musste ein Mann wie Pezzl auffallen. Da war es wieder: ›Findet seinen Mörder!‹ Nachdem der Fall zu den Akten gelegt war, hielt ich die Diskretion, um die Bischof Johann Anton mich gebeten hatte, für überflüssig. Es war, als würde sich eine Schleuse öffnen. Mehr oder weniger ohne nachzudenken, wie von selbst, strömten die Worte aus mir heraus, ich erzählte und erzählte …

»… Wegen der rätselhaften Gegenstände, die Franz Pezzl bei sich trug, kamen wir zu der Überlegung, er könne Mitglied in einem Geheimbund wie den Freimaurern sein. *Scipio Aemilianus* könnte ein Deckname, die Eule ein Erkennungszeichen sein. Aber wie dem auch sei und wie sehr Pezzl mich auch drängt, den Mörder zu finden, seine Spur führt wahrscheinlich nach Nürnberg und verliert sich dort. Ich habe nicht einmal eine genauere Beschreibung des Mannes. Der Schankwirt in Greding erinnerte sich an einen Mann mittleren Alters, von normaler Größe und Statur, ohne irgendwelche Besonderheiten, wenn man von seiner Nervosität absieht. An seine Kleidung konnte er sich ebenfalls nicht erinnern. Man möchte meinen, der Fuhrknecht, der ihn zur nächsten Poststation nach Hilpoltstein brachte, müsste sich doch wenigstens an seinen einzigen Fahrgast erinnern – allein, der Mann ist dem Branntwein sehr zugetan und weiß nur noch, dass er ihn am frühen Morgen kutschiert hat. Auf das Aussehen seines Kunden hat er nicht geachtet. In Hilpoltstein weiß man, dass ein einzelner Herr mittleren Alters in die Kutsche nach Nürnberg gestiegen ist. Weil es an diesem Morgen aber noch weitere Passagiere, nämlich ein jüngeres Pärchen und einen ausnehmend dicken Mann mit seinem ebenfalls dicken Sohn gab, hat man auf ihn nicht weiter geachtet. Auf der Station in Wendelstein wurden lediglich die Pferde gewechselt, dort verließ niemand die Kutsche und so nehme ich an, dass der Unbekannte mindestens bis Nürnberg gereist sein muss. Ob er von dort kam und wieder zurückkehrte oder ob er weiterreiste, entzieht sich völlig meiner Kenntnis. Ich kann auch schlecht beim dortigen Rat der Stadt nachfragen, ob wohl ein Geheimbund bekannt sei, dessen Erkennungszeichen möglicherweise eine Eule und dessen eines Mitglied sehr wahrscheinlich ein Mörder ist. Es ist ja eben das Wesen eines Geheimbunds, geheim zu sein und somit nicht öffentlich bekannt.«

Zu meinem Erstaunen war Sausenhover während meiner Ausführungen immer bleicher und unruhiger geworden. Er schien im wahrsten Sinne des Wortes um Atem zu ringen. Auch Cobenzl wirkte über Gebühr betroffen, doch gelang es ihm, wenn auch erkennbar mühsam, die gebotene Contenance zu wahren.

»In der Tat eine schwierige Sache. Auch wenn der Fall offiziell abgeschlossen ist, würde ich Euch trotzdem empfehlen, dem Fürstbischof von den jüngsten

Ereignissen Bericht zu geben. Dass Ihr Pezzl das Grab seines Bruders gezeigt und ihn über die Vorfälle aufgeklärt habt, ist Eurer Christenpflicht geschuldet. Es ist Euch dafür in keiner Weise ein Vorwurf zu machen, zumal Ihr ja Eure eigentliche Aufgabe, den Aufbau des Schulwesens, darüber nicht vernachlässigt habt.«

Sausenhover sagte immer noch nichts, ihm schien nicht wohl in seiner Haut zu sein. Schließlich stammelte er etwas von *spät* und *aufbrechen*. Ich schloss mich ihm an. Gemeinsam stiegen wir die breite Marmortreppe hinunter. Es war eine mondhelle Nacht. Über den Türmen des Doms funkelten die Sterne. Außer uns beiden schien zu dieser späten Stunde niemand mehr unterwegs zu sein. Mein Begleiter war auch während unseres gemeinsamen Heimwegs merkwürdig stumm. Schließlich trennten sich unsere Wege am Marktplatz. Als ich die Treppe zu meiner Kammer hochstieg, musste ich noch einmal daran denken, was die Leute über meine Zimmerwirtin redeten. Cobenzls Besuch bei mir fiel mir wieder ein. Wie viel Überwindung musste es ihn gekostet haben, das Haus der Ehebrecherin und Erbschleicherin überhaupt zu betreten! Wie wichtig musste es ihm also andererseits gewesen sein, mich – ja, was eigentlich? Mir etwas zu erklären, was ich freilich nicht verstand? Mich zu warnen?

***

Für den nächsten Vormittag hatten wir die Visitation der Schule in Greding ins Auge gefasst, doch Sausenhover ließ sich entschuldigen, er sei krank. So beschloss ich, die Visitation zu verschieben und stattdessen Cobenzls Rat zu befolgen und einen Bericht über die jüngsten Ereignisse zu verfassen. Seit Pezzls Abreise waren inzwischen etwa zwei Wochen vergangen. Ich hatte deshalb keine Befürchtung, man könne mir ein Versäumnis in dem als erledigt geltenden Fall vorwerfen. Andererseits wollte ich die Sache jedoch auch nicht weiter hinauszögern. Ehrlich erstaunt war ich allerdings, als ich, zwei Tage, nachdem ich meinen Bericht in der fürstbischöflichen Kanzlei abgegeben hatte, die Aufforderung erhielt, bei Fürstbischof Johann Anton persönlich vorzusprechen. Über den Fortschritt im Aufbau der Normalschule und die Verbesserung des

Schulwesens insgesamt war ihm schriftlich zu berichten und Sausenhover und ich kamen dieser Pflicht regelmäßig nach. Was also mochte er nun wieder von mir wollen? Auch diesmal wurde ich ganz offiziell empfangen, doch wirkte seine Exzellenz längst nicht so entspannt und zufrieden wie bei unserem letzten Treffen. Ich hätte allerdings nicht sagen können, in welcher Stimmung er sich genau befand. Seine Miene war jedenfalls angespannt und er wirkte, als habe er in eine Zitrone gebissen. In einem Tonfall, aus dem man das Bemühen, möglichst normal zu klingen, förmlich heraushörte, forderte er mich auf, mich zu setzen, dabei lief er aber seinerseits weiterhin unruhig im Schreibkabinett umher, sodass ich es nicht wagte, der Aufforderung tatsächlich nachzukommen. Ich blieb stehen, wo ich gerade stand und wurde das Gefühl nicht los, hier auf fatale Weise fehl am Platze zu sein. Für einige Momente schien von Zehmen meine Anwesenheit gar nicht zu registrieren. Wie bei unserer ersten Begegnung schien er verzweifelt nach den richtigen Worten zu suchen, was sich in einem leisen Stöhnen von Zeit zu Zeit bemerkbar machte.

Ich wartete. Seine Exzellenz schwieg, dachte nach und lief dabei weiter auf und ab.

»Danke für Euren Bericht«, begann er schließlich. »Wir hatten ja beschlossen, den Fall ad acta zu legen, solange kein neuer Sachverhalt gegeben wäre. Nun hat sich die Situation allerdings geändert.«

Ich wartete auf eine weitere Erklärung, doch es kam keine. Worin sah er die grundlegend neue Faktenlage? Darin, dass der Tote nun einen Namen hatte? Dass ich vermutete, er könne einem Geheimbund angehört haben? In meiner Einschätzung des Falles hatte sich durch die neuen Erkenntnisse so gut wie nichts geändert. Genauer gesagt wusste ich schlicht und einfach nicht, inwiefern mich die neuen Erkenntnisse weiterbringen hätten können. Um ehrlich zu sein, hatte ich wahrhaftig nicht geglaubt, dass es irgendeine Faktenlage geben könnte, die seine Exzellenz dazu veranlassen würde, die Affäre, die ihm so offenkundig zuwider war, wieder aufzunehmen. Während ich noch darüber grübelte, gab sich Johann Anton plötzlich einen Ruck.

»Lest!«, und er präsentierte mir, wie schon einmal, einen Brief:

Wenzel Anton Graf von Kaunitz-Rietberg, Staatskanzler seiner Majestät Erzherzog Joseph von Österreich, Kaiser des Heiligen Römischen Reichs, König von Böhmen, Kroatien, Ungarn etc. etc. an seine Exzellenz Johann Anton von Zehmen, Fürstbischof von Eichstätt

Wir erlauben uns, uns in einer Bitte privatim an Eure Exzellenz zu wenden und ersuchen Euch höflichst, die Causa des zu Tode gekommenen Franz Pezzl, gewesener Untertan seiner Majestät Erzherzog Joseph von Österreich, Kaiser des Heiligen Römischen Reichs etc. etc. wieder aufzunehmen, wohl wissend, dass die Gewährung dieses Anliegens einzig von Eurer Exzellenz Gnaden abhängt.
Wir wagen es, uns mit dieser privaten Bitte, an Euch zu wenden, da der Tote ein naher Anverwandter einer uns nahestehenden Person ist. Dessenthalben appellieren wir an Euer Gnaden christliche Barmherzigkeit, die gewiss der irdischen Gerechtigkeit zum Siege verhelfen will.
Seid Euch im Voraus unseres aufrichtigen Dankes für all Eure Bemühungen gewiss. Gerne erwarten wir Eure freundliche Antwort in dieser für uns so wichtigen Angelegenheit.

Wenzel Anton Graf von Kaunitz

»Private Bitte, dass ich nicht lache«, gab sich Johann Anton ungewöhnlich offen, nachdem ich den Briefbogen hatte sinken lassen. »Wenn wir dieser *Bitte* nicht entsprechen, kann das ungeahnte diplomatische Konsequenzen nach sich ziehen. Graf Kaunitz ist schließlich nicht irgendwer!«

Plötzlich verstand ich. Verstand, weshalb Pezzl auf meinen Einwand, der Fall sei zu den Akten gelegt, so völlig gleichmütig reagiert hatte: Er wusste Mittel und Wege, dies zu ändern. Verstand die Situation des Fürstbischofs, dessen kleines Territorium umgeben war von weit mächtigeren Herrschern, denen in die Quere zu kommen auf keinen Fall ratsam erschien. Auch Cobenzls Worte von den politischen Rücksichten, die man in Eichstätt nehmen müsse, ergaben plötzlich einen Sinn. Mochte Wien auch geographisch weit weg sein, sein politischer Einfluss war es sicher nicht. Seine Exzellenz unterbrach meine Gedanken.

»Lasst mich offen sprechen, Francobaldi. Auch wenn ich persönlich nicht glaube, dass wir in diesem Fall noch etwas ausrichten werden, so muss ich doch meinen guten Willen unter Beweis stellen und der geäußerten Bitte, die wohl eher als eine Androhung möglicher Konsequenzen zu verstehen ist, entsprechen. Ihr werdet die Untersuchung also offiziell wieder aufnehmen. Wir müssen Wien zeigen, dass wir in der Sache tätig geworden sind, ja alles Menschenmögliche zur Klärung des Verbrechens unternommen haben.«

Der Mensch denkt und Gott lenkt. So wurde ich also wieder mit der Untersuchung des Falles betraut. Pezzls Auftrag ›Findet seinen Mörder!‹ hatte mich nun ganz offiziell erreicht und ich musste, ob ich wollte oder nicht, versuchen, ihn zu erfüllen. Ich kam mit dem Bischof überein, fürs Erste noch einmal die Reise des Unbekannten von Greding nach Nürnberg en detail nachzuvollziehen. Nicht dass wir uns davon wirklich irgendwelche neuen Erkenntnisse erhofft hätten, aber irgendetwas musste schließlich getan werden. Und mir fiel nichts anderes ein. Ich äußerte die Bitte, Adam mitnehmen zu dürfen und sie wurde mir gerne gewährt. Seine Exzellenz hoffte wahrscheinlich, es würde in Wien mehr Eindruck machen, wenn er gleich zwei Personen mit der Untersuchung des Falls betraute.

Die Nadel im Heuhaufen

Ich trat auf den sonnigen Residenzplatz hinaus. Jetzt, Anfang März, bekam man schon eine erste, ganz leise Ahnung vom Frühling und so beschloss ich, mir nach langer Zeit einmal wieder einen kurzen Spaziergang am Fluss entlang zu gönnen. Die Altmühl führte reichlich Wasser. Diesmal wollte ich flussabwärts gehen. Nach wenigen hundert Metern gelangte ich zu den Gartenanlagen der fürstbischöflichen Sommerresidenz, die sich auf der linken Seite bis fast an den Fluss erstreckten. Das Gebäude selbst war von hier aus kaum zu sehen, nur die Rückseite etlicher Pavillons, die mit grün glasierten Ziegeln eingedeckt waren. Jenseits der Altmühl befand sich das kleine Sommerpalais des Grafen Cobenzl, auch dieses umgeben von einer Gartenanlage, die sich auf die Anhöhe hinzog. Noch zeigte sich an den Bäumen und Sträuchern keine Spur von frischem Grün, aber die Luft war schon milder und die Sonne wärmte mich. Gedankenverloren blickte ich auf den Fluss und träumte mir den Sommer herbei. Wie schön müsste hier eine Kahnpartie sein!

Mitten im Schimmer der spiegelnden Wellen
Gleitet, wie Schwäne, der wankende Kahn;
Ach, auf der Freude sanft schimmernden Wellen
Gleitet die Seele dahin wie der Kahn;
Denn von dem Himmel herab auf die Wellen
Tanzet das Abendrot rund um den Kahn.

Über den Wipfeln des westlichen Haines,
Winket uns freundlich der rötliche Schein;
Unter den Zweigen des östlichen Haines
Säuselt der Kalmus im rötlichen Schein;
Freude des Himmels und Ruhe des Haines
Atmet die Seel' im errötenden Schein.

Ach, es entschwindet mit tauigem Flügel
Mir auf den wiegenden Wellen die Zeit.
Morgen entschwinde mit schimmerndem Flügel
Wieder wie gestern und heute die Zeit,
Bis ich auf höherem strahlenden Flügel
Selber entschwinde der wechselnden Zeit.

Ich war zwar kein besonderer Freund der Poesie, aber dieses Gedicht gefiel mir. Vielmehr, es hatte Clara, meiner Frau, gefallen. Sie hatte es oft rezitiert, wenn wir abends der Donau entlang spazierten. Es atme heitere Unbeschwertheit, hatte sie immer gesagt. Wann war meine Seele zuletzt auf der Freude sanft schimmernden Wellen dahingeglitten? Würde sie es jemals wieder tun? Wenn schon nicht Freude, so empfand ich in diesem Moment doch wenigstens Ruhe. Ich beschloss, das Beste aus dem Auftrag zu machen. Nürnberg würde den wissbegierigen Adam bestimmt interessieren und auch ich war gespannt auf die alte freie Reichsstadt mit ihrer berühmten Kaiserburg. Schade nur, dass der Anlass für diese Reise so wenig erfreulich war. Plötzlich überfielen mich Zweifel, ob ich überhaupt richtig gehandelt hatte, als ich Adam so vorschnell bei seiner Exzellenz für diese Aufgabe ins Gespräch gebracht hatte. Auch wenn ich der Fahrt nach Nürnberg keinen Erfolg und damit für die Sache wenig Bedeutung zumaß, so handelte es sich doch unbestreitbar um die Ermittlung in einem Mordfall und das war dann doch etwas grundlegend anderes als die Fahrten zu Schulinspektionen. Was würde seine Mutter dazu sagen? Ich wollte mir keinesfalls die heimlichen Vorwürfe der Madame Hofstaetter zuziehen. Auch wenn sie sich natürlich nicht erdreisten würde, den Befehl des Landesherrn laut zu kritisieren, konnte sie doch alles andere als glücklich darüber sein. Und wer weiß, sie konnte mich in diesem Zusammenhang vielleicht durchaus zu recht einer sehr unüberlegten Vorgehensweise bezichtigen. Nein, das wollte ich auf keinen Fall! So machte ich kurz entschlossen auf dem Absatz kehrt, um das Haus der Hofstaetters aufzusuchen. Ich würde Adam nicht gegen den Willen seiner Mutter mitnehmen. Lieber würde ich mir irgendeine Ausrede für seine Exzellenz ausdenken.

Ottilie Hofstaetter war sichtlich überrascht von meinem unangekündigten Besuch, empfing mich aber dennoch freundlich und bat mich herein. Wieder umfing mich schon im Hausflur der wundervolle Duft von Bienenwachs und Honig. Obwohl ich das Haus erst zum zweiten Mal und heute sogar in einer heiklen Angelegenheit betrat, empfand ich ein Gefühl von Heimeligkeit, von Aufgehobensein, wie ich es in meiner Kammer bei der Witwe Templer niemals hatte und niemals haben würde. Trotzdem war es nicht leicht, die richtigen Worte zu finden, wie ich jetzt selbst bei meinem Gestammel bemerken musste. Ich bedauerte, mir nicht vorher zumindest in Gedanken ein Konzept zurechtgelegt zu haben. Adams Mutter war Gott sei Dank eine vernünftige Frau, die nicht zur Hysterie neigte.

»Danke für Eure offenen Worte, Herr Francobaldi. Danke auch dafür, dass Ihr Euch überhaupt die Mühe gemacht habt, mich in dieser Angelegenheit zu befragen. Ihr könntet Euch immerhin auf den Befehl unseres Herrn Fürstbischof berufen, der entschieden hat, dass mein Sohn Euch begleiten soll. Ich vertraue Euch und glaube meinen Sohn bei Euch in guten Händen. Aber ehrlich gesagt, möchte ich in dieser Angelegenheit gar keine eigene Entscheidung treffen, sondern sie meinem Sohn überlassen, wenn Ihr erlaubt. Er dürfte nun bald aus der Kanzlei kommen und falls es Euch recht ist, könnt Ihr ihn beim Abendessen, zu dem ich Euch gerne einlade, selbst fragen – natürlich nur, wenn Euch das zeitlich nicht ungelegen kommt, Herr Francobaldi.«

Nein, das kam mir zeitlich nicht ungelegen! Mochte meine Zimmerwirtin ihr saures Kartoffelgemüse oder was auch immer sie heute an Köstlichkeiten für mich vorgesehen hatte, behalten. Ich würde hier in angenehmer Umgebung bei lieben Menschen speisen!

Wie ich es erwartet hatte, war Adam über meinen Vorschlag höchst erfreut. Wir wollten am übernächsten Tag mit der Postkutsche nach Greding aufbrechen. Von dort wollten wir tags darauf auf demselben Weg wie der Unbekannte weiterreisen. In meiner Verzweiflung hegte ich nämlich die durch nichts begründete Hoffnung, es könne mir so vielleicht irgendein hilfreiches Detail auffallen, etwas, was ich bisher übersehen und nicht bedacht hatte. Irgendetwas, woran ich anknüpfen könnte. Vor unserer Abreise musste ich noch Sausenhover informieren. Er würde zumindest für ein paar Tage auf sich allein gestellt sein. Wie es nach meiner Rückkehr aus Nürnberg mit unserer gemeinsamen Aufgabe weitergehen sollte, war mir ehrlich gesagt auch nicht klar. War ich davon wieder entbunden oder sollte ich sie weiterverfolgen? Seine Exzellenz hatte sich dazu nicht geäußert und ich selbst hatte in meiner Verwirrung schlicht vergessen, danach zu fragen. Sausenhover nahm die Neuigkeit mit unbewegter Miene entgegen und äußerte sich in keiner Weise dazu. Dabei wirkte er aber nicht eigentlich abweisend oder unfreundlich, sondern vielmehr bedrückt. Es war wieder diese sonderbare Schwermut, die ich in letzter Zeit schon öfter an ihm bemerkt hatte und mir doch nicht erklären konnte. Wie oft schon hatte er mir von seiner wunderbaren Familie erzählt, er liebte seinen Beruf, lebte in angenehmen Verhältnissen und erfreute sich allgemein großer Beliebtheit und auch Ansehens in der Stadt. Was in aller Welt konnte ihn so belasten?

»Auf Wiedersehen, Monsieur Francobaldi.« Das waren die einzigen Worte, die er mir mit auf den Weg gab.

Adam und ich nahmen den Weg Altmühl abwärts, den wir schon einmal gefahren waren. Diesmal aber war die Sicht nicht vom Nebel getrübt und ich hatte außerdem Muße, endlich die vorbeiziehende Landschaft näher zu betrachten. Nun erst bemerkte ich die skurrilen Formen der Wacholderbüsche, die auf den Anhöhen bei Gungolding wuchsen. Manche sahen aus der Ferne wie menschliche Gestalten aus. Zwischen den Sträuchern waren die Hänge auf weiten Flächen mit bläulichen Blüten übersät.

»Weißt du, was das ist, Adam?«

»Das sind Küchenschellen, Monsieur Francobaldi, kennt Ihr sie nicht? Sie blühen um diese Zeit überall auf den mageren Hängen unserer Gegend. Aus der Entfernung könnt Ihr es nicht sehen, aber die Blüten sind eigenartig behaart. Als Kinder hat man uns immer wieder davor gewarnt, irgendwelche Pflanzenteile in den Mund zu nehmen. Angeblich sind sie nämlich giftig.«

Wieder fuhren wir an den Windungen der Schwarzach entlang auf Greding zu. Wieder sah ich schon aus der Ferne die Martinskirche, die sich auf der Anhöhe inmitten des Städtchens erhob. Links von uns der Fluss, rechts der Straße der mit Laubwald bewachsene Höhenzug. Gedankenverloren blickte ich auf die vorbeiziehende Landschaft. Plötzlich durchzuckte mich eine Erkenntnis. Die Theorien stimmten nicht überein! Wenn der Unbekannte, dessen Spur wir in Nürnberg ausfindig machen sollten, der Mörder war, dann musste der Pistolenschuss entgegen aller Wahrscheinlichkeit doch Zufall gewesen sein. Denn eines war zumindest sicher: Der Unbekannte konnte nicht an zwei Orten gleichzeitig gewesen sein. Oder der Pistolenschuss war doch ein Anschlag – dann wiederum konnte der Unbekannte nicht der Mörder sein und wir vergeudeten mit der Fahrt nach Nürnberg tatsächlich unsere Zeit. Oder der Mörder war nach Nürnberg aufgebrochen, hatte aber in Greding einen Komplizen zurückgelassen, der den Anschlag auf uns verübte. Dann mussten allerdings mindestens zwei Personen in das Komplott verwickelt sein. Also doch eine Geheimgesellschaft? Hier auf dem Land? Vollkommen unwahrscheinlich. Wie ich es auch drehte und wendete, es passte nicht. Nichts passte. Und ich drehte mich im Kreis. So kamen wir abends um sechs Uhr in Greding an, ließen uns von besagtem Fuhrknecht tags darauf in aller Frühe nach Hilpoltstein fahren, mussten dort gut eineinhalb Stunden auf die Postkutsche warten und gelangten schließlich nach einem Pferdewechsel in Wendelstein um die Mittagszeit nach Nürnberg.

Da waren wir also. Die Stadt hatte ein völlig anderes Gesicht als Wien. Neuere Gebäude waren selten, die meisten stammten noch aus dem Mittelalter, Nürnbergs großer Zeit. Im Unterschied zu meiner Heimatstadt waren hier viele der Häuser aus rötlichem Sandstein erbaut. Man sah auch viel Fachwerk. Über der Stadt erhob sich die alte Kaiserburg mit ihren beachtlichen Ausmaßen. Es war nicht zu leugnen, dass die Stadt ihre Glanzzeit hinter sich hatte. Man sah es auf den ersten Blick. Trotzdem gefiel sie mir. Adam aber kam aus dem Staunen gar nicht mehr heraus. Die schiere Größe, die Menge an Menschen, die vielen Waren auf dem Hauptmarkt und der weite Platz selbst mit dem Schönen Brunnen beeindruckten ihn sichtlich. Er sagte nichts, viel zu sehr war er allein damit beschäftigt, die zahlreichen neuen Eindrücke in sich aufzunehmen. Manchmal kam er mir vor wie ein Schwamm, der alles, was er an Wissen, an Erlebnissen, an Erfahrungen bekommen konnte, gierig in sich aufsog. Das gefiel mir an dem Jungen.

Es war ein recht frischer Tag und wir sehnten uns beide nach einer kräftigen Mahlzeit. Ich hatte die köstlichen Gredinger Bratwürste noch gut in Erinnerung und schon einmal von den berühmten Nürnberger Rostbratwürsten gehört. Das schien mir für den Tag genau das Richtige, auch wenn wir in der Fastenzeit waren. In der Nähe der Sebalduskirche fanden wir ein passendes Gasthaus. Die Bewohner der Stadt mussten einen gesegneten Appetit haben, schien mir, als ich einen Blick auf die Tafel in der Wirtschaft warf: Es gab sechs, acht, zehn oder sogar zwölf Würste zu bestellen. Wer sollte eine solche Unmenge essen können? Also bestellte ich für uns beide zusammen sechs Stück mit einer zusätzlichen Portion Sauerkraut und zwei Humpen Bier. Die Kellnerin schaute uns dabei zwar verwundert an, sagte aber nichts. Als sie das Essen brachte, begriff ich. Das waren beileibe nicht die Bratwürste, wie ich sie aus Greding kannte – die hier hatten kaum die Größe eines Fingers! Auch im Geschmack waren sie ganz besonders, auf eine ganz spezielle Weise gewürzt. Davon sechs Stück zu essen war wahrhaftig keine Kunst. Von dreien aber wurde man schlicht nicht satt. Zum Schluss hatten Adam und ich doch jeder zwölf davon verdrückt.

Derart gestärkt suchten wir den Magistrat der Stadt auf. Wir hatten Glück. Es war tatsächlich ein Ratsherr anwesend, der geruhte, uns zu empfangen. Johann Anton hatte uns ein Schreiben mitgegeben, in dem er höflichst bat, uns bei unserer Investigation behilflich zu sein. Nun mussten wir allerdings feststellen, dass wir damit herzlich wenig ausrichten konnten. Nürnberg war freie Reichsstadt und überdies lutherisch. Man war nicht geneigt, der Bitte eines unbedeutenden katholischen Fürstbischofs zu willfahren. Mochte er von Gottes Gnaden Regent von Eichstätt sein – hier besaß er keinen Einfluss. Auch auf Wien war man nicht sonderlich gut zu sprechen. Unsere Audienz gestaltete sich dementsprechend kurz. Nein, man wisse hier nichts von einem Geheimbund und demzufolge auch nichts von einer Eule als dessen möglichem Symbol. Woher wir wissen wollten, dass der Gesuchte sich überhaupt noch in dieser Stadt aufhalte? Wenn es sich um einen Gelehrten handle, könne er genauso gut in eine der benachbarten Universitätsstädte Altdorf oder Erlangen abgereist sein. Oder sonst wohin. Wohl wahr, ich konnte dem Rat hier leider nicht wider-

sprechen. Wir bedankten uns kleinlaut und zogen weiter. Ich musste irgendetwas unternehmen, um in Eichstätt und Wien etwas vorweisen zu können.
Also suchten wir die wenigen Silberschmiede der Stadt auf. Vielleicht hatte
einer von ihnen einen ähnlichen Ring schon einmal gesehen und konnte uns
irgendeinen Hinweis geben. Den Ring selbst hatten wir freilich nicht mehr.
Ich wusste nicht einmal, ob seine Exzellenz ihn Pezzl übersandt hatte oder
immer noch selbst verwahrte. Aber das spielte im Moment für uns auch keine
Rolle. Hier waren nun Adams ausgezeichnetes bildliches Gedächtnis und sein
Zeichentalent wieder einmal von Nutzen. Mühelos fertigte er eine genaue Ab-
bildung des Rings an. Leider half uns aber auch das nicht weiter. Keiner der
Befragten hatte ein derartiges Schmuckstück schon einmal gesehen.

Wir hatten keine Order, benachbarte Städte aufzusuchen. Also fuhren wir
auch nach dieser ergebnislosen Anfrage nicht weiter in die vom Rat genannten
Universitätsstädte Altdorf oder Erlangen. Allerdings war der Tag über unseren Erkundigungen schon sehr weit fortgeschritten, sodass wir in Nürnberg
übernachten mussten. Eine Postkutsche in Richtung Eichstätt ging erst morgen wieder. Ich wollte mich nicht dem Vorwurf aussetzen, Zeit und Geld seiner Exzellenz zu verprassen. Deswegen musste ich mir für den nächsten Tag
noch irgendeine Aktivität einfallen lassen, die der Untersuchung des Falls
dienlich sein könnte. Johann Anton sollte nicht den Eindruck bekommen,
wir hätten eine Lustreise unternommen.

In der Nähe des Hauptmarktes hatte ich eine Buchhandlung entdeckt, die
sehr gut sortiert schien. Da ich ansonsten beim besten Willen nicht mehr
wusste, wie ich diese unselige Untersuchung noch fortsetzen sollte, beschloss
ich, am nächsten Tag dort mein Glück zu versuchen. Vielleicht führten sie ja
auch Schriften Rousseaus und kannten die Kunden, die eventuell ein solches
Werk gekauft hatten.

Am nächste Morgen kamen wir auf dem Weg zur Buchhandlung auch an
einem Geschäft vorbei, das schöne, fein gewirkte Handschuhe führte. Früher hatte ich oft meine Freude daran, Clara mit kleinen Aufmerksamkeiten zu
überraschen. Das war nun vorbei. Es war wie das Leben eines Fremden, das da
vor meinem inneren Auge vorbeizog. Hier und jetzt gab es niemanden, dem ich

ein Paar Handschuhe zum Geschenk hätte machen können. Adams Mutter fiel mir ein, aber es ging natürlich nicht, einer Frau, die ich nur flüchtig kannte, mochte sie mir auch noch so sympathisch sein, ein so persönliches Präsent zu überreichen. Das würde sie niemals zulassen.

Der Buchhändler war ein wirklich zuvorkommender Mann. Mein Eindruck hatte mich nicht getäuscht, sein Laden war hervorragend sortiert. Und er konnte mir tatsächlich bei meinem Anliegen weiterhelfen: Ja, vor wenigen Monaten erst hatte er die *Abhandlung über den Ursprung und die Grundlagen der Ungleichheit unter den Menschen* an einen Stammkunden verkauft. Dieser war der Leiter des hiesigen altehrwürdigen Aegidianums. Während meiner Befragung des Buchhändlers stand Adam etwas abseits von uns, ganz versunken in den Anblick der vielen Bücher. Ehrfürchtig-sehnsuchtsvoll strich er über die Buchrücken, getraute sich kaum, eines aus den Regalen zu nehmen. So nah und doch so fern waren diese Schätze. Bei seinem geringen Salär konnte er sich keines der Bücher leisten, so sehr es ihn auch danach dürstete. Das war mir klar. Also beschloss ich ihm eines zu schenken. Defoes *Robinson Crusoe* schien mir sehr gut geeignet. In der Auslage hatte ich eine schön gebundene Ausgabe von Schillers *Kabale und Liebe* gesehen und da ich jetzt schon einmal beim Kaufen war, erstand ich auch diese kurz entschlossen. Ich hatte von dem Stück schon gehört, jetzt aber sprach mich dabei vor allem der Titel an. Kabale hatte ich, schien mir, im Moment mehr als genug in meinem Leben. Und auch wenn es mit der Liebe weit gefehlt war, so wünschte ich mir doch nichts sehnlicher als endlich wieder menschliche Wärme, die Liebe einer Frau in meinem Leben. Stattdessen aber stolperte ich wie blind in einem Mordfall herum, bei dem ich die Zusammenhänge einfach nicht verstand. Ich versuchte verzweifelt ein Knäuel zu entwirren, irgendein loses Ende zu fassen zu bekommen und verheddderte mich dabei nur immer mehr in einem unauflöslichen Wirrwarr. Ich beschloss, das Buch bei passender Gelegenheit Ottilie Hofstaetter zu verehren. Adam aber schenkte ich den *Robinson* jetzt gleich. Seine Augen strahlten.

»Monsieur Francobaldi, danke. Das ist das erste Buch, das ich besitze. Ich werde es mein Leben lang in Ehren halten. Ich weiß nicht …«

Aber seine Freude war mir Dank genug, es brauchte keine weiteren Worte dafür.

»Adam, du bist mir eine sehr große Hilfe. Ich freue mich, mich einmal dafür erkenntlich zeigen zu können. Ich denke, wir sollten noch besagten Professor aufsuchen, um sicherzugehen, dass wir auch wirklich keine mögliche Spur ausgelassen haben.«

Die Aegidienkirche und das daneben liegende Gymnasium waren zwei der wenigen Bauten neueren Stils in der Stadt. Professor Spörl nahm sich freundlicherweise Zeit für uns und im Gegensatz zum Ratsherrn war er unserem Anliegen gegenüber sogar aufgeschlossen.

»Aus Eichstätt kommt Ihr. Schön. Ich kenne die Stadt, habe sie sogar einmal besucht. Ihr wisst vielleicht, dass ein sehr guter Freund unseres verehrten Schulgründers Melanchthon dort geboren wurde und aufwuchs: Willibald Pirckheimer. Auch seine Schwester Caritas wurde dort geboren. Er war später ein hochangesehener Patrizier unserer Stadt und seine Schwester die letzte Äbtissin des Klarissen-Konvents. Das ist freilich schon gut zweihundertfünfzig Jahre her, zur Blütezeit unserer Stadt, der Zeit Dürers, der übrigens ein sehr bekanntes Porträt Willibald Pirckheimers gezeichnet hat. Vielleicht kennt Ihr es. Aber das ist nun nicht die Frage, die Euch hergeführt hat. Trotzdem sollte man sich der Historie bewusst sein, denn die Gräben, die die Konfessionskriege aufgerissen haben, sind immer noch nicht verschwunden. Sie bestimmen auch heute noch die Politik. Das habt Ihr als Katholik in unserer lutherischen Stadt vielleicht schon bemerkt.«

Ja, das hatte ich durchaus. In Wien, ja in ganz Österreich kannte man dieses Problem nicht. Mir war erst hier bewusst geworden, was die Trennung der Konfessionen im alltäglichen und im politischen Leben bedeutete. Eichstätt befand sich an der Grenze zu lutherischem Gebiet, darauf hatte mich der Fürstbischof schon bei unserem ersten Gespräch hingewiesen. Aber damals hatte ich die Dimension dieser Aussage nicht verstanden. Die wurde mir erst hier in Nürnberg wirklich bewusst.

»Diese Anmerkungen wie gesagt nur am Rande«, fuhr Spörl fort, »Ihr seid ja wegen einer ganz bestimmten Sache hier. Zu Eurem eigentlichen Anliegen kann ich Euch leider keine Auskünfte geben. Im Grunde käme nach Eurer vagen Beschreibung des Unbekannten ja sogar ich selbst dafür in Frage. Ich interessiere mich für Rousseaus Schriften und bin, da ich des Französischen nicht mächtig bin, dabei auf Übersetzungen angewiesen. Stellt sich nur die Frage, weshalb ich mich mit dem Toten unbedingt in Greding hätte treffen wollen. Ihr müsst zugeben, dass es dafür keinen nachvollziehbaren Grund gäbe. Und doch war es offenbar so – ohne, dass ich natürlich besagter Unbekannter gewesen bin. Ich will damit vielmehr zum Ausdruck bringen, dass sich der Mörder ohne für mich oder Euch erkennbaren Grund mit seinem Opfer ausgerechnet in diesem kleinen Ort getroffen hat. Von einem Geheimbund in Nürnberg oder Umgebung weiß ich leider nichts. Was den Ring betrifft, so fürchte ich, kann ich Euch ebenfalls nicht weiterhelfen. Als Kenner der Antike und Freund der alten Sprachen fällt mir dazu nur ein, dass die Eule das Symbol der Weisheit ist, der heilige Vogel der Göttin Athene. Und *Scipio Aemilianus* ging als gebildeter Mann in die Literatur ein, ein Mann, der einen Freundeskreis pflegte, mit dem er die griechische Philosophie in Rom heimisch gemacht haben soll. Jemand, der seinen Namen als Decknamen trägt und außerdem einen Ring mit einer Eule, betont damit meiner Meinung nach seine Liebe zur Philosophie und zum Erkenntnisgewinn. Diesem Ziel müsste sich dann wohl der besagte Geheimbund verschrieben haben.«

Manchmal sah man doch den Wald vor lauter Bäumen nicht! Ich war so sehr auf die Suche nach dem Unbekannten und dem möglichen Geheimbund konzentriert, dass ich darüber das Naheliegende aus den Augen verloren hatte, nämlich die Frage nach den Zielen dieser ominösen Vereinigung. Auf die Symbolhaftigkeit der Erkennungszeichen hatte ich überhaupt noch nicht geachtet. Andererseits …

»Verehrter Herr Professor Spörl, bei allem gebotenen Respekt, aber erscheint Euch ein Geheimbund, der sich dem Wissen und der Erkenntnis verschrieben hat, nicht etwas absonderlich? Weshalb müsste denn so ein Bund im Geheimen agieren?«

»Kennt Ihr Schubarts Gedicht von der Forelle?«, stellte mir Spörl eine Gegenfrage. Ich kannte es nicht und konnte auch keinen Zusammenhang mit unserer eigentlichen Fragestellung erkennen. Spörl rezitierte:

In einem Bächlein helle,
Da schoss in froher Eil
Die launische Forelle
Vorüber wie ein Pfeil.
Ich stand an dem Gestade
Und sah in süßer Ruh
Des muntern Fischleins Bade
Im klaren Bächlein zu.

Ein Fischer mit der Rute
Wohl an dem Ufer stand,
Und sah's mit kaltem Blute,
Wie sich das Fischlein wand.
So lang dem Wasser Helle,
So dacht ich, nicht gebricht,
So fängt er die Forelle
Mit seiner Angel nicht.

Doch endlich ward dem Diebe
Die Zeit zu lang. Er macht
Das Bächlein tückisch trübe,
Und eh ich es gedacht,
So zuckte seine Rute,
Das Fischlein zappelt dran,
Und ich mit regem Blute
Sah die Betrogne an.

»Schubart schrieb es während seiner Gefangenschaft in der Festung Hohenasperg,« erläuterte Spörl. »Fast zehn Jahre war der Mann dort ohne ordentliches Gerichtsurteil eingekerkert. Er verfasste es heimlich trotz strengstem Schreibverbot. Er hat damit sicher kein schlichtes Poem für Anglerfreunde verfasst, sondern, wenn auch gezwungenermaßen in Metaphern, seine tiefste Überzeugung zum Ausdruck gebracht. Was, wenn die Forelle uns alle symbolisiert? Mit welcher Angelschnur könnte man uns fangen? Was würde uns den Blick trüben? Ich wage zu behaupten, dass er damit die Kirche und ihre Glaubenssätze gemeint hat. Ich persönlich stehe fest im lutherischen Glauben, aber ich weiß auch, dass Menschen wie Schubart der Kirche äußerst kritisch gegenüberstehen, sie als Blenderin sehen, die uns den Verstand vernebelt. Andere gehen vielleicht nicht ganz so weit, aber sie stellen die kirchliche Autorität in Frage und wünschen sich eine freiere Denkweise und mehr Toleranz in religiösen und gesellschaftlichen Fragen. Ob das etwas mit Eurer Sache zu tun hat, weiß ich nicht. Ich möchte es aber auch nicht völlig ausschließen. Doch, wenn ich genauer darüber nachdenke, dann könnte ich mir einen Geheimbund, der sich dem Wissen und der Erkenntnis verschrieben hat, durchaus vorstellen.«

Dieser Professor Spörl besaß einen wachen Verstand. Das gefiel mir. Ich bat ihn, mir das Gedicht aufzuschreiben. Ganz von der Hand weisen konnte ich seine Argumentation auch nicht. Immerhin war das Buch *Émile* ja seinerzeit deshalb verboten worden, weil es zwar die Religion nicht ablehnte, aber eine völlige Gleichwertigkeit aller Konfessionen behauptete. Das brachte Rousseau, wie mir bereits Pezzl erklärt hatte, in der römisch-katholischen Kirche wahrhaftig keine Sympathie ein. Trotzdem blieb ich Spörls Thesen gegenüber skeptisch.

»Gut. Gehen wir einmal davon aus, verehrter Professor Spörl, dass Eure Theorie stimmt und wir uns nur mit der Kraft unseres Verstandes vor den ausgelegten Fallstricken der Jäger hüten können. Gehen wir weiterhin von der ungeheuerlichen These aus, unsere Fallensteller seien Institutionen wie Staat und Kirche. Ich würde Eurer Theorie dann zustimmen können, wenn sich der Mord beispielsweise im Ambiente einer Universität ereignet hätte. Aber auf dem Land? Die meisten Menschen dort können kaum schreiben und lesen, geschweige denn mehr. Glaubt mir, mein Begleiter und ich können davon manch Klagelied singen. Nein, ich sehe auf dem Land überhaupt niemanden, der für solch einen Geheimbund in Frage käme.«

»Verzeiht, Monsieur Francobaldi«, schaltete sich Adam unvermittelt ein und sah mich dabei unsicher an, »aber vielleicht ist gerade das der springende Punkt.«

Ich verstand nicht, was er meinte.

»Erinnert Ihr Euch noch an unseren Besuch in der Armenschule?«

Und ob ich mich erinnerte. Um Geld für eine Wand zu sparen, war das kleine Häuschen mit der Rückseite direkt an den Felsen gebaut worden, sodass das nackte Gestein die Rückwand bildete. Wir waren zur Zeit der Schneeschmelze dort gewesen, als das Wasser eben diesen Felsen herabrann, um irgendwo im gestampften Lehmboden zu versickern. Auch die anderen Wände waren feucht. Der kleine, undichte Ofen qualmte mehr, als dass er wärmte. Unsere Augen tränten und wir froren erbärmlich. Noch mehr aber froren die Kinder in ihren abgewetzten Kleidern, die man ehrlicherweise wohl eher als Fetzen bezeichnen musste. Viele husteten, so auch der Schulmeister selbst, der ebenso wie seine Schüler bleich und abgezehrt war. Was hatte die Armenschule mit dem angeblichen Geheimbund zu tun? Ich verstand Adams Einwand einfach nicht.

»Diese Armen haben doch gar keine Chance, aus ihrem Elend herauszukommen, meint Ihr nicht, Monsieur Francobaldi? Das Handwerk ist ihnen versperrt, weil sie das Lehrgeld nicht aufbringen können, von besseren Schulen ganz zu schweigen. Welchen Beruf, der sie aus ihrem Elend herausführt, können sie denn ergreifen?«

»Ich gebe Eurem jungen Begleiter recht«, schaltete sich Professor Spörl ein. »Wenn man tatsächlich eine Veränderung der Verhältnisse möchte, wenn man möchte, dass die Menschen in die Lage gesetzt werden, ihren Verstand zu gebrauchen, darf man keinesfalls bei den gebildeten Ständen und den Universitäten stehen bleiben. Dann braucht man auch eine Veränderung für das einfache Volk.«

Der Pfarrer, von dem Graf Starhemberg am Whist-Abend erzählt hatte, fiel mir wieder ein. Wie hieß er noch? Er hatte dieses rückständige Tal in den Vogesen vorangebracht. Ja, natürlich, er hatte dabei auch auf die Bildung der Menschen gesetzt. Aber er war Pfarrer. Er gehörte keinem obskuren Geheimbund an, er arbeitete unter den Augen der Obrigkeit und mit ihrem Einverständnis. Nein, die Dinge passten in meinen Augen nicht zusammen. Trotzdem bedankte ich mich bei Professor Spörl für seine Bemühungen und für das Gedicht, dessen Abschrift er mir überreichte. Unsere Mission war damit fürs Erste beendet. Wir hatten uns auf die Suche nach der Nadel im Heuhaufen begeben und sie erwartungsgemäß nicht gefunden. Es würde schwer sein, daraus einen irgendwie vernünftig klingenden Bericht zu fabrizieren.

Das Präsent

chon von Weitem empfing uns der inzwischen vertraute Anblick der beiden Eichstätter Burgtürme. Ihre Kuppeln glänzten im Sonnenlicht. Wieder bewunderte ich, wie die imposante Anlage über dem sanften Tal thronte. Ich bat Adam für den nächsten Tag in meine Kammer, um dort in Ruhe den Bericht an den Fürstbischof zu verfassen. Die Ergebnisse unserer Untersuchung waren mehr als dürftig, also entschloss ich mich dazu, Adams Überlegungen mit aufzunehmen. Auch wenn ich persönlich davon nach wie vor alles andere als überzeugt war, so konnte ich diese Theorie mindestens mit Rousseaus Schwärmerei für das einfache Landleben und damit mit dem *Émile*-Text in Verbindung bringen. Allerdings fragte ich mich wirklich, ob der Mann überhaupt eine Ahnung vom Leben der Bauern hatte. Was ich davon kannte, war in keiner Weise angenehm. Es bestand aus harter Arbeit und bitterer Not. Trotzdem formulierte ich tags darauf für den Bericht nun die Theorie eines Geheimbundes, der sich die Verbesserung des Schulsystems auch auf dem flachen Land zum Ziel gesetzt hatte. Ich begründete meine These mit einem Notizzettel, einem Ring und einem französischen Buch – und konnte das Stirnrunzeln seiner Exzellenz dabei förmlich vor mir sehen. Während Adam das Ganze ins Reine schrieb, verfasste ich eine Karte an seine Familie. Ich hatte am nächsten Tag Geburtstag und das schien mir ein geeigneter Anlass, mich endlich für die freundliche Bewirtung zu revanchieren und die Familie Hofstaetter für den kommenden Sonntag zu einem Mittagessen im Gasthaus *Zur Traube* einzuladen.

Mein Geburtstag war ein herrlich sonniger Tag. Weil ich aber weder Räumlichkeiten hatte noch jemanden hier kannte, mit dem ich spontan hätte feiern können, nutzte ich den Vormittag lediglich, um den Bericht in der fürstbischöflichen Kanzlei abzugeben. Wieder hatte ich den Umschlag mit der Aufschrift *An seine Exzellenz Fürstbischof Johann Anton von Zehmen – persönlich* versehen, damit der Inhalt nicht doch einem Nichtbefugten zu Augen käme. Als nächstes begab ich mich zum Gasthaus, um schon das Essen für den kommenden Sonntag zu bestellen. Ich war mir sehr sicher, dass die Familie Hofstaetter meine Einladung annehmen würde. Zur Feier des Tages genehmigte ich mir dort immerhin eine Halbe Bier und zwei Brezen. Danach wollte ich Sausenhover in seinem Arbeitszimmer im Lyzeum aufsuchen, um ihm meine Rückkehr anzuzeigen und unser weiteres Vorgehen zu besprechen. Allerdings fand ich meinen Kollegen dort nicht vor. Man teilte mir mit, er sei heute entgegen seiner Gewohnheit hier noch gar nicht aufgetaucht. So beschloss ich, ihn zu Hause aufzusuchen. Sausenhovers Domizil lag nur wenige Schritte vom Lyzeum entfernt. Ich fand es immer wieder faszinierend, wie nah hier alles zusammen lag. Eichstätt war für mich inzwischen die Stadt der kurzen Wege und diese Annehmlichkeit wusste ich durchaus zu schätzen. Die Sausenhovers bewohnten den ersten Stock eines ansehnlichen Hauses, das direkt auf den Marktplatz blickte. Es lag schräg gegenüber dem Rathaus und auch nur wenige Schritte von meiner eigenen Kammer entfernt. Trotzdem war die Atmosphäre hier eine ganz andere. Der weite Platz lag im Sonnenlicht und das Haus selbst vermittelte das angenehme Gefühl von Großzügigkeit und Geräumigkeit. Hier konnte man frei atmen. Ich stieg die Treppe, die mit einem schön gedrechselten Geländer versehen war, hinauf und klopfte. Eine Dienstmagd öffnete mir und meldete mich ihrer Herrschaft. Madame Sausenhover und ich waren einander noch nicht vorgestellt worden. Sie empfing mich freundlich, wenn auch sichtlich überrascht. Sie war eine noch junge, sehr charmante Person, lebhafter als ihr Mann. Das merkte man sofort. Sausenhover, der ruhende Pol und seine Gattin, die es verstand, für Leben und Abwechslung zu sorgen. Die beiden ergaben in meinen Augen ein sehr harmonisches Paar. Soweit ich erkennen konnte, war die Wohnung geschmackvoll und gleichzeitig behaglich eingerichtet. Kein Zweifel: Hier wohnten glückliche Menschen. Meine – unsere frühere Wohnung in Wien kam mir in den Sinn. Sie war vielleicht nicht ganz so geräumig, aber ebenso behaglich gewesen. Ich gönnte Sausenhover sein Glück von Herzen, aber wie sehr hätte ich mir auch für mich selbst ein ebensolches Leben gewünscht. Wieder einmal wurde mir mein Verlust schmerzlich bewusst.

»Monsieur Francobaldi, schön Euch einmal persönlich kennen zu lernen. Mein Mann hat schon so viel von Euch erzählt. Aber ich befürchte, Ihr habt Euch vergeblich hierherbemüht. Um diese Zeit ist mein lieber Gatte stets im Lyzeum. Er wird heute sogar ausnahmsweise nicht einmal zum Mittagessen heimkehren, weil er so viel zu erledigen hat. Vielleicht wollt Ihr ihn in seinem Schreibkabinett aufsuchen?«

Sollte ich ihr sagen, dass ich bereits dort gewesen war, ihn aber nicht angetroffen hatte? Aber weshalb diese sympathische Person beunruhigen, indem ich ihr auf die Nase band, dass ihr Gatte dort heute noch gar nicht gesehen worden war? Im Lyzeum hatte man mir ja seine Adresse gegeben, weil man ihn zu Hause vermutete. Also bedankte ich mich höflich für die Auskunft und stieg die Treppen unverrichteter Dinge wieder hinab. Erneut trat ich auf den besonnten Marktplatz hinaus. Nur ein paar Meter weiter lag zu meiner Rechten das Gebäude der künftigen Normalschule. Es war noch Ende des letzten Jahres feierlich eingeweiht worden. Bald würde es Sausenhover, mich und natürlich die künftigen Lehrer beherbergen. Wir hatten schon recht konkrete Pläne. In den Sommermonaten, wenn die Kinder ohnehin nur sporadisch in den Schulen auftauchten, würden wir diese offiziell für einige Wochen schließen und die Zeit nutzen, um zunächst die Lehrer, die bereits tätig waren, noch einmal einer Ausbildung im Lesen und Schreiben sowie in den Grundrechenarten zu unterziehen. Ab Herbst würden wir dann mit der eigentlichen Ausbildung geeigneter Kandidaten beginnen. Nach dem kurzen, wenn auch vergeblichen Besuch in Sausenhovers Wohnung betrachtete ich nun die Bürgerhäuser um mich herum aus einer anderen Perspektive: Heute war mein Geburtstag. Die Natur um mich erwachte zu neuem Leben. Und es war für mich an der Zeit, mein Leben zumindest in einem Punkt zu verändern: Ich brauchte eine neue Wohnung. Cobenzl hatte mir angeboten, mir dabei behilflich zu sein und ich würde dieses Angebot annehmen. Vorerst aber beschloss ich, den Rest des Tages zu nutzen, um mir selbst erst einmal zu überlegen, wie mein neues Domizil aussehen sollte, wenn ich die Wahl hätte. Wo würde ich in dieser Stadt gerne wohnen? Mein Weg führte mich fast automatisch zum Fluss. Eine Wohnung, von der aus man auf die Altmühl blicken könnte, stellte ich mir äußerst reizvoll vor. Ein Schreibpult am Fenster in einem Zimmer im ersten Stock mit Ausblick auf die sanft dahingleitenden Wellen wäre ganz nach meinem Geschmack.

Mitten im Schimmer der spiegelnden Wellen
Gleitet, wie Schwäne, der wankende Kahn;
Ach, auf der Freude sanft schimmernden Wellen
Gleitet die Seele dahin wie der Kahn;
Denn von dem Himmel herab auf die Wellen
Tanzet das Abendrot rund um den Kahn.

Claras Lieblingsgedicht kam mir wieder in den Sinn. Wo könnte es mir sonst noch gefallen? Ich wandte mich wieder Richtung Marktplatz. Die Häuser unmittelbar um den Platz und an den breiten Straßen waren repräsentativ. Dort hatte man es wohl kaum nötig, ein einzelnes Zimmer zu vermieten. Für mich alleine erschien mir ein ganzes Stockwerk zu geräumig. Ich befürchtete, mir darin wie verloren vorzukommen. Da wäre mir ein kleines Häuschen angenehmer. Ein kleines Häuschen in sonniger Lage, mit Blick auf den Fluss und umgeben von einem schönen Garten. Ich würde mir neue, elegante Möbel anfertigen und alle meine Bücher aus Wien kommen lassen. Bei dieser Utopie musste ich selber lächeln, aber heute erlaubte ich mir einmal zu träumen. Jedenfalls, so viel stand fest, wollte ich nicht mehr in einer der engen Gassen unterkommen. Mochten meine künftigen Vermieter auch nettere Menschen sein als die Witwe Templer – Licht und Luft konnten sie nicht herbeizaubern. Mit diesen Gedanken ging ich die große Marktgasse hinauf in Richtung der Dominikanerkirche St. Peter und wandte mich dann rechts in die Straße, in der auch die Familie Hofstaetter wohnte. Bürgerhäuser wechselten mit repräsentativen Domherrenhöfen ab. Durch das Jesuitentor gelangte ich schließlich in die Ostenvorstadt. Viele der Häuser hier waren mit den für die Gegend typischen Kalksteinplatten eingedeckt. Mein Weg führte an der Orangerie des Bischofs und seiner Sommerresidenz vorbei. Zwischen dem Waisenhaus und dem Spethschen Domherrenhof, der nun das Armenhaus beherbergte, bog ich in eine kleine Gasse ein und wandte mich an der Rückseite der Kapuzinerkirche zwischen Gärtnereien wieder der Stadt zu. Die Bebauung war hier nicht so eng wie im Westen der Stadt, sodass selbst der angrenzende Gottesacker nicht deprimierend wirkte. Mein Weg führte mich nun zwischen den Friedhofsmauern und einer Gartenanlage hindurch. Sie war ebenfalls durch eine Mauer abgegrenzt, die von einigen Gartenhäuschen unterbrochen wurde. Ich fragte mich, wie es wohl dahinter aussehen mochte. Wie glücklich musste der Besitzer eines solchen Häuschens sein!

Am Morgen hatte ich der Witwe Templer Anweisung gegeben, mir heute – natürlich gegen Aufpreis – ein besseres Mahl als üblich zu bereiten. Fastenzeit hin oder her, ich hatte ihre wässrigen Kohlsuppen und saures Kartoffelgemüse satt. In den letzten Wochen waren die Mahlzeiten bei der verehrten Witwe Templer noch kärglicher ausgefallen als sonst. Sie hielt sich über alle Maßen an das Fastengebot – wenn auch sicher nicht aus Frömmigkeit. Mein bestimmter Tonfall, mit dem ich die Forderung aussprach, hatte sie sichtlich überrascht. Sie hatte nichts erwidert, nur verhalten genickt. Es war zwar noch nicht wirklich Zeit für das Abendessen, doch machte ich mich langsam wieder auf den Rückweg in meine Behausung. Noch ein Weilchen und ich würde diese dunkle, unerfreuliche Kammer hinter mir lassen! Ich würde ein neues Leben beginnen! Mit etwas Glück wäre ich nach dem heutigen Bericht auch den leidigen Fall los. Seine Exzellenz konnte nun nach Wien guten Willen beweisen. Freilich hätte ich dem armen Pezzl gern geholfen, den Mörder seines Bruders zu finden, aber ich sah nur zu deutlich, dass ich dafür nicht der geeignete Mann war. Mit diesen Gedanken stieg ich die steile Treppe hoch. Wie ganz anders war doch der Treppenaufgang bei Sausenhovers. Aber nicht mehr lange …

Vor meiner Zimmertüre fand ich einen Brief und ein in feines Seidenpapier gewickeltes Geschenk nebst Karte. Der Brief war von meinem Bruder Giacomo. Er gratulierte mir zum Geburtstag. Im Sommer wollten er und seine Frau mich für ein paar Tage besuchen. Das Geschäft lief erfreulich gut. Weil seine Augen bei der Arbeit nicht mehr so recht mitmachten, hatte Giacomo die Produktion inzwischen seinen fünf Gesellen überlassen, während er selbst sich nur noch darum kümmerte, die Aufträge zu requirieren. Unser Vater wäre stolz auf das florierende Unternehmen gewesen. Der angekündigte Besuch meines Bruders bestärkte mich noch einmal in meinem Entschluss, mir eine neue Bleibe zu suchen. Schließlich wollte ich ihn auch angemessen empfangen können. Von wem aber stammte das Geschenk? Neugierig wickelte ich es aus. Es war eine edle Karaffe, gefüllt mit einem rötlichen Likör. Als ich den fein geschliffenen Glasstöpsel öffnete, strömte mir ein angenehm würziger Wacholderduft entgegen.

Reißt mich's im Kopf, reißt mich's im Magen,
hab ich zum Essen keine Lust,
wenn mich die bösen Schnupfen plagen,
hab ich Katarrh auf meiner Brust:
was kümmern mich die Medici?
Ich trink mein Glas Krambambuli,
Krambimbambambuli, Krambambuli!

Auf der beigefügten Karte las ich:

Nunc est bibendum! Lieber Freund, im Sinne des launischen Gedichts und mit beigefügtem Horazvers erlaube ich mir, Euch zu Eurem Ehrentage von ganzem Herzen die allerbesten Wünsche zu überbringen. Vivat amicitia nostra! Prosit!

In der Tat, ein in jeder Hinsicht originelles Geschenk. *Es lebe unsere Freundschaft!* Mein Freund nannte mir freilich nicht seinen Namen, doch die Auswahl war nicht allzu groß. Sausenhover oder Cobenzl? Ich tippte auf Cobenzl. Die edle Karaffe, wie man sie hier sicherlich nicht leicht erstehen konnte, und die außerdem eine Kleinigkeit gekostet haben durfte sowie die geschmeidige Wortwahl schienen weit besser zum Grafen als zu dem eher zurückhaltenden Sausenhover zu passen. Wie Cobenzl doch zu jeder Gelegenheit das Passende einfiel! Da, wo ich unsicher war, und verlegen um Worte rang, war er auf elegante Art ganz Herr der Lage. Überaus großzügig, gebildet, gewandt und immer hilfsbereit. Dass er meinen Geburtstag kannte, bewies einmal mehr seine Aufmerksamkeit auch im Detail. Immer war er bemüht, jemandem eine Freude zu bereiten, wenn sich ein Anlass dazu bot. Ich durfte mich wahrhaft glücklich schätzen, auf einen Mann wie ihn getroffen zu sein. Ja, mein Entschluss, hierher zu kommen, war richtig gewesen. Ich würde nach meinem schmerzlichen

Verlust in Eichstätt ein neues Leben beginnen. Meine Einsamkeit neigte sich dem Ende entgegen.

Die Witwe Templer brachte mein Abendessen. Ich fragte sie, ob sie gesehen habe, wer das Präsent gebracht hatte. Aber ihr war nichts aufgefallen und sie wusste von keinem Geschenk. Den Brief hatte der Postbote um die Mittagszeit gebracht und sie hatte ihn gleich zu mir hinaufgetragen, doch stand zu dieser Zeit noch nichts vor meiner Tür. Erwartungsgemäß fragte sie mich auch nicht, ob es etwa einen besonderen Anlass für die Geschenke und meinen Essenswunsch gebe, doch zu meiner Freude stellte ich immerhin fest, dass sie sich bezüglich des Abendessens an meine Anweisung gehalten hatte. Sie servierte mir ein ordentliches Stück Fleisch mit Knödeln und einer wohlriechenden Soße. Sie konnte also doch gut kochen, wenn sie nur wollte! Ich hatte Hunger und griff ordentlich zu. Heute würde ich es mir gut gehen lassen. Als meine Zimmerwirtin nach einiger Zeit wieder kam, um den Tisch abzuräumen, bat ich sie um ein geeignetes Glas, um den Kräuterlikör zu genießen. Die Karaffe nahm sich in dem armseligen Zimmer wie ein Fremdkörper aus. Vor meinem geistigen Auge platzierte ich sie in meiner künftigen Wohnung auf einem edlen Beistelltischchen. *Vivat amicitia!* Das erste Glas trank ich auf den edlen Spender, Graf Cobenzl, der sich selbst als meinen Freund bezeichnete. Das zweite widmete ich meinem Neuanfang und meiner glücklichen Zukunft in Eichstätt. Das dritte schließlich dem Gelingen der Normalschule und meiner weiteren guten Zusammenarbeit mit Sausenhover.

Dann fiel ich aus der Zeit, alles um mich herum begann sich zu drehen. Muskelkrämpfe. Herzrasen. Vor meinen Augen zuckten Lichtblitze. In der Ferne meinte ich Clara zu sehen. Sie winkte mir zu. Ich wollte zu ihr, aber meine Beine versagten ihren Dienst. Ich taumelte. Von Pezzls Grab erhob sich eine riesige Eule. Sie stürzte auf mich zu und schrie: ›Finde meinen Mörder!‹ Ich wollte fliehen. Seine Exzellenz hielt mich fest und zerrte mich gewaltsam in eine Kutsche. Die trieb er auf einen Abgrund zu. ›Mission nicht erfüllt, Francobaldi‹, höhnte er. Ich stürzte in bodenlose Schwärze. Plötzlich war Cobenzl da. Ich bat ihn, mich zu retten. Er lachte nur und flößte mir einen Gifttrank ein, der meine Eingeweide zum Brennen brachte. *Vivat amicitia!* Mein Mund war trocken. Ich bekam kaum noch Luft. Über mir ritt die Templerin auf einem Besen und schrie: ›Alles meins, alles meins! Endlich frei!‹ Die arme Witwe Hofstaetter hielt sich angsterfüllt die Ohren zu. Rousseau prügelte auf mich ein. Adam versuchte ihn abzuwehren. Es gelang ihm nicht. Grässliche Fratzen beugten sich über mich. Ungeheure Klauen hoben mich hoch und schleppten mich durch die eiskalte Nacht.

***

Von irgendwoher drang Vogelgezwitscher zu mir. Leise zuerst, wie durch einen Filter, dann immer deutlicher. Ohne Zweifel: Ich hörte Vögel zwitschern, meinte auch, einen zarten Duft von Bienenwachs und Honig zu riechen. Ich wollte die Augen öffnen, fühlte mich aber zu schwach dazu. Wie lange ich so lag, weiß ich nicht. Dem Lärmen der Vögel lauschend bekam ich aber zunehmend Gewissheit, noch am Leben zu sein. Allerdings hatte ich keine Ahnung, was passiert war. Aber ich lebte und lag in einem Bett. Schließlich gelang es mir, die Augen zu öffnen. Das Licht tat mir weh. Wo war ich? Das Zimmer, in dem ich lag, hatte ich noch nie zuvor gesehen. Es war sparsam möbliert, außer meinem Bett befanden sich darin nur ein Tisch und zwei Stühle. Aber auf den breiten Fichtendielen spielte das Sonnenlicht, der Raum wirkte friedlich. Ein kleiner, gusseiserner Ofen sorgte für Wärme. Irgendjemand musste ihn angezündet haben, irgendjemand musste mich hierhergebracht haben. Ich war zu schwach, um aufzustehen. Sogar das Schauen ermüdete mich. Mein Kopf dröhnte und ich fiel wieder zurück in einen tiefen Schlaf. Als ich die Augen schließlich wieder öffnete, sah ich Madame Hofstaetters freundliches Gesicht über mir. Halluzinierte ich?

»Oh, Herr Francobaldi, Gott sei Dank, Ihr seid wach. Seid unbesorgt, es wird alles gut werden. Doktor Bachmayr sagt, Ihr werdet wieder gesund. Nur dürft Ihr Euch auf keinen Fall anstrengen und müsst versuchen, ein wenig zu essen, vor allem aber müsst Ihr viel blutreinigenden Tee zu Euch nehmen.«

Bei diesen Worten schüttelte sie mir sorgfältig das Kissen auf und reichte mir einen Becher. Ich war noch zu schwach, ihn zu halten, sodass sie mir helfen musste.

»Trinkt, trinkt, dann wird alles gut.«

Immer wieder sank ich in einen Dämmerzustand und immer, wenn ich daraus emportauchte, sah ich Madame Hofstaetters liebes Gesicht. Sie gab mir zu trinken, flößte mir wohl auch ein paar Löffel Suppe ein. Ich versuchte mich zu erinnern, was geschehen war. Das letzte, was ich vor mir sah, war das Abendessen in meiner Kammer und ein verschwommenes Bild davon, danach noch etwas getrunken zu haben. Ich hatte am ganzen Körper Schmerzen, mein Kopf dröhnte. Als ich sprechen wollte, brachte ich nur unverständliche Laute hervor. In meiner Stube begann es bereits zu dämmern, Madame Hofstaetter zündete wohlriechende Bienenwachskerzen an und legte gerade Holz im Ofen nach, da erschienen der Stadtphysicus und Adam. Bachmayr untersuchte mich eingehend und war mit dem Ergebnis offenbar recht zufrieden, obwohl ich mich fühlte, als wäre ich gerade von einer Kutsche überrollt worden.

»Gut, Francobaldi, gut. Ihr habt das Schlimmste überstanden. Heute Nacht wird Adam bei Euch bleiben, damit seine Mutter zu Hause ihren wohl verdienten Schlaf bekommt. Seid unbesorgt, seine Exzellenz hat vorsichtshalber Wachen vor der Tür postieren lassen. Euch kann nichts mehr geschehen. Trinkt viel von dem Tee und versucht, wenigstens einige Löffel von dieser kräftigen Hühnerbrühe zu essen, die Euch Madame Hofstaetter zubereitet hat. Und ansonsten: schlaft einfach. Schlafen ist die beste Medizin. Ich schaue morgen wieder vorbei.«

Posten vor meiner Tür? Ich begriff gar nichts. Träumte ich doch noch? Immerhin gelang es mir, mich aus eigener Kraft so weit in meinem Bett aufzurichten, dass ich den Becher nehmen konnte, den Adam mir jetzt reichte, um daraus zu trinken. Am nächsten Morgen erwachte ich aus einem traumlosen, tiefen Schlaf. Mein Körper schmerzte immer noch, aber ich konnte wieder einigermaßen klar denken und das Weißbrot essen, das mir Madame Hofstaetter zum Frühstück servierte.

»Was ist passiert?«

»Genau weiß ich es nicht, Herr Francobaldi. Aber Ihr seid jetzt in Sicherheit. Ich erwarte jeden Moment den Stadtphysicus, der nach Euch sehen will. Er kann Euch genauere Auskunft geben.«

Ich war jetzt in Sicherheit, sagte sie. Das konnte umgekehrt nur bedeuten, dass ich vorher in Gefahr gewesen war. Ich versuchte wieder, mich zu erinnern. Mein Geburtstag. Ein Spaziergang. Ein Brief von Giacomo und ein Geschenk. Das Abendessen. Und danach nur wirre Träume, Schmerzen, Angst. Das Denken strengte mich immer noch an, mein Kopf begann wieder zu schmerzen. Es half nichts, ich konnte aus eigener Kraft in dieser Sache nicht weiterkommen. Ich musste mich gedulden, bis jemand geruhte, mir eine Erklärung zu geben. So trank ich, wie geheißen, meinen Tee, ließ mich in die Kissen sinken und schloss die Augen. Sie offen zu halten, bedeutete zu viel Anstrengung für mich. Wieder hörte ich das Vogelgezwitscher, das von draußen hereindrang. Trotz aller Verworrenheit und auch wenn ich nicht wusste, wo ich mich eigentlich befand, war dieses Zimmer auf alle Fälle angenehmer als die klamme Kammer unter dem Dach. Hier gab es Sonne und Luft. Und die Witwe Hofstaetter war mir als Krankenpflegerin allemal angenehmer als die Witwe Templer. Wäre ich nicht immer noch so schwach gewesen, hätte mein Körper nicht nach wie vor geschmerzt und mir jegliche Ahnung, was eigentlich vorgefallen war, gefehlt – ich hätte mich direkt wohl fühlen können. Ich musste wieder eingeschlafen sein, denn die Stimme des Physicus weckte mich schließlich.

»Francobaldi, ich bin gekommen, um nach Euch zu sehen. Wie geht es Euch?«

Was sollte ich darauf antworten? Wie ging es jemandem, dem jede Faser weh tat, der nicht wusste, wo er sich befand, geschweige denn, wie er hierher und in diesen Zustand geraten war?

»Ganz ehrlich, Doktor Bachmayr, ich weiß es nicht. Ich habe keine Ahnung, was passiert ist und das Denken strengt mich so an, dass ich davon Kopfschmerzen bekomme. Auch mein ganzer Körper tut weh.«

»Nun, das wundert mich alles gar nicht, lieber Freund, wenn man bedenkt, was vorgefallen ist. Ich werde versuchen, Euch über das Wesentliche, soweit wir es wissen, aufzuklären. Doch ich muss vorwegschicken: Ihr müsst versuchen, Euch nicht aufzuregen. Ihr dürft Euch auf gar keinen Fall anstrengen. Das würde den Genesungsprozess, auf dem Ihr Euch ja zum Glück befindet, massiv beeinträchtigen und Ihr könntet einen Rückfall erleiden. Ihr braucht noch für etliche Tage sehr viel Ruhe. Aber ich verstehe natürlich, dass Euch die Ungewissheit quält. Was wir wissen, ist also, dass Ihr die Treppe im Haus der Witwe Templer herabgestürzt seid. Von diesem Sturz rühren die Schmerzen am ganzen Körper, denn Ihr habt Euch böse Prellungen und wohl auch eine Gehirnerschütterung zugezogen. Aber keine Sorge, wenn Ihr brav das Bett hütet, wird das Schlimmste in ein paar Tagen überstanden sein. Denn glücklicherweise habt Ihr Euch nichts gebrochen. Die eigentliche Frage ist aber, wie es zu dem Sturz kam. Eure Wirtin hörte Euch wohl schon einige Zeit davor in Eurem Zimmer rumoren und wunderte sich über den ungewohnten Lärm. Sie wollte gerade zu Euch hinauf, um sich Ruhe zu erbitten, da seid Ihr dieser gewissermaßen vor die Füße gestürzt. Die Witwe Templer, als sie Euch da liegen sah, wusste sich gar nicht zu helfen. Weil sie aber den jungen Adam Hofstaetter schon einige Male bei Euch gesehen hatte, verständigte sie dessen Familie. Adam kam sofort mit. Ihr wart nicht ansprechbar, auch schien Euch Atemnot zu quälen. Deshalb schickte er Eure Zimmerwirtin schließlich zu mir. Ich sah, dass Euer Zustand nicht allein durch den Sturz hervorgerufen sein konnte, wusste zunächst aber auch nicht weiter. Euer Puls raste, Ihr wurdet wie von Krämpfen geschüttelt und bekamt kaum Luft. Alles schien auf eine Vergiftung hinzudeuten. Ich fragte die Witwe Templer, ob sie etwas wisse. Bei dieser Frage geriet sie allerdings völlig aus der Fassung. Sie beteuerte nur ein ums andere Mal, ihr Essen sei in Ordnung gewesen, daran könne es nicht liegen. Nichts fürchtete sie offensichtlich mehr, als mit Eurem Zustand, womöglich Eurem Tod, in Verbindung gebracht zu werden. Und angesichts ihrer Vorgeschichte wundert mich das auch nicht. Hier war im Moment nicht weiterzukommen. Andererseits war klar, dass Euer Zustand höchst kritisch war, und Ihr sorgfältigster Pflege bedurftet. Was also tun? Ich schickte Adam zu Graf Cobenzl. Wir hatten zufällig erst vor ein paar Tagen von Euch gesprochen. Der Graf hatte nämlich dieses Gartenhäuschen, in dem wir uns jetzt befinden, ausfindig gemacht und wollte Euch demnächst vorschlagen, hier einzuziehen. Nun ist das gewissermaßen geschehen, ohne dass man Euch dazu fragen konnte. Als Cobenzl nämlich kam, erklärte ich ihm Euren kritischen Zustand und wir überlegten fieberhaft, wen wir mit der Pflege betrauen könnten, da Ihr hier ja keine Familie habt, die sich um Euch kümmern könnte. Adam schlug schließlich seine Mutter vor und mit dieser Wahl waren wir höchst einverstanden. Allein, es verstand sich von selbst, dass wir Madame Hofstaetter niemals zumuten konnten, das Haus der Witwe Templer zu betreten. Auch schien mir die kalte Kammer unter dem Dach schlecht geeignet, einen Schwerkranken zu beherbergen. So ließ Cobenzl zuletzt einen Wagen kommen und wir brachten Euch hierher. Er hatte beschlossen, notfalls eine seiner Bediensteten mit Eurer Pflege zu betrauen, falls sich Madame Hofstaetter dazu doch nicht in der Lage sehen sollte. Doch diese Überlegung war überflüssig. Die gute Frau war schon seit die Witwe Templer an ihre Tür geklopft hatte, in höchster Sorge um Euch und sofort bereit, sich um Euch zu kümmern. So improvisierten wir noch in der Nacht mit vereinten Kräften das Nötigste. Monsieur Francobaldi«, schloss er seinen Bericht, »Ihr könnt von Glück im Unglück sagen, dass Ihr in dieser kleinen Stadt untergekommen seid, in der alle nur wenige Schritte voneinander entfernt wohnen. Viel Zeit wäre Euch nämlich nicht mehr geblieben. Nun aber fürs Erste genug. Ihr seid noch schwach, ruht Euch aus. Ich werde morgen wieder nach Euch sehen.«

Ja, da hatte ich also Glück gehabt – wenn man von der unmaßgeblichen Tatsache absah, dass man mich ganz offensichtlich hatte vergiften wollen.

***

Nachdem Doktor Bachmayr mich wie angekündigt am nächsten Tag erneut aufgesucht hatte und mit meinem Zustand den Umständen entsprechend zufrieden war, kündigte er mir für den Verlauf des Tages einen weiteren Besucher an: Der Polizeihauptmann Randelzhofer, sein guter Freund, sei mit der Untersuchung meines Falles betraut und benötige meine Aussage. Tatsächlich erschien kurze Zeit später ein vor Vitalität geradezu strotzender Mann in meinem Krankenzimmer. Sein ganzer Körper schien förmlich unter Spannung zu stehen, jede Faser verströmte ungeheure Energie, sodass ich mir in meinem gegenwärtigen Zustand nur umso matter vorkam. Seine sonore Stimme füllte den Raum.

»Monsieur Francobaldi, wir sind uns noch nicht vorgestellt worden. Schade, dass wir uns unter diesen höchst unglücklichen Umständen kennenlernen.

Randelzhofer mein Name, ich bin, wie Ihr vielleicht schon wisst, der örtliche Polizeihauptmann und als solcher mit der Untersuchung Eures Falles betraut. Mein Freund Bachmayr hat mich bereits darüber aufgeklärt, dass Ihr wohl aufgrund des Sturzes keine unmittelbare Erinnerung mehr an den Vorfall habt. Das sei nicht weiter verwunderlich, meint er. Er geht aber angesichts der Symptome von einer Vergiftung aus, sodass wir Anlass haben, der Sache nachzugehen. Deshalb rundheraus meine Frage: Hegt Ihr irgendeinen Verdacht, wer Euch nach dem Leben trachten könnte? Ihr seid neu in der Stadt, kennt noch kaum jemanden. Ist es denkbar, dass Ihr Euch in dieser kurzen Zeit schon einen Feind gemacht habt?«

Ich verneinte.

»Tja, diese Antwort habe ich ehrlich gesagt erwartet. Lasst es uns anders versuchen: Habt Ihr eine Ahnung, wie Euch das Gift verabreicht worden sein könnte? Vielleicht hilft uns ja das auf die Spur.«

Doch auch in diesem Punkt konnte ich ihm, so gern ich es wollte, nicht weiterhelfen. Ich konnte mich einfach nicht mehr erinnern.

»Wir haben natürlich Eure Zimmerwirtin befragt, die Euch ja verköstigt. Sie war sehr kooperativ, muss ich sagen. Es lag ihr allem Anschein nach sehr daran, nicht selbst in irgendeinen Verdacht zu geraten. Nach ihrer Aussage hattet Ihr an diesem Tag ein Geschenk erhalten. Sie hat es zwar nicht mit eigenen Augen gesehen, doch angeblich sollt Ihr Euch bei ihr erkundigt haben, ob sie etwas über den Überbringer wisse. Außerdem will sie an dem bewussten Abend, als sie Euch das Abendessen servierte, eine Karaffe auf dem Tisch bemerkt haben, die zuvor noch nicht da war. Ihr sollt sie auch um ein Likörglas gebeten haben. Erinnert Ihr Euch?«

Die Karaffe auf meinem Tisch. Ja, jetzt, wo Randelzhofer sie erwähnte, fiel sie mir tatsächlich wieder ein. Da war ein Brief von meinem Bruder und ein in feines Seidenpapier eingewickeltes Präsent nebst einer Karte. *Nunc est bibendum, vivat amicitia nostra* hatte mir Cobenzl geschrieben. War er es tatsächlich? Soweit ich mich erinnerte, trug die Karte keine Unterschrift. Aber das musste sich ja feststellen lassen.

»Ja, ich meine mich zu erinnern. Ich habe an diesem Tag, meinem Geburtstag, tatsächlich vor meiner Zimmertür eine Aufmerksamkeit vorgefunden, als ich nach Hause kam. Mein Bruder hatte mir geschrieben und daneben stand in feines Seidenpapier gewickelt eine edle Karaffe nebst Karte.«

»Wer hat sie geschickt?«

»Das weiß ich leider nicht, sie trug keine Unterschrift. Ich erinnere mich dunkel, von dem Likör getrunken zu haben. Ihr könnt beides noch in meinem Zimmer finden.«

»Leider nein, Monsieur Francobaldi, leider nein. Wir haben zwar tatsächlich, wie Ihr es beschreibt, einen Brief Eures Bruders gefunden. Wir fanden auch ein zerbrochenes Likörglas auf dem Boden und sowohl dort als auch auf dem Tisch Reste einer klebrigen Flüssigkeit – und zwar durchaus mehr als in dem kleinen Glas Platz gehabt haben könnte. Doch weder von der Karaffe noch von einer Karte oder wenigstens dem Seidenpapier gab es irgendeine Spur.«

Im Gartenhaus

War ich nicht vor wenigen Tagen während meines Spaziergangs noch fest davon überzeugt gewesen, der Bewohner dieses Gartenhauses müsse ein glücklicher Mann sein? Jetzt war ich ebendieser Bewohner. Ich saß in einem bequemen Lehnstuhl, den mir Cobenzl hatte bringen lassen, am Fenster und ließ mich von der Sonne wärmen, blickte in den Garten, in dem sich an den Stachelbeerbüschen die erste Ahnung von Grün zeigte, und auf Buchsbaumhecken, die die noch kahlen Beete umrahmten. Ich hörte den Vögeln zu, genoss die aufmerksame Pflege einer lieben Freundin – und war doch alles andere als glücklich. Ganz im Gegenteil. Zwar war ich dankbar, so knapp dem Tod entronnen, ihm noch einmal im wahrsten Sinne des Wortes von der Schippe gesprungen zu sein, gleichzeitig aber quälte mich die Frage, was eigentlich genau passiert war. Oder genauer gesagt: Warum es passiert war. Wer wollte mich vergiften und warum? Dieses *Wer* und *Warum* ging mir wie ein Mühlrad im Kopf herum. Das Gift musste im Likör gewesen sein, so viel wusste ich inzwischen. Das machte mein Unbehagen aber nicht geringer. Denn bei Licht besehen gab es nur einen möglichen Grund für den Anschlag: Er musste mit meiner Untersuchung des Mordfalls zu tun haben. Offenbar wollte irgendjemand um jeden Preis verhindern, dass ich noch mehr aufdeckte. Das erschien mir zwar abwegig, weil ich im Gegensatz zum Attentäter ganz und gar nicht das Gefühl gehabt hatte, auf einer brauchbaren Fährte zu sein. Noch schlimmer aber war für mich der Umstand, dass sich bei logischer Überlegung nur zwei mögliche Verdächtige aufdrängten. Und dieser Verdacht war so widerlich, dass ich mich dafür vor mir selbst schämte. Ich konnte ihn aber auch nicht beiseiteschieben. Jedes Mal, wenn ich überlegte, wer von meiner Untersuchung und ihren Ergebnissen wusste, tauchten die beiden Namen auf: Cobenzl und Sausenhover. Sausenhover und Cobenzl.

Cobenzl, der mich freundlich in die Eichstätter Gesellschaft eingeführt hatte, der Menschenfreund, der sich für die Armenfürsorge einsetzte, seine Bibliothek der Öffentlichkeit zugänglich machte. Cobenzl, der mich in so vielerlei Hinsicht unterstützt hatte, der sich für mich nach einer passenden Unterkunft umgesehen hatte, der an dem bewussten Abend mit Rat und Tat zu Hilfe geeilt war, der Wachen vor meiner Tür hatte postieren lassen, der mir den bequemen Lehnsessel, in dem ich gerade saß, hatte bringen lassen, der sich seitdem jeden Tag nach meinem Befinden erkundigte, obwohl ich bislang noch keinen Besuch empfangen durfte. Cobenzl, mein Freund? Andererseits: Wie konnte man als Mörder besser jeden Verdacht von sich ablenken als durch vermeintliche Fürsorge für das Opfer?

Und was war mit Sausenhover? Sausenhover, der freundliche Kollege, dem der Aufbau des Schulwesens so am Herzen lag, der Freund aller Künste, Bücherliebhaber und Musiker, der treusorgende Familienvater und liebende Ehemann – ein Mörder? Sein Verhalten war mir in der Vergangenheit oft rätselhaft gewesen. Und hatte ich nicht am Tag des Anschlags vergeblich nach ihm gesucht und niemand wusste, wo er war? Was, wenn er just in diesem Moment den Gifttrank für mich zubereiten ließ? Meine Verdächtigungen kannten sogar noch eine Steigerung: Was, wenn beide gemeinsam hinter dem Anschlag steckten? Stunden um Stunden zermarterte ich mir so den Kopf. Die grässlichen Verdächtigungen quälten mich fast mehr als der Mordversuch selbst. Die Ungewissheit, wem ich hier eigentlich noch trauen durfte, trieb mich halb in den Wahnsinn. Ich fühlte mich bei jedem meiner bisherigen und zukünftigen Schritte von unsichtbaren Augen beobachtet. Die Inschrift auf Pezzls Grab *Fiat iustitia!* fiel mir ein. Zu meinem eigenen Erstaunen stellte ich fest, dass mir die Forderung nach Gerechtigkeit, nach einer Bestrafung des Schuldigen, gar nicht so wichtig war. Viel größer als mein Wunsch nach einer gerechten Bestrafung war mein Verlangen, meinen Seelenfrieden wiederzufinden, der mir durch die grauenhaften Verdächtigungen geraubt worden war. Wie sollte ich ohne Vertrauen weiterleben? Nein, hier konnte ich nicht mehr bleiben!

Ich hatte gerade begonnen, mich in der Stadt heimisch zu fühlen und plötzlich entzog mir eine finstere Macht wieder den Boden unter den Füßen. Mit einem Schlag war alles anders. Ich fühlte mich genauso zernichtet wie nach Claras

Tod. Aber damals konnte ich wenigstens trauern. Nun fraß ein hässlicher Verdacht an mir, der so ungeheuerlich war, dass ich ihn keinem Menschen anvertrauen wollte. Ein Verdacht, für den ich mich vor mir selbst schämte, und den ich doch nicht als unbegründet von der Hand weisen konnte. Sicher, wenn ich abreiste, würde ich Adam vermissen und vielleicht mehr noch seine Mutter. Auch wenn ich es mir noch nicht recht hatte eingestehen wollen, so war es doch das erste Mal seit meinem Verlust, dass ich in manchen Momenten, tief in meinem Innersten, zaghaft begonnen hatte, wieder über eine mögliche neue Liaison nachzudenken. Ja, ich hätte mir mit Madame Hofstactter eine innigere Beziehung vorstellen können. Aber wie sollte ich in einer Stadt weiterleben, in der jemand einen Mordanschlag auf mich verübt hatte? Ich konnte ja zu keinem Zeitpunkt mehr sicher sein, solange der Attentäter nicht gefasst war. Und wie sollte ich Cobenzl oder Sausenhover jemals wieder unvoreingenommen begegnen? Mein Verdacht, ob begründet oder nicht, würde unser Verhältnis in Zukunft vergiften. Das erschien mir noch weit schlimmer als der Giftanschlag selbst. Ich befand mich in einer Schlangengrube, in der jede noch so kleine Bewegung im wahrsten Sinne des Wortes tödlich sein konnte. Diese Verdächtigungen ließen mir keine Luft zum Atmen. Ich musste weg. So schnell wie möglich.

In den vergangenen Tagen hatte man mir bereits all meine persönliche Habe aus meiner früheren Behausung gebracht. Nun erhob ich mich aus dem Lehnstuhl, holte meine Schreibutensilien hervor und begab mich ans Stehpult. Ich begann einen Brief an den Fürstbischof aufzusetzen, in dem ich um meine Entlassung nachsuchte. Nach diesem Vorfall hatte ich dazu wohl jedes Recht dieser Welt. Außerdem wollte ich mich an Pezzl wenden, ihm die Ereignisse schildern und ihn bitten, mir bei der Suche nach einer neuen Tätigkeit behilflich zu sein. Schließlich war er, wenn auch unwillentlich, an der ganzen Entwicklung nicht unbeteiligt. Meinem Bruder musste ich auch schreiben, ob er mich wenigstens fürs Erste bei sich aufnehmen wollte. Und natürlich wollte ich mit Madame Hofstaetter sprechen. Dabei war mir allerdings höchst unklar, was ich ihr eigentlich sagen sollte oder wollte. Ich konnte ihr selbstverständlich meinen Entschluss abzureisen einfach ohne irgendeine weitergehende Erklärung mitteilen. Als vernünftige Frau würde sie ihn nach diesem Vorfall auch sofort verstehen. Aber was weiter? Sollte ich ihr meine Gefühle für sie andeuten? Dafür musste ich mir aber erst selbst klar werden, welcher Art diese Gefühle genau waren. Sie bedeutete mir viel, das wenigstens stand fest. Ich würde ihr auch nie vergessen, was sie in den letzten Tagen für mich getan hatte. Wer hätte sich sonst um mich gekümmert in dieser fremden Stadt? Sie war immer da, wenn ich sie brauchte, war nie ungeduldig, immer freundlich. Ihre ruhige Art wirkte trotz der mehr als widrigen Verhältnisse besänftigend auf mein Gemüt. Ich spürte, dass ich ihr ebenfalls sympathisch war. Die Umstände waren allerdings alles andere als günstig. Sollte ich sie da mit einem Geständnis meiner Gefühle in Verwirrung bringen?

Über diesen Überlegungen war es Abend geworden, sodass ich mein Gesuch an den Bischof nur noch flüchtig aufsetzen, aber nicht mehr ins Reine schreiben konnte. Bei Kerzenlicht reichte meine Sehkraft in letzter Zeit kaum mehr aus. Aber morgen war für mich hoffentlich auch noch ein Tag. Der Arzt hatte mir außerdem noch für einige Zeit zur Ruhe geraten, da meine Kopfschmerzen sonst chronisch werden könnten. Ich traute mir deshalb eine fünftägige Fahrt in der Postkutsche über holprige Straßen und mit Übernachtungen in unbequemen Quartieren noch nicht zu. In zehn Tagen sollte das Unternehmen allerdings machbar sein. Bis dahin hätte ich auch noch etwas Zeit, mir zu überlegen, was ich Madame Hofstaetter sagen wollte. Mit diesen Gedanken blies ich die Kerze aus, begab mich ins Bett und hoffte, in dieser Nacht wenigstens etwas Schlaf zu finden. Entgegen meiner Vermutung war der Bewohner des Gartenhäuschens kein glücklicher Mensch.

Geständnisse

ch hatte mir vorgenommen, am nächsten Morgen zumindest einen kurzen Spaziergang im Garten in der wärmenden Frühlingssonne zu wagen. Vielleicht würde das meine trüben Gedanken wenigstens für einige Augenblicke vertreiben können. Außerdem hatte ich jetzt, wo ich wieder zu Kräften kam, zunehmend das Bedürfnis, mich etwas zu bewegen. Noch bevor ich die Augen aufschlug, hörte ich aber schon den Regen, der auf das Dach prasselte. Es goss tatsächlich wie aus Kübeln, an einen Spaziergang war hier nicht zu denken. Also beschloss ich notgedrungen, gleich nach dem Frühstück den Brief an seine Exzellenz ins Reine zu schreiben und auch meine übrige Korrespondenz wie geplant zu erledigen. Gesagt, getan. Kaum war ich allerdings damit fertig, tat sich ein neues Problem vor mir auf, das ich bis dahin noch nicht bedacht hatte: Wer sollte den Brief an den Fürstbischof übergeben, wer die beiden anderen zur Poststation bringen? Ich war für einen längeren Gang in die Stadt noch zu schwach. Adam oder gar seine Mutter konnte ich unmöglich damit beauftragen, solange ich sie nicht über meine Pläne in Kenntnis gesetzt hatte. Ich wäre mir wie ein gemeiner Schuft und Verräter vorgekommen. So war ich also gedanklich wieder genau an dem Punkt angekommen, der mich bereits am Abend zuvor beschäftigt hatte. Mit dieser Quadratur des Kreises war ich noch beschäftigt, als es an meine Tür klopfte. Madame Hofstaetter streckte ihr lächelndes Gesicht herein und sagte nur: »Herr Francobaldi, Ihr habt Besuch«, und mit diesen Worten schob sie Sausenhover sanft in mein Zimmer.

»Sausenhover«, ich flüsterte seinen Namen mehr, als dass ich ihn sprach, unfähig, auch nur ein einziges weiteres Wort hervorzubringen. Aber das brauchte ich auch gar nicht.

»O mein Gott, Francobaldi, wie gut, Euch einigermaßen wohlauf zu sehen. Ich danke allen Engeln und Heiligen und der seligen Jungfrau! Welche Sorgen haben wir um Euch ausgestanden, Cobenzl und ich! Jeden Tag haben wir uns persönlich nach Eurem Befinden erkundigt, aber Bachmayr hatte strengste Bettruhe verordnet und wollte keinen Besuch gestatten. O Francobaldi, wie bin ich froh!«

All diese Worte sprudelten aus dem sonst so ruhigen Sausenhover geradezu heraus, sodass er meine eigene Wortlosigkeit gar nicht bemerkte. Sausenhover war hier! Stand ich in diesem Augenblick womöglich meinem Mörder gegenüber? Nicht dass ich mich am helllichten Tag und in dieser Umgebung in akuter Gefahr gewähnt hätte, ich stellte mir vielmehr die Frage, ob ein Mensch sich wirklich so verstellen konnte. War es möglich, in diesem Maß Freude und Erleichterung zu heucheln? War es möglich, ein derart perfides Spiel zu inszenieren? Konnte ein Mensch sein wahres Wesen hinter einer derart aufrichtig wirkenden Maske verbergen? Oder sollte ich mich stattdessen meiner grundlosen Verdächtigungen schämen? Hatte ich damit einem wahren Freund und anständigen Menschen Unrecht getan?

»Ich freue mich, dass Ihr so gute Fortschritte macht. Laut Doktor Bachmayer sind es nur noch ein paar Tage und Ihr seid wieder ganz der Alte. Im Moment braucht Ihr allerdings noch viel Ruhe. Er hat mir deshalb auch höchstens eine Stunde bei Euch zugestanden – und er hat mir ans Herz gelegt, Euch unter keinen Umständen aufzuregen.«

Bei diesen Worten ging eine seltsame Veränderung in ihm vor. Von seiner überschwänglichen Freude schien er plötzlich in abgrundtiefe Trauer zu stürzen. Sein Lächeln verschwand, von einer Sekunde auf die andere wirkte er gebeugt und um Jahre gealtert.

»Ich darf Euch nicht aufregen, lieber Freund, und muss Euch doch endlich ein Geständnis ablegen, das mir auf der Seele lastet und mir schier das Herz abdrückt.«

Also doch! Sausenhover hatte es getan – und nun plagten ihn Gewissensbisse. Ich fühlte, wie mir alles Blut aus dem Kopf wich, vor meinen Augen wurde es schwarz, meine Finger umklammerten die Tischkante. Ich konnte mich kaum mehr aufrecht halten. Ich musste leichenblass geworden sein, jedenfalls stürzte mein Gegenüber auf mich zu.

»O, was ist mit Euch? Legt Euch hin, Francobaldi! Ich lasse etwas frische Luft herein. Madame Hofstaetter soll Euch Wasser bringen, dann wird Euch wohler sein. Ihr dürft Euch nicht aufregen!«

Mit diesen Worten stürzte er zur Tür hinaus und ließ mich für einige Augenblicke allein. Ich taumelte zum Bett, versuchte, ruhig zu atmen und wieder zu mir zu kommen. Da trat er auch schon wieder zu mir.

»Verzeiht, Francobaldi, ich wollte Euch keinesfalls aufregen. Oh, ich habe alles falsch gemacht! Und ich weiß immer noch nicht, wo ich anfangen soll. Ihr braucht Ruhe und dürft Euch nicht aufregen – und ich versetze Euch in Angst und Schrecken! O mein Gott, o mein Gott!«

Bei diesen Worten lief er ruhelos und wild gestikulierend im Zimmer umher. Wenn er den Vorsatz gehabt hatte, mich zu schonen, so war ihm das gründlich missglückt. Stattdessen hatte er mich fast an den Rand des Grabes gebracht. Plötzlich hielt er inne und blickte mir direkt ins Gesicht.

»Ich glaube, ich weiß, was Ihr denkt. Und wirklich: Bei Lichte besehen drängt sich dieser Verdacht geradezu auf, ja, er ist beim allerbesten Willen gar nicht von der Hand zu weisen. Ich kann Euch daraus keinen Vorwurf machen. Im Gegenteil, ich mache mir seit dem Anschlag auf Euch selbst die allerheftigsten Vorwürfe, weil ich zu lange geschwiegen habe. Ja, ich bin schuld an Eurer schrecklichen Lage. Wenn auch vollkommen anders als Ihr es vermuten müsst.«

Sausenhover hatte Tränen in den Augen, er stammelte wie im Fieber und ich verstand gar nichts. So kamen wir nicht weiter. Er quälte sich und beunruhigte mich. Es war für uns beide eine höchst unerquickliche Situation. Für einen abgefeimten Mörder konnte ich ihn aber immer weniger halten.

»Sausenhover, bittet Madame Hofstaetter doch, uns einen Kaffee zu machen. Der wird uns beiden jetzt guttun. Während wir ihn trinken, könnt Ihr mir in Ruhe mitteilen, was Ihr mir zu sagen habt. Ich werde mich derweil in diesen bequemen Lehnstuhl am Fenster setzen. Der Schwindelanfall ist schon vorbei.«

Wie an einem Seil hangelte sich mein Freund an diesem Vorschlag entlang. Ich zwang mich, ruhiger zu erscheinen, als ich es tatsächlich war und meinen Herzschlag wieder unter Kontrolle zu bringen. Als Sausenhover wieder ins Zimmer trat, atmete er hörbar tief ein. Er setzte sich auf einen Stuhl mir gegenüber, sah mir erst direkt ins Gesicht, dann senkte er den Blick, sagte aber nichts. Ich konnte förmlich sehen, wie es hinter seiner Stirn arbeitete.

»Gut«, sagte er schließlich, »gut. Wohl tausend Mal habe ich überlegt, wie ich es Euch sagen soll. Aber die richtigen Worte sind mir immer noch nicht eingefallen, Francobaldi. Ich werde deshalb jetzt einfach rundheraus sprechen. Doch müsst Ihr mir versprechen, ruhig zu bleiben. Es ist eine sehr, sehr lange Geschichte, höchst kompliziert und verworren, sodass ich gar nicht weiß, wo ich eigentlich beginnen soll. Aber es muss sein. Ihr müsst es wissen und ich hätte Euch schon längst einweihen sollen. Vielleicht hätte ich damit vieles verhindern können. Also gut. Mit Gottes Hilfe.«

Und damit verstummte er wieder. Sausenhover trieb mich allmählich in den Wahnsinn. Meine Furcht war inzwischen vollständig gewichen und hatte der Neugierde Platz gemacht. Was in aller Welt konnte er mir zu sagen haben, was von solch eminenter Wichtigkeit war. Wusste er, wer der Mörder war? Natürlich! Das musste es sein. Sausenhover kannte den Mörder! Also doch Cobenzl? Sein Freund, unser Freund Cobenzl? Natürlich! Nur so ließ sich sein rätselhaftes Verhalten erklären.

»Sausenhover, ich bitte Euch, hört auf, uns beide zu martern und sprecht endlich!«

»Gut … gut. Also es verhält sich nämlich so, müsst Ihr wissen … Der Unbekannte auf dem Friedhof … der war ich.«

Ich traute meinen Ohren nicht. Also doch? Sausenhover, der freundliche Kollege, dem der Aufbau des Schulwesens so am Herzen lag, der Freund aller Künste, Bücherliebhaber und Musiker, der treusorgende Familienvater und liebende Ehemann – der Mörder? Der Mann, der hier stammelnd vor mir saß und im Begriff war, mit mir Kaffee zu trinken? Wieder wurde mir schwindlig. Ich musste meine Augen schließen. Sausenhover bemerkte meine Reaktion.

»Nein, es ist ganz anders als Ihr denkt«, fuhr er hastig fort. »Bitte, bitte, beruhigt Euch, Ihr dürft Euch nicht unnötig aufregen. Ich schwöre bei allem, was mir heilig ist, ich bin kein Mörder. Aber ich verstehe, dass sich dieser Verdacht aufdrängen muss. Noch einmal: Es ist alles ganz anders als Ihr denkt. Vollkommen anders. Nicht nur, dass ich unschuldig bin, nein, ich selbst wäre beinahe, genau wie der arme Pezzl – Gott sei seiner Seele gnädig – einem Mord zum Opfer gefallen. An dem bewussten Abend hätten wir beide sterben sollen.«

Ich konnte nichts antworten, weil ich in meiner grenzenlosen Verblüffung nicht wusste, was ich sagen sollte. Also blickte ich meinen Gast nur verständnislos an. Genau in diesem Augenblick brachte Madame Hofstaetter den Kaffee herein. Wie tat es wohl, inmitten dieses Albtraums ihr liebes Gesicht zu sehen, den Duft nach Bienenwachs und Honig, der sie immer umwehte, einzuatmen. Warum konnte sie nicht an Sausenhovers Stelle hier bei mir sitzen und wir uns angeregt über nette Belanglosigkeiten unterhalten? Warum endete dieses Martyrium einfach nicht? Warum überhaupt hatte Johann Anton mich mit diesem grässlichen Fall betraut, mich, der keinerlei Erfahrung in der Aufklärung von Verbrechen hatte? Warum hatte er die Aufgabe nicht dem Polizeihauptmann Randelzhofer übertragen? Aber es half alles nichts, ob ich wollte oder nicht, ich war in diese Sache involviert.

»Ich war mit Franz Pezzl, von dem ich damals allerdings noch gar nicht wusste, wie er hieß, an jenem Abend auf dem Friedhof verabredet«, fuhr Sausenhover fort, nachdem Ottilie die Türe wieder hinter sich geschlossen hatte.

»Als ich dorthin kam, war er allerdings schon tot. Ich fand ihn hingestreckt im Beinhaus. Könnt Ihr Euch meinen Schrecken vorstellen? Während ich noch kaum begriffen hatte, was los war, fühlte ich mich selbst von hinten angegriffen. Ich weiß nicht, welcher Engel mich beschirmte. Der Mörder streifte mich nur. Ich stürzte auf die Steinstufen des Karners, wodurch ich mir schmerzhafte Prellungen zuzog. Aber das bemerkte ich in diesem Moment kaum. Ich rannte nur um mein Leben, raus aus dem Friedhof und in mein Zimmer im Gasthaus. Dort verbrachte ich eine schlaflose Nacht, in der ich fieberhaft überlegte, was geschehen war, und vor allem, wie ich unerkannt aus der Stadt gelangen und meine Spur verwischen könnte. Also nahm ich frühmorgens einen Wagen, der mich nach Hilpoltstein bringen sollte, und fuhr von da weiter mit der Postkutsche nach Nürnberg. Ich hoffte, damit eine falsche Fährte zu legen, falls der Mörder versuchen sollte, mich zu finden. Auf keinen Fall sollte er mich mit Eichstätt in Verbindung bringen. Ich fürchtete, er könne mich in dieser kleinen Stadt nur zu leicht ausfindig machen. All die Wochen und Monate seither quälen mich drei Dinge: Ich fühle mich grundlos schuldig am Tod des armen Pezzl, der für einen Freundschaftsdienst mit dem Leben bezahlen musste. Mich plagt die Sorge um meine Familie. Ich fürchte um ihre Sicherheit. Wer sorgt für meine Frau und meine Kinder, falls mir doch noch etwas zustößt? Wie kann ich wissen, ob der Mörder nicht skrupellos genug ist, sich an völlig Unschuldigen zu vergehen? Und ich frage mich natürlich, wer diesen Mord begangen hat und warum. Ihr müsst wissen, das Treffen zwischen Pezzl und mir war geheim. Wer hatte davon Kenntnis bekommen? Auf welchem Weg war das geschehen? Wem in dieser Stadt kann ich noch trauen? Ja, ich muss gestehen, dass ich für einen kurzen Moment sogar Euch in Verdacht hatte. Schließlich wart Ihr kurz vor dem Ereignis erst in unsere Stadt gekommen und Ihr kamt ebenso wie der Tote aus Wien. Vielleicht kanntet ihr euch sogar und Pezzl hat Euch von seinem Vorhaben erzählt. Das wäre immerhin möglich gewesen. Das Schlimmste aber war, dass ich mit niemandem darüber sprechen konnte, nicht einmal mit meiner Frau. Ich hätte die Ärmste ja zu Tode geängstigt. Dieses Schweigen jedoch nagte Tag und Nacht an mir. Ich weiß nicht, ob Ihr das verstehen könnt, Francobaldi.«

Schweigend nickte ich meinem Freund verständnisvoll zu. Wenn ich auch so gut wie gar nichts verstanden hatte, Sausenhovers Gemütslage in dieser vertrackten Situation konnte ich mir bestens vorstellen. Daher also seine seltsame Schwermut, seine oft unerklärlichen Verhaltensweisen. Durch den Regen gedämpft hörte man von der Schutzengelkirche die Turmuhr die vierte Stunde schlagen.

»Ich habe Bachmayr versprochen, Euch nicht aufzuregen und nicht länger als eine Stunde zu bleiben. Beide Versprechen habe ich gegen meinen Vorsatz gebrochen. Jetzt aber muss ich Euch wirklich für heute verlassen. Wir reden morgen weiter, falls Euch das recht ist. Ruht Euch jetzt aus.«

Als er mich mit diesen Worten verlassen hatte, merkte ich erst, wie sehr mich das Gespräch angestrengt hatte. Mein Kopf begann schon wieder zu schmerzen. Ich war todmüde. Obwohl es wie aus Eimern goss, hatte sich Sausenhover bei diesem Wetter, bei dem man nicht einmal einen Hund vor die Tür jagte, auf den Weg zu mir gemacht. Die Sache musste ihm wirklich sehr am Herzen liegen. Und ich ihm wohl auch.

Am nächsten Nachmittag kam Sausenhover wie verabredet wieder. Obwohl es ein gewöhnlicher Wochentag war, hatte seine Frau extra für uns Schmalzgebäck zubereitet, das wir zum Kaffee genießen konnten. Als Ottilie mir am Morgen das Frühstück gebracht hatte, war sie mir anders als sonst vorgekommen. Sie war schweigsam, irgendetwas schien sie zu bedrücken. Mittags hatte sich dieser Eindruck verstärkt, als sie mir auch da mein Essen wieder wortlos servierte. Ich hatte mich aber nicht getraut, sie nach der Ursache zu fragen. Jetzt hatte sie uns den Kaffee zubereitet und sich sofort, nachdem sie ihn gebracht hatte, empfohlen, da sie Besorgungen zu machen habe. Ich achtete aber nicht weiter darauf. Den ganzen Vormittag hatte ich voller Ungeduld auf Sausenhover gewartet. Ich brannte darauf, endlich Genaueres zu erfahren. Seine Auskünfte gestern waren für mich alles andere als erhellend gewesen. Er hatte von Pezzl als einem Fremden gesprochen. Wieso hatte er sich dann mit ihm getroffen? Weshalb auf dem Friedhof? Wie war das Treffen vereinbart worden? Wer wusste davon? Und über allem hing natürlich die entscheidende Frage nach dem Mörder und seinem Motiv. Weshalb hatte ein Unbekannter Pezzl, Sausenhover und letztendlich auch mir nach dem Leben getrachtet? Was hatten wir in seinen Augen verbrochen? Sausenhover aber ließ mich vorerst weiter im Dunkeln.

»Madame Hofstaetter ist eine ansehnliche und überdies, was noch wichtiger ist, eine sehr sympathische Person, die das Herz am rechten Fleck hat«, begann er.

Ich konnte ihm hier zwar aus tiefster Überzeugung zustimmen, aber was sollte das jetzt?

»Sie hat Euch in diesen Tagen fürsorglich gepflegt. Ihr werdet ihr dafür zweifelsohne dankbar sein.«

»Sicher, Sausenhover, selbstverständlich, ich bin ja schließlich kein Unmensch. Ich stehe tief in ihrer Schuld, dessen bin ich mir absolut bewusst und ich habe mir auch schon überlegt, wie ich mich dafür erkenntlich zeigen könnte.«

»Das wird sich sicherlich finden. Aber gestattet mir, Euch in diesem Zusammenhang in aufrichtiger Freundschaft auf eine Sache von großer Bedeutung hinzuweisen: Madame Hofstaetter ist eine angesehene Bürgersfrau. Sie hat Eure Pflege aus christlicher Nächstenliebe und sicherlich auch aus Sympathie für Euch übernommen. Man hat ihr das in der Stadt auch allgemein hoch angerechnet. Doch nun, wo Euer Zustand sich bessert – nun, wie soll ich sagen – scheint es nicht mehr ganz schicklich, wenn sie Euch den Haushalt führt. Sie ist schließlich keine Bedienstete. Ich könnte Euch Beispiele nennen, wo die ehrbarsten Absichten und uneigennütziges Handeln mit den widerlichsten Schmähungen bedacht wurden. Doch würde uns das jetzt zu weit führen. Ich denke, Ihr versteht meine Warnung, die ich im Interesse Eures und – weit mehr noch – ihres guten Rufs wegen auszusprechen mich verpflichtet fühle.«

Sausenhover hatte recht. Er hatte leider nur allzu Recht. Das war mir sofort klar. Warum nur war ich nicht selbst schon darauf gekommen! Ich hatte mich so an ihre liebe Gegenwart gewöhnt, dass ich darüber vergessen hatte, welch höchst außergewöhnlichen Umständen sie geschuldet war. Aber Ottilies guten Ruf nicht zu beschädigen war das Mindeste, was sie von mir erwarten durfte.

»Was schlagt Ihr also vor?«

»Es steht mir sicher nicht zu, Euch in dieser Angelegenheit Ratschläge zu erteilen. Ich denke, wir sind uns beide im Kern der Sache einig. Es gilt, Madame Hofstaetters guten Ruf zu wahren und da schickt es sich einfach nicht, dass sie auch zukünftig ganze Tage in Eurem Haus zubringt. Vielleicht wäre Euch fürs Erste gedient, wenn ich Euch aus dem Armenhaus eine Magd besorgte, die für Euch putzt und wäscht. Vielleicht wäre es möglich, dass Madame Hofstaetter in ihrem Haushalt für Euch mitkocht und Euch das Essen bringen lässt. Zumindest so lange, bis sich eine bessere Lösung gefunden hat.«

»Sausenhover, ich danke für diesen Vorschlag und ich danke Euch auch, dass Ihr mich auf diese, zugegebenermaßen, pikante Situation hingewiesen habt. Ich muss gestehen, ich war so mit dem Mordfall und meiner eigenen Rolle darin beschäftigt, dass ich gar nicht darüber nachgedacht hatte, was die ganze Situation für Madame Hofstaetter bedeuten könnte. Euer Vorschlag erscheint mir durchaus praktikabel, ja, so könnte es in der Tat gehen.«

Wieder hatte sich die Situation innerhalb weniger Stunden völlig geändert. Gestern noch hatte ich seiner Exzellenz einen Brief geschrieben, in dem ich um meine Entlassung bat, und nur nicht gewusst, wie ich ihn überbringen sollte. Jetzt aber wollte ich an eine Demission und meine Abreise gar nicht mehr denken.

»Danke noch einmal für Eure offenen Worte. Nun aber bitte ich Euch inständig, mich in dieser schrecklichen Sache, die uns beide unmittelbar betrifft, nicht weiter im Ungewissen zu lassen. Klärt mich auf, soweit Euch das möglich ist.«

»Aufklärung, lieber Francobaldi, ist ein sehr gutes Stichwort. Ihr ahnt gar nicht, wie treffend. Sagt Euch der Begriff *Illuminati* oder *Illuminaten* etwas?«

Ich musste passen, wollte mich aber nicht gänzlich unbeleckt zeigen.

»Leider nein, doch würde ich meinen, der Begriff leite sich vom Lateinischen her und habe etwas mit Erleuchtung zu tun. Also gewissermaßen *die Erleuchteten.*

»Ganz richtig. Und Ihr braucht Euch aus zweierlei Gründen nicht zu schämen, noch nichts davon gehört zu haben. Erstens seid Ihr nicht von hier und Wien war zumindest ursprünglich nicht der Wirkungskreis der Illuminaten. Zweitens und vor allem aber handelt es sich dabei um einen Geheimbund.«

Ich traute meinen Ohren nicht! Sollte sich damit meine Theorie tatsächlich bestätigen und Sausenhover hatte das die ganze Zeit gewusst?! Er fuhr fort: »Gründer des Illuminatenordens war ein gewisser Adam Weishaupt, bis vor kurzem, genauer gesagt bis vor nunmehr fast drei Jahren Professor für Kirchenrecht und Philosophie an der bayerischen Landesuniversität in Ingolstadt, nur wenige Meilen von hier. Weishaupt war ein hochangesehener, überaus ehrenwerter Mann. Das heißt, er ist es immer noch, mögen nun auch wüste Verleumdungen über ihn im Umlauf sein. Er ist außerdem mein Schwager und Freund. Hier in Eichstätt, in der Klosterkirche Notre Dame hat er vor fünfzehn Jahren meine Schwester Afra geheiratet, die leider am 8. Februar vor nunmehr acht Jahren nach langer, schwerer Krankheit verstorben ist. Es war eine harte Zeit für die ganze Familie, das dürft Ihr mir glauben.«

Sausenhover schwieg eine Weile und schien eigenen Gedanken nachzuhängen. Dann fuhr er fort: »Weishaupt wurde '48 in Ingolstadt geboren und genoss wie wir alle seine Ausbildung bei den Jesuiten. Schon sein Vater war Professor in Ingolstadt und der Sohn trat gewissermaßen in seine Fußstapfen. Vor zwölf Jahren gründete er dann eine Vereinigung, die er Illuminatenorden nannte, um mit deren Hilfe *dem Menschen die Vervollkommnung seines Ver-*

standes und moralischen Charakters interessant zu machen, menschliche und gesellschaftliche Gesinnungen zu verbreiten, boshafte Absichten in der Welt zu hindern, der notleidenden und bedrängten Tugend gegen das Unrecht beizustehen, auf die Beförderung würdiger Männer zu gedenken und überhaupt die Mittel zur Erkenntnis und Wissenschaften zu erleichtern, wie er es selbst formulierte. Ihr seht, ich habe mir seine Worte gut gemerkt. Ich stehe auch heute noch zu diesen Idealen. Für meinen Schwager war die Weisheit der Weg zur Seelenruhe und zur Erkenntnis, worin er mit den antiken Philosophen übereinstimmte. Wie gesagt, der Orden war geheim. Deshalb trugen alle Mitglieder Decknamen und auch die Ortsnamen waren chiffriert, damit kein Unbefugter Informationen erhalten konnte. Wir hatten mehrere Symbole und Erkennungszeichen. Eines davon war die Eule als heiliger Vogel der Athene, der Göttin der Weisheit.«

Wäre die Angelegenheit nicht im wahrsten Sinne des Wortes todernst gewesen, ich hätte über dieses kindisch anmutende Versteckspiel lachen können. So aber war ich nur bass erstaunt, Professor Spörls Theorien, die mir damals – wie kurz war das erst her! – so gänzlich fragwürdig erschienen waren, unvermutet bestätigt zu sehen.

»Auch hier in Eichstätt gewann Weishaupt, der sich übrigens *Scipio Aemilianus* nannte, sehr viele Anhänger für seine Idee. Ihr wäret überrascht, wer alles Mitglied des Ordens war. Doch kann und darf ich Euch darüber keine Auskunft geben. Ich sehe mich in diesem Punkt nach wie vor zu Verschwiegenheit und Geheimhaltung verpflichtet. Das müsst Ihr bitte verstehen. Den einzigen, den ich Euch namentlich als bekennenden Anhänger des Ordens nennen kann, da er mir dazu ausdrücklich sein Einverständnis gegeben hat, ja mich geradezu drängte, es Euch zu sagen, ist unser gemeinsamer Freund Graf Cobenzl. Jedenfalls konnten wir in den vergangenen zehn, zwölf Jahren hier viel Gutes leisten. Wir setzten uns gemäß unserer Überzeugung sehr für die Armenfürsorge und den allgemeinen Fortschritt ein. Aber nicht nur im Hochstift Eichstätt und in der Stadt Ingolstadt gewann die Idee Anhänger. Nein, über die Jahre hinweg konnte sie in ganz Bayern und darüber hinaus Mitglieder für sich rekrutieren. Und ich möchte betonen, es waren viele höchst einflussreiche Persönlichkeiten darunter. Das war sicherlich Weishaupts Wirken an der Landesuniversität zu verdanken. Doch kann der Beste nicht in Frieden leben, wenn es dem bösen Nachbarn nicht gefällt, wie es so heißt. Das traf leider auch auf meinen Schwager persönlich und in der Folge auf den ganzen Orden zu. Ihr müsst wissen, Weishaupt fand mit seinen Vorlesungen über die französische Aufklärungsphilosophie sehr viel Zulauf. Da konnte es nicht ausbleiben, dass sich auch Neider fanden. Sein erklärter persönlicher Gegner war Martin Lehenbauer, unser äußerst konservativer Generalvikar, der den Gedanken der Aufklärung seit jeher feindlich gegenüberstand. Anno '85 aber, am 22. Juni, begann das eigentliche Unglück. Wie gesagt, der Orden hatte seit seiner Gründung höchst einflussreiche und angesehene Persönlichkeiten gewinnen können, die auch bedeutende Staatsämter bekleideten. Unser ursprünglicher Segen wurde uns nun gewissermaßen zum Fluch. Man beschuldigte uns nämlich staatsfeindlicher Umtriebe. Freiherr Montgelas, der in Ingolstadt ein Diplom mit außerordentlichem Lob erhalten und sich unserer Bewegung angeschlossen hatte, geriet deswegen in zunehmenden Konflikt mit seinem Herrn, dem bayerischen Kurfürsten Karl Theodor. Das ging so weit, dass er schließlich eben im Jahre '85 um seine Entlassung nachsuchen musste und seitdem im Dienst des Wittelsbacher Herzogs von Pfalz-Zweibrücken steht. Damit verloren wir sehr viel an Einflussmöglichkeiten. Aber damit nicht genug. Karl Theodor verbot unseren Orden. Ja, er brachte sogar den Papst dazu, unsere Lehren als unvereinbar mit den Glaubenswahrheiten der katholischen Kirche zu brandmarken.

Weishaupt selbst hatte inzwischen aus Ingolstadt fliehen müssen. Man hatte ihm vorgeworfen, gottlose Literatur für die Universität beschaffen zu wollen und damit die Jugend zu verderben. Ihr könnt Euch vorstellen, wie entsetzt wir über diese Entwicklung waren. Im Hochstift Eichstätt war unser Orden zwar noch nicht verboten, Fürstbischof Johann Anton weigerte sich lange, ein entsprechendes Dekret zu verfassen, obwohl ihn Kurfürst Karl Theodor wiederholt dazu drängte. Letztes Jahr schließlich wurde der Druck noch größer. In Bayern wurde das Anwerben neuer Mitglieder schon seit einem Jahr unter Todesstrafe gestellt. Und schließlich musste sich auch unser verehrter Herr Fürstbischof dem politischen Druck beugen. Aber davon später mehr. Im September oder Oktober

'86 jedenfalls erhielt Cobenzl einen Brief, oder ich sollte wohl besser sagen eine Mitteilung. Es handelte sich nämlich nur um einen Ausschnitt aus einer Wiener Zeitung, datiert vom 26. August. Darin war zu lesen, dass sich Weishaupt derzeit in dieser Stadt aufhalte. Ich kann Euch sogar noch den Wortlaut hersagen, so erleichtert waren wir damals: *Der berühmte bayerische Professor Weishaupt, welcher aus bekannten Ursachen sein Vaterland verlassen hat, ist hier angekommen, und es wird ihm mit viel Hochachtung begegnet. Man weiß zwar den eigentlichen Zweck seines Hierseins noch nicht, doch ist zu vermuten, dass man diesen als geschickten kanonischen Rechtslehrer hierbehalten werde.* Daraus wurde dann freilich doch nichts. Mein Schwager blieb nicht in Wien, sondern begab sich vielmehr kurz darauf unter den Schutz des Herzogs Ernst von Gotha, einem Ordensbruder. Dort lebt er mit seiner Familie seit etwa einem Jahr als Hofrat.«

Sausenhover war so vertieft in seinen Bericht und ich hatte ihm so aufmerksam zugehört, dass wir beide die Welt um uns herum und auch die Zeit vergessen hatten. Nun schlug es von der Schutzengelkirche fünf Uhr.

»Schon fünf! Wieder habe ich die von Bachmayr zugestandene Stunde bei Euch maßlos überschritten, ja geradezu verdoppelt. Da heißt es aber wirklich für heute Schluss machen. Was meint Ihr, Francobaldi, wenn morgen das Wetter besser sein sollte, könnten wir uns an einen kurzen Spaziergang wagen?«

Das war mir nur zu Recht. Wir verabredeten uns wieder für den Nachmittag. Zuvor aber musste ich morgen einen Weg finden, um mit Ottilie zu sprechen. Vor einer halben Stunde etwa hatte sie unser Gespräch, oder besser gesagt Sausenhovers Bericht, kurz unterbrochen und mir mitgeteilt, dass sie mein Abendessen vorbereitet habe, und ich es mir nur noch aus der Küche zu holen brauchte. Dann hatte sie sich mit einem kurzen Gruß verabschiedet und war nach Hause zurückgekehrt. Dasselbe tat nun mein Freund. Beide ließen sie mir damit viel Zeit zum Nachdenken.

Frühstück mit Ottilie

ls Ottilie mir am nächsten Morgen das Frühstück brachte, bat ich sie, sich kurz zu setzen.

»Liebe Ott… – Verzeihung, Madame Hofstaetter.«

»Ich denke, es ist in Ordnung, wenn Ihr mich bei meinem Vornamen nennt«, unterbrach sie mich und errötete dabei bis an die Haarwurzeln. »Die außergewöhnlichen Umstände der letzten Tage haben wie soll ich sagen na ja, sie waren eben außergewöhnlich.«

»In der Tat, liebe Ma… – liebe Ottilie, das waren sie und ich stehe für alles, was Ihr getan habt, tief in Eurer Schuld. Ich kann Euch nur meinen aufrichtigen Dank aussprechen. Nun bin ich mir aber auch dessen bewusst, dass ich Eure Großherzigkeit nicht weiter ausnutzen darf. So gerne ich Euch um mich habe, das möchte ich betonen.«

Wieder errötete sie, lächelte dabei aber sanft.

»Ich weiß, dass die Wochen vor den hohen Osterfeiertagen für die Hausfrauen mit sehr viel Arbeit verbunden sind. Da wäre es unverzeihlich, Euch mit meiner Pflege so über Gebühr zu belasten. Es wird deshalb besser sein, für die einfache Haushaltsführung eine Kraft einzustellen. Sausenhover, mit dem ich darüber schon gesprochen habe, meinte, man könne eine zuverlässige Frau aus dem Armenhaus gewinnen.«

»Ja, das halte ich für eine gute Idee, doch würde ich Euch empfehlen, die Auswahl nicht selbst zu treffen, sondern sie einer erfahrenen Hausfrau zu überlassen. Seid mir nicht böse, lieber Francobaldi …«

»Enrico, bitte, wenn es Euch recht ist.«

Wieder lächelte sie. »Enrico also, wenn es Euch beliebt. Aber zurück zu unserem Thema: Ihr Männer habt in Fragen der Haushaltsführung keine Erfahrung und wisst nicht, woran man eine zuverlässige Kraft erkennt. Wenn Ihr wollt, könnte ich das für Euch übernehmen, eine gute Freundin könnte mich dabei begleiten.«

Ich war mit Ottilies Vorschlag absolut einverstanden. Sie versprach, sich gleich in den nächsten Tagen darum zu kümmern.

»Bei der Gelegenheit, Franc … – Enrico, solltet Ihr doch auch gleich darüber nachdenken, zukünftig alle Räume dieses Hauses zu nutzen. Es sind ja ohnehin nicht viele. Bislang haben wir ja den schwierigen Umständen gehorchend lediglich Eure Krankenstube hier im Erdgeschoss notdürftig eingerichtet, weil das am praktikabelsten war. Nun, da Ihr wieder genesen seid, könntet Ihr Euch Eure Schlafkammer oben einrichten und hier unten eine gute Stube, in der Ihr auch einmal Gäste empfangen könnt.«

Daran hatte ich noch gar nicht gedacht. Inzwischen war ich es durch die beengten Wohnverhältnisse bei der Witwe Templer schon fast gewohnt gewesen, mich auf einen kargen Raum zu beschränken. Die Aufregungen der letzten Tage hatten ein Übriges dazu getan. Ottilies Vorschlag gefiel mir. Zumal ich längst nicht mehr unbedingt vorhatte, Eichstätt und diesen Fall so schnell wie möglich hinter mir zu lassen.

»Ihr habt natürlich recht. Das ist überaus sinnvoll. Ich hätte schon längst selbst darauf kommen können, Ottilie. Ich danke Euch noch einmal für Euren Rat und Eure Hilfe. Ich weiß gar nicht, wie ich das jemals vergelten kann.«

»Ehrlich gesagt, das habt Ihr schon, lieber Enric … Francobaldi.«

Ich sah sie fragend an. »Was Eure Anrede betrifft, so seid mir bitte nicht böse, ich würde Euch lieber auch weiterhin Francobaldi nennen. Der Name gefällt mir und klingt in meinen Ohren vertrauter, ja schon beinahe familiär. Das mag auch damit zusammenhängen, dass ich Euch schon seit längerem in tiefer Dankbarkeit verbunden bin. Seht, Ihr seid Euch dessen vielleicht nicht bewusst, aber Ihr bedeutet Adam sehr viel. Ich meine, Ihr als Person natürlich, der Junge mag Euch wirklich sehr. Aber es sind darüber hinaus auch die Erfahrungen, die er in Eurer Begleitung machen darf. Das mag angesichts der gegenwärtigen Situation, in der Ihr Euch befindet, eigenartig klingen. Ich will also versuchen zu erklären, was ich meine. Ihr könnt Euch sicherlich vorstellen, dass die Situation nach dem Tod meines lieben Mannes für uns alle nicht einfach war. Die Kinder verloren ihren Vater, die ganze Familie den Ernährer. Die Geschäfte meines Mannes liefen bis dahin sehr gut. Es fehlte uns an nichts. Er war sogar gerade dabei, das Geschäft noch weiter zu vergrößern, was unseren Wohlstand natürlich noch gemehrt hätte. Ich will nicht klagen, Ihr wisst, wir hatten Glück im Unglück: Maria konnte sich gut verheiraten, Johann konnte seine Lehre bei meinem Schwiegersohn machen. Für ihn, als den Ältesten, war es von Kindesbeinen an klar, dass er einmal in die Fußstapfen seines Vaters treten und dessen Geschäft übernehmen würde. In gewisser Weise ist das ja eingetreten, wenn auch anders als wir alle gehofft hatten. Weit schwieriger war die Situation für meine beiden jüngeren Kinder, Adam und Babette. Ich habe Euch schon einmal erzählt, dass mein Mann ein sehr wissbegieriger Mensch war, der gerne las und gerne Neues lernte. Er hätte sicher auch gerne studiert. Daran aber war damals natürlich für einen Sohn aus einfachen Verhältnissen überhaupt nicht zu denken. Gelernt hat er übrigens bei einem Onkel in Augsburg. Das wenigstens konnte er bei seinen Eltern durchsetzen und er war zeit seines Lebens stolz darauf, Eichstätt für längere Zeit verlassen und ein bisschen etwas von der Welt gesehen zu haben. Nach unserer Vermählung nahmen wir uns beide sogar die Freiheit, Augsburg gemeinsam zu besuchen. Mein Mann hat mir damals viel gezeigt und ich werde diese Reise nie vergessen. Auch die Residenzstadt Neuburg haben wir auf unserer Fahrt kurz besucht. Die Stadt hat mir ebenfalls gut gefallen. Aber dann erst das große Augsburg! Ich war vollkommen überwältigt. Der Dom, der so viel größer ist als der unsere. Noch heute sehe ich sein Portal vor mir. Dann das prächtige Rathaus und all die Straßen und Plätze! Ich kann mich auch noch an einen Brunnen erinnern. Er hieß Herkulesbrunnen – glaube ich – oder so ähnlich, jedenfalls war er mit einer imposanten Figur geschmückt. Aber ich schweife ab. Was ich eigentlich sagen wollte, ist, dass es meinem Mann wichtig war, seinen Kindern so viel Bildung wie nur irgend möglich zukommen zu lassen. Er gab Babette in die Schule der Augustiner-Chorfrauen von Notre Dame. Eigentlich besuchen die Schule nur die Töchter unserer höheren Beamten und der reicheren Bürger, denn das Schulgeld ist nicht unerheblich. Aber mein Mann hatte durch den Verkauf der Kerzen viel mit den Schwestern zu tun und es gelang ihm, Babette dort unterzubringen. Die Nonnen hatten sie auch sehr gern bei sich, denn sie besitzt eine schöne Stimme und konnte mit ihrem Gesang die Messen feierlich gestalten. Sie hat dort gut lesen und schreiben gelernt und auch feine Handarbeiten. Die Schule hat ihr so gut gefallen, dass sie später vielleicht selbst in einen Schulorden eintreten würde. Aber ganz ehrlich gesagt, möchte ich meine Tochter nicht gerne in einem Kloster sehen. Mir wäre es lieber, sie würde sich verheiraten und mir Enkelkinder schenken. Nun, das wird die Zeit wohl weisen.

Am meisten unter dem Verlust des Vaters gelitten, hat aber sicherlich Adam. Er ist seinem Vater am ähnlichsten. Als wir ihn auf das Lyzeum gaben, träumte mein Mann davon, Adam würde einmal die Universität besuchen und studieren können. Er träumte davon, dass sein jüngster Sohn etwas von der Welt sehen könne, dass er eine gute, eine interessante Anstellung finden würde. Es kam anders. Der Tod meines Gatten veränderte alles. Schon früher hatte Laurenz, der Bruder meines Mannes und Adams Pate, sich darüber mokiert, dass mein Gemahl sich wohl für etwas Besseres halte, weil er seine Kinder so kostspielige Schulen besuchen lasse. Das Motto meines Schwagers lautete stets *Schuster bleib bei deinen Leisten*. In diesem Punkt waren die beiden Brüder so unterschiedlich wie Feuer und Wasser. Nun war also Laurenz Adams Vormund. Es war schwer genug, ihn davon zu überzeugen, den Jungen wenigstens noch ein paar Jahre auf dem Lyzeum zu lassen. An ein Studium war in dieser Situation natürlich gar nicht mehr zu denken. Laurenz hätte es in seinem Stolz niemals zugelassen, wenn wir um ein Stipendium nachgesucht hätten. Dabei war Adam ein so guter Schüler! Ich will nicht jammern, lieber Francobaldi. Ich weiß, es hätte alles viel schlimmer kommen können. Immerhin hat Adam eine gute Stelle in der Kanzlei bekommen. Er hat sich niemals beklagt, aber ich weiß, dass es meinen Sohn hart ankam zu sehen, wie seine Schulkameraden ihre vielversprechenden Wege einschlugen. Er wäre ihnen dabei so gerne gefolgt. Und ganz unter uns gesagt: Ich habe es schon oft bedauert, dass ich als Frau nicht mehr Mittel und Möglichkeiten habe, sondern auf die Zustimmung eines Vormunds angewiesen bin und nicht selbst entscheiden kann, was für meine Kinder das Beste ist. Hat nicht die verehrte Kaiserin Maria Theresia mit Klugheit und Weitsicht ein ganzes Reich gelenkt, obwohl sie eine Frau war? Sogar weit besser – möchte man meinen – als ihr Sohn, der verehrte Kaiser Joseph? Ich will damit beileibe nicht behaupten, dass ich sonderlich viel von Politik verstünde. Ich maße mir als einfache Bürgersfrau auch nicht an, mich mit einer Kaiserin zu vergleichen, aber man macht sich doch so seine Gedanken.

Aber was ich eigentlich sagen wollte, Francobaldi: Ich bin Euch dankbar, so seltsam das in diesem Zusammenhang klingen mag, dass mein Sohn mit Euch zusammen sein kann. Ich weiß zwar nicht genau, worum es in Eurer Untersuchung geht – Adam erzählt mir darüber nichts – aber ich ahne, dass es eine finstere und, wie ich jetzt feststellen muss, gefährliche Angelegenheit ist. Ich weiß auch nicht, ob Ihr angesichts der jüngsten Entwicklungen noch weiter machen sollt oder ob Ihr Euch immer noch in Gefahr befindet. Aber bisher, also vor der Giftattacke, war ich froh, dass Adam mit Euch arbeiten durfte. Er schien regelrecht aufgeblüht. Umso mehr belastet ihn jetzt natürlich die ganze Situation und der Anschlag auf Euer Leben. Sowohl Sausenhover als auch vor allem Graf Cobenzl haben ihm strengste Anweisung erteilt, sich im Moment von Euch fernzuhalten, und ausschließlich seinen Dienst in der Kanzlei zu versehen. Er fügt sich widerwillig und wohl nur, weil er mich jeden Tag an Eurer Seite weiß. Er fragt ständig nach Euch.«

Ich wusste nicht, was ich darauf sagen, wie ich reagieren sollte. Ottilies Worte berührten mich mehr, als mir angenehm war. Wir schwiegen beide eine Weile.

»Vielleicht wollt Ihr Ostern bei uns essen?«, beendete sie die Stille.

»Ja, das würde ich natürlich sehr gern. Aber bin ich Euch nicht ohnehin noch eine Einladung ins Gasthaus schuldig? Dürfte ich also nicht lieber Euch und Eure Familie einladen, so wie ich es anlässlich meines Geburtstags vorgehabt hatte?«

Zu meiner Überraschung errötete sie wieder.

»Zu Eurem Geburtstag, Francobaldi, das wäre angegangen. Aber seht mir bitte nach, eine Einladung an so einem hohen Feiertag ... Das erscheint mir, wie soll ich sagen ... doch zu exponiert. Ich meine, das würde zu viel Beachtung bei den Leuten finden und zu allerlei Gerede führen. Ich weiß nicht, ob Ihr versteht ...«

Ich verstand sie nur zu gut: Eichstätt war nicht Wien. Das hatte ich inzwischen begriffen und das wurde mir in diesem Moment wieder deutlich bewusst.

»Gut, dann also bei Euch. Ich nehme die Einladung dankbarst an.«

Ottilie erhob sich lächelnd.

»Jetzt muss ich mich aber sputen. Sonst bekommt Ihr nichts zu Mittag, mein Lieber.«

Was sie mir über ihre Familie erzählt hatte, ging mir immer noch durch den Kopf. Sie war schon halb zur Tür hinaus, da fiel mir noch etwas ein.

»Ottilie, wie hieß eigentlich Euer verstorbener Mann?«

Sie drehte sich noch einmal um und errötete wieder.

»Heinrich.«

Dann schloss sie die Tür.

Aufklärung

ie versprochen holte mich Sausenhover nach dem Essen zu einem Spaziergang ab. Die Luft war zwar noch recht frisch, aber die Sonne wärmte.

»Ich soll Euch übrigens ganz herzlich von Cobenzl grüßen. Er wäre gerne mitgekommen, lässt sich aber entschuldigen, da er sich bei dem Regen der vergangenen Tage einen Katarrh zugezogen hat und fürchtet, Euch anzustecken. Er bat mich, Euch diese Zeilen zu übergeben. Wenn ich nicht irre, ist es eine Einladung zu seiner inzwischen schon traditionellen Soirée am Ostermontag. Normalerweise findet sie in seinem Palais statt, aber da Ostern heuer sehr spät im Jahr ist, hat er sich entschlossen, sie diesmal in seiner Sommerresidenz zu veranstalten.«

Während wir so plauderten, näherten wir uns dem Fluss, der gemächlich im Sonnenschein dahinfloss.

»Graf Starhemberg, Graf Hatzfeld, Gerstner und wohl noch ein paar andere Herren wollen demnächst eine Kahnpartie wagen. Ich bin ja gespannt. Sie sind schon dabei, Boote zu organisieren. Eine Lustpartie zu Wasser sei einmal etwas Neues, meinten sie. Graf Hatzfeld hat vorgeschlagen, im Anschluss an die Kahnfahrt von einem Altmühlfischer noch Krebse braten zu lassen. Er meinte, diese einfache, jedoch köstliche Speise mit einer schönen Flasche Wein genossen, wäre ein wunderbarer Abschluss.«

Wie einfach konnte doch das Leben sein! Ich spazierte hier mit einem lieben Freund und wir plauderten über angenehme Belanglosigkeiten. Die Natur war zu neuem Leben erwacht. Die Vögel bauten ihre Nester in den Büschen und Bäumen, die frisches Grün trugen. Auf den Wiesen blühten die ersten Blumen und Bienen suchten nach dem langen Winter emsig nach neuer Nahrung. Ich hätte dem Treiben der wieder erwachten Natur endlos zusehen können und hätte nicht mehr gebraucht. Aber Sausenhover war ein gewissenhafter Mensch und der Frühlingsspaziergang leider nur ein kurzes Intermezzo. Er gönnte mir noch ein paar Augenblicke an der frischen Luft, bevor wir uns wieder meiner neuen Behausung und unserem ernsten Thema zuwandten.

»Ja, mein Freund«, begann er auch gleich wieder, nachdem wir im Gartenhaus angekommen waren. »Gehen oder bleiben. Das ist für Euch wohl die Frage. Im Gegensatz zu mir habt Ihr – zumindest jetzt noch – die Möglichkeit, Euch aus der Gefahr zu begeben, indem Ihr die Stadt verlasst. Jeder würde das angesichts der jüngsten Vorfälle verstehen. Ihr seid niemandem verpflichtet. Der Fürstbischof würde Eurer Entlassung garantiert zustimmen.«

»Was Ihr sagt, klingt plausibel und ich will gar nicht verhehlen, dass ich zunächst genau daran gedacht habe. Ja, ich wollte das alles hinter mir lassen, sobald es mein Zustand zuließ. Allerdings stellte sich für mich die Sachlage bis zu Eurem ersten Besuch auch gänzlich anders dar. Und seht Ihr, genau das ist der springende Punkt: Ich hätte gehen können, wenn der Anschlag nur mir gegolten hätte. Das ist jetzt anders. Ihr wisst, ich bin ein Mann der Feder, sagen wir, ein Gelehrter, wenn das nicht zu hoch gegriffen ist; jedenfalls ein Bücherfreund und sicher kein Held, der auf Abenteuer aus ist. Aber wie es scheint, ist ein Unschuldiger um einer bloßen Idee willen ermordet worden. Ihr selbst, mein Freund, seid dem Tod aus eben diesem Grund um Haaresbreite entronnen – und ich bin, ob ich will oder nicht, bereits viel zu sehr in die Sache involviert. Ja, es wäre sicher bequemer und vor allen Dingen sicherer, die Stadt zu verlassen, die Angelegenheit einfach hinter mir zu lassen, sie wie einen bösen Traum zu vergessen. Aber ich kann nicht. Mein Gewissen lässt es nicht zu. Also bleibe ich und stehe die Sache gemeinsam mit Euch und Cobenzl durch.«

Sausenhover entgegnete darauf nichts, aber ich sah an seiner Miene, wie sehr ihn meine Worte bewegten.

»Ich denke, wir müssen beide weiterhin vorsichtig sein. Randelzhofer hat zwar die Untersuchung Eures Falles übernommen, aber davon verspreche ich mir nicht viel. Nicht, dass er kein tüchtiger Mann wäre, o nein, ganz im Gegenteil! Hier aber kennt er die Hintergründe nicht, kann sie nicht kennen und so muss der Anschlag auf Euch für ihn unerklärlich bleiben. Von dem Mordversuch an meiner Person weiß er überhaupt nichts und er soll davon auch nie erfahren. Nein, Francobaldi, ich denke, wenn überhaupt, dann kann es nur uns selbst gelingen, das Komplott aufzudecken. Gebe Gott, dass es uns mit vereinten Kräften gelingt, den oder die Schuldigen ausfindig zu machen und sie der gerechten Strafe zuzuführen. Wenn uns das glücken soll, müsst Ihr dazu noch einiges über die Ereignisse hier erfahren. Wie Ihr schon wisst, war der Illuminatenorden in Eichstätt über viele Jahre sehr erfolgreich. Wir überlegten, wie wir die Gesellschaft im Ganzen sowie auch jeden Einzelnen verbessern, wie wir dem Licht der Vernunft zum Siege verhelfen könnten. Ich sage bewusst ›die Gesellschaft im Ganzen und jeden Einzelnen‹. Denn seht, die Devise Kaiser Josephs *Alles für das Volk, nichts durch das Volk,* konnte uns in keiner Weise überzeugen. Es reicht eben nicht, eine vernünftige Regierung zu haben, so erstrebenswert das in der Tat wäre. Nein, wir waren und sind der festen Überzeugung, dass auch das gemeine Volk, dass jeder Einzelne in den Stand gesetzt werden muss, sein Leben selbst zu gestalten und die ihm eingeborene Vernunft zu gebrauchen. Ich erinnere mich noch gut, als Weishaupt ein Exemplar des *Pennsylvanischen Staatsboten* vom 4. Juli '76 mitbrachte. Auf verschlungenen Wegen war es ihm nach Monaten gelungen, das Blatt mit dem nach meiner Einschätzung historisch bedeutsamen Text zu bekommen. Viele von uns haben sich die Zeilen damals abgeschrieben, so bemerkenswert erschienen sie uns. Ich kann sie heute noch auswendig:

Wir halten diese Wahrheiten für ausgemacht, dass alle Menschen gleich erschaffen worden, dass sie von ihrem Schöpfer mit gewissen unveräußerlichen Rechten begabt worden, worunter sind Leben, Freiheit und das Bestreben nach Glückseligkeit. Dass zur Versicherung dieser Rechte Regierungen unter den Menschen eingeführt worden sind, welche ihre gerechte Gewalt von der Einwilligung der Regierten herleiten; dass sobald eine Regierungsform diesen Endzwecken verderblich wird, es das Recht des Volks ist, sie zu verändern oder abzuschaffen, und eine neue Regierung einzusetzen, die auf solche Grundsätze gegründet, und deren Macht und Gewalt solchergestalt gebildet wird, als ihnen zur Erhaltung ihrer Sicherheit und Glückseligkeit am schicklichsten zu sein dünket. Zwar gebietet Klugheit, dass von langer Zeit her eingeführte Regierungen nicht um leichter und vergänglicher Ursachen willen verändert werden sollen; und demnach hat die Erfahrung von jeher gezeigt, dass Menschen, so lang das Übel noch zu ertragen ist, lieber leiden und dulden wollen, als sich durch Umstoßung solcher Regierungsformen, zu denen sie gewöhnt sind, selbst Recht und Hilfe verschaffen. Wenn aber eine lange Reihe von Misshandlungen und gewaltsamen Eingriffen, auf einen und eben den Gegenstand unablässig gerichtet, einen Anschlag an den Tag legt sie unter unumschränkte Herrschaft zu bringen, so ist es ihr Recht, ja ihre Pflicht, solche Regierung abzuwerfen, und sich für ihre künftige Sicherheit neue Gewähren zu verschaffen.

Ich will damit freilich keinesfalls sagen, dass ich unsere Regierung gestürzt sehen möchte. Missversteht mich bitte nicht. Aber ich gestehe, dass ich das Experiment der Freiheit und der Selbstverantwortung in politischer Hinsicht, wie es die Vereinigten Staaten von Amerika nun seit gut einem Jahrzehnt versuchen, als ungemein spannend empfinde. Ich wünsche mir aus tiefstem Herzen, dass es Erfolg hat. Aber diese Freiheit, Francobaldi, setzt auch Menschen voraus, die sie verantwortungsvoll gebrauchen können. Und genau das wollten wir mit einer Verbesserung des Schulwesens erreichen. Wir diskutierten lange, wie wir es anstellen sollten, ob das Unternehmen überhaupt sinnvoll wäre, ob man damit etwas gewinnen könne. Denn natürlich waren wir uns auch der Mühsal bewusst, die damit unzweifelhaft verbunden war. Ich muss Euch in diesem Punkt nichts erzählen. Ihr kennt die Verhältnisse so gut wie ich. Wir wissen beide, welche Widerstände es auf diesem Weg zu überwinden gilt.

Ende '84, Anfang '85 war es endlich so weit: Wir hatten einen Plan entwickelt, das Schulwesen in Eichstätt nach unseren Vorstellungen zu verbessern. Doch dann überschlugen sich die Ereignisse. Im Februar wurde Weishaupt aus Ingolstadt ausgewiesen, ein paar Monate später dann die Illuminaten in Bayern verboten. Ich habe Euch das ja bereits erzählt. Es galt nun, noch vorsichtiger zu agieren. Eine Schulreform hätte in diesem Moment womöglich zu viel Aufmerksamkeit erregt. Wir mussten äußerst diskret vorgehen, wollten wir nicht auch hier in Eichstätt ein Verbot riskieren. Dazu kam natürlich auch die Sorge um Weishaupt und um seine Frau, meine Schwester, und die ganze Familie.«

Hier stutzte ich. Hatte mir Sausenhover nicht erzählt, seine Schwester Afra, Weishaupts Frau, sei schon anno '80 verstorben? Hatte ich ihn damals falsch verstanden? Jetzt wollte ich ihn aber deswegen nicht in seinem Redefluss unterbrechen. Es war nun wahrhaftig nicht der Augenblick, mich über die Verwandtschaftsverhältnisse meines Freundes im Detail zu verlieren.

»Außer der Zeitungsnotiz, von der ich Euch schon erzählt habe, hatten wir lange Zeit kein Lebenszeichen von meinem Schwager. Dann, im September letzten Jahres, erhielt ich schließlich einen kurzen Brief: *Ein Freund des Scipio Aemilianus wird Euch am Tag des hl. Wolfgang nach Einbruch der Dunkelheit in der Nekropole zu Emaus treffen. Er bringt Euch wichtige Kunde bezüglich des geplanten Unternehmens.*«

Wieder musste ich ein Lächeln ob der Geheimniskrämerei um die Namen von Personen und Orten unterdrücken. Sie schien mir immer noch ein wenig übertrieben. Aber Sausenhover fuhr, ohne meine Reaktion zu bemerken, fort: »Inzwischen hatten wir unsere Pläne notgedrungen etwas geändert. Wir wollten mit der Schulreform nicht unmittelbar vor den Augen des Fürstbischofs beginnen. Das Städtchen Greding erschien uns für unsere Pläne eher geeignet, zumal dort die Stelle des Schulmeisters ohnehin gerade zufällig vakant war.«

»Dann ist mit Emaus wohl Greding gemeint?«

»Ja, in der Tat, so ist es. Wie ich schon sagte, chiffrierten wir sowohl Personen- wie auch Ortsnamen.«

Eine Frage brannte mir nun doch auf den Nägeln. »Aber weshalb das Treffen denn ausgerechnet auf dem Friedhof? Erschien Euch das denn nicht selbst etwas – wie soll ich sagen – zu dramatisch?«

Sausenhover schaute mich verblüfft an.

»Verzeiht meine Offenheit, Francobaldi, aber Eure Frage erstaunt mich. Ich kann an einem Treffen auf dem Friedhof nichts Dramatisches erkennen. Im Gegenteil, der Ort scheint mir für ein Treffen, von dem Außenstehende nichts erfahren sollen, geradezu prädestiniert. Was gibt es denn für einen diskreteren Ort als den Friedhof? Das einfache Volk meidet ihn bei Nacht aus Furcht vor Gespenstern. Im Licht des Verstandes betrachtet, ist man daher nirgendwo sicherer vor neugierigen Augen und Ohren. Der Karner hätte uns zudem Schutz vor Wind und Wetter geboten. Weil es in ihm nichts zu holen gibt, ist er auch nachts unverschlossen.«

Natürlich. Mein Freund hatte recht. Im Licht des Verstandes war der Treffpunkt weder dramatisch noch geheimnisvoll, sondern lediglich zweckmäßig. Sausenhover aber fuhr fort:

»Es war uns auf verschlungenen Wegen gelungen, Weishaupt von unseren geänderten Plänen in Kenntnis zu setzen. Er wollte sie ganz offensichtlich nach wie vor unterstützen. Ich weiß nicht, wo und wie er den armen Pezzl kennengelernt hat. Vermutlich während seines Aufenthalts in Wien. Aber das spielt letztendlich auch keine Rolle. Zwischen dem Eintreffen des Briefs und dem vereinbarten Treffen traten dann noch zwei Ereignisse ein, die uns zusätzlich in Unruhe versetzten. Das erste, Ihr müsst entschuldigen, Francobaldi, war Eure Ankunft hier. Wir stellten uns natürlich schon die Frage, weshalb seine Exzellenz für den Aufbau der Normalschule unbedingt einen Fremden, noch dazu aus Wien, nach Eichstätt holte. Wollte er damit in Richtung Bayern signalisieren, dass die Verbesserung des Schulwesens im Fürstbistum auf alle Fälle ohne den Einfluss der Illuminaten geschähe? Das stand zu vermuten. Das zweite, noch viel schlimmere Ereignis war das Verbot unseres Ordens auch im Fürstbistum. Am 27. Oktober musste sich von Zehmen schließlich doch dem Druck aus Bayern beugen und verbot die Illuminaten per Dekret. Ihr könnt Euch vorstellen, dass das die ohnehin schon schwierige Situation noch weiter verschärfte. Von Zehmen hatte zwar jedem Illuminaten, der sich freiwillig stellte, im Dekret Straffreiheit zugesichert, doch war die Lage äußerst kritisch. Das Treffen mit Pezzl in Greding konnte ich allerdings nicht mehr absagen, selbst wenn ich es gewollt hätte. Dazu reichte die Zeit auf keinen Fall aus. Ich hätte mich deswegen ja brieflich an Weishaupt wenden müssen, der seinerseits den mir Unbekannten hätte warnen müssen. Und ich muss es leider auch ganz ehrlich gestehen: Ich habe die Situation damals zwar als schwierig, aber keinesfalls als so gefährlich eingeschätzt, wie sie es doch tatsächlich war. Ich dachte damals und denke es immer noch, dass der Fürstbischof inoffiziell längst von uns und unseren Plänen gewusst hat, dass er vielleicht sogar heimlich mit uns sympathisierte. Eichstätt ist ein so kleiner Ort, die Illuminaten besetzten so viele einflussreiche Stellen – Nein, das konnte ihm unmöglich verborgen geblieben sein.

Ich hoffte, mit Gottes Hilfe – trotz dem nun gezwungenermaßen wachsamen Auge seiner Exzellenz – in Greding und damit abseits der Residenzstadt doch noch mit einer Verbesserung des Schulwesens beginnen zu können. Dabei hatte ich das Beispiel des Pastors Oberlin vor Augen, dem es doch in dem abgelegenen Steintal auch gelungen war, das Licht der Vernunft stärker leuchten zu lassen. Ihr kennt seine Geschichte. Leider ging mein Vorhaben nicht so erfolgreich aus wie das seine. Im Gegenteil! Oft mache ich mir Vorwürfe, fühle mich schuldig am Tod des armen Pezzl. Könnt Ihr Euch die Ausweglosigkeit meiner Situation vorstellen? Was hätte ich tun sollen? Ich konnte mich in der Sache schlecht an den Fürstbischof wenden. Was hätte ich ihm sagen sollen? Dass ich entgegen seines anderslautenden Dekrets noch im Sinne der Illuminaten tätig war? Dass ich mich gemäß Weishaupts Verlangen auf dem Friedhof mit einem Unbekannten treffen wollte, um weitere Informationen zu erhalten? Nein. Mir blieb nichts übrig als Stillschweigen zu bewahren, wenn ich meine Freunde nicht weiter in Gefahr bringen wollte. Ich musste so tun, als sei überhaupt nichts vorgefallen. Ich musste mein Leben wie gewohnt weiterführen. Und dabei quält mich seitdem jeden Tag dieselbe Frage: Wer konnte von unseren Plänen wissen? Wer hat dieses gemeine, hinterhältige Verbrechen begangen? So viele Fragen sind für mich offen: Ich weiß nicht, weshalb zwischen dem Brief und dem anberaumten Treffen eine so lange Zeitspanne lag. Vielleicht wollte Weishaupt damit verhindern, dass irgendjemand einen Zusammenhang zwischen dem Brief und meiner Abreise herstellt. Vielleicht hatte aber auch Pezzl vorher keine Zeit für eine derartige Reise. Wie gesagt, ich weiß es nicht, vieles liegt hier im Dunkeln. Ich weiß bis heute nicht einmal, welche Kunde mir der arme Tote eigentlich hätte überbringen sollen.«

»Wenigstens im letzten Punkt kann ich Euch aufklären.«

Ich suchte in meinen Habseligkeiten nach meiner Abschrift von Rousseaus Text und übergab sie Sausenhover.

»Was ist das?«

»Das, Sausenhover, sind Auszüge aus Rousseaus *Émile*. Ich habe sie in Pezzls Gastzimmer in der Poststation gefunden. Er scheint damit nicht ganz fertig geworden zu sein. Ein umfangreiches Kapitel hatte er sich im französischen Original angestrichen, doch noch nicht übersetzt. Ich vermute, er hätte Euch bei dem Treffen gebeten, ihm noch einige Tage Aufschub zu geben, damit er Euch das Konvolut im Ganzen überreichen könnte. Doch dazu ist es nicht mehr gekommen. Ich habe von der Gastwirtin erfahren, dass er die Tage vor seinem Tod auf seinem Zimmer zubrachte. Er kam nur zu den Mahlzeiten hinunter. Ich nehme an, weil er seine letzten Lebenstage damit verbrachte, aus dem *Émile*-Text zu übersetzen. Warum er die Übertragung nicht schon in Wien angefertigt hat, weiß ich freilich nicht. Wir werden das auch nie mehr erfahren. Vielleicht fürchtete er, man könne die Blätter an einer der Grenzen konfiszieren. Vielleicht schien es ihm einfach unverdächtiger, ein Buch mit sich zu führen, mit dessen Titel die Grenzposten nichts anfangen und dessen Inhalt sie nicht lesen konnten. Wie dem auch sei. Ich habe diese Abschriften angefertigt, bevor ich Pezzls Originale in der fürstbischöflichen Kanzlei abgeliefert habe, und jetzt übergebe ich sie Euch. Sie sind gewissermaßen Pezzls Vermächtnis.«

So hatten die Aufzeichnungen doch noch, wenn auch auf äußerst tragische Weise, den Weg zu ihrem Empfänger gefunden. Wir blickten beide erschüttert und ungläubig auf die wenigen Bögen beschriebenen Papiers. War es denkbar, dass dafür zwei oder gar drei Menschen ihr Leben hätten lassen sollen?

»Es beginnt schon dunkel zu werden und ich denke, Ihr solltet gehen. In dieser Stadt gibt es Augen und Ohren, die mehr wahrnehmen, als uns lieb sein kann. Ein zu ausgedehnter Besuch bei mir könnte unliebsame Aufmerksamkeit erregen. Aber wir müssen die aufgeworfenen Fragen lösen. Das sind wir dem armen Pezzl und uns selbst schuldig. Wir müssen sie lösen, doch wir dürfen dabei keinerlei Verdacht erwecken. Es bedarf allerdings eines klugen Plans, wenn uns das gelingen sollte. Ich schlage vor, dass wir uns ab morgen in den Räumlichkeiten der Normalschule treffen, um weiter über die Sache nachzudenken.«

Noch lange nachdem mich Sausenhover verlassen hatte, grübelte ich darüber nach, wie wir unser Vorhaben in die Tat umsetzen könnten. Es galt, Aktivitäten vorzutäuschen, hinter denen wir unsere eigentlichen Pläne verbergen konnten.

Das Phantom

Ottilie erschien am nächsten Morgen erkennbar voller Tatendrang. Sie servierte mir das Frühstück und teilte mir dabei mit, sie werde anschließend, falls es mir recht sei, gemeinsam mit ihrer Freundin den kurzen Weg zur Armenfabrik machen, um zu sehen, was sich bezüglich meines Anliegens bewerkstelligen lasse.

»Bei dieser Gelegenheit erscheint es mir sinnvoll, auch gleich jemanden mitzubringen, der das Bett in Eure Schlafkammer bringen kann. Was meint Ihr? Und es stellt sich natürlich auch die Frage, wie die Räumlichkeiten insgesamt gestaltet werden sollen. Bislang lebt Ihr ja immer noch gewissermaßen aus dem Koffer. Aber das ist kein Zustand auf Dauer.«

Ich wollte Ottilie auch auf keinen Fall enttäuschen, aber Fragen der Wohnungseinrichtung waren im Moment so ziemlich das Letzte, was mich interessierte.

»Verehrte Ottilie, nun, wo ich gesundheitlich wieder auf dem Posten bin, haben Sausenhover und ich uns gestern entschlossen, die Entwicklung der Normalschule mit vermehrter Anstrengung voranzutreiben. Versteht mich bitte nicht falsch, aber ich habe wenig Muße, mich um die Raumgestaltung hier zu kümmern. Ich überließe das sehr gerne, falls Ihr dazu bereit wäret, Eurer fachkundigen Planung. Ich bin sicher, Ihr habt in diesen Dingen sowieso weit mehr Geschick und Erfahrung als ich.«

»Verstehe ich Euch recht, dass ich mich um die Ausgestaltung der Räume kümmern soll?«

»Nur soweit Ihr das wollt, liebe Ottilie. Ich bin Euch schon dankbar und ganz zufrieden, wenn Ihr nur einfach mein Bett in eines der oberen Zimmer schaffen lasst. Auf keinen Fall will ich Euch über Gebühr belasten und noch mehr Mühe bereiten. Dazu hätte ich auch überhaupt kein Recht.«

»Nein, nein, Ihr bereitet mir damit keine Mühe, im Gegenteil. Ich würde die Gestaltung der Räume gern übernehmen, wenn Ihr mir dazu freie Hand geben wollt. Allerdings erfordert die Einrichtung eines ganzen Hauses, mag es auch klein sein, ein gewisses Maß an finanziellen Mitteln.«

»Nun, daran soll's nicht scheitern. Ich will gerne bezahlen, was die Sachen kosten. Nur kümmern kann ich mich darum nicht.«

Ich wollte schon gehen, da fiel mir noch etwas ein, was unserem Vorhaben unter Umständen nützen könnte.

»Ottilie, der Aufbau der Normalschule macht große Fortschritte. Mir liegt daran, dass die Öffentlichkeit das auch erfährt. Ihr würdet mir einen weiteren sehr großen Gefallen tun, wenn Ihr dies möglichst vielen Leuten kundtun könntet.«

Sie schaute mich nur kritisch an und ich fühlte mich auf höchst unangenehme Weise bei einer Notlüge ertappt. Es war klar, dass sie mir die Sache nicht ernsthaft abnahm.

»Francobaldi, ich glaube, es kommt weniger darauf an, etwas möglichst vielen zu erzählen, wenn man möchte, dass sich eine Nachricht glaubhaft verbreitet, sondern vielmehr darauf, sie den richtigen Leuten nahe zu bringen. Und das womöglich sogar noch im Vertrauen. In diesem Fall genügt es wohl, wenn ich die Information beiläufig der Frau des Schmieds weitersage, wenn wir uns am Gründonnerstag beim Forellenkaufen treffen. Ihr könnt sicher sein, nach Ostern weiß es dann die ganze Stadt.«

Ottilie mochte wenig Schulbildung haben, aber sie besaß eine gehörige Portion an Mutterwitz. Das gefiel mir. Noch ein weiteres Anliegen lastete mir auf der Seele.

»Was meint Ihr, wäre es Euch recht, wenn Adam im Zusammenhang mit der Normalschule für uns einige Botengänge und Schreibarbeiten erledigte? Ich versichere Euch, er wäre dabei in keiner Weise in Gefahr. Ich mag Euren Sohn viel zu gern, als dass ich ihn mutwillig irgendwelchen Gefährdungen aussetzen würde.«

»Das weiß ich. Und ja, ich denke, Adam würde sich freuen, Euch bei Euren Vorbereitungen weiterhin unterstützen zu dürfen. Trotzdem lege ich Euch ans Herz, seid vorsichtig beim Aufbau Eurer Normalschule.«

Sie sagte dies in einem Tonfall, der keinen Zweifel daran ließ, dass sie meine eigentlichen Pläne durchschaut hatte. Diesmal war es an mir zu erröten. Ottilie imponierte mir mehr und mehr.

Beschwingt machte ich mich auf den Weg zum Marktplatz. Johann Anton hatte das für die Normalschule vorgesehene Gebäude zwar schon Ende des letzten Jahres gesegnet, es schien ihm sehr daran gelegen, seine diesbezüglichen Pläne in einem feierlichen Akt zu dokumentieren, aber noch stand das Gebäude leer. Das kam unserem Vorhaben nun zugute. Es galt, möglichst viel blinde Betriebsamkeit vorzutäuschen, hinter der wir unsere eigentliche Untersuchung verstecken konnten. Ja, so könnte es gehen. Sausenhover ließ als Erstes unsere Schreibpulte aus dem Lyzeum herbeischaffen. Dann wollte er zum Schreiner Engelhard, um ihn mit der Ausstattung der Schulräume zu betrauen.

»Engelhard ist, vorsichtig formuliert, sehr auskunftsfreudig. Damit weiß bald ganz Eichstätt Bescheid. Geht Ihr in die Kanzlei und holt Adam, der für uns wichtige Botengänge erledigen kann.«

Mein Gehilfe kam erkennbar gerne mit, versprach doch die Arbeit bei uns eine Abwechslung vom täglichen Einerlei in der Kanzlei. Während er noch seine Schreibutensilien zusammenpackte, begab ich mich in die abgelegene Kammer, die man mir bei meiner Ankunft als Arbeitsstätte zugewiesen hatte. Dort befanden sich auf meinem Pult, bedeckt von einer Staubschicht, noch immer die ungelesene Zusammenfassung von Felbigers Schulordnung und meine übrigen Aufzeichnungen aus den ersten Wochen in Eichstätt. Noch immer hatte sich kein Mensch dafür interessiert. Genau das sollte uns jetzt von Nutzen sein. Unser Plan bestand darin, dass Adam in den nächsten Tagen ebendiese Blätter peu à peu als vermeintlich soeben erarbeitete Ergebnisse zurück in die Kanzlei bringen sollte. Er sollte dabei möglichst viel Aufmerksamkeit erregen. Nach meinen Erfahrungen der letzten Monate war ich mir sicher, dass kein Mensch die Schriftstücke je lesen würde. Umso besser. Genau damit halfen sie uns dabei, ein möglichst umfangreiches Dossier zu füllen und mit vielen leeren Worten ein Minimum an Tätigkeit zu übertünchen.

Gemeinsam mit Sausenhover begann ich in den folgenden Tagen zu überlegen, was wir über den Mörder wussten, den ich inzwischen das *Phantom* getauft hatte.

»Einer meiner ersten Gedanken«, begann Sausenhover, »war die schmerzliche Erkenntnis, dass das Phantom logischerweise in engem Kontakt mit unserem

Illuminatenkreis hier in Eichstätt stehen muss. Anders hätte er niemals von dem geplanten Treffen erfahren können. Ich weiß nicht, wie er auf den Friedhof kam und von dort auch wieder ungesehen verschwinden konnte, doch ich vermute, dass es einen geheimen Zugang gibt, den er kannte.«

»Den Zugang gibt es in der Tat und er ist nicht einmal geheim. In der Friedhofsmauer, die an dieser Stelle auch gleichzeitig die alte Stadtmauer ist, befindet sich eine einfache Tür. Bei unserer Untersuchung des Tatorts war sie unverschlossen. Trotzdem glaube ich nicht, dass der Täter sie benutzt hat, obwohl das, wie gesagt, möglich gewesen wäre. Es gibt da nämlich etwas, was Eurer Theorie widerspricht: Bei unserer Rückkehr nach Eichstätt, also Tage nach dem Mord, scheuten unsere Pferde wegen eines Pistolenschusses. Damals maß ich der Sache keine Bedeutung zu. Aber im Gespräch mit Johann Pezzl kam ich zu dem Schluss, dass das kein Zufall gewesen sein kann. Inzwischen bin ich mir sicher, dass das Phantom dahintersteckt. Kinding liegt nur eine gute Stunde Fußmarsch von Greding entfernt. Es war ihm also ein Leichtes, uns dort aufzulauern. Damit stellt sich aber die Frage, wo er sich in der Zwischenzeit, also nach dem Mord und vor dem Anschlag auf unsere Kutsche, aufgehalten haben mag. Nach Aussage der Gastwirtin gab es zur fraglichen Zeit nicht mehr Gäste in der Poststation als den armen Pezzl und Euch selbst. Theoretisch hätte er freilich am Tag des Mords nach Greding reiten und sich auf dem Friedhof verstecken können, um dann nach vollbrachter Tat nachts wieder zurück nach Eichstätt oder sonst wohin zu reiten. Das wäre möglich – aber dann bleibt die Schwierigkeit, dass er schlecht wissen konnte, wann genau Adam und ich aus Greding aufbrechen und schließlich an der bewussten Stelle auftauchen würden.«

Weder Sausenhover noch ich hatten für dieses Problem eine überzeugende Erklärung.

»Vielleicht hatte der Mörder also doch einen Komplizen in Greding, bei dem er untergetaucht ist?«

»Natürlich, Francobaldi, die Möglichkeit besteht. Er müsste dann aber unbemerkt in die Stadt gelangt und von dort ebenso unbemerkt wieder verschwunden sein; das wäre zwar schwierig, aber nicht unmöglich.«

Es gab noch eine Frage, die mich nicht losließ. War das Phantom tatsächlich bereit, nur wegen einiger Seiten aus Rousseaus *Émile* zwei Menschen zu ermorden? Ich konnte das einfach nicht glauben. Rousseau mochte zwar einige revolutionäre Gedanken formuliert haben, aber gab es tatsächlich jemanden, der so fanatisch sein konnte, gewissenlos zu morden, nur um die Verbreitung dieser Gedanken zu verhindern?

»Wenn wir davon ausgehen, was wir ja leider müssen, dass nämlich der Mörder in engem Kontakt zum Eichstätter Kreis stand, dann wusste er wohl genauso wenig wie ich selbst, worum es bei dem anberaumten Treffen konkret ging. Erinnert Euch: Weishaupt hatte in seinem Brief nur von *einei wichtigen Kunde das Unternehmen betreffend* gesprochen. Außerdem – je länger ich darüber nachdenke, desto klarer wird mir, dass es nicht nur darum ging, die Nachricht an mich zu vereiteln. Nein, es ging darum, das Unternehmen als Ganzes zu verhindern. Weishaupts Ideen, die Ideale der Illuminaten sollten keinen Niederschlag in einer Schulgründung finden. Insofern muss ich leider feststellen, dass das Phantom tatsächlich bereits erfolgreich war. Seine Exzellenz hat den Posten des Schulmeisters inzwischen mit jemand anderem besetzt. Niemand weiß das besser als Ihr, der Ihr die Schule ja bereits besucht habt.«

In der Tat, das hatte ich. Und ich hatte dabei auch feststellen müssen, dass der Schulmeister zu Greding meilenweit von Sausenhovers Ideal entfernt war. Auch bei ihm bildeten das stupide Aufsagen des Katechismus und das Singen von Kirchenliedern bislang den größten Teil des Unterrichts. Er unterschied sich darin in nichts von seinen Kollegen in den Landschulen ringsum.

»Was ich aber nicht verstehe, Francobaldi, ist der Anschlag auf Euch. Das Phantom hatte sein Ziel doch bereits erreicht. Nach dem Vorfall in Greding hat es mir bislang nicht mehr nach dem Leben getrachtet – und ich bin mir sicher, dass es ihm ein Leichtes gewesen wäre, das zu tun, wenn es dazu eine Veranlassung gegeben hätte. Genau das bringt mich eben zu der Überzeugung, dass es letztendlich ausschließlich darum ging, eine Schule im Sinne der Illuminaten zu verhindern. Dieses Ziel ist erreicht. Nur deshalb darf ich weiterleben – zumindest, solange ich mich ruhig verhalte. Aber weshalb der Giftanschlag auf Euch? Ihr seid nach Nürnberg gefahren, um den vermeintlichen Mörder zu finden, und wusstet nicht, dass Ihr dabei lediglich meine Spur verfolgt, die logischerweise ins Leere führen musste. Ihr konntet den Mörder dort nicht ausfindig machen, weil er niemals in dieser Stadt war. Weshalb also dann der Mordversuch nach Eurer Rückkehr?«

»Ihr könnt Euch sicher vorstellen, dass ich mir diese Frage bereits mehr als tausend Mal gestellt habe. Und ich habe dafür nur eine mögliche Erklärung: Ohne es auch nur im Geringsten zu ahnen, bin ich dem Phantom zu nahegekommen.«

Sausenhover sah mich fragend an und ich erzählte ihm von unserem Besuch bei Professor Spörl im Aegidianum und von Adams Theorie.

»In gewisser Weise ist der Anschlag auf mich eine Ironie des Schicksals. Denn ehrlich gesagt, habe ich Adams Theorie nur deshalb in den Bericht aufgenommen, um überhaupt ein Ergebnis präsentieren zu können. Ich persönlich habe an die Möglichkeit, sie könne der Wahrheit entsprechen, zu keiner Sekunde geglaubt. Was ich dabei aber überhaupt nicht begreife: Wer konnte von dem besagten Bericht wissen? Ich habe ihn Adam in meiner Kammer diktiert und ihn selbst in der Kanzlei abgegeben. Er war ausdrücklich an seine Exzellenz persönlich adressiert. Unser Phantom muss also zumindest in engem Kontakt mit jemandem aus der Kanzlei stehen oder selbst dort tätig sein. Und er muss den Mut haben, ein Schreiben zu erbrechen, das vertraulich an den Fürstbischof gerichtet ist. Wir wissen sogar noch mehr über ihn: Der Mann befindet sich in unserer unmittelbaren Nähe. Nur so konnte er an die notwendigen Informationen gelangen. Er wusste von meinem erneuten Auftrag. Ja, er kannte sogar meinen Geburtstag! Und er verfügt über eine bedauerlich gute Ausstattung an Mitteln. Die Karaffe, das vermeintliche Geschenk, war von edlem Kristall. Dergleichen dürfte hier schwer zu bekommen sein und es ist darüber hinaus auch sehr kostspielig. Der Anschlag scheint mir deshalb von langer Hand geplant. Das Phantom hatte den Gifttrunk für mich schon längst parat, für den Fall, dass ich seine Identität aufdecken könnte. Genau das hat er offenbar befürchtet, nachdem er den Bericht gelesen hatte. Nicht zuletzt sagt mir die Karte, die dem tödlichen Präsent beilag, dass wir es mit einem Mann von Bildung zu tun haben. Unser Phantom ist kein plumper, primitiver Gewaltmensch. Er handelt überlegt und nach Plan. Er weiß sich zu tarnen. Das macht ihn umso gefährlicher und uns die Sache nicht leichter.«

Wie wir es auch drehten und wendeten, wir kamen im Moment nicht weiter. Für heute war es ohnehin an der Zeit, unsere Tätigkeit zu beenden.

Am nächsten Tag ließ ich meinen Kollegen erst einmal allein und machte mich auf den Weg zum hiesigen Weinhändler namens Stock. Ich wollte zwei Fliegen mit einer Klappe schlagen. In erster Linie wollte ich für das Ostermahl bei Hofstaetters eine gute Flasche Wein besorgen. Darüber hinaus hoffte ich, bei dieser Gelegenheit vielleicht auch noch einen Hinweis auf die Herkunft des Kräuterlikörs zu bekommen. Wenn ich Glück hatte, hatte das Phantom den Likör bei Monsieur Stock gekauft und dieser konnte sich noch an seinen Kunden erinnern. Es war zumindest einen Versuch wert. Der freundliche Weinhändler beriet mich ausführlich. Er empfahl mir eine Flasche guten Pfälzer Weins, der wesentlich trinkbarer sei als die hiesigen Gewächse. Als Besonderheit beschloss ich auf seinen Rat hin, für Ottilie außerdem noch ein Flasche Tokajer zu erwerben. Bei meiner Frage, ob jemand in letzter Zeit bei ihm Krambambuli gekauft habe, konnte mir der gute Mann allerdings nicht weiterhelfen.

»Seltsam, dass Ihr mir diese Frage stellt, mein Herr. Erst vor wenigen Tagen erkundigte sich unser Polizeihauptmann genau in derselben Angelegenheit. Ich kann Euch wie ihm nur antworten: Krambambuli ist vor allem bei den Herren Studiosi beliebt. In der Universitätsstadt Ingolstadt könnt Ihr dergleichen sicher ohne Schwierigkeiten bekommen. Ich habe den Likör eigentlich nicht im Angebot. Aber wenn Ihr es wünscht, kann ich ihn selbstverständlich besorgen. Ich kenne die Wünsche meiner Kundschaft sehr gut, die meisten beziehen seit vielen Jahren ihren gesamten Weinbedarf bei mir und auch edle Spirituosen wie Danziger Goldwasser. Das ist ein edler Gewürzlikör, der ebenfalls wie der Krambambuli in der Likörfabrik *Der Lachs* in Danzig hergestellt wird. Übrigens konsumieren Graf Starhemberg und Graf Hatzfeld das Danziger Goldwasser sehr gerne. Es ist natürlich wesentlich feiner als der Wacholderlikör. Wenn es dem Herrn genehm ist, packe ich ihm gerne eine Flasche davon ein. Krambambuli wird dagegen, wie ich schon sagte, bei mir eher selten nachgefragt. Ich kann mich auch an niemanden erinnern, der dergleichen in letzter Zeit verlangt hätte.«

Ich ließ mich in der Tat, und obwohl es mich ein kleines Vermögen kostete, zu einer Flasche Goldwasser überreden. Vielleicht würde es Sausenhover und mich inspirieren. Ich hatte das quälende Gefühl, der Lösung unseres Falles nahe zu sein, jedoch ohne wirklich dahinterzukommen. Irgendwo in meinem Kopf meinte ich, den entscheidenden Gedanken zu haben. Ich konnte ihn aber nicht greifen. Im Gegenteil: Je mehr ich grübelte desto mehr entzog er sich meinem Zugriff. Vielleicht würde er sich mit einem Gläschen Likör einfangen lassen.

Als ich zurückkam, war Sausenhover gerade damit beschäftigt, dem Schreiner zu erklären, wo er Bücherschränke haben wollte. Adam schrieb indessen fleißig an irgendetwas. Es schien ihm einen geradezu höllischen Spaß zu bereiten, ein Minimum an Inhalt in möglichst viele Worte zu verpacken und zusätzlich zu meinen alten Aufzeichnungen noch weitere Stapel beschriebenen Papiers zu produzieren, um damit Seiten um Seiten einer Mappe zu füllen. Am Nachmittag hatten wir endlich Muße für unser eigentliches Vorhaben. Es war zwar noch recht früh am Tag, aber ich packte dennoch die Flasche Goldwasser aus.

»Vielleicht hilft uns ein Gläschen hiervon auf die Sprünge, Sausenhover. Manchmal sind zu viel Nüchternheit und Logik, wie sie uns beiden zu eigen sind, doch auch hinderlich. Es müsste uns gelingen, einen anderen Blickwinkel einzunehmen. Vielleicht kämen wir dem Phantom dann eher auf die Spur.«

Sausenhover sah mich erst kritisch an, war aber meinem Vorschlag dann doch nicht abgeneigt. Fehlten uns nur noch Gläser. In dieser Stadt der nahen Wege war aber auch das kein Problem. Mein Freund musste nur die wenigen Schritte zu seiner Wohnung zurücklegen, um von dort zu besorgen, was uns zu unserem Glück noch mangelte. Schon kurze Zeit später kam er bestens ausgerüstet wieder zurück. Madame Sausenhover, um unser Wohlergehen besorgt, ließ außerdem ausrichten, sie werde das Mädchen gleich mit frisch gebrühtem Kaffee und einer kleinen Stärkung vorbeischicken. Der würzig süße Likör verströmte einen angenehmen Duft. Stock hatte mir erklärt, dass er aus Kardamom, Koriander, Zitronen- und Pomeranzenschalen und noch einigem mehr hergestellt werde. Dazu kamen noch die edlen Blattgoldflocken. Kein Wunder, dass dieses Getränk seinen Preis hatte. Obwohl ich für gewöhnlich ein eher anspruchsloser Mensch bin, hatte ich heute einmal Lust auf einen Hauch von ausgelassenem Luxus.

»Prosit, mein Freund. Möge uns das Goldwasser auf die Sprünge helfen.«

»Versetzen wir uns doch einmal in die Lage des Phantoms«, schlug ich vor. »Lasst mich das probieren, Sausenhover, und spielt Ihr dabei den Advocatus diaboli. Ich bin also das Phantom. Was weiß ich? Ich weiß von dem Brief, den Ihr erhalten habt. Ich weiß, dass Ihr Euch am Tag, oder besser gesagt am Abend, von St. Wolfgang mit jemandem auf dem Friedhof trefft, um endlich Euren Plan der Schulgründung in die Tat umzusetzen. Ich will das um jeden Preis verhindern.«

»Ja, ja, das wissen wir bereits alles«, brummte Sausenhover. »Aber wie stellt Ihr es an, unerkannt über ein paar Tage im Ort zu bleiben?«

Ich überlegte.

»Na ja, mein Vorhaben ist von langer Hand geplant. Ich weiß seit Mitte September, dass Ihr am 31. Oktober in Greding eintreffen werdet. Ha – es ist nämlich so: Ich habe einen lieben Onkel in Greding und es drängt mich sehr, den braven Mann für längere Zeit zu besuchen. Und zwar, sagen wir, etwa vom 20. September bis 7. November.«

Mein Kollege sah mich mehr als skeptisch an. »Weshalb so lange?«

»Ganz einfach. Ein Besuch, der so lange bleibt, gehört gewissermaßen schon zum Inventar. Er fällt auf den Straßen nicht mehr als Fremder auf. Und da er lange vor dem eigentlichen Geschehen angereist ist und auch lange danach abreist, wird er mit dem Mord nicht in Verbindung gebracht.«

»Aha. Und der werte Herr Onkel ist also bereit, den werten Herrn Neffen für gut sechs Wochen bei sich zu beherbergen? Und er wundert sich gar nicht, warum der liebe Herr Neffe, der eigentlich nur gut zwanzig Meilen entfernt wohnt, nun partout gar nicht mehr nach Hause will und was ihm plötzlich in dem kleinen Landstädtchen so gut gefällt?«

Ich musste zugeben, das war ein ernst zu nehmender Einwand.

»Na ja, vielleicht bin ich eben unglücklich verliebt oder meine Verlobung ist geplatzt und ich brauche Abstand. Ob das stimmt oder nicht, sei dahingestellt. Ich könnte es meinem Onkel jedenfalls so erklären. Ja, und dann lebt mein armer, alter Onkel vielleicht allein in seinem großen Stadthaus und ist froh, einmal etwas Gesellschaft zu haben und fragt weiter gar nicht.«

»Aha. Und wovon lebt Ihr, werter Herr Neffe? Werdet Ihr an Eurer Arbeitsstelle nicht vermisst?«

»Ja, das ist eine Schwierigkeit … oder nein, wartet … Vielleicht bin ich ja gar kein Neffe, sondern Bruder und schon in etwas vorgerücktem Alter, aber noch rüstig. Ich habe mich aus dem Geschäft, was immer es war, zurückgezogen und genieße nun meine Tage. Na, Sausenhover, denkt nach, kennt Ihr niemanden, auf den solch eine Beschreibung zutreffen könnte?«

Mein Gegenüber dachte lange angestrengt nach, aber ihm fiel niemand ein, der für diese Beschreibung in Frage käme. Im Gegenteil: Er gab zu bedenken, dass es sich doch um einen recht unwahrscheinlichen Zufall handeln würde, wenn der Mörder zu all den notwendigen Bedingungen auch noch einen Verwandten in Greding hätte. Außerdem wäre es mehr als unwahrscheinlich, dass ein älterer Mann in der Lage gewesen wäre, einen solch kräftigen Hieb zu führen, wie den, der den armen Pezzl niedergestreckt hatte.

»Das wären im Sinne des Mordkomplotts etwas viele glückliche Zufälle, meint Ihr nicht, Francobaldi?«

Ich musste ihm leider recht geben und so blieb das Phantom, was es war: eben ein Phantom. Sausenhover wollte an dieser Stelle für heute Schluss machen, aber ich hatte noch keine Lust, in mein leeres Haus zurückzukehren, wo mich niemand erwartete. Also schenkte ich uns noch ein Gläschen Goldwasser ein.

»Trotzdem. Einen Versuch war es wert. Haltet mich nicht für verrückt, aber ich glaube, an der Theorie, so unwahrscheinlich sie klingen mag, ist etwas Wahres dran. Das mag vielleicht daran liegen, dass ich während der Untersuchung dieses Falls schon öfter eines Besseren belehrt wurde. Ich habe die Fahrt nach Nürnberg für sinnlos gehalten und dort wider Erwarten wichtige Hinweise bekommen. Ich habe eine Theorie formuliert, die ich für völlig absurd hielt, die aber eben doch zutreffend war und mich deshalb beinahe das Leben gekostet hätte. Also: So unwahrscheinlich es auch klingt, warum soll sich kein Neffe oder Bruder im Haus seines Verwandten versteckt haben, um den Mord verüben zu können?«

»Und jetzt? Was weiter? Nehmen wir einmal spaßeshalber an, Eure Theorie stimmt. Sollen wir nach Greding fahren, an jeder Tür klopfen und fragen

›Verzeihung, der Herr, aber hat sich vielleicht im vergangenen Jahr so zwischen Ende September und Mitte November ein Verwandter bei Euch aufgehalten?‹«

Nein, das ging natürlich nicht. Auf diese Weise hätten wir bildlich gesprochen viel zu viel Staub aufgewirbelt. Mochte Greding auch etliche Meilen entfernt liegen, von einer derartigen Befragung bekäme man auch in Eichstätt Wind. Offiziell gab es unseren Fall schließlich gar nicht. Und wir hatten demzufolge auch keinerlei Befugnisse.

»Nein, natürlich, ich stimme Euch zu. So können wir nicht vorgehen. Leider. Denn einen Versuch wäre es wert. Ich glaube nach wie vor, dass in unserer Theorie zumindest ein Fünkchen Wahrheit steckt.«

Sausenhover lächelte verschmitzt.

»Bedauerlicherweise war ich seinerzeit aus Krankheitsgründen verhindert, dem Schulbesuch in Greding beizuwohnen. Ich möchte mir nun aber doch auch gerne einen Eindruck vom Schulmeister dort verschaffen. Ich denke also, dass ein weiterer Besuch durchaus angemessen wäre. Schließlich wollen wir doch auch überprüfen, ob sich schon irgendwelche Fortschritte feststellen lassen.«

»Ich verstehe nicht recht. Der Lehrer ist doch erst nach dem Mord eingestellt worden. Er stammt ursprünglich sogar von außerhalb. Der kann uns sicher nicht weiterhelfen.«

Sausenhover ging auf meinen Einwand nicht ein. Immer noch lächelnd fuhr er fort: »Soweit mir bekannt, spielt der Lehrer auch die Kirchenorgel. Es wäre also auch interessant zu erfahren, wie der Herr Stadtpfarrer mit seinen Diensten zufrieden ist.«

Natürlich! Jetzt verstand ich endlich.

»Eine sehr elegante Lösung, in der Tat. Wir sollten also sowohl dem Pfarrer als auch dem Lehrer unseren Besuch für die Woche nach Ostern ankündigen. Wirklich sehr geschickt, mein Freund.«

Nun galt es, sich wieder einmal in Geduld zu üben. Noch musste ich den Karfreitag in meinem leeren Haus überstehen, doch konnte ich mich über die befürchtete Einsamkeit zumindest für kurze Zeit mit einer örtlichen Besonderheit hinwegtrösten: Ich wollte das Heilige Grab in der nahe gelegenen Kapuzinerkirche aufsuchen. Davon hatte ich schon des Öfteren gehört, bisher aber noch keine Gelegenheit gehabt, es auch einmal zu besichtigen. Und dann gab es für die Hohen Feiertage immerhin die Aussicht auf ein Mittagessen im Kreis meiner Ersatzfamilie sowie die Soirée in Cobenzls Sommerresidenz. Ja, und dann … dann würden wir bald sehen, ob sich das Phantom nicht doch endlich in einen Menschen aus Fleisch und Blut verwandeln würde.

Valentin Hirsch

D a war er endlich wieder, dieser wunderbare Duft nach Bienenwachs und Honig. Wie hatte ich ihn vermisst! Nun sog ich ihn umso genüsslicher ein. Ich überreichte Ottilie die Flasche Pfälzer Wein und den Tokajer. Außerdem hatte ich mir ein Herz gefasst und Schillers *Kabale und Liebe*, das ich vor einer scheinbaren Ewigkeit für sie in Nürnberg gekauft hatte, mitgebracht. Sie las den Titel und dann wussten wir beide nicht, was wir sagen, wie wir weiter agieren sollten. Da hatte ich nun die Lebenserfahrung von nahezu fünfzig Jahren und fühlte mich unsicher wie ein Jüngling! Ich verstand mich selbst nicht. Zum Glück wurde das Essen bald aufgetragen und die Geschwister plauderten munter durcheinander. Da fiel es nicht sonderlich auf, wie schweigsam ihre Mutter und ich waren. Es war ein ausnehmend schöner Frühlingstag. Ich hatte schon den Weg zum Haus der Hofstaetters genossen und so machte ich nach dem Essen den Vorschlag, das herrliche Wetter für einen Spaziergang zu nutzen. Die junge Babette war sofort von dieser Idee begeistert. Die übrigen Familienmitglieder schwiegen jedoch betreten wie mir schien. Marie sah ihre Mutter lange an, worauf diese den Blick senkte. Auch Adam und sein Bruder blickten abwechselnd auf ihre Mutter und mich. Eine merkwürdige Spannung lag plötzlich in der Luft.

»Ja, wenn Ihr meint, Francobaldi, das Wetter ist wirklich schön. Dann lasst uns also vor dem Kaffee ein paar Schritte die Altmühl entlang tun.«

Erwartungsgemäß waren wir nicht die einzigen Spaziergänger an diesem sonnigen Tag. Die ganze Stadt schien auf den Beinen und Ottilie kam aus dem Grüßen ihrer Nachbarn und Bekannten gar nicht mehr heraus. Diese aber begleiteten ihren Gruß in unsere Richtung mit stets demselben fragend-neugierigen Blick auf Ottilie und mich. Sie sagten mir damit allzu deutlich, was ich schon längst wusste und doch nicht wahrhaben wollte: Sehr viel länger durfte ich Madame Hofstaetter dieser ungeklärten Situation nicht mehr aussetzen. Sausenhover hatte nur allzu recht. Aber zu meinem Mangel an Mut kam noch der ungelöste Fall, der mich Tag und Nacht beschäftigte. Er hielt mich davon ab, mich Ottilie gegenüber näher zu erklären. Ich wollte ihn schnellstmöglich loswerden! Vielleicht konnten wir tatsächlich mit etwas Glück durch unsere Fahrt nach Greding endlich auf eine Spur stoßen. Ich klammerte mich jedenfalls an diesen Strohhalm. In meinem Verhältnis zu Ottilie konnten mir aber weder der gute Stadtpfarrer noch der Lehrer weiterhelfen. In dieser Richtung musste ich schon selbst aktiv werden. Das wusste ich nur zu genau.

Kurz nach dem Kaffee brach ich auf. Ich wollte, musste allein sein. Ottilie brachte mich noch zur Tür.

»Danke für alles, meine Liebe, vor allem danke für Euer Vertrauen in mich. Ich …«

Aber ich kam nicht weiter, ich wusste einfach nicht, was ich sagen sollte. Ottilie schaute mich aufmerksam an, schwieg aber ebenfalls. So reichten wir uns zum Abschied nur wortlos die Hand.

Die Stille im Gartenhaus war nach dem geselligen Beisammensein noch vernehmlicher als sonst. Wie viel einfacher kam mir doch die Zeit vor, als ich um Claras Hand angehalten hatte. Unser beider Leben waren damals noch wie kaum beschriebene Blätter, in denen erst die gemeinsame Zeit ihre Spuren hinterließ. Die Ehe war mehr oder weniger von unseren Eltern arrangiert. Alles schien so klar. Und jetzt? Ottilie und ich waren beide zu alt, um eine neue Familie zu gründen. Andererseits fühlte zumindest ich mich zu jung, um weiterhin alleine durchs Leben zu gehen. Und wiederum waren wir aber auch beide noch zu jung, als dass ich als Hausfreund für die Witwe Hofstaetter hätte durchgehen können. Das wäre vielleicht noch angegangen, wenn wir uns von früher her gekannt hätten, wenn ich schon zu Lebzeiten ihres Mannes ein Freund der Familie gewesen wäre. So wie die Dinge aber nun einmal standen, war das schlicht undenkbar. Ich war ratlos und zu allem Überfluss nahm mich die Untersuchung des Verbrechens im Augenblick viel zu sehr in Anspruch, als dass ich gleichzeitig ernsthaft über solch einen entscheidenden Schritt in meinem Leben hätte nachdenken können. Der Fall absorbierte zu viel von meiner Lebensenergie. Er raubte mir meine ganze Tat- und Entschlusskraft. Er überschattete, was mein Lebensglück hätte sein können. Nein, diese Macht durfte ich ihm nicht einräumen! Es mochte dem Mörder für den Augenblick gelungen sein, die Verbreitung fortschrittlicher Ideen zu verhindern, mein persönliches Glück würde ich mir von dieser Schattengestalt nicht rauben lassen! Ich musste Pezzls Mörder finden: um des Opfers willen, um seines Bruders, um Sausenhovers und um meines Seelenfriedens willen.

Tags darauf fand die angekündigte Soirée bei Graf Cobenzl statt. Um zu seiner Sommerresidenz zu gelangen, musste man sich vom Altmühlfischer mit einem Kahn übersetzen lassen. Denn eine Brücke gab es dort nicht. Es war bereits dunkel und die Auffahrt zum Palais war prächtig illuminiert. Der Schein der zahlreichen Fackeln spiegelte sich im Fluss und zauberte eine wunderbare Atmosphäre. Wie immer war der Dompropst ein aufmerksamer Gastgeber. Mochte seine Besitzung auch klein sein, so wirkte sie doch einladend. Man fühlte sich sogleich heiter und beschwingt. Das Gebäude lag erhöht und von der Terrasse aus hatte man bei Tag sicher einen wunderbaren Blick auf den Fluss und die Parkanlagen der fürstbischöflichen Sommerresidenz. Dort stand ich mit Cobenzl und genoss die abendliche Stimmung.

»Ihr könnt sie jetzt in der Dunkelheit nicht wirklich erkennen, lieber Francobaldi, aber Ihr solltet Euch demnächst noch einmal bei Tageslicht herbemühen und meine Parkanlage genauer betrachten. Ich habe sie im modernen englischen Stil anlegen lassen, der die freie Natur nachahmt. Sie bilden damit einen interessanten Kontrast zur Anlage seiner Exzellenz mit ihren gestutzten Hecken und geometrischen Figuren im französischen Stil. In meinem Park kann man gewissermaßen frei atmen. Mensch und Natur können sich ungezwungen entfalten, so wie es ihrem wahren Wesen entspricht, ohne Einengung durch die Etikette – oder, im Falle der Pflanzen, ohne das Zuschneiden mit der Gartenschere. Durch den gesamten Park führen angelegte Wege und ich habe an einigen Stellen auch Ruhebänke aufstellen lassen. Dort kann man die Aussicht auf das herrliche Tal genießen. Und nicht nur das: Auf halber Höhe habe ich in einer Höhle Sitzgelegenheiten errichten lassen. An lauen Sommerabenden ist es ein besonderes Vergnügen, dort zu weilen. Gleich neben dem Palais ist auf mein Betreiben außerdem ein Bienenhaus errichtet worden und ich habe einen üppigen Rosengarten angelegt. Im Sommer bietet auch die Kegelbahn eine willkommene Unterhaltung. Und was

Euch sicher überraschen wird: Die Anlage ist für jedermann offen zugänglich. Ihr könnt sie also jederzeit gerne besuchen. Ich habe Euch übrigens noch etwas Wichtiges zu sagen ...«

Doch ich erfuhr nicht mehr, was Cobenzl auf dem Herzen hatte. Denn plaudernd näherte sich uns nun eine Gruppe, die wie wir den Ausblick genießen wollte. Alle waren sie gekommen: Graf Roth von Schreckenstein war wieder extra von seinen Gütern angereist. Auch der Advokat Lang aus Berching war zugegen. Graf Starhemberg war ebenso anwesend wie Gerstner, Doktor Bachmayr und Ägidius Netter. Graf Hatzfeld war ebenso geladen wie mein Freund Martin Sausenhover und sein Bruder Engelbert. Schmidtpeter begrüßte mich freundlich. Wir waren uns bisweilen im Lyzeum über den Weg gelaufen und er nutzte diese Gelegenheiten regelmäßig, um mit mir Erinnerungen an Wien auszutauschen. Der Hofratssekretär von Starkmann zeigte sich verhalten wie immer. Er hatte mich damals bei meiner Ankunft in der Kanzlei offiziell begrüßt, aber unser Verhältnis war immer distanziert geblieben. Ich wechselte ein paar Worte mit Willibald Wunderer, den ich bereits am Whistabend kennengelernt hatte. Damals wusste ich freilich noch nichts genaueres über ihn. Ottilie aber hatte mir inzwischen einmal voll Hochachtung erzählt, dass er vor einigen Jahren ein Bündnis der Nächstenliebe und zur Unterstützung wahrer Armer gegründet habe, um so endlich das Problem mit den scharenweise auftretenden Bettlern in den Griff zu bekommen. Viele der adeligen Herren hatten ihn damals bei seinem Bemühen unterstützt. Das mochte mit ein Grund sein, weshalb Cobenzl ihn heute eingeladen hatte. Der Maler verstand sich darüber hinaus aber auch sehr gut darauf, lebhaft zu erzählen. Kaum dass wir unsere kurze Unterhaltung beendet hatten, hatte er schon wieder eine Schar interessierter Zuhörer um sich. Ein weiterer Gast, den ich noch nicht kannte, war der junge Freiherr von Hompesch, ein enger Freund Cobenzls, wie man mir sagte. Ein Jahr vor meiner Ankunft in Eichstätt hatte er eben hier die niederen Weihen erhalten und war jetzt Akzessist beim Geheimen Rat in Düsseldorf. Der Hofrats-Kanzlist und Expeditor Josef Barth war ebenfalls anwesend. Ich hatte mit ihm noch nichts zu tun gehabt, doch dem Vernehmen nach hatte er sehr gute Beziehungen zum Fürstbischof.

Gut drei Monate waren seit der Soirée bei Cobenzl am Dreikönigstag vergangen, aber mir schien ein halbes Leben dazwischen zu liegen. Genau wie damals brachte man auch diesmal ein Musikstück zu Gehör. Wieder waren die Darbietenden Hatzfeld, Sausenhover, Netter und Schmidtpeter. Sie spielten auch diesmal bemerkenswert gut, doch es gelang mir nicht wirklich, den Tönen zu lauschen. Meine Gedanken schweiften immer wieder von der Musik ab und richteten sich stattdessen auf die Zuhörer. Wer von den Anwesenden mochte ein Anhänger der Illuminaten sein? Ich war mir sicher, dass es zumindest einige in diesem Kreis gab. Sausenhover hatte ja gesagt, dass seine Freunde bei Hofe einflussreiche Ämter bekleideten. Und hier war ein großer Teil der Führungsschicht versammelt. War einer von ihnen der Verräter? Steckte er mit dem Mörder unter einer Decke? War gar der Mörder selbst hier unter uns? Ich blickte in die Gesichter der Gäste, die alle ganz der Musik hingegeben schienen. Es war keiner darunter, dem ich eine solche Tat zugetraut hätte. Aber es war ja genau die Fähigkeit des Phantoms, sich perfekt zu tarnen. Nachdem das Quartett geendet hatte, fanden sich die Gäste wieder in kleinen Gruppen zusammen. Die Brüder Sausenhover plauderten angeregt mit dem Advokaten Lang, der begierig darauf war, Neuigkeiten aus Eichstätt zu erfahren. So ganz glücklich schien er mit seiner Wirkungsstätte in Berching nicht zu sein und ich konnte es ihm nicht verdenken. Der Ort war doch allzu klein. Cobenzl war in ein Gespräch mit seinem Gast aus Düsseldorf vertieft, Heinrichmeyer unterhielt die Umstehenden mit seinem offenkundigen Lieblingsthema, den diversen technischen Neuerungen.

»Messieurs, haben Sie schon die Abhandlung unseres verehrten Professor Pickl zur Verbesserung der Visierstäbe gelesen? Die Akademie der nützlichen Wissenschaften in Erfurt hat unseren Professor ob seiner bahnbrechenden Erkenntnisse sogleich zum ordentlichen Mitglied gemacht. Ich schätze Pickl wirklich sehr. Ist es uns doch auch dank seines Genies gemeinsam gelungen, das Hüttenwerk in Obereichstätt weiter voranzutreiben. Wenn Sie Gelegenheit haben, sollten Sie sich auch einmal seine Sammlung von Versteinerungen und Mineralien zeigen lassen. Sie ist wirklich höchst sehenswert.«

Ich wurde das Gefühl nicht los, dass man sich heute besonders freundlich um mich bemühte. Keiner jedoch sprach mich auf das an, was mir zugestoßen war.

Man schien im Gegenteil vielmehr bemüht, den Vorfall unerwähnt zu lassen. Gerstner lud mich ein, doch wieder einmal beim Lesekreis vorbeizuschauen. Man habe vor, Schillers *Räuber* mit verteilten Rollen zu lesen. Ob ich denn nicht auch einen Part übernehmen wolle? Schließlich brauche man ja auch etwas Erholung von des Tages Müh und Plag und die Normalschule mache ja dank meiner unablässigen Bemühungen gewaltige Fortschritte, wie man höre. Netter und Graf Starhemberg waren in ein angeregtes Gespräch über die geplante Kahnpartie vertieft.

»Ah, mein lieber Francobaldi, da ich Euch gerade sehe«, wandte sich der Graf freundlich an mich, »wie wäre es, wollt Ihr Euch dem Vergnügen nicht anschließen? Mein junger Freund und ich planen gerade die Details. Wir beabsichtigen, uns etwa bis Pfünz hinab rudern zu lassen und dort ein Picknick zu uns zu nehmen. Zurück soll's dann im Wagen gehen. Was ist? Seid Ihr dabei? Das ganze Unternehmen ist natürlich vom Wetter abhängig, doch wenn Petrus mitspielt, wollen wir es am ersten Mai wagen.«

»Werter Monsieur Francobaldi, ich kann mich dem Grafen nur anschließen. Es wäre ein großes Vergnügen, Euch bei dieser Fahrt dabei zu wissen. Wir hatten ja bislang noch kaum Gelegenheit, einander näher kennenzulernen. Ich weiß kaum mehr von Euch, als dass Ihr uns die wunderbaren Noten für Mozarts Streichquartette besorgt habt. Dafür möchte ich Euch als leidenschaftlicher Musikliebhaber ganz persönlich meinen tief empfundenen Dank aussprechen.«

Ich bedankte mich meinerseits herzlich für die Einladung und versprach, mir die Sache mit der Kahnpartie durch den Kopf gehen zu lassen. Glücklich, wer Zeit und Muße hatte, solch eine Vergnügungsfahrt zu planen, wohingegen ich meine Tage damit verbrachte, einem verdammten Phantom hinterher zu jagen!

***

Wir hatten unseren Besuch in Greding für den Donnerstag nach Ostern angekündigt. Das Altmühltal präsentierte sich in frischem Grün. Es war ein milder Tag, an den Ufern der Schwarzach blühten gelbe Sumpfdotterblumen, auf der anderen Seite der Straße bildeten Schlüsselblumen hellgelbe Teppiche. Es wäre der ideale Zeitpunkt für einen unbeschwerten Ausflug gewesen, doch Sausenhover und ich hatten wenig Sinn für die landschaftliche Schönheit. Dafür war unsere Aufregung zu groß. Würde es uns endlich gelingen, dem Phantom auf die Spur zu kommen?

Lehrer Adlkofer erwartete uns schon, Schützlinge hatte er aber heute wenige. Während der Feiertage hatte die Arbeit auch bei den Bauern so weit als möglich geruht. Da galt es jetzt einiges nachzuholen, wenn man im Herbst ausreichend Ernte einfahren wollte. Die Bauernkinder fehlten deshalb zum größten Teil und auch viele der Armen, die sich ihr karges Brot schon selbst als Handlanger oder Hüter verdienen mussten. So waren es in erster Linie die Kinder der etwas vermögenderen Handwerker, die heute dem Unterricht beiwohnten. Um keinen Verdacht zu erwecken, mussten wir notgedrungen eine Zeit lang bleiben, doch konnte ich mich nicht auf das Unterrichtsgeschehen konzentrieren. In Gedanken war ich bereits im Pfarrhaus und überlegte mir, wie ich die entscheidende Frage möglichst unverdächtig formulieren sollte. Aber Adlkofer ließ uns auch nach dem Unterricht nicht so schnell gehen. Er zeigte uns stolz sein Schultagebuch, das er wirklich ordentlich führte. Tatsächlich widmete er nun dem Lesen und Schreiben die erforderliche Aufmerksamkeit. Ich hatte ihm bei meinem ersten Besuch eine kurze Abhandlung über die Geschichte der Eichstätter Bischöfe mitgebracht, die ich aus dem Lyzeum entliehen hatte. Damals hatte ich ihm dringend ans Herz gelegt, sich mit Hilfe dieser Lektüre selbst noch mehr im Lesen und Schreiben zu üben. Offensichtlich hatte Adlkofer diesen Auftrag getreulich befolgt, ja er zeigte wirklichen Eifer in der Sache.

»Die Herren sehen, ich habe das Werk bereits zu einem großen Teil zu meinem eigenen Frommen abgeschrieben und ich muss sagen, dass ich den Stoff sehr lehrreich finde. Was meinen die verehrten Herren, wäre es nicht zumindest auch den älteren Schülern dienlich, ein wenig über die Geschichte des Bistums und ihrer eigenen Heimat zu erfahren? Könnte ich ihnen nicht auch einmal aus diesem Buch diktieren?«

»Ein sehr guter Vorschlag, Adlkofer, tut das, tut das. Wir lassen Euch das Buch zu diesem Zwecke weiter hier. Für heute müssen wir uns leider schon empfehlen, da noch andere wichtige Geschäfte auf uns warten. Wir sehen uns im Sommer zum Kursus in Eichstätt, dann werdet Ihr noch manches Lehrreiche für Eure eigene Bildung und zum künftigen Nutzen Eurer Schüler erfahren. Nun aber Gott zum Gruß.«

Mochte die Schule auch noch längst nicht im Sinne Sausenhovers und der Illuminaten geführt sein, so war es Johann Anton doch immerhin gelungen, die Stelle mit einem Lehrer zu besetzen, der jetzt, bei meinem zweiten Besuch, berechtigten Anlass zur Hoffnung gab. Bei anderer Gelegenheit hätte ich mich darüber sicher weit mehr gefreut, jetzt aber galt es, endlich Jakob Messer aufzusuchen, der uns mit Sicherheit schon erwartete. Als Pfarrer musste er am besten wissen, welche Neuigkeiten es bei seinen Pfarrkindern gab.

»Willkommen die Herren, bitte Platz zu nehmen. Ihr wart bereits in der Schule. Ein braver Mann unser neuer Lehrer. Freilich schade, dass es ihm nicht gelingt, die Kinder eifriger zum Schulbesuch anzuhalten, aber da kann man nichts machen. Ich kann's ehrlich gesagt den Leuten auch gar nicht verdenken und ihnen keinen wirklichen Vorwurf draus machen. Wozu sollten ein Hüterbub oder eine Bauernmagd lesen und schreiben können? Der wahre christliche Glaube und die Unterweisung darin sind für das einfache Volk ausreichend. Da braucht es nach meiner Meinung keine Schulbildung. Allerdings: Es ist freilich der Wunsch und Befehl unseres Herrn Fürstbischof. Und so gilt es, diesem zu gehorchen. Er ist unser Herr von Gottes Gnaden und da wird er die Sache wahrscheinlich schon besser verstehen als ich einfacher Pfarrer.«

»Hochwürden, das ist freilich eine diffizile Angelegenheit. Sinn und Zweck von Schulbildung sind vielleicht nicht so schnell zu erklären. Aber das soll uns im Moment nicht berühren. Bevor wir auf den Lehrer zu sprechen kommen, hätten wir noch eine andere Frage an Euch.«

Der Stadtpfarrer sah mich misstrauisch an. Offenbar befürchtete er, ich könne wieder auf den verfluchten Mordfall zu sprechen kommen, den er ebenso wie seine Exzellenz am liebsten vergessen hätte.

»Gab es in der Stadt im vergangenen Herbst Personen, die von auswärts für eine gewisse Zeit hierher zu ihren Verwandten gezogen sind?«

Man konnte dem Pfarrer seine Verblüffung über meine Frage förmlich vom Gesicht ablesen. Er verstand ihren Sinn nicht, doch schien er sie auch nicht mit dem Mordfall in Verbindung zu bringen. Froh, uns in allen Dingen behilflich sein zu können, solange die Sprache nur nicht auf Pezzl kam, war er eifrig um die Beantwortung bemüht.

»Greding ist zwar eine kleine Stadt, doch wie überall, wo Menschen wohnen, ereignet sich auch hier einiges. Freilich kommen und gehen auch immer wieder Leute. Die Frau Fuchs hat nach der letzten Entbindung eine Verwandte als Kindsmagd kommen lassen, weil sie selbst lang nicht mehr richtig zu Kräften gekommen ist. Wohl ein halbes Jahr ist die Franziska nun in ihrem Haus. Ja, und beim Sattler haben sie die beiden ältesten Kinder ihrer verstorbenen Schwester aufgenommen. Der Vater hat wieder geheiratet, nachdem seine Frau im Kindbett gestorben ist. Eine Frau aus Hausen, die ein lediges Kind mitgebracht hat. Der Witwer hat selbst acht. Der Säugling ist allerdings drei Wochen nach der Geburt seiner Mutter ins ewige Leben nachgefolgt, Gott hab die beiden selig. Die zwei Ältesten haben die Sattlers aus christlicher Barmherzigkeit im letzten Oktober bei sich aufgenommen.«

»Wie alt sind denn die beiden?«, fragte Sausenhover nach.

»Der Bub dürfte inzwischen zehn, das Mädel ein Jahr jünger sein. Ja, richtig, sie empfängt am Weißen Sonntag die Heilige Erstkommunion. Der Apotheker hat im letzten Sommer seinen Neffen aus Hilpoltstein bei sich als Gehilfen aufgenommen, aber der Kerl zeigte wenig Geschick. Schon nach wenigen Wochen hat er sich die Hand böse verletzt. Da musste ihn der Apotheker wieder zurückschicken.«

»Wann war das?«, erkundigte sich Sausenhover.

»So genau weiß ich es gar nicht mehr, lasst mich nachdenken … Doch, ja, ich glaube, es muss wohl im Oktober gewesen sein. Ja, ich glaube … ja, freilich, jetzt erinnere ich mich: Am Erntedank nach der Messe holte der Vater den jungen Burschen ab. Man hatte lange gehofft, die Hand werde endlich verheilen, doch dann fing die Wunde an zu nässen. Eine böse Sache. Aber wie ich vom Apotheker unlängst hörte, ist der Bursche nun doch wieder wohlauf. Nun überlegt der Apotheker wohl …«

»Andere Personen sind nicht zugezogen?«, brachte Sausenhover den Pfarrer wieder auf unser Thema.

»Ja, doch, der Huber ist nach dem Tod seiner Frau zu seiner Schwester gezogen, die ebenfalls verwitwet ist. Er wohnt jetzt seit September hier.«

Sausenhover und ich sahen uns an. Konnte das unser Mann sein?

»Wie es so gehen kann: Sechs Kinder haben die Hubers und im Alter steht der Ärmste doch alleine da. Aber der himmlische Lohn ist ihm sicher. Die Hubers waren immer sehr fromme Leute: Ein Sohn ist denn auch Pfarrer geworden, zwei Söhne und zwei Töchter sind in Orden eingetreten, nur die Jüngste hat sich verheiratet. Bei der hat der Huber nach dem Tod seiner Frau auch gewohnt. Jetzt aber ist die Tochter selbst im Kindbett verstorben.«

»Wie alt ist denn der Mann?«, wollte ich wissen.

»An die sechzig wohl, aber bis vor kurzen noch überaus rüstig. Der konnte es mit so manchem Jungen noch aufnehmen. Ende des Jahres aber hat ihn der Schlag getroffen. Jetzt kann der Arme kaum noch laufen und wartet nur jeden Tag darauf, dass ihn unser Himmlischer Vater zu sich holt.«

Konnte das unser Mann sein? Bis vor kurzem wäre er wohl körperlich zu einem Mord in der Lage gewesen. Aber irgendwie schien mir ein so frommer Mann nicht ins Schema zu passen.

»Ihr seht, auch in diesem kleinen Städtchen ereignet sich so einiges. Ein Glück für den Huber, dass er noch seine Schwester hat. Er besucht noch jeden Morgen die Frühmesse, aber das Gehen macht ihm große Mühe …«

Wieder war der Stadtpfarrer ganz vertieft in seine Erzählung und drohte vom Thema abzuschweifen.

»Sind denn noch mehr Leute zugezogen?«

Diesmal verneinte Messer. Nein, mehr Veränderungen hätten sich in dieser Beziehung nicht ergeben, wie wir enttäuscht zur Kenntnis nehmen mussten. Unsere erhoffte Spur hatte ins Leere geführt. Um den guten Pfarrer mit unseren ungewöhnlichen Fragen nicht vollkommen zu verwirren, mussten wir das Gespräch notgedrungen fortsetzen. Also kam Sausenhover wieder auf den Lehrer zu sprechen.

»Adlkofer spielt doch auch die Orgel. Wie seid Ihr in diesem Punkt mit dem Mann zufrieden, Hochwürden?«

»Wie ich schon sagte, der Lehrer ist ein braver Mann. Er macht seine Sache ordentlich, steht fest im rechten Glauben und gibt sich redlich Mühe. Er wird seinen Lohn im Paradies empfangen. Freilich, das muss ich sagen, ein so begabter Musicus wie der Herr Secretarius ist er nicht. Aber das kann man auch nicht verlangen. Immerhin war der Herr Secretarius ein studierter Mann, wohingegen ...«

»Welcher Secretarius?«, fragten Sausenhover und ich wie aus einem Mund.

Wieder sah uns der Pfarrer verwirrt an.

»Der Herr Secretarius Hirsch. Er hat letzten Herbst für einige Zeit in Greding gelebt und häufig die Orgel gespielt. Wir hatten zu der Zeit ja gerade keinen Lehrer, der das Amt hätte übernehmen können. Da war ich natürlich froh um seine Hilfe. Und wie gesagt, Hirsch war ein sehr musikalischer Mann. Es war ein Vergnügen, ihm zuzuhören. Damit will ich freilich nichts gegen den guten Adlkofer gesagt haben.«

Die Musikalität dieses Secretarius interessierte uns im Moment allerdings herzlich wenig.

»Warum habt Ihr Hirsch denn nicht erwähnt, als wir Euch gerade fragten, welche Personen sich im Herbst als neu Zugezogene in der Stadt aufhielten?«

»Ja, aber die Herren wollten doch wissen, wer zu seinen Verwandten gezogen ist«, erwiderte Messer fast beleidigt und gleichzeitig verunsichert ob meines rüden Tonfalls.

»Der Herr Secretarius Hirsch aber hat nicht bei Verwandten gewohnt.«

»Sondern?«

»Sondern sich bei der armen Witwe Fumy eingemietet.«

»Wann genau war das?«

Ich konnte meine Erregung nun kaum mehr verbergen.

»Das weiß ich ganz genau, denn ich habe mich gerne mit ihm unterhalten. Er studierte nämlich in Ingolstadt, müsst Ihr wissen. Genau wie ich vor nunmehr dreißig Jahren. Da hatten wir viel Gesprächsstoff.«

»Wann war er hier?«, wiederholte ich meine Frage ungeduldig.

»Er zog genau am ersten Oktober bei der Witwe ein und verließ unser Städtchen Mitte November wieder. Der gute Mann hat aber noch den Mietzins für den ganzen Monat bezahlt. Da war die arme Frau freilich froh …«

Wieder mussten wir den Pfarrer daran hindern, vom Thema abzukommen. Unterhaltungen mit ihm gestalteten sich wahrlich nie einfach.

»Erzählt, was wisst Ihr von diesem – wie sagtet Ihr, Hirsch?«

»Ganz recht. Valentin Hirsch. Ein Name, den man sich leicht merken kann, finde ich. Nun, was soll ich von ihm wissen? Er quartierte sich hier ein, weil er bei irgendeiner vornehmen Familie eine Stelle als Hauslehrer annehmen wollte, und sich die Sache dann doch hinzog. Am 15. November haben sie ihn dann aber doch geholt. Sie haben sogar eine Kutsche für ihn geschickt.«

»Wer ist denn diese Familie, wohin ist er aufgebrochen?«

»Das weiß ich gar nicht genau. Ich glaube Hirsch hat den Namen und den Ort nie erwähnt oder ich habe es wieder vergessen. Nein, ich glaube, darüber haben wir nie gesprochen. Die Sache kam wohl für ihn selbst überraschend, denn er hat sich damals gar nicht mehr von mir verabschiedet. Obwohl er sonst ein überaus höflicher Mann war. Jedenfalls wurde er am 15. November ungewöhnlich früh, fast noch vor Morgengrauen, von seiner neuen Herrschaft abgeholt, wie mir seine Vermieterin dann erzählt hat. In den Wochen, in denen er hier war, ist er mir sehr zur Hand gegangen. Nicht nur, dass er den Dienst des Organisten versah, er half mir auch, die Kirchenbücher zu führen. Ihr müsst wissen, mein Augenlicht lässt nach, da war ich froh um seine Unterstützung und er hatte auch eine sehr saubere Handschrift.«

Messer verstummte, offenbar erwartete er, dass wir ihn ohnehin gleich wieder unterbrechen würden. Diesmal aber ermunterten wir ihn fortzufahren.

»Was wisst Ihr noch von ihm, Hochwürden? Wo kam er her? Hat er einmal irgendjemanden erwähnt?«

»Über Persönliches haben wir eigentlich nicht gesprochen. Seinen Geburtsort kenne ich nicht. Auch von seiner Familie weiß ich nichts. Er erzählte nur, dass er an der Hohen Schule zu Ingolstadt studiert habe. Zunächst wohl Theologie, aber dann wechselte er über zur Jurisprudenz. Ja, ich erinnere mich, einen Professor erwähnte er mehrmals. Der Mann hatte ihm offensichtlich Eindruck gemacht. Den Namen habe ich aber nicht mehr präsent. Es war irgendetwas mit *Kopf*.«

»Weishaupt?«, stieß Sausenhover angespannt hervor.

»Ja, genau – Weishaupt, so hieß er. Genau, nicht *Kopf*, sondern *Haupt*, ja genau.«

Das war er! Meine Theorie hatte sich also mit einer gewissen Modifikation bestätigt. Endlich! Unser Phantom hatte, wenn auch noch kein Gesicht, so doch einen Namen. Hier konnten wir weitermachen. Endlich hatten wir eine konkrete Spur. Valentin Hirsch musste sich über die Matrikelbücher der Universität ausfindig machen lassen.

***

Wir mussten weiterhin vorsichtig agieren. Eine gemeinsame Fahrt von Sausenhover und mir nach Ingolstadt hätte womöglich Aufsehen erregt. So kamen wir auf die Idee, die Fahrt als Besorgungsfahrt meinerseits zu tarnen. Mein Hausstand befand sich immer noch in den primitivsten Anfängen. Außer dem Lehnstuhl, den Cobenzl mir hatte bringen lassen, waren die wenigen Dinge, die sich überhaupt in meinem Besitz befanden, der Not gehorchend schnell improvisiert worden. Ottilie mochte vielleicht schon das eine oder andere in Auftrag gegeben haben, sichtbare Veränderungen ließen sich aber noch kaum feststellen. Ich wollte also die Gunst der Stunde nutzen und Ottilie und ihre Tochter bitten, gemeinsam mit mir eine Fahrt nach Ingolstadt zu unternehmen, um in den dortigen Geschäften das Gewünschte zu besorgen. Erwartungsgemäß waren die beiden dazu nur allzu gerne bereit. Die junge Babette bekam vor Aufregung rote Wangen, als ich ihr die Fahrt in Aussicht stellte. Auch ihre Mutter zeigte sich dem Unternehmen gegenüber alles andere als abgeneigt. Kaum hatte ich den Vorschlag ausgesprochen, beratschlagten die beiden schon, wen man wegen der geeigneten Geschäfte befragen könne, was überhaupt besorgt werden solle, und, und, und … Sie schienen mich dabei völlig zu vergessen. Das konnte mir nur recht sein.

»Ottilie, auf ein Wort noch. Wie Ihr Euch vielleicht vorstellen könnt, ist die Besorgung von Haus- und Zierrat nicht so sehr meine Sache. Das könnt ihr Frauen weit besser. Und wie ich schon einmal sagte, vertraue ich Euch darin voll und ganz. Ihr habt völlig freie Hand. Wie wäre es also, wenn Ihr zur Unterstützung noch eine Freundin mitnehmt? Wir müssen für die Fahrt ohnehin eine Mietdroschke nehmen. Da hätte auch eine weitere Person noch bequem Platz und ich könnte mir vorstellen, dass Euch die Fahrt so sogar mehr Freude bereitet. Ich für meinen Teil würde, während Ihr Besorgungen macht, sehr gerne einmal die dortige Landesuniversität besuchen. Was meint Ihr, wärt Ihr damit einverstanden?«

Wieder schaute sie mich an, als kenne sie meine wahren Motive ganz genau. Wieder fühlte ich mich bei meinem Manöver durchschaut. Wieder lächelte sie nur freundlich und schien mit dem Vorschlag voll und ganz zufrieden.

»Ja, da wünsche ich Euch freilich viel Erfolg beim Besuch der Universität, Ihr werdet dort sicherlich Interessantes entdecken können.«

Plötzlich stockte sie und schaute mich verunsichert an.

»Eine Besorgungsfahrt nach Ingolstadt ist sicherlich sinnvoll, wenn man einen Haushalt wie den Euren einrichten will, Francobaldi. Allein – wenn ich genauer darüber nachdenke, muss ich gestehen, dass ich in dieser Sache doch unsicher bin. Ich bin eine einfache Handwerkerswitwe. Ich kenne weder Ingolstadt noch die dortigen Geschäfte. Ja, ich kenne hier nicht einmal andere Frauen, die in Ingolstadt einkaufen würden und mir mit Rat und Tat zur Seite stehen könnten. Wäre es unter diesen Umständen vermessen, wenn Ihr Madame Sausenhover bitten würdet, uns zu begleiten? Sie ist als Beamtengattin in diesen Dingen zweifellos weit erfahrener als ich.«

Diesen Aspekt hatte ich freilich noch gar nicht bedacht. Vielleicht, weil ich durch den Umgang mit Cobenzl und seinem Kreis inzwischen eine Vermengung der Stände gewohnt war. Für Ottilie aber war das wie für die allermeisten Bewohner der Stadt keineswegs selbstverständlich. Wie überall, so blieb man auch in Eichstätt gemeinhin unter sich und verkehrte nur mit Personen des eigenen Standes. Ottilie Hofstaetter und Madame Sausenhover kannten sich zweifelsohne vom Sehen und grüßten sich wohl auch, eine wirkliche

Bekanntschaft oder gar Freundschaft aber pflegten sie nicht. Ich versprach ihr, Madame Sausenhover zu bitten, uns zu begleiten. Ohne Frage wäre auch Adam gerne mitgekommen. Die Begleitung der Damen erschien mir aber wesentlich unverfänglicher und damit zur Verschleierung meiner eigentlichen Absicht weit besser geeignet.

***

Fast unmerklich veränderte sich die Landschaft je weiter wir uns vom engen Tal der Altmühl entfernten. Schließlich konnte man von fern in der weiten Ebene den Backsteinbau des Münsters mit seinen zwei imposanten Türmen erkennen. Beeindruckend breit floss die Donau dahin. Zwar war sie hier in Ingolstadt noch längst nicht der Strom, wie ich ihn aus Wien kannte, aber doch um vieles breiter als die zahme Altmühl. Auf den Straßen sah man ungewöhnlich viele junge Burschen. Kein Zweifel, wir waren in einer Universitätsstadt, hier war der Sitz der Bayerischen Landesuniversität. Ingolstadt besaß damit für das gesamte Kurfürstentum Bayern große Bedeutung und die Stadt präsentierte sich dementsprechend stolz. Nachdem wir Zeit und Treffpunkt für unsere Rückkehr vereinbart hatten, trennte ich mich von den Frauen, die in Gedanken schon längst in den verschiedenen Geschäften waren. Sie wollten Stoffe für Vorhänge, Kissen und Tischtücher kaufen, ebenso Gläser und Tafelgeschirr aus Porzellan und noch manch anderes. Ihren diesbezüglichen Gesprächen während der Fahrt hatte ich nur mit halbem Ohr zugehört. Ich war innerlich schon ganz von meiner eigentlichen Mission in Anspruch genommen. Zu den Angelegenheiten der beiden Frauen hätte ich ohnehin nichts beitragen können.

In Ingolstadt suchte ich geradewegs die Örtlichkeiten der Hohen Schule auf. Die Universität war ein großes, mehrgeschossiges Gebäude mit hohem Satteldach, das im Herzen der Stadt lag. Man sah ihm seine altehrwürdige Tradition schon von außen an. Ich war auf gut Glück angereist und konnte nur hoffen, dass Rektor Pater Wiest die Freundlichkeit haben werde, mich zu empfangen. Wie seinerzeit bei meiner Fahrt nach Nürnberg war ich auch hier auf den guten Willen meines Gesprächspartners angewiesen. Selbst wenn ich im offiziellen Auftrag des Fürstbischofs gekommen wäre, hätte dies außerhalb des fürstbischöflichen Territoriums wohl wenig genützt. Seine unmittelbare politische Macht war hier ebenso gering wie in der freien Reichsstadt Nürnberg. Er hätte sich allenfalls mit einer Bitte an die zuständigen Stellen wenden können. Jetzt aber hatte ich nicht einmal seine Exzellenz als Fürsprecher. Ich war wirklich ganz allein auf mich gestellt. Tatsächlich aber ließ mir Pater Wiest ausrichten, er könne mich in etwa zwei Stunden empfangen. So lange musste ich mich noch gedulden und ich wollte die Zeit nutzen, etwas mehr von der Stadt zu sehen. In einiger Entfernung konnte ich eine mittelgroße, altertümliche Anlage ausmachen. Das musste das ehemalige Schloss der bayerischen Herzöge sein. Mit dem weitläufigen Prachtbau von Schönbrunn konnte es sich freilich nicht vergleichen, das konnte ich sogar aus der Ferne erkennen. Weit interessanter schien mir da das Liebfrauenmünster. Der gewaltige rote Backsteinbau hatte schon während der Fahrt Eindruck auf mich gemacht. Nun konnte ich ihn auch aus der Nähe betrachten. Er war ganz im alten Stil mit hohen Spitzbögen gehalten. Kleiner, aber moderner mit feinen Stuckaturen und einem riesigen Deckengemälde war dagegen die Kollegienkirche Maria de Victoria gestaltet. Pfarrer Messer hatte erwähnt, dass Hirsch dort bisweilen auf der Orgel gespielt habe. Sausenhover und ich hatten im Vorfeld lange überlegt, welche Begründung ich in Ingolstadt anführen sollte. Ich konnte schließlich nicht erwarten, dass man mir als Fremdem ohne weiteres Auskünfte über einen ehemaligen Studenten erteilen werde. Ich musste in diesem Fall wieder einmal zu einer Notlüge greifen.

»Verehrter Pater Wiest, danke, dass Ihr Euch Zeit für mich nehmt. Mein Name ist, wie ich schon sagte, Francobaldi. Ich stehe im Dienst des Eichstätter Fürstbischofs und soll für ihn die Normalschule aufbauen. Nun brauchen wir dafür natürlich geeignetes Personal. Der Stadtpfarrer in Greding erwähnte mir gegenüber in einem Gespräch einen gewissen Valentin Hirsch, den er als sehr tüchtigen und noch dazu sehr musikalischen Mann kennen gelernt habe. Hirsch hielt sich nämlich für einige Wochen in Greding auf, nahm dann aber eine Stelle als Hauslehrer an. Doch weiß der Stadtpfarrer bedauerlicherweise nicht, wo. Ich würde den jungen Mann gerne aufsuchen, um ihm eine Stelle anzubieten, weiß nun aber meinerseits nicht, wohin ich mich wenden könnte. So kam mir die Idee, Euch zu fragen, ob Ihr mir vielleicht weiterhelfen könnt. Vielleicht ist Euch bekannt, wo ich Hirsch oder einen seiner Verwandten finden könnte. Zumindest müsste doch in den Matrikelbüchern sein Geburtsort vermerkt sein. Mit etwas Glück könnte ich dann über seine Eltern weitere Auskunft erhalten. Ich bin überzeugt, eine feste Anstellung in der Normalschule wäre für den Mann langfristig auf alle Fälle attraktiver als die unsichere Tätigkeit als Hauslehrer.«

Der Rektor schien meine langwierige Erklärung zu schlucken.

»Valentin Hirsch, sagt Ihr. Nun, da muss ich gar nicht erst die Matrikel bemühen. Ich kann mich an den jungen Mann sehr gut erinnern. Wir haben hier zwar mehrere hundert Studiosi. Natürlich kenne ich sie längst nicht alle, aber manch einer bleibt einem doch im Gedächtnis. So verhält es sich auch beim Herrn Studiosus Hirsch. Ja, in der Tat, er ist sehr musikalisch. Er spielte des Öfteren Orgel in unserer Kollegienkirche. Er hat ein paar Semester Theologiam studiert. Aber das lag ihm nicht. So wechselte er zur Juristerei. Allerdings zeigte er dafür wenig Begabung, sodass er letztlich ohne Abschluss blieb. Schade, denn er ist ein sehr feinsinniger Mensch.«

Ein feinsinniger Mensch. Da konnte man wohl auch ganz anderer Meinung sein. Hirsch war ein gemeiner Mörder. Aber das wollte ich Wiest in diesem Moment wirklich nicht auf die Nase binden.

»Ihr habt Glück, Monsieur. Ich weiß, dass der junge Mann aus Gerolfing, unweit von hier stammt. Er hält sich derzeit auch wieder dort auf. Die Stelle als Hauslehrer, von der Ihr sprecht, gab er offensichtlich ebenfalls wieder auf und hält sich nun kümmerlich als örtlicher Schullehrer über Wasser, wie man mir unlängst erzählte. Hirsch hofft wohl auf eine Stelle als Organist hier in Ingolstadt. Doch stehen die Chancen dafür leider nicht allzu gut. Es würde mich für den jungen Mann wirklich freuen, wenn er doch noch ein gutes Unterkommen fände. Ich kann mir gut vorstellen, dass er Euer Angebot überaus gerne annimmt.«

Ich hatte wirklich ein schlechtes Gewissen, den hilfsbereiten Rektor derart hinters Licht zu führen. Allein in diesem speziellen Fall musste der Zweck die Mittel heiligen. Nun würde endlich alles ein Ende finden.

Die Verhaftung

obenzl musste helfen. Ich brauchte eine Audienz bei seiner Exzellenz. Sofort. Wenn mir mein Leben lieb war, konnte ich mich dabei nicht auf irgendein Billet verlassen, das Gott weiß wer erbrach, mochte es auch vertraulich sein. Nein. Ich brauchte ein Gespräch unter vier Augen, wie damals bei unserem ersten Treffen, als mir von Zehmen den Auftrag erteilt hatte. Jetzt stand ich unmittelbar vor seiner Erfüllung. Mit etwas Glück war Pezzls Mörder nun binnen weniger Stunden dingfest gemacht, doch brauchte ich dazu polizeiliche Unterstützung. Und die konnte wiederum nur Johann Anton gewähren. Vor allem aber galt es, seiner Exzellenz irgendwie plausibel zu machen, weshalb ich in dieser Causa überhaupt weiter ermittelt hatte. Mein Auftrag war es gewesen, die vermeintliche Spur nach Nürnberg zu verfolgen und darüber einen Bericht zu verfassen. Das war geschehen. Seitdem hatte seine Exzellenz nichts mehr von sich hören lassen. Nun war ich mit meinem Latein am Ende und wusste nicht, wie in der Sache weiter vorgehen. Für eine derart heikle Mission hätte ich freilich keinen besseren Fürsprecher als den Dompropst haben können. Glücklicherweise war er inzwischen von einer Visitationsreise der fürstbischöflichen Güter, die er am Tag nach seiner Soirée angetreten hatte, wieder zurück. Also beschloss ich, ihn unverzüglich aufzusuchen und ihm über die neuesten Entwicklungen zu berichten.

Ich weiß nicht, wie es ihm gelang, Johann Anton dazu zu bringen, auf unangenehme Fragen oder gar Vorhaltungen mir gegenüber zu verzichten. Seine Exzellenz ließ mich gleich am nächsten Tag in aller Frühe bei sich vorsprechen. Ebenso wenig wie die Gäste bei der Soirée sprach er mich auf das an, was mir vor kurzem zugestoßen war. Hätte Sausenhover den Anschlag nicht immer wieder erwähnt, ich hätte meinen können, er habe sich nur in meiner Fantasie ereignet. Seine Exzellenz stellte aber offenbar keinerlei Parallelen zwischen dem Mord in Greding und dem Attentat auf mich her. Er fragte nicht einmal, wie ich an meine Informationen gekommen war.

»Cobenzl hat mir bereits alles berichtet, Francobaldi. Es wäre natürlich in höchstem Maße wünschenswert, den Schuldigen der Gerechtigkeit zuzuführen und dies auch nach Wien vermelden zu können. Mögen die genauen Umstände und vor allem das Motiv der Tat auch im Dunkeln bleiben, so ist doch der entscheidende Erfolg, dass der Täter gefasst ist. Ich habe bereits nach Polizeihauptmann Randelzhofer schicken lassen. Er soll sogleich mit Euch und zwei Bütteln nach Gerolfing aufbrechen. Es gilt, entschlossen zu handeln, um der Gerechtigkeit zum Sieg zu verhelfen. Wir dulden hier kein Verbrechen. Das soll aller Welt klar sein.«

Wieder einmal staunte ich darüber, wie es von Zehmen gelang, Fragestellungen, von denen er nichts wissen wollte, wie die nach dem Motiv des Mörders, einfach völlig zu ignorieren und Ergebnisse, die allein dem Zufall geschuldet waren, in einen politischen Erfolg umzudeklarieren.

Auf dem Weg nach Gerolfing wirkte Randelzhofer zunächst ziemlich betreten. Eigentümlicherweise hatte er mich nach seinem ersten Besuch an meinem Krankenbett nicht mehr befragt. Er tat vielmehr wie alle anderen auch, als sei überhaupt nichts vorgefallen. Jetzt, während der länger dauernden Fahrt und mir gegenüber in der engen Kutsche fühlte er sich offensichtlich doch bemüßigt, auf das heikle Thema zu sprechen zu kommen.

»Ich bin in gewisser Weise froh, Monsieur, dass sich der Euch betreffende Vorfall nun als harmlos erwiesen hat.«

Wieso harmlos? Was wollte Randelzhofer damit sagen? Ich war knapp dem Tod entronnen und konnte das beim besten Willen nicht harmlos finden.

»Dergleichen kommt vor. So etwas kann im Grunde jedem passieren«, fuhr er fort.

Nun wollte ich aber doch Genaueres wissen.

»Wie meint Ihr das, Herr Randelzhofer?«

»Ja, Doktor Bachmayr hat mich vor wenigen Tagen aufgeklärt.«

»Aufgeklärt? Worüber?«

»Na ja, dass ich die Untersuchung des Falles einstellen kann, weil er nach eingehender Visite festgestellt hat, dass sein ursprünglicher Verdacht, Ihr könntet vergiftet worden sein, sich als unzutreffend erwiesen hat; dass Euer Sturz eben doch ein Unfall war.«

Ich traute meinen Ohren nicht! Was hatte das wieder zu bedeuten? Randelzhofer aber wollte das leidige Gespräch ganz erkennbar beenden und bemühte sich um einen Themenwechsel.

»Ein Glück, dass dieser Valentin Hirsch in Gerolfing lebt. Hoffen wir, dass er sich im Moment auch wirklich dort aufhält. Das würde uns eine Menge Scherereien ersparen.«

Selbst auf die Gefahr hin, dass Randelzhofer mich für vollkommen beschränkt hielt, musste ich auch in diesem Punkt nachfragen, was er damit meine.

»Ganz einfach. Gerolfing gehört seit alters her zum Hochstift. Kurz hinter dem Ort aber könnt Ihr im Wald den Dreiländerstein sehen. Dort grenzen das Kurfürstentum Bayern, Pfalz-Neuburg und eben unser Hochstift aneinander. In Gerolfing hat seine Exzellenz Johann Anton noch die Hochgerichtsbarkeit, in Ingolstadt beispielsweise aber nicht. Er wäre dann auf das Entgegenkommen des Kurfürsten Karl Theodor angewiesen, um den Mörder seiner gerechten Strafe zuführen zu können.«

Ich war immer wieder von Neuem erstaunt, wie eng gefasst die Grenzen des Fürstbistums tatsächlich waren. Auch wenn ich mich bislang nicht sehr für politische Fragestellungen interessiert hatte, so konnte ich mir doch denken, dass es einer gehörigen Portion Geschicks bedurfte, um sich neben diesen weit mächtigeren Nachbarn überhaupt zu behaupten.

Um möglichst wenig Aufsehen zu erregen, hatten wir mit unserem Eintreffen in Gerolfing bis nach Schulschluss gewartet. Es war dem ohnehin schon geringen Ansehen der Lehrerschaft bei der Landbevölkerung wahrhaftig nicht zuträglich, wenn ein Mitglied dieses Berufsstandes als Mörder verhaftet würde. Die Sache sollte so diskret wie möglich vonstattengehen. Wir wollten weder die Kinder noch ihre Eltern in unnötige Aufregung versetzen. Freilich sorgte eine Kutsche mit vier Fremden auch ohne weiteres Zutun schon für genug Aufsehen, sehr viel Diskretion konnten wir also nicht wahren. Wir erkundigten uns, wo wir Valentin Hirsch finden könnten. Man wies uns daraufhin den Weg zu einem bescheidenen Anwesen. Die Eltern hatten sich wohl das Studium ihres Herrn Sohn im wahrsten Sinne des Wortes vom Mund absparen müssen. Doch war die ganze Mühe, das Opfer vieler Jahre, vergeblich gewesen.

Eine abgearbeitete alte Frau öffnete auf unser Klopfen. Ihr Sohn sei in der Kirche beim Musizieren, erklärte sie fast zu Tode erschreckt auf unsere Frage. Dies sei seine Erholung nach den anstrengenden Schulstunden, fügte sie fast entschuldigend hinzu. Das Polizeiaufgebot beunruhigte sie erkennbar. Trotzdem wagte sie nicht zu fragen, weshalb wir ihren Sohn sprechen wollten.

Tatsächlich hörte man aus der nahe gelegenen Kirche Orgelklänge. Valentin Hirsch war zweifelsohne musikalisch begabt. Das konnte man selbst an diesem bescheidenen Instrument hören. Randelzhofer und ich stiegen gefolgt von den Bütteln die enge Stiege zur Empore hinauf. Die kleine Kirche war in ihrem Inneren sehr ansprechend gestaltet, aber nun war wahrhaftig nicht die Gelegenheit, sich mit Derartigem zu befassen. Jetzt galt es den Mörder des armen Pezzl dingfest zu machen.

Hirsch war so in seine Musik vertieft, dass er unser Kommen gar nicht bemerkte. Ich musste über die Kaltblütigkeit dieses Menschen staunen. Hatte er wirklich geglaubt, er käme mit seinen Taten ungeschoren davon – und das in so geringer Entfernung zu den Schauplätzen seiner Verbrechen?

»Valentin Hirsch?«

Er drehte sich zu uns um. Und ich staunte noch mehr. Auch wenn ich nicht eigentlich hätte sagen können, wie ich mir das Phantom in seiner Physiognomie vorgestellt hatte – so jedenfalls nicht. Vor uns saß ein zarter Jüngling. Die verträumten sanften Augen umrahmt von langen, dichten Wimpern, seine ungewöhnlich vollen Lippen, hätten jedes Mädchen vor Neid erblassen lassen. Auf dem weichen Kinn war kein Anflug von Bartwuchs zu erkennen. Hätte man Valentin Hirsch in Röcke gesteckt, er hätte ohne weiteres als Fräulein im Mädchenpensionat der Augustiner-Chorfrauen durchgehen können. Kein Wunder, dass Pater Wiest sich gut an ihn erinnerte. Seine zarten, langen Finger, die Hände an den schmalen Gelenken schienen weit eher geeignet ein Orgelmanual zu betätigen oder feine Handarbeiten mit der Sticknadel zu fabrizieren als einen tödlichen Dolch zu führen. Es schien mir auf den ersten Blick viel wahrscheinlicher, dass dieses Kerlchen, das wir da vor uns hatten, nachts auf einem Friedhof vor Angst und Schrecken ohnmächtig würde, als dass er dort ruhigen Blutes in der Dunkelheit lauerte, um zwei Morde zu begehen. Randelzhofer mochte wohl ähnliche Gedanken haben, jedenfalls sahen wir uns beide verunsichert an.

»Womit kann ich den Herren dienen?«

So hatte ich mir die Verhaftung wahrlich nicht vorgestellt! Der Polizeihauptmann fing sich als Erster.

»Valentin Hirsch, wir sind im Auftrag seiner Exzellenz des Fürstbischofs hier, um Euch nach Eichstätt zu überführen.«

»Nach Eichstätt überführen? Aber um Gottes willen, warum denn?«

»Das werdet Ihr an Ort und Stelle erfahren.«

Hirsch blickte Randelzhofer und mich völlig ratlos und zunehmend verwirrt an. Mein Begleiter schwieg beharrlich und auch ich wusste nicht, was ich sagen sollte. Die Büttel nahmen Hirsch, der mittlerweile an allen Gliedern zitterte, in ihre Mitte. Selbst diese Kerle, alles andere als feinsinnig, hatten Scheu, ihn hart anzupacken. Hirsch schien schon bevor wir die Kutsche erreicht hatten, einem Nervenzusammenbruch nahe.

»Keine Sorge«, versuchte Randelzhofer ihn zu beruhigen, »keine Sorge, ich bin sicher, es wird sich alles schnell aufklären. Es handelt sich wohl um ein Missverständnis. Dennoch müsst Ihr mitkommen.«

Den ganzen Weg saß Hirsch mit aufgerissenen Augen zwischen uns und murmelte leise Gebete zu seiner Errettung an Gott und alle Heiligen. Er war die perfekte Verkörperung der verfolgten Unschuld, ein wahrer Daniel in der Löwengrube.

»Kennt Ihr den Stadtpfarrer Messer zu Greding?«, begann Randelzhofer die Vernehmung als wir in Eichstätt angekommen waren. Hirsch schwor Stein und Bein, den Namen noch nie gehört zu haben. Nein, er habe sich zeit seines Lebens noch nie in diesem Städtchen aufgehalten. Der Polizeihauptmann führte das Verhör noch einige Zeit fort, vielmehr er versuchte es, aber aus dem völlig verstörten Hirsch war beim besten Willen nichts herauszukriegen. Es half nichts. Allenfalls der Gredinger Stadtpfarrer konnte noch Licht in diese verworrene Angelegenheit bringen. Wir wollten ihn sofort am nächsten Tag kommen lassen. Für heute war es dazu schon zu spät. Also galt es zunächst einmal, den immer noch vor Angst bebenden Hirsch über Nacht in Gewahrsam zu nehmen. Normalerweise wäre das bei einem mutmaßlichen Mörder überhaupt kein Problem gewesen, aber der Polizeihauptmann brachte es offensichtlich genauso wenig wie ich es an seiner Stelle getan hätte übers Herz, den bleichen, schlotternden Jüngling in die Arrestzelle zu stecken.

»Natürlich weiß ich aus Erfahrung, dass der äußere Anschein trügen kann, dass sich Menschen verstellen können. Doch das scheint mir hier nicht der Fall. Ich möcht' einen Besen fressen, wenn sich das Ganze nicht nach Eintreffen des Pfarrers als Irrtum herausstellt. Ehrlich gesagt, tut mir der Bursche leid. Und ich fürchte einen Skandal, wenn wir einen höchstwahrscheinlich Unschuldigen zu hart anfassen. Ich möchte unter uns gesagt nicht, dass die hiesige Justiz wieder in Schlözers *Staatszeitung* durch den Dreck gezogen wird. Ihr kennt die Geschichte?«

Ich kannte sie nicht.

»Das dürfte jetzt ungefähr sieben oder acht Jahre her sein. Da hat Schlözer sowohl in seinem *Staatsanzeiger* als auch in einer eigenen Broschüre den Fall des Ruppertsbucher Pfarrers Thomas Hartmann angeprangert. Man hatte ihn beschuldigt, die Seelsorge und Sitte und Moral vernachlässigt zu haben und verurteilte ihn deshalb zu lebenslanger Einzelhaft. Schlözer kritisierte dieses Urteil und beschuldigte seinerseits sowohl den bischöflichen Visitator Schildknecht als auch den Generalvikar Lehenbauer als Unmenschen. Ihr könnt Euch vorstellen, dass die beiden darüber nicht erfreut waren. Man konnte freilich nie herausbringen, von wem Schlözer seine Informationen erhalten hatte. Der Fall erregte Aufsehen in ganz Deutschland und ließ die Eichstätter Geistlichkeit in äußerst ungünstigem Licht erscheinen. Dergleichen gilt es diesmal unbedingt zu vermeiden.«

Wir waren in diesem Punkt völlig einer Meinung. Dennoch wussten wir im Moment keine Lösung, wie wir den Gefangenen anderweitig hätten unterbringen sollen. So mussten wir ihn eben doch schweren Herzens in die Arrestzelle stecken. Randelzhofer ließ ihm aber eine warme Decke und eine kräftige Mahlzeit bringen. Er solle sagen, wenn er noch etwas benötige. Aber Hirsch nahm lediglich die Decke und kauerte sich damit auf die Pritsche. Das Essen rührte er nicht an und äußerte auch sonst keine Bitte. Ich sehnte den Moment herbei, an dem morgen der Pfarrer erscheinen und uns Gewissheit bringen würde. Falls er aber, wie ich vermutete, den armen Hirsch entlasten würde, standen wir mit unserer Suche nach dem Phantom wieder am Anfang.

***

Sausenhover erwartete mich schon ungeduldig. Ich hatte ihm versprochen, ihm noch am selben Abend zu berichten, wie das Unternehmen ausgegangen war. Auf mein Klopfen öffnete er mir höchstpersönlich und sah mich erwartungsfroh an.

»Ich fürchte, wir haben eine große Niederlage errungen.«

»Wie das? Hat Hirsch bereits Wind bekommen und ist geflohen?«

»Nein, das nicht. Wir haben ihn angetroffen und auch verhaftet. Aber ganz ehrlich, Sausenhover, weder der Polizeihauptmann noch ich trauen ihm die Tat ernsthaft zu. Ihr solltet ihn sehen. Er wirkt unschuldig wie ein Lämmchen. Freilich weiß ich, dass es auch Wölfe im Schafspelz gibt, aber diesem Kerlchen kann ich einfach keinen Mord zutrauen. Selbst die Büttel hatten Scheu, ihn hart anzupacken. Randelzhofer hat bereits nach Pfarrer Messer schicken lassen. Morgen werden wir Gewissheit haben.«

»Und was, wenn sich Eure Befürchtung bestätigt?«

»Dann, mein Freund, fangen wir mehr oder weniger wieder von vorne an.«

Trotz meiner Erschöpfung schlief ich in dieser Nacht kaum. Die Stunden zogen sich endlos dahin, es wollte und wollte nicht Tag werden. Das macht alles keinen Sinn, ging es mir durch den Kopf. Valentin Hirsch war kein so geläufiger Name, dass es hier eine Verwechslung geben konnte. Und es gab ja noch mehr Übereinstimmungen zwischen dem Phantom und dem Gefangenen. Pfarrer Messer und Pater Wiest hatten die Musikalität erwähnt. Der Pfarrer wusste, dass Hirsch in Ingolstadt studiert und dass er eine Stelle als Hauslehrer angetreten hatte. Das alles traf auf den Verhafteten zu. Doch dieser schwor hartnäckig, niemals in Greding gewesen zu sein. Ja, die Ankündigung, wir würden einen Augenzeugen herbeiholen, ließ bei ihm sogar für Momente einen Hoffnungsschimmer aufkeimen. Er bat uns eindringlich, dies zu tun, damit sich das verhängnisvolle

Missverständnis nur schnellstmöglich aufklären lasse. Konnte sich ein Mensch wirklich derart verstellen?

Nach einer vermeintlichen Ewigkeit traf Messer am späten Vormittag endlich ein. Und mit nur einem Blick von ihm auf den Gefangenen wurde meine Befürchtung zur Gewissheit: Den Mann, der da verängstigt auf der Gefängnispritsche kauerte und immer noch ohne Unterlass Gott und alle Heiligen anflehte, hatte der Pfarrer noch nie gesehen. Er habe keinerlei Ähnlichkeit mit dem Herrn Secretarius Hirsch, der für einige Wochen bei der Witwe Fumy gewohnt habe, darauf schwöre er jeden Eid. Sichtlich erleichtert schloss Randelzhofer die Zellentür auf und entließ den armen Gefangenen wieder in die Freiheit.

»Ich habe Euch ja gesagt, dass es sich wohl um ein Missverständnis handelt und sich die Sache schnell aufklären wird. Ihr seid ein freier Mann, Hirsch, Eure Unschuld wurde glaubhaft bewiesen. Ihr könnt gehen. Und nichts für ungut. Dergleichen kommt vor.«

»Und jetzt? Wie weiter?«, fragte mich Sausenhover nachdem Hirsch so schnell wie möglich das Weite gesucht hatte. »Glaubt Ihr, dass die Namensgleichheit des Phantoms mit dem Gerolfinger Lehrer ein bloßer Zufall war?«

Nein, das glaubten wir beide nicht.

»Wenn es aber kein Zufall war, dann gibt es in meinen Augen dafür nur eine mögliche Erklärung: Unser Unbekannter kennt Valentin Hirsch und hat seine eigene Identität bewusst hinter dessen Namen verborgen, um so seine Spur umso gründlicher zu verwischen. Und das scheint ihm durchaus gelungen zu sein.«

»Zugegeben,« überlegte Sausenhover laut, »für den Augenblick ist uns der Mörder durch die Lappen gegangen. Allerdings, wenn wir auch nach wie vor seine wahre Identität nicht kennen, einen Hinweis hat er uns unfreiwillig doch geliefert, und zwar gerade über den armen Hirsch. Ich bin mir sicher, dass er ihn kennt. Und wenn das der Fall ist, dann aller Wahrscheinlichkeit nach von der Universität. Beide haben wohl gemeinsam in Ingolstadt studiert. Ich vermute sogar, dass unser Phantom ein Schüler Weishaupts war. Zumindest hat er ihn als seinen Lehrer erwähnt. Das könnte natürlich auch nur Tarnung gewesen sein, genauso wie der falsche Name. Aber das glaube ich eigentlich nicht.

Ich gehe davon aus, dass er ebenso wie Hirsch Weishaupt persönlich kannte, und zwar deshalb, weil er tatsächlich einer seiner Schüler war. Jedenfalls ist die Universität unsere einzige verbleibende Spur.«

»Bleibt nur zu hoffen, dass uns Pater Wiest einen Einblick in die Matrikelbücher gewährt – und dass wir dort tatsächlich auf etwas stoßen, was uns weiterhilft. Das Zweite ist leider mehr als unsicher. Und für beides ist es wohl notwendig, dem Rektor gegenüber endlich mit offenen Karten zu spielen. Ich werde also meine Notlüge aufdecken und mich dafür entschuldigen müssen.«

»In der Tat, eine höchst unangenehme Situation und doch fürchte ich, Ihr werdet um diesen Gang nach Canossa nicht herumkommen.«

»Da wir gerade bei Notlügen sind, Sausenhover, habt Ihr eine Ahnung, weshalb Doktor Bachmayr dem Polizeihauptmann erklärt hat, er könne die Untersuchung in meinem Fall einstellen, da es sich entgegen der ersten Vermutung doch nicht um eine Vergiftung, sondern lediglich um einen unglücklichen Sturz handelte?«

»Ja, hat Cobenzl denn nicht mit Euch darüber gesprochen? Er wollte es Euch auf der Soirée erklären. Wir hielten es für besser, wenn Randelzhofer nicht durch eine Untersuchung, die notgedrungen ins Leere führen würde, noch mehr Staub aufwirbelte. Was hätte er damit bewirkt? Die Bevölkerung wäre völlig unnötig in Unruhe versetzt worden. Unter Umständen hätten wir sogar den Täter selbst aufgescheucht und er hätte sich einer möglichen Verhaftung durch Flucht entzogen. Da schien es besser, die Sache unter den Teppich zu kehren.«

Familiengeheimnisse

Zum zweiten Mal innerhalb weniger Tage machte ich mich auf den Weg nach Ingolstadt. Diesmal allerdings allein. Sollte es mir wirklich gelingen, Pater Wiest dazu zu bewegen, mir Einblick in die Matrikelbücher zu gewähren, so würde es mich sicher einige Zeit kosten, etwas zu entdecken – falls ich überhaupt fündig würde.

Davor aber galt es, die Schwierigkeit zu meistern, dem Rektor der Universität meine List ihm gegenüber zu gestehen – und ihn im selben Atemzug um seine Unterstützung zu bitten. Wahrlich kein leichtes Unterfangen. Doch ich musste Wiest zumindest in Ansätzen reinen Wein einschenken. Das kleine Gerolfing, mochte es auch politisch zum Eichstätter Hochstift gehören, lag zu nahe, da konnte sich die Verhaftung schon jetzt bis nach Ingolstadt herumgesprochen haben. Und wenn nicht, so war es bloß eine Frage der Zeit, wann das geschehen würde. Eine fortgesetzte Täuschung aber würde mir Wiest verständlicherweise niemals verzeihen. Sausenhover und ich hatten das Problem vor meiner Abreise wiederholt durchgesprochen und waren uns schließlich einig, dass es wohl besser wäre, aus der konkreten Situation heraus zu agieren, als sich einen festen Plan und eine einstudierte Rede zurechtzulegen. Ich sollte Wiest nur so viel wie unbedingt nötig preisgeben. Falls irgendwie möglich, sollte ich die Illuminaten dabei aus dem Spiel lassen. Es war wirklich kein leichtes Unterfangen und ich bat entsprechend betreten um eine Audienz.

Pater Wiest begrüßte mich ebenso freundlich wie beim letzten Mal, woraus ich schloss, dass ihm der Fall Hirsch offensichtlich noch nicht zu Ohren gekommen war. Immerhin etwas.

»Monsieur, ich bin erfreut, Euch zu sehen, doch wundere ich mich ehrlich gesagt, Euch hier schon nach so kurzer Zeit wieder anzutreffen. Konntet Ihr Hirsch denn nicht ausfindig machen?«

»Schon, schon, durchaus, verehrter Pater. Und in gewisser Weise ist das sogar der Grund meines heutigen Besuchs bei Euch. Oder sollte ich vielleicht besser sagen, meines Gangs nach Canossa. Denn es handelt sich, das muss ich leider gestehen, um eine äußerst heikle, sehr diffizile Angelegenheit, von der ich ehrlich gesagt immer noch gar nicht recht weiß, wie ich sie am besten vorbringen soll.«

»Nur Mut, Monsieur, sprecht frei von der Leber weg, den Kopf wird es schon nicht gleich kosten. Wir sind doch beide zivilisierte Leute.«

Wiest blickte mich neugierig an.

»Ja, verehrter Rektor, den Kopf wird es nicht gleich kosten, das sagt man so. Allein in diesem Fall handelt es sich eben um eine Angelegenheit, die dem armen Hirsch tatsächlich beinahe den Kopf gekostet hätte.«

»Hat er etwas angestellt? Valentin Hirsch? Das kann ich mir beim besten Willen nicht vorstellen. Er ist doch geradezu ein Ausbund an Harmlosigkeit. Weit eher zum potentiellen Opfer auserkoren, als dass er selbst eine Untat beginge, so möchte es mir jedenfalls scheinen.«

»Ja, da mögt Ihr wohl recht haben. Davon konnte ich mich in der Zwischenzeit auch mit eigenen Augen überzeugen. Und doch, oder vielleicht gerade deshalb, geriet Hirsch durch dunkle Umstände unschuldig in einen furchtbaren Verdacht. Seht Ihr, verehrter Rektor Wiest, genau aus diesem Grund bin ich hier.«

Ich berichtete von dem Mord in Greding, von der Theorie, der Mörder habe sich noch länger dort aufgehalten, vom geheimnisvollen Secretarius, der sich Hirsch genannt hatte. Wiest lauschte meinen Worten höchst aufmerksam, aber auch ebenso kritisch.

»Monsieur, bei Eurem Bericht bleibt einiges im Dunkeln. Ich vermute, Ihr habt Eure Gründe, weshalb Ihr mich nicht vollständig aufklärt, und ich insistiere diesbezüglich auch nicht weiter. Ich bin Theologe und kein Jurist. Und ich weiß aus eigener, ich möchte sagen leidvoller Erfahrung, dass es nicht immer opportun ist, die gesamte Wahrheit aufzudecken. Leider, möchte ich betonen, denn Gottes Gebote fordern etwas anderes. Doch ist dies wohl nicht die passende Gelegenheit, um darüber zu debattieren. Ein Mensch wurde hinterrücks ermordet. Ich weiß nicht, was er getan hat. Doch hatte der Mörder keinesfalls das Recht, die Dinge in die eigene Hand zu nehmen. Er hat gegen Gottes

Gebot gehandelt. Ich könnte nun freilich sagen, das gehe mich aus mehrerlei Gründen nichts an. Ich bin weder Richter noch Landesherr, ich stehe in keinerlei Beziehung zum Ermordeten. Der Mörder hat aber durch seine Tat auch den Namen des armen Hirsch besudelt. Der Stadtpfarrer mag ihn freilich entlastet haben, doch gibt es immer böse Zungen. Solange der wahre Schuldige nicht gefasst ist, wird Hirsch womöglich nie mehr von jeglichem Verdacht frei sein. Ihr habt ihn gesehen. Ein Mann von seinem Naturell steht so etwas nicht durch. Hirsch war schon während seiner Studienzeit Zielscheibe des Spotts. Ich kann mir nicht vorstellen, dass die derbe Landbevölkerung ihn sanfter anpackt als seinerzeit die Studenten. Eher wird wohl das Gegenteil der Fall sein. Und da mag es dann auch gar keine Rolle mehr spielen, wenn man ihm nach seinem Aussehen und seinem Auftreten eine solche Tat überhaupt nicht zutrauen kann. Nun, *manus manum lavat*, eine Hand wäscht bekanntlich die andere. Um des bedauernswerten Hirsch wegen bin ich bereit, Euch zu helfen, falls es in meiner Macht steht. Allerdings nur unter einer Bedingung: Ihr gebt mir Euer Ehrenwort, Euch bei Eurem Fürstbischof dafür einzusetzen, dass der junge Mann entweder eine Stelle als Organist oder in Eurer Normalschule bekommt. Wenigstens die Sache mit der Normalschule entspricht doch der Wahrheit, hoffe ich!«

Ich versprach, für Hirsch mein Möglichstes zu tun, entsprach dieser Vorschlag doch ganz und gar meinem eigenen Bedürfnis. Ich hatte in der Tat immer noch ein schlechtes Gewissen in dieser Angelegenheit.

»Nachdem das abgemacht ist – wie kann ich Euch helfen?«

»Wir gehen davon aus, dass der Mörder – ich nenne ihn für mich das Phantom – hier in Ingolstadt studiert hat. Was Ihr gerade über Valentin Hirsch erzählt habt, erhärtet meine Vermutung sogar noch. Vielleicht hatte der von uns Gesuchte Hirschs Namen eben deshalb im Gedächtnis, weil dieser immer verspottet wurde. Dergleichen merkt man sich. Für meine Suche bleibt mir nur ein letzter möglicher Hinweis: Das Phantom hatte einigen Kontakt zum Gredinger Stadtpfarrer und erwähnte diesem gegenüber einen ehemaligen Lehrer, einen gewissen Professor Adam Weishaupt. Ich kann natürlich nicht mit letzter Sicherheit sagen, dass er wirklich bei Weishaupt studiert hat. Vielleicht war auch das eine Lüge und gehörte zu seiner Tarnung. Es ist aber, wie gesagt, meine einzig verbleibende Spur und ich möchte versuchen, den Mörder über die Matrikelbücher doch noch ausfindig zu machen. Vielleicht stoße ich auf einen mir bekannten Namen.«

Wiest schwieg eine Weile, dann räusperte er sich.

»Adam Weishaupt. Ich nehme an, Ihr kennt seine Geschichte.«

Ich nickte.

»Ja, Weishaupt war in der Tat sehr beliebt bei den Studenten. Viele hörten bei ihm. Er war ein sehr guter Lehrer und auch ich schätzte ihn sehr. Das mag Euch überraschen, schließlich war ich als Rektor damals nicht unbeteiligt an seiner Entlassung. Das ist leider wahr. Ich leugne es nicht. Ich leugne auch nicht, dass ich in mancherlei Dingen anderer Auffassung als Weishaupt war, seine fortschrittlichen Ideen nicht teilte, ja, sie in manchen Punkten – ich betone in *manchen* – für gefährlich für die Jugend hielt und ihn deshalb auch bat, sich diesbezüglich zu mäßigen. Das ändert aber nichts daran, dass ich Weishaupt als Menschen überaus hochschätzte und ich zweifelte niemals an seiner persönlichen Integrität. Dennoch entschloss ich mich zum Schritt der Entlassung. Der Druck von allerhöchster Seite war immens und ich war als Rektor vor allem verpflichtet, möglichen Schaden von der Universität abzuwenden. Ich hoffte damals – naiverweise, wie ich heute gestehen muss – es würde mir gelingen, die Wogen wieder zu glätten und Weishaupt in ein oder zwei Jahren wieder an die Universität zurückholen zu können. Heute weiß ich freilich, wie trügerisch und falsch diese Hoffnung war, wie naiv, ja, ich muss sagen, wie weltfremd. Ich bin Theologe und kein Politiker, wie Ihr wisst. Aber die Vorgänge um Weishaupt zwangen mich schließlich, mich mehr mit den politischen Hintergründen zu befassen als mir eigentlich lieb war. Die Causa Weishaupt führte mir nur zu deutlich vor Augen, wie gefährlich Gedanken sein können. Ich fürchte, ich spreche in Rätseln, verzeiht. Ich will versuchen, Euch zu erklären, was ich meine. Weishaupt war, wie Ihr vielleicht schon wisst, Lehrer für Kirchenrecht, vor allem aber auch für Naturrecht. In diesem Zusammenhang interessierten ihn auch die Vorgänge in Nordamerika sehr. Den Abfall der Vereinigten Staaten vom englischen Mutterland thematisierte er auch in seinen

Vorlesungen. Hatten die Menschen das Recht, sich von ihrem – von Gottes Gnaden – eingesetzten Herrscher loszusagen? Unter welchen Bedingungen hätten Menschen das Recht, eine Regierung zu stürzen? Die Frage beschäftigte schon die antiken Philosophen wie Platon oder Cicero, freilich auch Theologen wie Thomas von Aquin. Doch beließ es Weishaupt nicht bei den alten Denkern und ihren Theorien. Die Vorkommnisse in Nordamerika machten die Frage in Weishaupts Augen dringlicher, aktueller. Das mag Euch wundern, liegt Nordamerika doch weit entfernt. Man könnte in der Tat fragen, was die Ereignisse in dieser fernen englischen Kolonie mit uns hier zu tun hätten. Ganz so einfach ist es aber eben leider nicht. Auch wenn ich selbst Weishaupts Interesse an der Entwicklung in Amerika lange Zeit als bloße Gedankenspielerei abtat, belehrten mich die Ereignisse dann allerdings eines Besseren. Plötzlich baute sich gegen Weishaupt ein politischer Druck auf, den ich lange nicht verstand. Wenn seine Äußerungen in Vorlesungen zu kritisch waren, gut, dafür hätte man ihn maßregeln können, eine Verwarnung aussprechen, ihm die Entlassung androhen, leichte Sanktionen verhängen können. Aber damit war es nicht getan. Wie gesagt, ich verstand das lange nicht. Solange, bis ich mich eben doch genötigt sah, mich eingehender mit der Politik unseres Landesherrn und vor allem mit seinen Ratgebern zu befassen. Wie ich nach Eurer Mundart vermute, stammt Ihr nicht von hier, Monsieur Francobaldi. Überdies seid Ihr Beamter des Eichstätter Hochstifts. Ich weiß also nicht, ob Ihr Euch schon jemals genauer mit der bayerischen Politik befasst habt.«

Ich verneinte.

»Wenn dem so ist, erlaubt mir, Euch über die Hintergründe, wie ich sie sehe, aufzuklären. Gerade für uns hier in Bayern ist nämlich Amerika weniger weit entfernt, als es auf den ersten Blick den Anschein haben mag. Am Hof des Kurfürsten Karl Theodor besitzt seit vier Jahren ein gewisser Benjamin Thompson, Euch vielleicht besser bekannt als Reichsgraf Rumford, sehr großen Einfluss. Rumford ist mit der Reorganisation der Armee beauftragt und ich will nicht leugnen, dass er ein fähiger Mann ist, der sich überdies auch sehr für die Bekämpfung der Armut einsetzt. Dieser Graf Rumford aber, und das scheint mir das *punctum saliens* zu sein, stammt ursprünglich aus Nordamerika. Er unterhielt dort in der Stadt Portsmouth enge Beziehungen zum englischen Gouverneur und engagierte sich stark für das englische Mutterland, womit er sich, wie man hört, vehemente Anfeindungen seiner amerikanischen Mitbürger zuzog. '76, im Jahr des Abfalls der Staaten von der englischen Krone, reiste er ins Königreich und überbrachte dem Kolonialminister wichtige Depeschen. Damit war ihm eine Karriere im dortigen Ministerium sicher. Er kehrte wohl sogar noch einmal in offizieller Mission nach Amerika zurück, aber nach dem Friedensschluss dort sah er für seine weitere militärische Laufbahn wenig Chancen und kehrte England schließlich den Rücken. Der Mann ist ehrgeizig. So kam er eher zufällig in die Residenzstadt München. Hier ist er nun zu einem der einflussreichsten Ratgeber Karl Theodors aufgestiegen. Während Freiherr Montgelas, der als ehemaliger Student Ingolstadts unserer Universität vielleicht wohler gesonnen gewesen wäre, München wegen politischer Differenzen mit dem Kurfürsten verlassen musste. Ihr seht, worauf ich hinaus will: Die amerikanische Unabhängigkeitsbewegung, für Weishaupt vielleicht eher eine Frage von theoretisch-grundsätzlicher Natur, hatte auf Graf Rumford ganz unmittelbare persönliche Auswirkung. Er hat buchstäblich am eigenen Leib erfahren, welche höchst realen Umwälzungen Ideen schließlich bewirken können. Wenn ich es auch nicht beweisen kann, so vermute ich doch, dass er die treibende Kraft hinter den Anfeindungen gegen Weishaupt war. Wie ich schon sagte, hoffte ich ursprünglich, Weishaupt nach einiger Zeit wieder nach Ingolstadt zurückholen zu können, wenn sich die Wogen etwas geglättet hätten. Aber das taten sie nicht. Leider ganz im Gegenteil. Die andere Sache kam dazwischen. Und auch wenn ich persönlich felsenfest von Weishaupts Unschuld überzeugt bin, so war daraufhin an eine Rückkehr doch überhaupt nicht mehr zu denken. Gerade viele seiner treuesten Studenten waren am allermeisten entsetzt. Die Causa Weishaupt erhitzte mehr denn je die Gemüter.«

»Welche andere Sache?«

»Ich meine die Schriften, die nach der Hausdurchsuchung bei Baron Bassus in Schloss Sandersdorf angeblich dort gefunden wurden.«

»Davon weiß ich nichts.«

»Ihr wisst nichts davon? Nun, das wäre vielleicht sogar besser so. Aber angesichts der höchst ungewöhnlichen Umstände, halte ich es für notwendig, Euch davon zu erzählen. Wenn Ihr nämlich den Täter im Umfeld von Weishaupts Studenten sucht, könnte hier durchaus ein möglicher Schlüssel liegen. Ich betone noch einmal, dass ich davon überzeugt bin, dass an der Sache nichts dran ist. Im Gegenteil: Ich halte es für eine gezielte Kampagne, um Weishaupts Ruf zu ruinieren und ihn auch als Person in Misskredit zu bringen. Ja, der ganze Vorfall in Sandersdorf nährte bei mir überhaupt erst den Verdacht, der Fall Weishaupt könne höchst politische Hintergründe haben. Weishaupts erste Frau, ich glaube, sie hieß Afra, erkrankte schwer. Das dürfte so Ende der siebziger Jahre gewesen sein. Sie lag lange Zeit, bestimmt drei Jahre, wenn nicht länger. Ihre Schwester, also Weishaupts Schwägerin, pflegte sie und kümmerte sich um den Haushalt. Schließlich verstarb Weishaupts Frau. Weishaupt und Anna Maria, seine Schwägerin, waren sich in der langen, harten Zeit und in ihrem geteilten Leid wohl sympathisch geworden und wollten heiraten. Da sie aber seine Schwägerin, also eine Verwandte war, bedurfte es dazu einer Dispens. Zuständig für die Bearbeitung des Falles war der Eichstätter Generalvikar Johann Martin Lehenbauer, ein sehr konservativer Mann. Ihr könnt Euch vorstellen, dass er dem sehr fortschrittlichen Weishaupt, der sich bisweilen durchaus kirchenkritisch äußerte, nicht wohl gesonnen war – um es vorsichtig auszudrücken. Jedenfalls ging in der Sache nichts voran. Drei volle Jahre bemühte sich Weishaupt. Aber die Angelegenheit wurde im Vikariat verschleppt, die notwendigen Unterlagen wurden nicht nach Rom weitergeleitet, wo die Causa entschieden werden musste. Nun hatten Weishaupt und seine Schwägerin wohl doch mindestens eine schwache Stunde. Jedenfalls war die Frau irgendwann guter Hoffnung. Jetzt tauchten plötzlich die besagten Schriften auf, aus denen angeblich hervorging, dass Weishaupt auf eine Abtreibung gedrungen, sie gar vorbereitet habe. Er habe bereits die entsprechenden Mittel besorgt. Er selbst beteuerte freilich seine Unschuld und sprach damals von Münchner Invektiven gegen sich. Man wolle sein Ansehen und seinen guten Ruf ruinieren. Er fürchtete vor allem um seine Glaubwürdigkeit bei den Studenten. Wie gesagt, ich glaube ihm. Ende '83 kam endlich die päpstliche Dispens. Das Kind wurde zu aller Glück im Januar '84 ehelich geboren. Aber noch bis letztes Jahr, also ganze vier Jahre nach der Trauung, versuchte der Pfarrer der Moritzkirche hier in Ingolstadt nachzuweisen, dass die Dispens zu Unrecht erteilt worden sei. Der Fall war buchstäblich über Jahre Stadtgespräch. Glaubt mir, seitdem weiß ich, was üble Nachrede bedeutet, und wie schwer ein Gerücht, das einmal in die Welt gesetzt wurde, wieder zum Verstummen gebracht werden kann. *Aliquid semper haeret.* Etwas bleibt immer hängen. Dergleichen möchte ich Valentin Hirsch ersparen. Wenn ich Euch so davon erzähle, meine ich mich sogar zu erinnern, dass die beiden Frauen aus einer angesehenen Eichstätter Familie stammten. Auch dort dürfte sich die Sache damals also wie ein Lauffeuer verbreitet haben und ich bin mir sicher, dass es manch böses Gerede gab.«

Armer Sausenhover! Ich verstand nur zu gut, weshalb er darüber nie ein Wort verloren hatte. Über derartige Familiengeheimnisse schwieg man besser. Nun verstand ich aber auch, warum er so um Ottilies guten Ruf besorgt war. Leidvolle Erfahrung hatte ihn in diesem Punkt Vorsicht gelehrt.

»Danke für Euer Vertrauen, Pater Wiest. Ich kann mir durchaus vorstellen, dass mancher Student entsetzt über die angeblichen Verfehlungen Weishaupts war. Es kann sehr weh tun, eine verehrte Person plötzlich in einem völlig anderen Licht zu sehen. Nun stellt sich die Frage, ob mir das bei der Lösung meines Falles tatsächlich weiterhilft. Vielleicht liegt die Lösung des Falles auch in einer ganz anderen Richtung. Ich weiß es schlicht und einfach nicht. Für den Moment bleibt mir nichts anderes übrig, als mit Eurer gnädigen Erlaubnis die Matrikelbücher zu durchforsten und zu hoffen, darin irgendeinen Hinweis zu finden, der mir weiterhilft. *Bene eveniat!*«

Pater Wiest ließ die Bücher der Jahre '79 bis '85 kommen. Hunderte von Namen waren darin aufgeführt. Die Alma Mater hatte wahrhaftig viele Studenten hervorgebracht. Stunden um Stunden quälte ich mich durch die Seiten auf der Suche nach einem mir bekannten Namen. Es begann schon dunkel zu werden, meine Augen schmerzten. Und plötzlich fügten sich alle Mosaiksteine wie von Zauberhand zu einem Bild.

Abschlussbericht

Schon bald nach meiner Rückkehr versuchte ich, das Versprechen einzulösen, das ich Pater Wiest gegeben hatte. Cobenzl verwandte sich höchstpersönlich bei seiner Exzellenz und dieser ließ Valentin Hirsch tatsächlich vorspielen. Eine feste Stelle als Organist wollte er ihm freilich so schnell nicht anbieten, versprach aber, sich die Sache durch den Kopf gehen zu lassen. Auf alle Fälle sollte Hirsch während des Sommerkursus für die übrigen Schulmeister zur Unterweisung im Orgelspiel zur Verfügung stehen. Er selbst war als Lehrer ohnedies verpflichtet, am Kursus teilzunehmen. Seine Exzellenz sah aber durchaus ein, dass sich in diesem speziellen Fall eine Unterweisung in den elementaren Grundkenntnissen wie sie der Kursus bieten sollte, erübrigte. So blieb wenigstens die Hoffnung, dass sich das ganze Schlamassel für Hirsch schließlich doch noch zum Guten wenden würde.

Sausenhover hätte schon bei unserem letzten Besuch in Greding gerne Pezzls Grab besucht, doch fürchteten wir damals noch, zu viel ungewollte Aufmerksamkeit zu erregen. Jetzt aber hielt uns nichts mehr zurück.

»Ihr wundert Euch vielleicht, dass mir dieser Besuch solch eine Herzensangelegenheit ist, wo ich Pezzl zu seinen Lebzeiten doch gar nicht gekannt habe. Aber ich muss gestehen, ich empfinde mich ihm auf unerklärliche Weise verbunden. Wahrscheinlich deshalb, weil wir beide dasselbe Schicksal hätten erleiden sollen. So seltsam es klingt, ich fühle mich auch ein wenig schuldig, weil ich noch am Leben bin, während er sterben musste.«

Wieder stand ich also an der besagten Stelle auf dem Gredinger Friedhof. Das Städtchen war mir inzwischen fast ebenso vertraut wie Eichstätt. Auf Pezzls Grab hatte man inzwischen ein kleines, buschiges Bäumchen gepflanzt. Seine Zweige wuchsen wie bei einer Pappel enganliegend schmal nach oben, doch trugen sie keine Blätter, sondern dunkelgrüne, gefiederte Nadeln. Ein bisschen ähnelte es einer Zypresse, wie ich sie von italienischen Landschaftsbildern kannte. Um das Bäumchen war Efeu gepflanzt, genauso, wie Johann Pezzl das gewünscht hatte. Auch die Gedenktafel war inzwischen angebracht worden.

»*Fiat iustitia,* es geschehe Gerechtigkeit«, las Sausenhover sinnierend. »Ein ungewöhnlicher Wunsch auf einem Grabstein und doch in diesem Fall so passend. Ich fürchte allerdings, es wird seiner Exzellenz unserem Herrn Fürstbischof, nicht gelingen, diesen Wunsch auch Realität werden zu lassen. Wir werden das wohl den himmlischen Mächten überlassen müssen. Auf Erden sind uns die Hände gebunden.«

Die Tage waren inzwischen schon merklich länger. Es dämmerte noch nicht einmal, als wir wieder nach Eichstätt kamen. Dort aber traute ich meinen Augen nicht: Wie von Zauberhand schien meine spartanische Behausung plötzlich in ein anheimelndes Zuhause verwandelt. Die Fenster waren mit feinen Vorhängen versehen, in meinem Lehnstuhl lagerte eine Menge an bestickten Kissen, der rohe Tisch war mit einem feinen Tischtuch bedeckt und eine Wand sogar mit einem ansprechenden Gemälde geschmückt.

»Was ist denn hier passiert?«

»Gefällt es Euch? Wir sind zwar längst noch nicht fertig, aber eine neue Bettstatt habt Ihr immerhin schon. Den Rest erwarte ich im Verlauf der Woche. Meine Tochter und ich haben die Handarbeiten bereits fertig gestellt, wie Ihr seht. Die Kissen werden dann ihren Platz auf dem Sofa finden, das aber im Moment noch beim Polsterer ist. Den Lehnstuhl wollte ich gerade in das gegenüberliegende Zimmer schaffen lassen. Ich dachte mir nämlich, da Ihr ja im Erdgeschoss zwei Räume habt, wovon Ihr bislang erst einen nutzt, könnte man die Aufteilung folgendermaßen vornehmen: Linker Hand sollte die Stube sein, rechter Hand aber Euer Arbeitszimmer beziehungsweise die Bibliothek. Euer Schreibpult ist bereits fertig, wenn Ihr sehen wollt.«

Damit öffnete Ottilie erkennbar stolz die Tür auf der anderen Seite des Flurs. Tatsächlich hatte das Zimmer bis jetzt leer gestanden. Nun aber war es mit einem sehr schön gearbeiteten Schreibpult versehen. Eine Wand nahm ein Bücherschrank ein, der freilich noch leer war. Vor meinem geistigen Auge aber sah ich den Raum bereits in seiner Vollendung und wusste sofort, dass ich mich darin wohl fühlen würde. In der Tat würde der Lehnsessel hier perfekt passen.

Ein kleines Tischchen stand ebenfalls schon drin und an der Wand lehnten einige Landschaftsbilder. Ich betrachtete sie bewundernd. Sie waren gut gemalt.

»Wo habt Ihr denn die her? Sie sind bemerkenswert gut ausgeführt.«

»Gefallen sie Euch? Das freut mich. Ihr Schöpfer heißt Ignaz Breitenauer. Eigentlich ist er Bildhauer und hat bei seinem Vater gelernt, weil sich die Familie keine andere Ausbildung für ihn leisten konnte, obwohl man sein zeichnerisches Talent durchaus erkannte. Er ist als Hofbildhauer bei seiner Exzellenz angestellt. Seine Liebe zur Malerei und zur Zeichnung aber hat er sich erhalten und widmet sich ihr in seiner Freizeit. Sein Bruder ist übrigens ebenfalls Bildhauer – und zwar an der Akademie in Wien. Ihr seht«, sagte sie lächelnd, »es gibt vielerlei Verbindungen von Eichstätt in Eure Heimatstadt. Für heute ist es spät geworden. Wenn es Euch recht ist, komme ich morgen wieder. Dann soll nämlich die Anrichte angeliefert werden und das neue, feine Porzellan möchte ich lieber persönlich einräumen. Das traue ich Eurem Dienstmädchen ehrlich gesagt noch nicht zu. Sie ist den Umgang mit derart exquisiten Gegenständen noch nicht gewohnt. Da fürchte ich, es könnte manches Teil zu Bruch gehen. Ich wäre Euch aber dankbar, wenn Ihr Euch morgen einmal für ein paar Augenblicke Zeit nehmen könntet. Ich hätte nämlich eine wichtige Sache mit Euch zu bereden.«

»Selbstverständlich, liebe Ottilie, immer gerne. Aber wollt Ihr mir denn nicht jetzt schon sagen, worum es geht?«

»Es ist eine etwas heikle Sache, die Zeit braucht. Für heute ist es dazu schon zu spät. Adam holt mich jeden Moment ab.«

»Kann ich Euch denn nicht heimbegleiten? Es wäre mir ein großes Vergnügen.«

Ottilie sah mich ernst an.

»Danke für das Angebot, Francobaldi. Aber nein, ich denke, das schickt sich nicht.«

Ich musste etwas tun! Ich wusste es doch schon seit Wochen! Jetzt aber gab es definitiv keinen Aufschub mehr. Noch heute Abend würde ich meinen letzten Brief an Pezzl schreiben und ihm von den jüngsten Ergebnissen meiner Untersuchung berichten. Zu meinem Erstaunen hatte er zwar auf meinen letzten Bericht vor ein paar Wochen nicht reagiert, doch ich wollte die Sache, soweit es in meiner Macht stand, anständig zu Ende bringen. Das war ich ihm und vor allem mir selbst schuldig. Und dann … Dann würde ich mir endlich ein Herz fassen und Ottilie fragen, ob sie sich ein Leben mit mir vorstellen könne.

Enrico Francobaldi an Monsieur Johann Pezzl

Werter Monsieur Pezzl,
diesen Brief könnte man gewissermaßen als Abschlussbericht bezeichnen, habe ich doch Euren Auftrag, den Mörder Eures Bruders zu finden, erfüllt. Wenn auch sicher anders als von Euch und mir selbst erhofft. Tatsächlich und zu meinem eigenen Erstaunen haben sich die Hintergründe der Tat so erwiesen, wie ich sie in meinem letzten Bericht dargestellt habe. Es ging dem Mörder darum, die Verbreitung der Ideen eines gewissen Professors Weishaupt zu verhindern. Die Einzelheiten möchte ich Euch im Folgenden genauer aufzeigen, doch muss ich eingangs betonen, dass es sich dabei letztlich um Vermutungen handelt. Mögen diese in meinen Augen auch noch so begründet sein, so bleiben sie eben doch Vermutungen, da ich den mutmaßlichen Mörder dazu nicht befragen konnte. Dieser entzog sich seiner Verhaftung nämlich durch Flucht und es steht zu befürchten, dass er unter mächtigem Schutz steht. Sein Name ist: Ägidius Netter. Schlüsselfigur des ganzen Unglücks ist, wie ich schon andeutete, ein gewisser Professor Weishaupt, den Euer Bruder in Wien kennen gelernt haben dürfte …

Und ich berichtete Johann Pezzl ausführlich vom Illuminatenorden und seinen Zielen, wie er sich die Anfeindungen von politischer Seite zugezogen hatte, und schließlich von den persönlichen Anfeindungen auf Weishaupts Ehre.

… Ägidius Netter aber war ein Schüler Weishaupts, ja mehr noch, ein glühender Verehrer und überzeugten Anhänger von dessen Idealen. Seine Kommilitonen, die Weishaupt ebenfalls schätzten, zogen Netter sogar des Öfteren wegen seiner fast abgöttischen Verehrung für den Lehrer auf, wie ich inzwischen erfahren habe. Weishaupt setzte den jungen Mann vor seiner heimlichen Flucht aus Ingolstadt

davon offensichtlich nicht in Kenntnis, was diesen wohl sehr verletzte. Als dann aber auch noch Gerüchte in Bezug auf Weishaupts persönliche Integrität gestreut wurden, brach für Netter endgültig eine Welt zusammen. Er ließ sich davon zwar nichts anmerken, indem er sich beispielsweise öffentlich kritisch gegen seinen früheren Lehrer geäußert hätte, doch in seinem Inneren schien sich allmählich tödlicher Hass wie Gift auszubreiten. Seinen Kommilitonen fiel wohl auf, dass er immer schweigsamer wurde, doch kannten sie die Ursachen dafür nicht. Sehr gesellig war Netter ohnehin nie gewesen. Er stammt aus der Rosenheimer Gegend und hat angeblich früh seinen Vater verloren. Recht viel mehr aber ist mir über ihn nicht bekannt. Nur noch die Tatsache, dass er sehr musikalisch ist. Ich selbst habe ihn in Eichstätt sogar bei zwei Gelegenheiten persönlich getroffen, wohl auch kurz mit ihm gesprochen, doch war mir der junge Mann so wenig verdächtig wie meinem übrigen Umfeld. Wohl genau aus diesem Grunde schien Netter das ideale Objekt für die politischen Ziele aus München. Ich möchte an dieser Stelle noch einmal betonen, dass es sich bei allem, was ich über Netter und seine Motive schreibe, um Vermutungen handelt, da ich ihn eben nie dazu verhören konnte. Ich weiß nicht, wer ihn requirierte. Doch es besteht der starke Verdacht, dass der junge Mann in bayerischem Auftrag handelte. Fest steht jedenfalls, dass er auf Vermittlung aus München eine Anstellung im Fürstbistum Eichstätt fand. Fest steht außerdem, dass er zur fraglichen Zeit und ebenfalls infolge eines dringend geäußerten Wunsches aus München für sechs Wochen vom Dienst befreit wurde; angeblich, weil er in einer dringenden Familienangelegenheit benötigt wurde. Ich dagegen vermute, dass er eben diese Zeit in Greding zubrachte, um den Mord an Eurem Bruder vorzubereiten und sich nach vollbrachter Tat genau dort noch zu verstecken, wo man ihn am wenigsten vermutete. In Eichstätt Zugang zum Illuminatenkreis zu bekommen, bereitete ihm überhaupt keine Probleme. Weishaupt hatte Netter als seinen Studenten offenbar früher schon öfter positiv erwähnt. Darüber hinaus verschaffte sich der junge Mann Vertrauen durch gemeinsames Musizieren. Er war, wie gesagt, ein sehr ruhiger, absolut unauffälliger Mensch. Er tat sich niemals mit irgendwelchen Bemerkungen oder Ansichten hervor und war eben dadurch in gewisser Weise perfekt getarnt. Während seines Aufenthalts in Greding hatte er zur Wahrung seines Inkognitos außerdem einen *falschen Namen benutzt, sodass wir zunächst einen Unschuldigen an seiner statt verhafteten. Netter, der von dieser Verhaftung Wind bekommen hatte, floh noch am selben Tag, ohne dass dies zunächst in Eichstätt bemerkt wurde. Ich selbst erkannte die Zusammenhänge erst, als ich in den Ingolstädter Matrikelbüchern auf seinen Namen stieß. Da war es allerdings schon zu spät. Freilich hat seine Exzellenz der Fürstbischof sofort ein offizielles Auslieferungsgesuch nach München gestellt, doch hat man auf dieses von dort bislang in keiner Weise reagiert. Ich befürchte, dass dies meiner Theorie entsprechend leider auch so bleiben wird.*

So muss ich Euch also die traurige Mitteilung machen, dass der Mörder Eures Bruders zwar höchstwahrscheinlich enttarnt ist, wohl aber nicht seiner gerechten Strafe zugeführt werden wird …

Es war spät geworden. Ich schloss den Brief in mein neues Schreibpult ein. Morgen, nach dem Gespräch mit Ottilie, würde ich ihn auf die Poststation bringen. Damit war der Fall, was mich betraf, tatsächlich abgeschlossen. Lange hatten Sausenhover und ich nach meiner Rückkehr aus Ingolstadt überlegt, was ich seiner Exzellenz über die Hintergründe berichten sollte. Während der Audienz merkte ich allerdings sehr bald, dass Johann Anton alles andere als interessiert war, etwas über das eigentliche Motiv Netters zu erfahren. Während ich ihm berichtete, stellte ich mir immer wieder die Frage, wie viel der Bischof von den Plänen der Illuminaten in seiner unmittelbaren Umgebung tatsächlich gewusst hatte. Nur indem er sich gänzlich ahnungslos stellte, konnte er aber vermeiden, gegen Personen, die er sehr schätzte und denen er vertraute, ja, die für die Regierung des Hochstifts von eminenter Wichtigkeit waren, gerichtlich vorgehen zu müssen. Nach Auffassung seiner Exzellenz hatte Ägidius Netter Franz Pezzl, der sich aus irgendwelchen Gründen in Greding aufgehalten hatte, aufgelauert, weil dieser ein Anhänger Weishaupts war. So einfach war das. Das genügte. Pezzl aber war in Weishaupts Auftrag angereist, um irgendwo irgendetwas in die Wege zu leiten. Netter hatte irgendwie davon erfahren. Um Wien gegenüber dokumentieren zu können, dass er in der Sache tatsächlich aktiv geworden war, hatte von Zehmen zwar sofort ein Auslieferungsgesuch in Richtung Bayern gestellt. Ich konnte mich aber des Gefühls nicht erwehren, dass es ihm wahrlich kein Herzensanliegen war, Netter der Eichstätter Gerichtsbarkeit zu übergeben. Gerechterweise musste ich freilich anerkennen, dass Johann Anton dazu sicher auch nicht die nötigen politischen Druckmittel gegenüber seinem mächtigen bayerischen Nachbarn besessen hätte. Der Anschlag auf Sausenhovers Leben aber hatte offiziell ebenso wenig stattgefunden wie der auf das meine. So wie die Dinge lagen, war Johann Pezzl neben Cobenzl, Sausenhover und mir der einzige Mensch, der die tatsächlichen Zusammenhänge kannte.

Am nächsten Morgen wartete ich ungeduldig auf Ottilies Erscheinen. Ich hatte keine Ahnung, worüber sie so dringend mit mir sprechen wollte. Über unsere ungeklärte Beziehung? Das war für eine Frau wohl eher ungewöhnlich, böse Zungen könnten auch sagen, ungebührlich. Aber ich konnte mir nichts anderes vorstellen. Wahrscheinlich zwang sie mein langes Schweigen zu diesem Schritt. Einmal mehr hatte ich ihr gegenüber ein schlechtes Gewissen.

»Francobaldi, wenn Ihr einen Moment Zeit habt, würde ich jetzt gerne die wichtige Angelegenheit besprechen.«

Mein Herz klopfte wie wild.

»Selbstverständlich, meine verehrte, liebe Ottilie. Ich muss gestehen, ich bin mehr als froh, dass wir endlich …«

»Es geht um Walli.«

»Walli? Welche Walli?«

»Walburga. Euer Dienstmädchen.«

Das durfte doch nicht wahr sein! Ich erhoffte mir die Klärung unserer Beziehung und jetzt ging es um mein Dienstmädchen, dessen Namen ich kaum kannte! Ich hatte sie überhaupt noch nie wirklich wahrgenommen. Sie kam frühmorgens, versah den Haushalt und war meist schon verschwunden, wenn ich abends wieder kam.

»Was gibt es denn da zu reden, Ottilie? Habt Ihr etwas an ihr auszusetzen?«

»Nein, überhaupt nicht, im Gegenteil. Ich denke, dass sie eine gute, zuverlässige Kraft ist. Eben deshalb möchte ich Euch auch einen Vorschlag machen. Das heißt, es ist eigentlich mehr als ein Vorschlag, schon eher eine Bitte. Ihr habt oft betont, wie dankbar Ihr mir seid, wie gerne Ihr etwas für mich tun würdet. Vielleicht bietet sich jetzt eine Gelegenheit dazu.«

»Ottilie, ich wiederhole mich: Ich erfülle Euch mit Vergnügen jeden Wunsch, sofern es in meiner Macht steht. Nur kann ich ehrlich gesagt noch nicht erkennen, worauf Ihr hinaus wollt. Soll Walli als Dienstmagd in Euren Haushalt wechseln, ist es das, was Ihr sagen wollt?«

»Nein, so ist es nicht, Francobaldi. Solange ich meine Tochter noch im Haus habe, brauche ich keine weitere Hilfe. Wir bewältigen die anfallende Arbeit alleine. Es geht um etwas ganz anderes. Ich wollte Euch nämlich fragen oder vielmehr bitten, ob Ihr Walli nicht in der Gesindekammer in Eurem Haus aufnehmen könnt. Ihr habt doch nun eine neue Bettstatt und Graf Cobenzl braucht die alte sicher auch nicht mehr. Die könnte Walli doch dann haben. Die Gesindekammer wäre ein wahres Paradies gegen das Armenhaus, in dem sie jetzt lebt.«

»Ja, freilich, selbstverständlich. Ich sehe da überhaupt keine Schwierigkeit, umso weniger, wenn ich Euch damit eine Freude bereiten kann …«

»Wartet, Francobaldi, ganz so einfach ist die Sache nämlich doch nicht. Ich habe es bisher nicht erwähnt, weil es für Wallis Dienst bei Euch in meinen Augen nicht wichtig war. Aber jetzt müsst Ihr es wissen: Walli hat ein lediges Kind. Sie hätte sich ihr Leben freilich leichter machen können, hätte sie das arme Wurm nach der Geburt vor der Pforte des Waisenhauses abgelegt, wie es so viele Mütter in ihrer Lage tun. Es wäre ein Findelkind mehr gewesen. Sie hat es aber nicht übers Herz gebracht. Ihr wisst, die Findelkinder sterben in den Waisenhäusern wie die Fliegen und wenn sie überleben, ist ihre Existenz wahrlich auch kein Zuckerschlecken.«

Unwillkürlich musste ich an den armen Burschen denken, der mir die erste Botschaft des Fürstbischofs überbracht hatte. Ein zerlumpter, verlauster, verängstigter, magerer Kerl, der wahrhaftig nicht zu beneiden war.

»Jedenfalls hat sie ihr Kind behalten, ihre Herrschaft sie aber nicht. Die eigene Familie hat sie auch nicht wieder aufgenommen. So ist sie mit dem Kind schließlich im Armenhaus gelandet.«

»Und jetzt soll ich Walli bei mir aufnehmen. Aber Ihr sagtet doch gerade, dass sie es nicht übers Herz bringt, sich von ihrem Kind zu trennen.«

Ottilie blickte mir aufmerksam direkt in die Augen, sagte aber nichts, schien vielmehr darauf zu warten, dass ich endlich begriff. Ich konnte ihre Anspannung fühlen. Ich merkte, wie sehr ihr die Sache am Herzen lag. Aber ich begriff trotzdem nicht.

»Ja eben, Francobaldi«, sagte sie schließlich, »das ist der springende Punkt. Sie will sich nicht von ihrem Kind trennen.«

Da endlich begriff ich.

»Ihr meint, das Kind soll auch hier einziehen?«

»Ich verspreche Euch, Ihr werdet den Kleinen gar nicht bemerken. Er schläft bei seiner Mutter und zu essen braucht der Kleine nicht viel. Walli müsste dafür abends nicht mehr zurück ins Armenhaus und könnte zusätzliche Arbeit verrichten. Wenn Ihr es wünscht, könnte sie für Euch ein Stück Garten bestellen. Jetzt, nach den Eismännern wird es Zeit, mit dem Pflanzen zu beginnen. Bitte bedenkt doch, in welch entsetzlichen Verhältnissen der Kleine jetzt aufwachsen muss. Ihr legt doch so viel Wert auf Erziehung, Francobaldi. Ihr seid ein Freund großer Ideen. Ich glaube, dass man die Welt auch im Kleinen verändern kann, ja muss. Und wenn viele sie im Kleinen verändern, verändert sie sich vielleicht auch irgendwann im Großen. Und egal, was die Leute sagen, ich kann einfach nicht glauben, dass es richtig sein soll, wenn der Bub für den Fehltritt seiner Eltern büßen muss. Oder vielmehr für den Fehltritt seiner Mutter. Denn von dem seines unbekannten Vaters, den es zweifelsohne auch gibt, spricht ohnehin niemand.«

Ich wusste immer noch nicht, was ich sagen sollte. Ottilies Wunsch war in der Tat so ungewöhnlich wie ihre Ansichten. Aber sie imponierte mir. Ich wollte ihr ihre Bitte erfüllen, wenn auch nicht unbedingt freudigen Herzens, wie ich gestehen muss. Schließlich hatte ich noch nie ein kleines Kind im Haus gehabt und wusste nicht, was mich erwartete. Aber Ottilie hatte recht und sie hatte mich außerdem bei meiner Ehre gepackt. Auch dieses kleine, uneheliche Wurm hatte ein Anrecht auf eine menschenwürdigere Existenz, als sie ihm das Armenhaus gewähren würde. Plötzlich musste ich wieder an Weishaupt denken. Daran, wie er Wochen um Wochen voller Ungeduld auf die päpstliche Dispens gewartet, gehofft, gebangt hatte, um seiner armen künftigen Gattin die Schmach eines unehelichen Kindes zu ersparen. Hätte man Ägidius Netter auch zum Mörder dingen können, wenn es nicht diese Ruf mordenden Gerüchte gegeben hätte?

Wie mir Ottilie angekündigt hatte, veränderte sich das Gartenhaus im Verlauf dieser Woche von Tag zu Tag: Möbel wurden angeliefert, Dinge wurden eingeräumt, zurechtgerückt, Kommoden und Tischchen dekoriert. So gerne ich mit ihr über uns gesprochen hätte, jetzt ließ es die Unruhe im Haus nicht zu. Am Sonntag wollte ich sie und ihre Familie zum Dank wenigstens zum Essen einladen. Doch an dem bewussten Tag mussten sie unbedingt Adams Paten, ihren Schwager besuchen. In der Woche darauf nahm ich einen neuen Anlauf und wollte sie in ihrem Haus aufsuchen. Es war allerhöchste Zeit, unsere Beziehung zu klären. Ich war endlich bereit dazu. Ich fand aber niemanden vor. Eine Nachbarin, die gerade neugierig aus dem Fenster schaute, erklärte mir, die Damen Hofstaetter seien bei einer Bekannten auf der anderen Seite der Straße. Die besagte Frau und auch deren Dienstmagd hätten sich die Hände böse verbrüht und Ottilie und ihre Tochter würden freundlicherweise den Haushalt versehen. Sie würden dort auch sicherlich noch die nächsten fünf Tage gebraucht. Ich bat die Nachbarin, Ottilie auszurichten, dass ich sie habe sprechen wollen. Sie versprach das zu tun. Sehr wahrscheinlich würde noch vor Ottilie die ganze Straße von meinem geplanten Besuch bei ihr erfahren. Aber das war egal. Mein Entschluss stand fest: Ich würde endlich um ihre Hand anhalten.

Noch während ich ungeduldig darauf wartete, mein Vorhaben endlich in die Tat umsetzen zu können, erhielt ich einen Brief von Johann Pezzl aus Wien. Inzwischen waren elf Tage vergangen, seit ich ihm meinen Bericht geschickt hatte. Er musste also umgehend geantwortet haben. Ich hatte ihn freilich gebeten, mir in einem kurzen Billet den Erhalt des Briefes zu bestätigen, da ich auf meinen vorigen Bericht überhaupt keine Reaktion bekommen hatte, und mir inzwischen nicht mehr sicher war, ob er überhaupt angekommen war.

Johann Pezzl an Monsieur Enrico Francobaldi

Lieber, werter Monsieur Francobaldi,
welch seltsamer Zufall! Gerade wollte ich Euch auf Euren vorvergangenen Bericht antworten, den ich bereits vor Ostern erhielt, da halte ich ein neues, erschütterndes Dokument von Euch in Händen. Dass ich so lange schwieg, ist nur

dem Umstand geschuldet, dass ich die letzten Wochen mit Fürst Kaunitz in Paris zubringen musste. Die Situation dort erscheint durchaus besorgniserregend und wir versuchten, Marie Antoinette und ihren königlichen Herrn Gemahl darauf aufmerksam zu machen. Die Not der einfachen Leute ist groß. Überall auf den Straßen sieht man Bettler. Scharenweise strömt das verarmte Landvolk in der verzweifelten Hoffnung auf eine bessere Zukunft in die Stadt. Das Großbürgertum aber ist unzufrieden ob seiner geringen politischen Einflussmöglichkeiten. Man schimpft auf die Monarchie und den gesamten Adel. Die ganze Stadt gleicht einem Kessel unter Druck und ich frage mich, ob er nicht irgendwann explodiert. Verzeiht, wenn ich Euch mit meinem Politisieren behellige, aber ich muss gestehen, dass mich die Lage aufs Äußerste beunruhigt. Ein Sturm braut sich zusammen. Keine Menschenseele weiß, was er mit sich hinwegfegen wird. Ihr mögt Euch auch darüber wundern, dass ich mich Euch gegenüber so freimütig äußere, obwohl wir uns erst einmal begegnet sind. Lieber Francobaldi, ich empfinde Euch gegenüber doch ein Gefühl von persönlicher Vertrautheit, was den äußerst traurigen Umständen, die zu unserem Kennenlernen führten, geschuldet sein mag. Mein Bruder fehlt mir. Er fehlt mir mehr, als ich jemals vermutet hätte. Lieber Francobaldi, ich möchte Euch aus tiefstem Herzen für alles danken, was Ihr für mich in dieser Sache getan habt. Mein Bruder starb einen sinnlosen Tod. Das ist schrecklich. Noch schrecklicher aber war die Ungewissheit, die jetzt endlich ein Ende hat. Auch wenn Ihr skeptisch seid, so bin ich persönlich doch sicher, dass der Mörder seiner gerechten Strafe nicht entkommen wird. Ihr aber, ich wiederhole es, habt unendlich viel für mich getan. Als Ausdruck meines tief empfundenen Dankes bitte ich Euch, das Geldgeschenk, das dieser Tage bei Euch eintreffen wird, anzunehmen. Ich habe lange darüber nachgedacht und bin sicher, damit ganz im Sinne meines Bruders zu handeln. Er war nicht unvermögend, ich bin es auch nicht. Wir haben beide keine Nachkommen. So habe ich beschlossen, den Großteil seines Vermögens für eine Stiftung für mittellose Schüler und Studenten aufzuwenden. Vielleicht kann ich auf diese Weise etwas von dem umsetzen, was mein Bruder verwirklichen wollte. Euch aber bitte ich inständig die kleine Aufmerksamkeit anzunehmen, wiewohl sie niemals aufwiegen kann, was Ihr für mich getan habt. Es ist mir aber dennoch ein Herzensbedürfnis, Euch wenigstens *symbolisch meinen Euch gebührenden Dank abzustatten. Ich werde freilich stets in Eurer Schuld stehen. Wenn ich Euch also sonst irgendwie zu Gefallen sein kann, zögert nicht, Euch an mich zu wenden. Wo immer ich Euch behilflich sein kann, werde ich es gerne sein.*

In aufrichtiger Dankbarkeit und Freundschaft immer der Ihre
Johann Pezzl

Selbstverständlich wollte ich das Geldgeschenk nicht annehmen. Pezzls Schilderung von seinen und seines Bruders Vermögensverhältnissen trafen ungefähr auch auf mich zu. Ich hatte ebenfalls keine Nachkommen und war nicht ganz unvermögend. Dann aber kam mir doch eine Idee. Vielleicht konnte mir mein neuer Freund in Wien bei ihrer Umsetzung schon viel früher einen Gefallen erweisen als er angenommen hatte.

Mit Herzklopfen und einem Blumenstrauß in der Hand suchte ich Ottilies Haus auf. Ich hatte mir meine Worte sorgfältig zurechtgelegt. Mit etwas Fortune würde ich in ein paar Minuten der glücklichste Mann der Welt sein. Wir würden beide endlich wieder eine Zukunft haben. Die junge Babette öffnete mir und wieder umfing mich der wunderbare Duft nach Bienenwachs und Honig. Bald würde ich für immer darin eintauchen dürfen. Das Mädchen hatte ein lebhaftes und fröhliches Naturell. Sie hatte außerdem ohne Zweifel ebenso wie ihre Mutter eine gehörige Portion Verstand und war auch nicht auf den Mund gefallen. Immer wusste sie etwas zu erzählen. Heute aber wirkte sie bleich und geradezu verstört. Ganz anders als sonst führte sie mich wortlos in die Stube zu ihrer Mutter. Auch die wirkte völlig verändert. Ich meinte gar, sie habe geweint. Das war in keinster Weise die Situation, wie ich sie mir ausgemalt hatte.

»Ottilie, was ist denn passiert?«

Sie schaute mich nur an und kämpfte dabei mit den Tränen, während ihre Tochter das Zimmer verließ, indem sie die Tür ungebührlich laut hinter sich schloss.

»Was passiert ist?« Meine Frage brachte Ottilie vollends aus der Fassung und sie konnte ihre Tränen nun nicht mehr zurückhalten.

»Ach, Francobaldi, ich habe mich so bemüht – und jetzt, jetzt habe ich das Gefühl, es war alles, alles vergeblich.«

Sie schluchzte und war nicht in der Lage weiterzusprechen. Hilflos stand ich daneben. Das war definitiv nicht der geeignete Zeitpunkt für einen Heiratsantrag, so viel war klar. Da stand ich nun mit meinem obligatorischen Blumenstrauß, den ich wie einen Fremdkörper immer noch in den Händen hielt, weil sich Ottilie im Moment augenscheinlich gar nicht dafür interessierte, geschweige denn auf die Idee gekommen wäre, ihn mir abzunehmen und in eine Vase zu stellen. Ich kam mir wie noch nie in meinem Leben völlig fehl am Platze vor. So hatte ich mir die Situation wahrhaftig nicht ausgemalt.

»Ach, Francobaldi. Ich weiß gar nicht mehr, was ich tun soll. Das heißt, ich kann eben nichts tun. Ich bin völlig hilflos, die Hände sind mir gebunden.«

Ottilie war augenscheinlich so verzweifelt, dass sie mir nicht einmal einen Platz anbot. Ich setzte mich unaufgefordert neben sie. Es war einfach nicht der Zeitpunkt für die gebotenen Höflichkeiten.

»Nun erzählt doch, ich weiß ja immer noch nicht, worum es überhaupt geht.«

»Ach, als wir vor ein paar Tagen beim Paten, dem Bruder meines verstorbenen Mannes, eingeladen waren, drängte er darauf, dass das Mädel die Haushaltsführung lernt und so früh wie möglich heiratet. Er meint, es sei an der Zeit für sie, den Ernst des Lebens kennen zu lernen. Immerhin sei sie ja schon fast vierzehn!«

»Nun ja, ich denke, damit hätte es zwar noch ein wenig Zeit, aber ein eigentliches Problem kann ich nicht erkennen. Babette ist doch ein hübsches und charmantes Ding, da werden sich doch in ein paar Jahren Bewerber finden.«

Aber Ottilie schüttelte nur heftig den Kopf.

»Darum geht es nicht. Das Mädel will nicht heiraten, stellt Euch das vor! Ich habe gehofft, die Ausstattung Eures Hausstandes würde ihr Geschmack auf einen eigenen machen. Aber das Gegenteil ist der Fall. Sie sagt, sie möchte etwas anderes. Das Eheleben ist ihr zu eng. Sie hat mir sogar die Kettnerin als positives Beispiel angeführt! Könnt Ihr Euch das vorstellen? Die Kettnerin!«

»Wer ist das?«

»Sophie Kettner.«

»Ja, aber wer ist das?«

»Sophie Kettner? Ihr habt überhaupt noch nicht von ihr gehört? Dabei ist sie in Eichstätt doch so etwas wie eine Berühmtheit, auch wenn keiner weiß, was er von der Sache eigentlich halten soll, so unerhört wie sie ist. Die Sophie stammt eigentlich aus Titting, nicht weit von hier. Eine Schönheit war sie auch in ihrer Jugend nicht. So kam sie auf die Idee, ihr Glück anderweitig zu versuchen. Stellt Euch vor, sie hat sich als Mann verkleidet unter die Soldaten begeben und diente so jahrelang unter der Kaiserin Maria Theresia. Sie hat so tapfer gekämpft, dass sie sogar zum Korporal befördert wurde. Es ahnte ja niemand, dass sie eine Frau ist. Das kam erst ans Tageslicht, als sie einmal ins Lazarett musste. Da wurde sie dann natürlich aus dem Dienst entlassen. Aber stellt Euch weiter vor: Nicht nur, dass sie für ihre freche Tat nicht bestraft wurde, nein, sie bekam von der Kaiserin für ihre Leistung sogar eine lebenslange Rente! Nun lebt sie seit einigen Jahren wieder hier in der Stadt. Sie kann es sich sogar leisten, ihren Neffen, den sie an Kindes statt angenommen hat, hier am Kollegium studieren zu lassen, damit er Pfarrer wird. Babette will natürlich nicht Soldat werden, aber das Beispiel imponiert ihr. Eine Frau, die ganz unabhängig von einem Mann ist. Ja, und dann hat sie auch noch die Fahrt nach Ingolstadt auf den Geschmack gebracht und nun möchte sie am liebsten etwas mehr von der Welt sehen. Und weil das freilich alles überhaupt nicht möglich ist, möchte sie wenigstens in einen Schulorden eintreten und Lehrerin werden. Stellt Euch vor, sie hat sogar schon ohne mein Wissen bei den Augustiner-Chorfrauen, ihren früheren Lehrerinnen, nachgefragt! Mein Schwager tobt und sagt, es sei alles meine Schuld. Ich habe es an der nötigen Strenge fehlen lassen. Nun zeige sich, wie verderblich die Schule für das Mädel war. Aber mein Mann und ich, wir wollten ja unbedingt mit unseren Kindern höher hinaus. Und das hätte ich nun davon. Das geschehe mir recht.«

Ottilie war wirklich verzweifelt. Ich aber konnte das Problem nach wie vor nicht wirklich erkennen.

»Ottilie, wäre denn der Eintritt Eurer Tochter in ein Kloster für Euch tatsächlich so schlimm?«

»Ach, Francobaldi, wenn es Babette so wollte, würde ich natürlich zustimmen. Auch wenn ich es persönlich vielleicht lieber anders hätte, aber …«

Sie konnte nicht weitersprechen und mir blieb nichts übrig als zu warten, bis sie sich wieder etwas beruhigt hatte.

»Es ist doch so: Dem Mädel fehlt die Mitgift. So nimmt man sie in keinem Orden auf, jedenfalls nicht als Lernschwester. Und dann ist da noch Adam. Der Junge geht seiner Arbeit in der Kanzlei nach, ohne Aussicht auf eine bessere Perspektive, die er sich doch eigentlich erhofft hatte. Er klagt nicht. Er akzeptiert die Situation, wie sie eben ist und wird dabei jeden Tag stiller, will mir scheinen. Ich habe das Gefühl, mein Sohn lebt in den Erinnerungen, die er in der kurzen Zeit mit Euch gemacht hat. Aber, Francobaldi, er ist doch erst fünfzehn! Das ist doch nicht das Alter, in dem man wehmütig zurückblickt. Da wenigstens sollte doch das Leben noch wie ein aufgeschlagenes Buch, dessen Blätter man selbst beschriftet, vor einem liegen! Adam versauert in der Kanzlei und Babette hat die Aussicht, sich entweder gegen ihren Willen zu verheiraten oder als alte Jungfer ihren Geschwistern zeitlebens auf der Tasche zu liegen. Und ich kann nichts tun. Ich kann für meine Kinder nichts tun, selbst wenn ich wollte. Mein Schwager als ihr Vormund ließe es nicht zu.«

Sie hatte wieder die Hände vors Gesicht geschlagen und weinte ungehemmt. Da nahm ich sie zum ersten Mal im Leben in den Arm.

»Ottilie, hört doch bitte auf zu weinen! Die Lösung all dieser Probleme liegt vielleicht näher als Ihr im Moment denkt. Eure Kinder brauchen einen anderen Vormund, einen, der sie versteht und ihre Ambitionen fördern kann. Wie wäre es, wenn ...«

Aus der Chronik des Jakob Messer, Stadtpfarrer zu Greding

m letzten Tag des Jahres 1789. Wieder neigt sich ein Jahr seinem Ende zu. Gott sei's gepriesen, es ist zum Glück nicht sonderlich viel geschehen in unserer Stadt. Den schrecklichen Mord an Pezzl haben meine Pfarrkinder zum Glück inzwischen schon fast vergessen. Das ist auch nicht weiter verwunderlich. Immerhin liegt er jetzt doch schon mehr als zwei Jahre zurück.

Diesen Herbst hat unser gnädigster Herr Fürstbischof allhier einmal wieder eine große Jagd abgehalten. Er selbst ist freilich wegen seines Alters nicht mehr mitgeritten, doch war der Adel der ganzen Umgebung eingeladen, wohl auch einige vornehme Herren von weit her und wurde zum Abschluss ein gar prächtiges Fest veranstaltet.

Die Ernte fiel in diesem Jahr, Gott sei's geklagt, gar mager aus und ist doch ein harter Winter. Werden wohl noch viele Todesfälle in der Gemeinde zu beklagen haben. Die Leute jammern über ihr hartes Los hienieden und manche wollen es nicht mehr hinnehmen. Der Kammerbauer aus Hausen wurde gar vorvergangene Woche des Wildfrevels überführt und dessenthalben hart bestraft. Hat zu seiner Verteidigung angegeben, seine Familie leide Hungers und er müsse wildern, wenn sie nicht alle Hungers sterben sollten. Hat ihm diese Entschuldigung freilich nichts genützt, ist die Jagd doch ein Privileg des Adels, so von Gottes Gnaden regiert. Jetzt sitzt der Kammerbauer im Turm, die Familie aber ist wirklich am Bettelstab. Es sind wahrlich schlimme Zeiten.

In Frankreich aber, hört man, hätte gar der Pöbel die Majestäten vom Thron gestoßen, das Volk tobt dort wider die rechtmäßige Herrschaft. Die Welt ist in Aufruhr und wir können Gott nur danken, dass es bei uns noch nicht so weit gekommen ist.

Freilich gibt's auch angenehmere Dinge. Unser Lehrer Adlkofer, der junge Apotheker, der Herr Advokat Lang aus Berching sowie der dortige Lehrer haben diesen Sommer zu ihrem Vergnügen einen Lesekreis allhier gegründet, dem sich bisweilen auch der Herr Sausenhover aus Eichstätt, ein alter Freund des Herrn Advokaten, anschließt. Auch der Herr Valentin Hirsch nimmt bisweilen an besagtem Lesekreis teil. Ich meine nun freilich den echten, nicht den, der sich damals unter diesem Namen hier einquartiert hat. Der echte Hirsch ist nunmehr Mesner in der Frauenbergkapelle, die sehr schön auf einer Anhöhe über Eichstätt gelegen sein soll. Er unterrichtet daneben auch die Herrn Kandidaten der Normalschule im Orgelspiel. In Aussehen und Wesen ist er übrigens ganz anders als der besagte Secretarius. Ein sanftmütiger, sehr in sich gekehrter Mensch, dabei aber mindestens genauso musikalisch wie sein Doppelgänger. Unser Lehrer hat sich mit ihm befreundet und von Hirsch im Orgelspiel schon vieles profitiert. Sehr zum Nutzen und zur Freude unserer Kirchengemeinde. Mir gegenüber verhält er sich überaus höflich. Er betrachtet mich seit seiner Arrestierung gleichsam als seinen Lebensretter.

Der Herr Sausenhover aber besucht mich manchmal auf einen Sprung, wenn er hier ist. Er ist ein sehr angenehmer, besonnener Mann. Vor einiger Zeit hat er mir auch Grüße des Herrn Francobaldi bestellt. Dieser hat sich im Sommer wieder verheiratet; eine Witwe mit vier erwachsenen Kindern. Den jüngeren Sohn, so sein Gehilfe bei der Aufklärung des seinerzeitigen Mordfalls gewesen, lässt er auf seine Kosten in Wien studieren. Die Mittel dazu hat ihm laut Sausenhover der Herr Pezzl, der Bruder des Ermordeten, aus Dankbarkeit zukommen lassen. Und da Francobaldi das Geld nicht für sich selbst verwenden wollte, wohl auch sonst nicht angenommen hätte, wie ich ihn einschätze, lässt er es jetzt seinem jüngsten Stiefsohn zukommen. Das ist freilich sehr hochherzig. Es scheint mir aber doch bedenklich, dass er nicht nur den Sohn, sondern auch die jüngste Tochter nach Wien zu seinen Verwandten geschickt hat. Gebe Gott, dass das Mädel auf dem Pfad der Tugend bleibe. Es gehört sich doch nicht für ein junges Frauenzimmer, sich so in der weiten Welt herumzutreiben, mag es auch in Begleitung des Bruders sein. Wie leicht kann so ein unerfahrenes Ding vom rechten Weg abkommen! Das müsste gerade der Herr Francobaldi wissen, hat er doch selbst eine Dienstmagd mit einem ledigen Kind in seinem Haushalt.

In manchen Punkten hat der Herr aus Wien doch seltsame Ansichten. Gott verzeih mir's, wenn ich ihm unrecht tue, aber manchmal vermeine ich gar, er könne die Vorkommnisse in Frankreich für gutheißen. Freiheit, Gleichheit, Brüderlichkeit fordern die Massen da, hört man.

Dieser Tage schickte er mir übrigens mit der Post einen Ausschnitt aus einer Münchner Zeitung ohne weitere Erklärung:

Mord vor St. Kajetan

Ein schrecklicher und unerklärlicher Mordfall ereignete sich in unserer Stadt auf den Stufen der Hofkirche St. Kajetan, auch bekannt als Theatinerkirche. In den frühen Morgenstunden des ersten Novembers, ausgerechnet am Allerheiligentage also, fand man dort die Leiche eines jungen Mannes, der erdolcht in seinem Blute lag. Wie sich herausstellte, handelt es sich bei dem Mordopfer um einen gewissen Ägidius Netter, der seit gut einem Jahr als vielversprechender Jurist am Hof unseres allergnädigsten Kurfürsten Karl Theodor beschäftigt war. Man fand bei seiner Leiche nichts als einen Zettel, worauf geschrieben stand:

Fiat iustitia!

Personenverzeichnis

Bachmayr, Balthasar, Arzt, Stadtphysikus, um 1744–1789, Mitglied der Eichstätter Illuminaten (Geheimname Mercurius).

Bassus, Freiherr Thomas Franz Maria von, 1742–1815, geboren in Poschiavo (Graubünden), studierte in Ingolstadt und kam dort mit den Illuminaten in Verbindung. Sein Schloss Sandersdorf im Altmühltal galt als Illuminatennest. Im Mai 1787 wurde es von bayerischen Beamten durchsucht. Dabei wurden umfangreiche geheime Unterlagen konfisziert.

Breitenauer, Ignaz Alexander, 1757–1838, war Hofbildhauer des fürstbischöflichen Hofes Eichstätt. Schon früh zeigte sich Ignaz' Talent zum Zeichnen. Er konnte aber aufgrund der finanziellen Verhältnisse der Familie keine entsprechende Ausbildung erfahren. Zwei seiner Brüder wirkten als Bildhauer in Wien.

Cobenzl, Ludwig Graf von, 1744–1792, Dompropst in Eichstätt und führendes Mitglied des Illuminatenordens (Geheimname Arrian). Cobenzl besaß neben seiner Stadtwohnung in Eichstätt auch ein noch heute nach ihm benanntes barockes Schlösschen mit Garten. Ab 1784 erweiterte er diesen am ansteigenden Hangbereich des Altmühltales zu einer weiter nach Osten sich ausdehnenden Parkanlage, ließ einen weiteren, hölzernen (heute nicht mehr existierenden) Pavillon errichten und machte die Anlage der Öffentlichkeit zugänglich. In Schloss und Garten arrangierte er Bälle und Picknicks, zu denen er auch nichtadlige Beamte einlud, um im Sinne der Illuminaten Standesunterschiede abzubauen. Auch stellte er seine mit naturwissenschaftlichen und philosophischen Werken gut ausgestattete Bibliothek jedem Interessenten zur Verfügung.

Cobenzl, Philipp Graf von, 1741–1810, Bruder von Ludwig Cobenzl, österreichischer Staatsmann.

Felbiger, Johann Ignaz von, 1724–1788, verfasste für Kaiserin Maria-Theresia die »Allgemeine Schulordnung für die deutschen Normal-, Haupt- und Trivialschulen«.

Gerstner, Joseph, 1745–1812, Stadtschreiber bzw. Stadtsyndikus in Eichstätt, Mitglied der Illuminaten (Geheimname Odin). Sein Haus ist als beliebter Treffpunkt der Eichstätter Illuminaten verbürgt.

Hatzfeld, Clemens August Graf von, 1754–1787, Domkapitular in Eichstätt, Mitglied des Illuminatenordens (Geheimname unbekannt). Enger Freund Cobenzls und Freund von W.A. Mozart. Obwohl Hatzfeld zum Zeitpunkt der Romanhandlung bereits verstorben war, habe ich mir an dieser Stelle die dichterische Freiheit erlaubt, ihn noch unter den Lebenden weilen zu lassen und so seine musikalische Begabung zu würdigen.

Heinrichmeyer, Franz Xaver, Hofkammerrat, (Lebensdaten unsicher, evt. 1754–1836), Mitglied der Eichstätter Illuminaten (Geheimname unbekannt).

Joseph II, 1741–1790, Sohn von Maria-Theresia und Bruder von Marie-Antoinette, ab 1765 als Mitregent Kaiser des Heiligen Römischen Reichs, Erzherzog von Österreich. Joseph gilt als ein Exponent des aufgeklärten Absolutismus und setzte ein ehrgeiziges Reformprogramm in Gang.

Karl Theodor II, 1724–1799, ab 1742 Pfalzgraf und Kurfürst von der Pfalz, ab 1777 Kurfürst von Bayern. Anders als in der Pfalz war Karl Theodor in Bayern sehr unbeliebt. Er umgab sich nur mit Pfälzern und interessierte sich lange Zeit wenig für bayerische Angelegenheiten. 1784 verbot er alle Vereinigungen, die ohne ausdrückliche landesherrliche Erlaubnis gegründet worden waren. 1785 wurde dieses Verbot durch ein Edikt erneuert, in dem namentlich die Illuminaten und die Freimaurer als »landesverräterisch« und »religionsfeindlich« genannt wurden.

Kaunitz, Wenzel Anton Graf von, 1711–1794, österreichischer Staatsmann des aufgeklärten Absolutismus, Reichshofrat und Diplomat. Als Berater und Mitarbeiter der Reformen Maria Theresias und Josef II. und als Gründer des österreichischen Staatsrats war er die führende Stimme der Aufklärungspartei in der Habsburgermonarchie und Beförderer vieler innenpolitischer Reformen.

Kettner, Sophie, 1720–1802, diente unter Kaiserin Maria Theresia sechs Jahre lang unerkannt als Soldat und wurde wegen Tapferkeit sogar zum Korporal befördert. Erst bei einer Behandlung im Lazarett erkannte man, dass es sich bei dem vermeintlichen Soldaten um eine Frau handelte. Sophie Kettner erhielt daraufhin von der Kaiserin zeitlebens eine Gnadenpension. Bei ihrer Beerdigung erwies ihr ein zufällig in Eichstätt anwesendes Werbekommando die letzte militärische Ehre. Ihr Grab ist noch heute auf dem kleinen Westenfriedhof in Eichstätt zu besichtigen.

Lang, Franz Georg, 1752–1790, Advokat, war eine Schlüsselfigur der Eichstätter Illuminaten (Geheimname Tamerlan). 1782 wurde er als Gerichts- und Stadtschreiber nach Berching versetzt. Die Hintergründe dafür sind unklar.

Lehenbauer, Johann Martin, 1724–1790, Generalvikar, erbitterter Gegner Adam Weishaupts und der Eichstätter Illuminaten.

Marie Antoinette, 1755–1793, jüngste Tochter der Kaiserin Maria Theresia, Schwester Josephs II, Königin von Frankreich. Sie gilt als eine der schillerndsten Figuren während der Französischen Revolution und teilte neun Monate nach ihrem Gemahl dessen Schicksal auf dem Schafott.

Montgelas, Maximilian Freiherr von (ab 1809: Graf von), 1759–1838, etwa ein Jahr lang vervollständigte Montgelas seine Kenntnisse mit Studien zum bayerischen Recht in München und an der Universität Ingolstadt, wo er 1777 ein Diplom »mit außerordentlichem Lob« erhielt. Im selben Jahr trat er als Hofrat in den Dienst des bayerischen Kurfürsten Max Joseph III. und behielt diese unbezahlte Stellung nach dessen Tod unter dem Nachfolger Karl Theodor II. Er war Mitglied der Freimaurerloge »St Théodore du Bon Conseil« in München, 1785 führte die Aufdeckung seiner Mitgliedschaft im Illuminatenorden zu zunehmenden Konflikten mit seinem Dienstherrn. Deshalb entschloss er sich 1787 bei Karl Theodor um seine Entlassung nachzusuchen und trat nach deren Genehmigung unverzüglich in den Dienst des Wittelsbacher Herzogs von Pfalz-Zweibrücken Karl August II.

Oberlin, Johann Friedrich, 1740–1826, Pfarrer und Sozialpionier aus dem Elsass.

Papebroch, Daniel, 1628–1714, Jesuit. Während seiner Reise durch Europa verfasste er ein Reisetagebuch, in dem er auch seinen Aufenthalt in Eichstätt beschreibt.

Pezzl, Johann, 1756–1823, seit 1784 lebte Pezzl in Wien, wo er anfangs die Bibliothek des Wenzel Anton Graf Kaunitz betreute. In diesem Jahr erschien auch sein heute bekanntestes Buch *Reise durch den Baierschen Kreis*. 1785 trat er in die

Freimaurerloge »Zum Palmbaum« ein und gehörte auch zum Kreis um die Freimaurerloge »Zur wahren Eintracht« des Wiener Illuminaten Ignaz von Born.

Pick(e)l, Ignaz, 1736–1818, Jesuit, nach der Aufhebung des Jesuitenordens berief ihn Fürstbischof Raymund Anton Graf von Strasoldo für den Lehrstuhl für Mathematik an sein Lyzeum nach Eichstätt und übertrug ihm die Einrichtung eines physikalisch-mathematischen Armariums (Instrumentensammlung), das zusammen mit seinem astronomischen Observatorium von 1773 bis 1777 entstand. Ihm unterstand ein Glasschleifer für optische Linsen, der neben dem Observatorium seine Werkstatt hatte. Die Königliche Akademie der Wissenschaften in München nahm ihn 1773 als ordentliches Mitglied auf, ab 1807 war er auswärtiges Mitglied der Akademie. 1782 erschien sein Werk über die Verbesserung der Visierstäbe zum Ausmessen von Fässern, die er an die Churmainzische Akademie nützlicher Wissenschaften in Erfurt schickte, die ihn daraufhin umgehend zu ihrem ordentlichen Mitglied machte.

Roth von Schreckenstein, Friedrich, Freiherr, 1753–1808, ursprünglich Eichstätter Domherr und Mitglied der Illuminaten (Geheimname Mahommet), 1786 quittierte er den Dienst und zog sich auf die Güter seiner Familie in Schwaben zurück.

Rousseau, Jean-Jaques, 1712–1778, Schriftsteller, Philosoph und Pädagoge der Aufklärung. Er gilt als einer der wichtigsten geistigen Wegbereiter der Französischen Revolution und hatte großen Einfluss auf die Pädagogik und die politischen Theorien des 19. und 20. Jahrhunderts.

Rumford, Reichsgraf von, eigentl. Sir Benjamin Thompson, 1753–1814, Offizier und Politiker im Dienste des Kurfürsten Karl Theodor II.

Sausenhover, Afra, Geburtsjahr unbekannt–1780 (nach langer Krankheit), ab 1773 verheiratet mit Adam Weishaupt. Sie hatte sieben Brüder und sechs Schwestern.

Sausenhover, (Wolfgang) Engelbert, 1757–1827, Bruder von Afra Weishaupt geb. Sausenhover, in verschiedenen Funktionen (fürstbischöflicher) Beamter, Mitglied der Eichstätter Illuminaten (Geheimname Zeuxes).

Sausenhover, Maria Anna, ca. 1757–1843, Schwester von Afra und Engelbert, nach dem Tod ihrer Schwester ab 1783 zweite Frau Adam Weishaupts.

Schmidpeter, Joseph, 1751–1846, studierte in Augsburg und Wien, Professor am Eichstätter Lyzeum, Pagenerzieher, Mitglied der Illuminaten (Geheimname Dardanus).

Schubart, Friederich, 1739–1791, deutscher Dichter. Historische Bedeutung erlangte er insbesondere durch seine scharf formulierten sozialkritischen Schriften, mit denen er die absolutistische Herrschaft und deren Dekadenz im damaligen Herzogtum Württemberg öffentlich anprangerte.

Starhemberg, Franz Maria Graf von, 1756–1818, Domizellar in Eichstätt, Mitglied der Illuminaten (Geheimname unsicher, eventuell Bellicus).

Spörl, Johann Ludwig, 1731–1793, evangelischer Theologe, Professor für Logik und Metaphysik am Aegidianum in Nürnberg.

Strasoldo, Raymund Anton von, 1718–1781, Fürstbischof in Eichstätt.

Weishaupt, Adam, 1748–1830, Professor für Recht und Kirchenrecht an der Universität Ingolstadt, Gründer des Illuminatenordens (Geheimname *Scipio Aemilianus*).

Wunderer, Willibald, 1739–1799, Maler und Ratsherr in Eichstätt, ab 1786 zweiter Vizebürgermeister der Stadt, Mitglied der Illuminaten (Geheimname unbekannt).

Zehmen, Johann Anton von, 1715–1790, Fürstbischof von Eichstätt.

Auswahl verwendeter Literatur

Lengenfelder, Bruno: Illuminaten in Eichstätt. Ein aufklärerischer Geheimbund in der Bischofsstadt, in: Sammelblatt des Historischen Vereins Ingolstadt 97, Ingolstadt 1988, S. 135–170.

Schieweck-Mauk: Siegfried, »Nichts war diesem thätigen Herrn unmöglich«. Zur Geschichte des Cobenzlschlösschens und des Cobenzl-Parks, in: Von seinem Freinde. Der verborgene Garten, herausgegeben von der Lithographie-Werkstatt Eichstätt, Eichstätt 2011, S. 57–78.

Ebenfalls von Elisabeth Schinagl erschienen:

Die Gründerjahre in München: Wie unzählige andere versucht auch Josef Schülein, Sohn eines jüdischen Tuchhändlers aus einem kleinen Ort in Mittelfranken, sein Glück in der wachsenden Großstadt zu machen.

Wie es dem jungen Mann allen Schicksalsschlägen zum Trotz gelingt, allmählich zu einem der größten Münchner Brauereibesitzer aufzusteigen, erzählt Elisabeth Schinagl in ihrer Romanbiografie. Die bahnbrechenden technischen Neuerungen und die gesellschaftlichen Veränderungen vom späten 19. Jahrhundert bis in die 1920er-Jahre bilden die Kulisse für die Geschichte über den unkonventionellen Unternehmer und seine Familie. Unerwartete Erfolge und existenzbedrohende Rückschläge begleiten seinen Lebensweg. Mit Josef und seiner Familie erlebt der Leser über fünfzig Jahre bewegter deutscher, bayerischer und Münchner Geschichte vom Ersten Weltkrieg über den Niedergang des Kaiserreichs bis zu einer instabilen jungen Republik und dem erstarkenden Antisemitismus.

276 S., Paperback, ISBN 978-3-96233-312-6, € 14.90